往事如大海沉沙无影无踪

揭秘似田野炊烟一书一味

林彪善用兵，被称为"常胜将军"
白崇禧机敏过人，被誉为"小诸葛"

两强相争
鹿死谁手？

衡宝战役以后，林彪率四野前线指挥部到达衡阳。这时苏联著名作家西蒙诺夫对林彪进行了采访，他问林彪对白崇禧的评价。林彪回答："我认为白崇禧是国民党将领中最有才干的一个，而这句话可以说并非过奖。他不用说有多年的军事经验，他的指挥也比其他国民党将领高明，可是因为他的军队现在是非常明显而公开地与人民为敌，而作为一个政党的国民党已经四分五裂，而且军事上的形势各方面也对他完全不利。因此，白崇禧那一点或多或少的军事才干，实质上在这里也就已经不起什么作用了。"

往事·天下事

渴望决战
Kewang juezhan

林彪对决白崇禧

张嵩山 著

重庆出版集团 重庆出版社

图书在版编目（CIP）数据

渴望决战：林彪对决白崇禧/张嵩山著. — 重庆：重庆出版社，2016.6

ISBN 978-7-229-07595-8

Ⅰ.①渴… Ⅱ.①张… Ⅲ.①纪实文学–中国–当代 Ⅳ.①I25

中国版本图书馆 CIP 数据核字 (2016) 第 006389 号

渴望决战：林彪对决白崇禧
KEWANG JUEZHAN：LINBIAO DUIJUE BAICHONGXI

张嵩山　著

责任编辑：周北川
责任校对：何建云
装帧设计：江岑子
封面设计：王芳甜

 重庆出版集团
重庆出版社 出版

重庆市南岸区南滨路 162 号 1 幢　邮政编码：400061　http://www.cqph.com
重庆市国丰印务有限责任公司印刷
重庆出版集团图书发行有限公司发行
E-MAIL:fxchu@cqph.com　邮购电话：023-61520646
 重庆出版社天猫旗舰店
cqcbs.tmall.com

全国新华书店经销

开本：710mm×1000mm　1/16　印张：21.25　字数：275千　插页：2
2016 年 6 月第 1 版　2016 年 6 月第 1 次印刷
ISBN 978-7-229-07595-8
定价：45.00 元

如有印装质量问题，请向本集团图书发行有限公司调换：023-61520678

版权所有　侵权必究

广西战役经过要图
（1949年11月6日—12月14日）

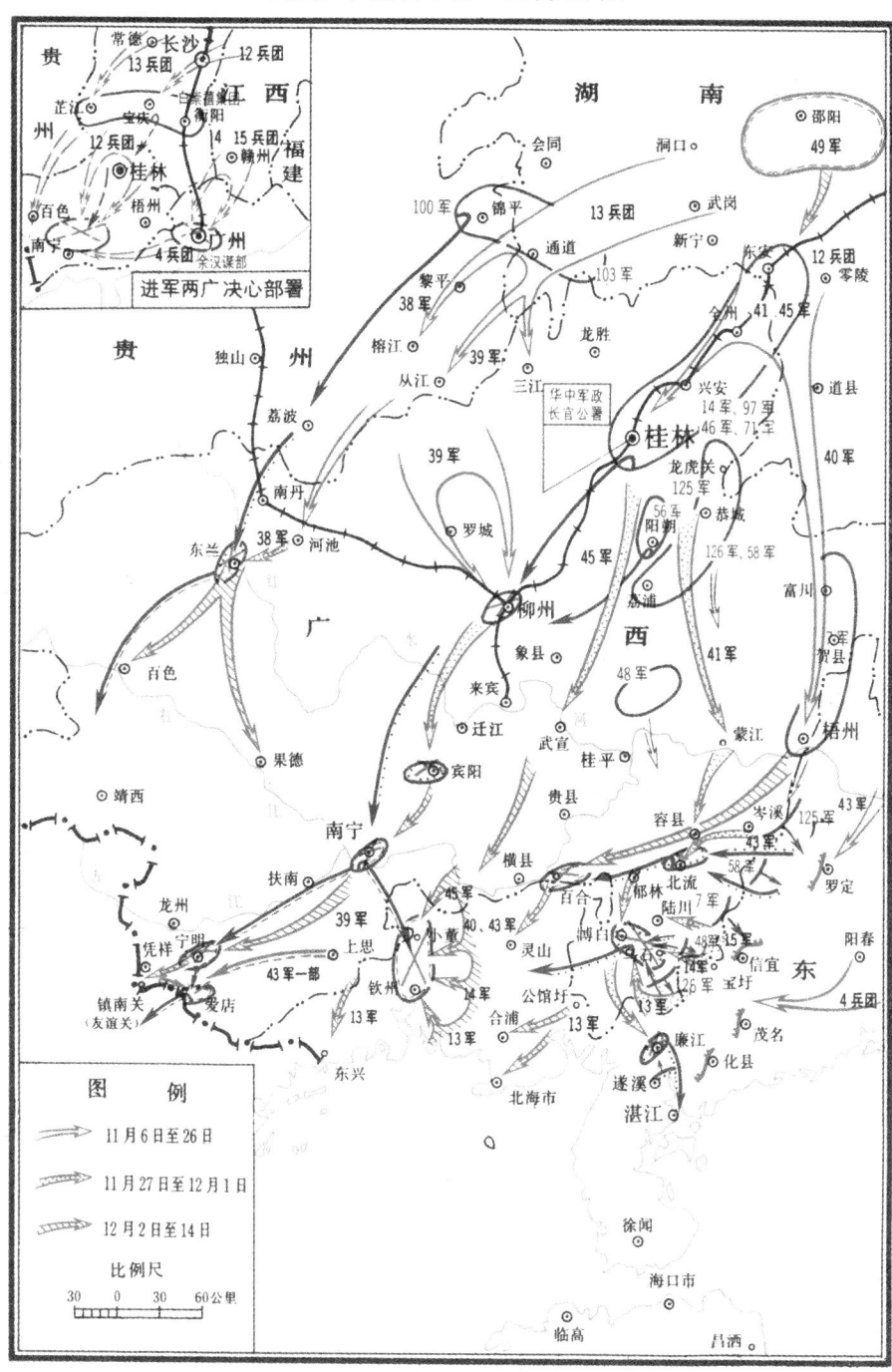

衡宝战役经过要图

（1949年9月13日 — 10月16日）

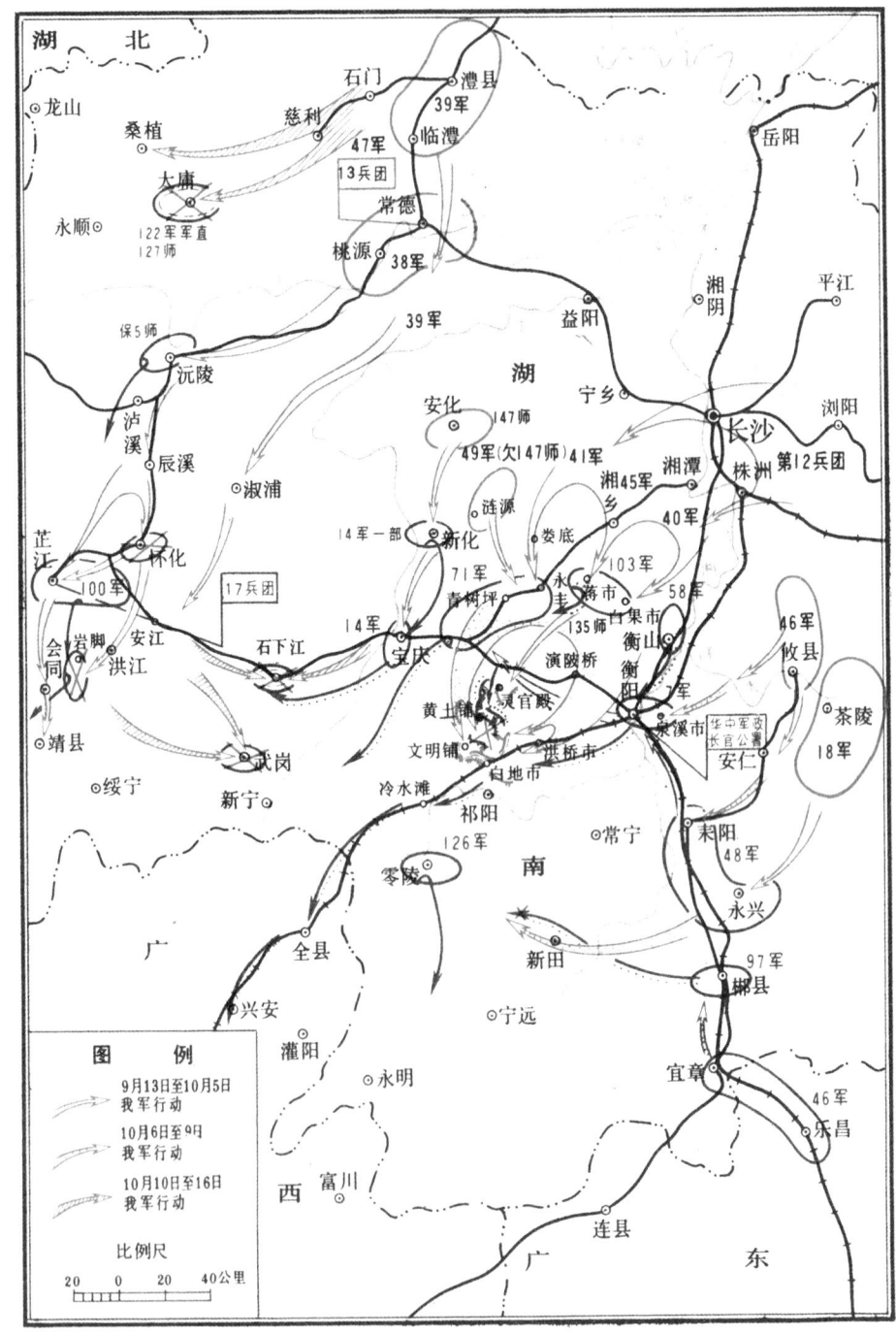

目 录

渴望决战

楔　子 ·· 1

　　历时最久当数南北朝时期，划江而治竟达两百多年……
　　流进1949年暖意微微的初春，流经国共两军对垒的阵地前沿……
　　国民党虽还踞有南半壁江山，但内外交困，败象毕露……
　　已经酝酿成熟的时代大转折，使得这年春季风云诡谲……

第1章　中国革命胜利的困惑 ··· 1

　　这个因罗斯福脑溢血猝然去世而入主白宫的第33任总统，是美国历史上让人们最缺乏思想准备的一个总统……
　　克里姆林宫却对胜利挺进到长江北岸的中国共产党人，暧昧地沉默着……
　　江涛亘古如斯地澎湃着，流进毛泽东纷乱的思绪……

第2章　桂系何系 ·· 10

　　旧桂系鼎盛时期，兵力逾10万之众……
　　以李宗仁、黄绍竑、白崇禧为核心的桂系从此崛起，也称新桂系……
　　二次北伐，打到鲁南，桂系更趋庞大……
　　这次逼蒋行动带头发难的，还是桂系头目白崇禧……

第3章　蒋介石的党内死敌 ··· 26

　　形容白崇禧只需8个字：强悍暴躁，诡计多端……
　　可小连长白崇禧就敢负责，自行改抚为剿，设计将屡受招安的八十多个土匪全部枪决……

— 1 —

临别时，孙中山拉住白崇禧的手，诚恳地说："我无枪、无粮、无饷，有的只是三民主义。"……

从此，"小诸葛"之誉伴随白崇禧一生……

第4章　划江而治的梦呓 ················ 41

当白崇禧向中共举起和平的橄榄枝，中共中央对这个国民党内著名反蒋人物的态度十分重视……

共产党人政治思想工作的法宝，再次显现出它特有的魔力……

先遣兵团游龙般地疾进，几天之后就听见了黄河澎湃的涛声……

白崇禧不苟言笑，治家如治军，对公馆有一套严格的警卫措施，用的是清一色的广西宪兵……

第5章　渡江，渡江 ··················· 57

拿到地下党送来的国民党江防部署图，刘伯承就笑了，称其为一条不能动弹的"死蛇阵"，任人斩断……

当天，四野先遣兵团向武汉外围之敌展开攻击……

谋略精微，见智见勇——它标志着粟裕的指挥艺术已达炉火纯青的境地……

第6章　南京上空最后的盘旋 ············ 68

李宗仁身为副总统，却被蒋介石视如敝屣，从不邀他参与讨论军机大事……

坐在旁边的白崇禧看出老蒋开的还是一沓空头支票，居然就把李宗仁给糊弄住了，心里便暗暗发急……

李宗仁匆匆逃离南京，没能看到共产党人在大转折时刻的幽默……

第7章　战争进入诗眼阶段 ·············· 76

毛泽东第一次到南京，就这样赤着脚走出码头……

白崇禧的冥顽不化，终于让毛泽东失去了耐心……

毛泽东为白崇禧这个国民党军头号名将挑了一个强有力的对

手——林彪……

蒋介石处心积虑二十多年未能消灭的桂系，末日来临了……

第8章 四野泰山压顶 ································· 82

统帅年轻，四野总部机关南下的阵势也大，当得起"威风凛凛"这个词……

每到一地，不管院子里怎么脏乱，也不论屋里怎么埋汰，他都照进。可要是进去后见地图还没挂好，他脸上立马挂霜……

图上四野的泰山压顶之势，瞅一眼足以令人如饮醇酒，可林彪神色木然地看了许久也不吭一声……

第9章 关于林总的林林总总 ································· 92

早年的林彪，有些云里雾里，影影绰绰的看不大真切……

此前，林彪未显出过人之处，初当团长也不尽如人意……

圳下，险些改写中国现代革命史……

陈毅称之为"红军成立以来最有荣誉的战斗"……

中国共产党的诸多将帅中，林彪是唯一一个功过是非一言难尽的人物……

第10章 一场战斗两座空城 ································· 109

稍有迟滞，他手里的几十万人马，就可能被这个善打运动战的中共年轻将领拖住……

从那时起，张轸就不满蒋介石偏袒黄埔，用人不公……

二野陈赓兵团西进的一路上，找不到一把干柴草，一顿饭做了个把小时还是夹生的……

5月22日南昌解放，还是一座空城……

第11章 渴望决战 ································· 121

上海的解放，使武汉和南昌的解放黯然失色……

这场新的婚姻改变了两个女人的命运，林彪却依旧脸色苍白，一副大病未愈的模样……

在解放军星光闪烁的将帅群里，陈赓是最活跃的一颗星辰……

四野休整了，可林彪并没睡大觉……

第12章　鄂赣两线同时打响 ·· 134

然而白崇禧撤得很清醒，两腿朝前跑，眼珠子却往后瞅，死盯着林彪……

林彪与白崇禧这两位国共名将都在想……

名义上宋希濂归白崇禧指挥，实际上两人矛盾重重……

林彪擅长围点打援，这一招在东北曾屡试不爽……

第13章　毛泽东的大迂回大包围 ·································· 151

毛泽东于帷幄中通盘运筹的四大战区里，最关注的是华中战事……

在毛泽东的军事思想发展史上，这两封电报可以说具有里程碑意义……

瞿秋白就曾在党内的一次会议上，赞扬毛泽东是我们党内唯一有创见的……

事实上，战争经历长于毛泽东的，要数他的对手蒋介石……

第14章　休整的烦恼 ·· 162

许多人行军走着走着就中暑倒下了，有的再也起不来，生生给热死了……

那些家属们便闻着味儿似的，挎着包袱牵着娃，千里迢迢地赶了过来。……

南下和休整期间，几乎所有部队都发生了干部战士逃亡的问题……

林彪比白崇禧高明之处就在于先从政治上打败了他……

第15章　影响最大的长沙起义 ······································ 171

长沙城最近的一次焚毁，发生在1938年11月13日凌晨2点，史称"文夕大火"……

历史上程潜曾与蒋介石兵戎相见，也被李宗仁拘押过……

陈明仁虽是黄埔一期毕业，但性格刚烈无羁，不大讨喜……

这个既有"国民党",又有"解放军"的番号,印在起义部
队的符号和帽徽上,很是不伦不类……

第16章 青树坪失利 ································· 190
  长沙形势瞬间突变,长沙起义部队整军整师地反水……
  五岭山一仗就确立了9纵在东北黑土地上的形象……
  这是一个危险的信号,但第146师没看出来……
  这一天敌人完全照白崇禧所设的圈套,不作大动作……
  已经被桂军黏住,说撤也不是马上就能撤下来的……
  四野南下以来首次失利……

第17章 最能打的杂牌军 ····························· 202
  该旅第15团则先于叶挺部23天投入"援湘之战",最先揭
开北伐战争的序幕……
  第4、第7军北伐数月,打遍湘鄂赣无敌手……
  抗战胜利后,第7军卷入内战,仍然是最难缠的杂牌军……
  那些天林彪极其抑郁,情绪烦躁,时常无缘无故地发脾气……
  到了他住房前,还要过一关,那就是林彪让警卫人员养给女
儿林豆豆玩的四只大鹅……

第18章 膨胀的大捷 ································· 215
  台湾兴奋了,整个华南都激动了……
  这片刻意蛊惑起的张张扬扬的祝捷声中,有一个人清醒,有
一个人揪心……
  以劣对优的仗,白崇禧打过多次,但从没有过眼下这种心虚
的感觉……
  毛泽东并不相信白崇禧会在湘中与我决战,可是既然前线指
挥员认为决战态势已经形成……

第19章 守乎? 退乎? ································ 224
  由此电开始,但凡"白崇禧",毛泽东言必称"白匪"……
  桂系将领多系保定军校出身,都不大瞧得起黄埔生……

林彪从不像白崇禧一碰就暴跳如雷，白崇禧却和林彪一样不苟言笑……

白崇禧丝毫没想到，当此政局风雨如磐之际，老蒋还会单独召见他……

白崇禧最推崇德军总参谋长鲁敦道夫的为将之道：决心……

第20章　10月1日这天 ································ 233

他们都不知道为之奋斗了几年、十几年，甚至几十年的那一天已经来临……

那年重庆谈判时，就有民主人士讥讽蒋介石仗打不好，说话也不如毛润之利索……

一路上，蒋经国都在车内后视镜中，疼惜地悄悄看着后座上那张青灰的脸……

自1926年蒋介石担任国民革命军总司令以来，生日第一次过得这样冷清……

第21章　一个师走活这盘棋 ·························· 240

桂军的军、师长们都曾跟随白崇禧征战多年，从没见过他这样手忙脚乱……

刚从北京参加开国大典返回汉口的林彪接到肖劲光的电报，对着墙上的地图一直琢磨许久……

林彪毕竟是饱经战阵之将，一眼就看出第135师孤军突进所蕴含的全部战役意义……

白崇禧不再等了，乘军用飞机飞往桂林，易地指挥这场大撤退……

第22章　意外打出个衡宝战役 ······················ 251

但这份电报至少证明了毛泽东的神机妙算，白崇禧果然没打算在湖南与我军决战……

可是林彪没那么容易善罢甘休，他不会放过任何一个获胜时机……

双方士兵嘴也都不闲着，东北兵扔颗手榴弹骂一声"妈个巴子"，广西兵打一梭子弹骂一句"丢你老姆"……

打出个衡宝战役，全歼桂系精锐部队，含有极大的战争偶然性，毛泽东、林彪都没有料到……

第23章　三步走，两步在广东 ································ 272

说两广纵队有特色，是因为这支部队女兵多，除了打仗，所有的事都是女兵在唱主角……

这些兵什么都吃，猫、狗、老鼠、青蛙、毒蛇……逮住什么吃什么……

广州的大街小巷，忽然就多了许多背着手，叼着烟卷，溜溜达达闲逛的解放军官兵……

按毛泽东赋予第4兵团三步走战略，陈赓已走完了两步，第三步就是挥兵入桂……

第24章　端白崇禧老窝子去 ································ 289

若不是广州陷落，李宗仁是断不肯来重庆的……

桂军3个精锐师被四野吃掉后，白崇禧虽然痛惜不已，但仍心存侥幸……

就是从这时起，他的电报指示和命令直接署名"毛泽东"了……

白崇禧孤注一掷的"南路攻势"，即将成为他二十多年军事生涯中的最后一战……

有些军、师机关便将林彪照片缩小到书本那么大，镶嵌在镜框里，摆放在办公桌上……

第25章　粤桂边大围歼 ···································· 306

敌人卡宾枪里的子弹打光了，来不及换弹匣，竟然抱住红3连的兵就摔起跤来……

白崇禧的"南线攻势"，便从第7军的败退开始崩溃……

军长杜鼎还算有点血性，坚决拒绝，说共产党也是中国人，与其将武器交给外国人，还不如给自家人……

仗打到这份儿上，白崇禧怎么指挥都不是了……

提　要

　　毛泽东和蒋介石都要消灭桂系。桂系何系？国民党内最顽强的政治派别，杂牌军中最能打的地方部队；反蒋，更反共。两次逼蒋下野，数笔反共血债。蒋、桂打了多年冤家，谁也没扳倒谁。蒋介石手下战将如云，毛泽东却认定桂系二号头目"白崇禧是中国境内第一个狡猾阴险的军阀"。蒋、桂无输赢，最后一起败给了共产党。蒋介石丢掉了大陆，广西成桂系死地。毛泽东为白崇禧这个国民党军头号名将挑了一个强有力的对手——林彪。算死白崇禧的是毛泽东、林彪，埋葬桂军的是四野。

楔　子

　　从各拉丹冬冰川的无声消融中孕生出的长江，鬼斧神工般地劈开横断山脉的岩层，訇然跌落云贵高原的重峦叠嶂，夺路涌进巴蜀山地。峰回路转，百川来汇，汹涌的江水受到怂恿般地越发精气如虎，激情难遏，在沟壑峡谷间奔突荡激，惊涛裂岸，其声若雷一路狂泻，飞流直下。入夔门，穿巫峡，越西陵，一出南津关，长江便欲望泄尽般地平静下来，青灰青灰地舒展开如练的身躯，坦荡而含蓄地缓缓奔流。那大块儿大块儿滑动的波涛，横贯华夏大地的腹部，劲道内敛地东去入海。

　　这万里蜿蜒的庞大的水系，华夏大地上最古老的河流，不仅泽被了滇境川地的沃野山林，也母亲般养育着亿万炎黄子民。然而，长江水天浩渺，一如天堑界河，浑然不觉中，曾屡屡充当一个民族兴衰沉浮的载体，两岸上演过一出出国家分裂的悲剧。

　　历时最久的当数南北朝时期，划江而治竟达两百多年之久；其后的宋、金王朝，隔江对峙亦有百年历史……

　　此时，这条从新生代淌来的大川，涌动着千万年的沧桑，流进了1949年暖意微微的初春，流经两支对垒的武装集团阵地前沿。倘若凌空俯瞰下去，但见长江中下游1000多公里的流域内，战阵逶迤，杀气氤氲。人民解放军第二、第三野战军（简称二野、三野）江左陈兵，组成东、中、西三个突击集团，沿长江战略展开，张帆举楫，千舟待发；第四野战军（简称四野）先遣兵团的12万人马，亦征尘飞扬地正沿平汉铁路东侧向南推进，直逼华中重镇大武汉。猬集南岸的70万国民党官兵沿江布阵，掘壕堆垒，层层设防……

长江中下游一片大战在即的险恶态势。

这是1946年6月国民党背弃信义撕毁《停战协议》，大举进攻解放区以来，国共两党军事角逐的第4个年头，至此，近500万国民党军队被埋葬在辽阔的北方大平原上。除荒漠的西北外，北中国已尽是共产党人的天下。国民党虽还踞有南半壁江山，但内外交困，败象毕露，挺进到江边的共产党人已听见对岸南京政府那不规则的心跳。中国革命距全面胜利仅一江之隔，跨过这波涛汹涌的江面，一个新纪元的瑰丽霞光，就将在人民解放军最后一击的血与火中飞进。

然而，已经酝酿成熟的时代大转折，使得这年春季风云诡谲。

中国革命胜利的困惑

3月20日7点整,那个从小就黎明即起的杜鲁门,准时走出坐落在宾夕法尼亚大道1600号的白宫,以每分钟120步的速度穿过拉斐特广场,作早餐前的保健散步。

这个因罗斯福脑溢血猝然去世而入主白宫的第33任总统,是美国历史上让人们最缺乏思想准备的一个总统,即便他自己也没有思想准备。当上总统的第一天,一位白宫的新闻记者叫他"总统先生"时,他竟然有些不知所措,说:"我希望你不必这样称呼我。"

社会上流传着许多关于这位新总统笨拙的笑话。在美国人眼里,他像个纸糊草扎的家伙。他身材中等,戴一副普通眼镜,说话的声调高而平板,缺乏他前任那种一听就显出高贵的特别预科中学生有教养的腔调。

但美国人,首先是白宫的官员们很快便发现,他们的新总统工作起来,具有中部边界人那种骡子般劲头;他头脑敏锐,对世界历史的理解,比之大多数美国总统都要深刻,连罗斯福也比不上他;将军们的汇报只说一遍,他就记住了那一大堆繁杂的数字：部队番号、军舰吨位、编制人数、后勤补给量……大多数美国人改变了看法，觉得杜鲁门干得不错，1948年大选继续投他的票。

8点，他坐到摆有水果、烤面包片、腌熏肉、牛奶和咖啡的餐桌前，一边往早餐里撒着胡椒粉，一边喋喋不休地跟他的夫人贝丝、女儿玛格丽特唠叨着他那永远也说不完的话题：办公大楼爆炸案、满嘴脏话的女大学生、黑人权力运动、中东问题、冒风险的经济计划、劫持飞机……但最近餐桌上又多了个蒋介石私人代表蒋夫人宋美龄访美的内容。

他用鄙夷的口吻挖苦说："她到美国来是为了再得到一些施舍的。我不愿意像罗斯福那样让她住在白宫。我认为她也不喜欢住在白宫，但是对她喜欢什么或者不喜欢什么，我是完全不在意的。"他抓起餐巾擦了擦嘴角的奶沫，接着说道："我让她说了半个小时，然后告诉她，我不能满足她再提供30亿美元的要求……玛格丽特，你知道的，我说话不喜欢别人打岔。我要这个唇膏涂得过厚的女人明白，美国只能付给已经承诺的援华计划的那40亿美元，直到耗完为止。昨天下午我告知报界，美国提供的对华援助总额已超过38亿美元，美国不能保证无限制地支持一个无法支持的中国。"

尽管他极其鄙视那个腐败无能的光脑袋总统，但他不能轻易抛弃那个政府，因为国会不会答应他坐视红色共产主义漫过长江，赤化整个中国。

早餐后，杜鲁门走进他的椭圆形办公室，邀集顾问们研究了一上午，向参议院提交一份关于将1948年4月3日的《援华法案》延期至1950年2月15日的议案，继续支付该法案40亿美元拨款中所剩的5400万美元，给那个摇摇欲坠的政府再注上最后一针强心剂。

议案于3月25日获得通过。同一天里，美国经济合作总署拨款1600万美元给国民党政府。

这对经济已近崩盘的国民党来说，无疑是杯水车薪。

克里姆林宫却对胜利挺进到长江北岸的中国共产党人，暧昧地沉默着。

被美国人戏称为"约瑟夫大叔"的斯大林站在办公大楼二楼的办公室里，透过玻璃窗可以看见宫内广场那边象征大俄罗斯的炮王和嵯峨的伊万大帝纪念钟楼。这间陈设简洁的长方形办公室不大，写字台上方挂着一幅列宁的彩色照片；房间中央一张条形会议桌，两边的墙上分别挂着镶在橡木花纹框里的苏沃罗夫和库图佐夫的画像。库图佐夫的画像下贴着幅世界地图。

这位穿着软底靴，身高只有1.65米的世界眼中的巨人，驼着脊背，后脖颈上一褶褶皮皱，堆积在元帅服僵硬的领子上；他左胸襟上终年佩戴一枚金星勋章，嘴里咬着个英国邓希尔公司生产的带白点标记的大烟斗，眼神复杂地凝视着蜿蜒在挂图上的那条世界第三大河。

他正在为这条已经成为世界敏感神经的河流而忧虑。他预感中共的军队倘若打过长江，势必会引起美国的军事干预，从而致使中国问题国际化。为避免出现这种政治局面，借鉴划分东西德国的办法，或许是解决中国问题的最佳途径。毛泽东应该满足于以长江为界，与国民党政府南北分治。

一想到那个教书先生出身的中共领袖，斯大林微微有些不悦。他讨厌奸诈无信的蒋介石，也不大喜欢狂放不羁的毛泽东。他甚至曾怀疑那个向来自行其是，不听苏联招呼的毛泽东领导的政党，是不是真正的共产党。二次大战以后，他一直期待着苏联南方有个统一稳定的邻国，并认为这个国家的统一，只有蒋介石将军才有实力完成。这种公然漠视同一信仰的中共力量存在的态度，连美国人都大感不解。

渴望决战
林彪对决白崇禧

　　1945年8月下旬，苏联红军驻延安情报组给毛泽东转来一封密电，落款是"俄共（布）中央委员会"。据当时负责翻译电报的师哲回忆，其内容大意是说中国不能再打内战，再打内战，就可能有把中华民族引向灭亡的危险等等。

　　看了电报，毛泽东非常生气地说："我就不信，人民为了翻身搞斗争，民族就会灭亡？"

　　若干年后，毛泽东在撰写《论十大关系》一文时，再次提及此事："斯大林对中国作了一些错事……解放战争时期，先是不准革命，说是如果打内战，中华民族有毁灭的危险。仗打起来，对我们半信半疑。仗打胜了，又怀疑我们是铁托式的胜利。"

　　正是由于斯大林的傲慢与偏见，自打1948年4月以来，毛泽东曾几次致电苏共中央，希望能秘密访问苏联，讨论有关中国革命、建立新中国和中苏关系等问题，却都被婉言谢绝了。

　　曾任毛泽东俄文翻译的师哲回忆：1948年5月中旬，毛泽东已经准备好由阜平花山村出发，经内蒙、外蒙去苏联访问。可斯大林来电，说："我们欢迎你（毛泽东）来访，但中国解放战争正处在紧要关头，战斗还很激烈，在这个时候，统帅不应离开自己的岗位太远。如果你有重大问题要同我们商量，我们可以派一位负责同志——中央政治局委员来听你的意见，然后进行协商。你以为如何？"

　　毛泽东只好放弃访苏，于5月27日赶往西柏坡。

　　苏共与中共的微妙关系，在社会主义阵营中已不是什么秘密。曾任南斯拉夫副总统、联邦人民议会主席的米洛凡·杰拉斯在1961年曾批评苏共领导人：常常在最关键的时刻拒绝支持中国革命。

　　数月前，当斯大林得知中国共产党人在淮海大决战中，以60万兵力歼灭国民党80万军队时，十分震惊。这个几年前才指挥苏联红军粉碎德国法西斯入侵的最高统帅，一瞬间便掂出此役的历史分量，洞察到闪烁其间的天才之光。但即便如此，他对中共南渡长江，统一中国的前景，仍然不太乐观。

年纪古稀的斯大林头发干枯，面色晦暗，已显现出生命枯竭的征兆。而日趋严重的动脉粥样硬化，使他那过于疲惫的大脑得不到充分供血，因而常常感到耳鸣、晕眩，并不时伴有幻象滋生。这颗曾改写了一段世界历史的伟大头颅，再也无法像过去那样敏捷而又专注地思想。他太老了。当此垂垂暮年，无论多么英明的领袖也不能保证他的每个判断都睿智。而且，这个年龄层的思维，明显带有不确定性的特征。他原打算尽快把自己对中国目前局势的看法通报给中共的同志，可当他步履蹒跚地走出办公室时又改变了主意，决定还是不急于表明态度。

不表明态度本身就是一种态度。因为此后不久，中国共产党人便惊诧不已地发现，驻南京的美、英、法等国大使馆没有挪窝，苏联驻华大使罗申倒率使馆人员随国民党行政院南迁广州了。这无疑是苏联政府向国民党再次作出的姿态，它不仅挫伤了中国共产党人的自尊和自信，在某种程度上也造成党内的思想混乱，致使一些人担心违背斯大林的意愿打过长江，会导致第三次世界大战的爆发。

尽管几个月之后，斯大林的态度发生了根本变化，也曾就诸如此类的，从抗日战争胜利之后对中共的一些不适当的建议和做法，向赴苏访问的刘少奇委婉地表示了歉意，但他似乎并不清楚这些曾给中共党人带来怎样的困扰和伤害。

中国革命矫健地走到长江岸边，脚步忽然变得沉重起来。

江涛亘古如斯地澎湃着，流进毛泽东纷乱的思绪。

此刻，这个进入北京主政不久的高大的湖南人，正在西山双清别墅

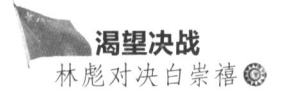

的庭院里散步。山中的春天总是慢半拍，快进4月了他才脱下那身臃肿的灰布棉衣，换上一套呢制服。他身板不摇不晃地稳稳走着，但满脑子都是长江凝重的涛声和由此联想起的长江历史上的战事，以及前些天在吉祥大戏院看的京剧《霸王别姬》。

毛泽东走着走着忽然停住脚步，头也不回地问跟在身后的卫士："有人劝我们不要过江，你说要不要过？"

"要！到手的胜利哪能不要呢？对国民党蒋介石还有什么可以客气的！"

毛泽东有些感动地缓缓转过身来，定定地望着卫士，用一根手指撅住他胸前的纽扣，声音有些沙哑地说道："对，不要学楚霸王。我们都不要学。"

这时，秘书走进庭院，轻声提醒还在沉思中的毛泽东说："主席，接见四野师以上干部的时间快到了。"

北平一解放，东北野战军总部便驻进了北京饭店。

3月下旬，东野遵照中央军委1949年1月15日命令，正式改称中国人民解放军第四野战军；下辖4个兵团12个军及1个纵队，共90万余人。

3月27日，四野在北平朝阳区的一所清王府里召开师以上高级干部会议，由司令员林彪传达中共中央七届二中全会精神。与会者都住北京饭店，不准带家属。但一些纵队司令员、政委还是悄悄把老婆带到北平，通过老上级或老部下另找个住处。白天开会学文件，晚上陪老婆逛西单、遛王府井。林彪知道了，睁只眼闭只眼。于是，那些司令员、政委们索性将老婆带回北京饭店住。

接着，四野又组织全野战军营以上干部进北平参观3天，让这些浑身战场风尘的指挥员轻松轻松，享受一下胜利的滋味。

这 3 天里，进京的干部不仅管吃管住，每人还发了一些零花钱。白天让大家上街去玩，晚上请大家到戏园子里听戏。

这一举措深得人心，直到今天四野的干部谈起那战争间隙里的几天狂欢，还喜眉笑眼地说林总和罗政委这事儿办得够意思。

在四野南下以前的那段时间里，过去只接待外国人的北京饭店几乎成了四野机关的接待处。除了来北平参观的人之外，还有一些到北平来办事的、路过的，或是带着家属游玩的营、团干部，大都是在这里落脚。这里一切都不用花钱，打个招呼，确定身份之后就可以住进来。到了开饭的时间，只管随大伙往饭厅去就是了。饭厅里顿顿饭菜飘香，夜夜搭台唱戏。马连良、尚小云、谭元寿、袁世海……这些北平城里的京剧名角，都以向解放军献艺为荣。即使已经在长安大戏院门口贴出了海报售出了戏票，只要说是北京饭店有请，他们宁可把观众晾在剧场，也会带着行头先来这边演出。听完了戏，还嫌不过瘾，再拉起银幕放电影，美国电影、法国电影、英国电影、香港电影，抓住什么片子放什么片子，一看就是一通宵……

偌大一个北京饭店人头攒动，摩肩接踵，一眼望去到处是黄呢子军装，几乎全是四野的干部。四野部队不仅武器装备好，衣服的质料也好，团以上干部发的全是呢子军装。

作战参谋高继尧到北京饭店那天正是午饭时间，楼上楼下的人都水似的往饭厅里漫。他随人流拥进饭厅，只见宽敞的大饭厅里摆放着四五十张铺着白色台布的大饭桌。四野首长所坐的饭桌靠里边，中间也没个屏风遮挡。他一进饭厅的门，隔着十来张饭桌就看到林彪、罗荣桓、董必武、薄一波、刘亚楼、肖克、赵尔陆、陈光等军政首长坐在张大圆桌前。

高继尧和熟识的老战友们往一张桌前凑，凑齐十个人就端起酒杯互碰。可还没来得及干，忽然从饭厅门口传来一个洪亮的声音："同志们，请大家静一静！"

刚才还在"嗡嗡"响的饭厅立刻安静下来，所有的目光都转向门口。只见叶剑英领着一位穿长袍戴礼帽的老者走进来："同志们，现在我来向大家介绍一位伟大的老人。"他侧过身将那位老者往前推了推，亮开嗓门说："这位老人为我党我军养育了一个好党员、好干部，这位老人可称得上功高盖世，非常的了不起啊。"

所有的目光全都集中在那位老者的身上。

"大家知道这位老人是谁吗？"叶剑英稍稍顿了顿，抬手往饭厅最里边一指，大声说，"他就是林总的父亲！"

听到这句话，所有的人都放下碗筷，站起来使劲鼓起掌，同时把目光投向坐在饭厅最里边的林彪。

林彪却面生愠色，把筷子一扔便从侧门走了，场面一下尴尬得让人不知所措。谁也弄不清林彪是对他父亲不打招呼就来不满，还是对部下为他父亲鼓掌而恼火。

幸亏四野参谋长刘亚楼反应机敏，微笑着快步迎上前去，伸手挽起老人的胳膊，将他搀扶到饭桌前，与董必武并排坐在上座，饭厅里的人这才又继续用餐。

饭吃到一半，有个参谋匆匆跑进来，将一纸电话记录呈给了刘亚楼。刘亚楼扫了一眼便腾地站起来，大声通知说："吃完饭以后，师以上干部在饭店门前集合，集体乘车去香山。"

这一天是3月31日，只有几位四野首长知道，毛泽东主席要在西郊香山接见四野师以上指挥员。

接见是在香山的一个小礼堂里进行，纵队指挥员都坐在第一排。看到毛泽东、刘少奇、朱德、周恩来、任弼时、林伯渠、董必武等中央领导人从边门走进来，林彪尖着嗓门喊了声："起立。"

四野几百名师以上指挥员唰地站起，激动地长时间热烈鼓掌。毛泽东等中央领导走过来，亲切地同前两排的干部一一握手。

刘亚楼走到毛泽东面前，恳求说："主席，给我们讲讲话吧。"他话音未落，礼堂里再次一片掌声。

毛泽东笑道："在两年半的解放战争过程中，我们消灭了国民党反动派的主要军事力量和一切精锐师团。国民党反动统治机构即将土崩瓦解，归于消灭了。我们三路大军浩浩荡荡就要下江南了，声势大得很，气魄大得很。同志们，下江南去！我们一定要赢得全国的胜利！"

接着，毛泽东又说道："明天南京国民党政府代表团就要到北平来进行和平谈判了，好嘛，谈嘛，我们希望能谈出一个和平的结局来。但是，长江我们还是要过的，谈成了我们开过去；谈不成，我们打过去。"

接见后，毛泽东又设宴款待四野的高级指挥员们。但未等席终他便告退，与周恩来等研究与南京政府和平商谈代表团谈判事宜去了。

这个代表团是国民党崩溃前发起的——被毛泽东称之为"和平攻势"的产物。同时，毛泽东在《四分五裂的反动派为什么还要空喊"全面和平"》一文中指出，这个"和平攻势"的发明权不属于蒋介石，而是属于国民党桂系。

第2章 桂系何系

桂系是国民党内最顽强的政治派别，杂牌军中最能打的军事集团，它的发展史颇有几分悲壮色彩。

广西偏处边陲，山寒水瘦，地瘠民贫，是中国历史上有名的穷省，自康熙年间财政就不能自给。至于清末，朝廷昏聩腐败，官府横征暴敛，广西越发一贫如洗。走州过府，但见八桂之境烟毒横流，饥民遍地。民不聊生便会铤而走险，卖牛买枪，落草为寇，出没于险山恶水间。因而，广西不仅以穷著称，且以多匪闻名。其中一个叫陆荣廷的绿林首领枪法甚精，聚啸山林多年，打家劫舍，专以法国人、安南人为敌。官府屡次进剿，均无功而还，无奈之下许以高位，将他招了安，然后以匪治匪，命陆荣廷率领他的那帮喽啰们进山剿匪。陆荣廷当上了管带，嘴脸立刻就变，不遗余力地效命官府，因剿匪有功，连年升迁。到辛亥革命时，陆荣廷竟爬到广西都督的位子上，与其妻弟谭浩明、姻亲沈鸿英等地方军阀称雄一方，形成桂系封建把头式的家长制专制统治。

史称旧桂系。

旧桂系鼎盛时期，兵力逾10万之众。广西贫瘠之地，凭它一省的财力，根本养不起如此庞大的军队，所以桂军只有靠掠夺或就食邻省来生存。最为桂军垂涎的邻省，就是富庶的广东。

1916年，陆荣廷趁护国讨袁之机发兵广东，驱逐军阀龙济光，将势力扩展到粤境，当上了两广巡阅使。陆荣廷欲望由此愈加膨胀，匪劲大发。为了巩固桂系在岭南的势力，他竟然勾结云南军阀唐继尧改组军政府，挤走了孙中山。

1920年的夏天，孙中山发动驻闽陈炯明部返粤驱逐桂军，从而爆发了粤桂战争。粤桂军将领间原就多有摩擦，加上桂军久驻广州，盘踞一方，偷安数年，将惰兵骄。粤桂之战打了不到一个月，陆荣廷便一败涂地，夺路逃回广西。次年，孙中山重新开府广州，令陈炯明、许崇智率粤军分路入桂，讨伐陆荣廷。

6月，粤桂战火再燃；9月，桂军全面崩溃。

但是，当时谁也不曾料到桂军的这次败北，倒成了广西几位青年军官崛起的契机。

桂军溃退到桂南时，林虎部手下有个统领叫李宗仁，不甘被粤军收编，带着两营人避入六万大山，靠收罗桂军零散部队，将势力发展到两千余人。

1924年6月，在广州革命政府的支持下，李宗仁与原桂军模范营军官黄绍竑、白崇禧扯起"定桂讨贼联军总司令部"旗帜，联手兴兵，以寡敌众，先打垮陆荣廷部，再歼沈鸿英主力，继而回师迎战入桂的滇军。经昆仑关和沙浦两大战役，桂军彻底击败两万滇军。

不出3年，称雄广西十几年的军阀陆荣廷、沈鸿英、谭浩明等，竟被几个30岁左右的年轻人一一剪除，统一了广西，令天下大惊。

以李宗仁、黄绍竑、白崇禧为核心的桂系从此崛起，也称新桂系。

1926年初，两广正式统一于国民政府号令之下。是年3月，广西2个军合编为国民革命军第7军，李宗仁任军长，黄绍竑任党代表，白崇禧任参谋长；辖9旅21团及炮兵、工兵2个营，共4万余人。自5月中旬始，李宗仁率第7军5个旅12个团陆续北伐，另9个团留守广西。

桂系部队攻两湖，战江西，所向披靡。

及至当年11月肃清江西之敌以后，革命军已控制粤、桂、湘、赣、鄂、闽、黔7省，击破中国最强横的大军阀吴佩孚、孙传芳部主力；西北军阀冯玉祥、阎锡山宣布加入革命；川、滇、黔省纷纷换旗易帜，归顺广东国民政府。北伐军扫荡东南，剑指中原，气焰之盛，一时无两，大有传檄而定之势。

但是，凯歌声中革命阵营内也暗潮涌起，党权、政权之争日益尖锐。1927年4月12日，蒋介石在李宗仁、白崇禧的支持和策划下，终于撕破伪装，在上海发动政变，大肆捕杀共产党人。26日，蒋介石在南京另立国民党中央和国民政府，与以汪精卫为首的武汉国民政府相对抗。史称"宁汉分裂"。

然而，在对汉用兵问题上，李宗仁、白崇禧与蒋介石意见相左，力主借清党讨共，继续北伐，与汉妥协。随着矛盾日趋尖锐，逐渐公开，桂系遂有去蒋之心，继而又生问鼎之意。至8月，桂系在何应钦的赞同下公然示好武汉政府，借以逼蒋下野。

8月12日，李宗仁、白崇禧联名通电：

汉口汪主席、谭主席、孙部长、唐总指挥、九江南昌程总指挥、朱总指挥、张总指挥、鲁军长、陈公博先生勋鉴：

本党前因共产党之挑拨离间，陷宁汉两方情格势禁，日入险恶，致令北伐大局，坠于垂成，回溯之余，令人心痛。今诸公毅然

第2章　桂系何系

清党讨共，是护国救党之忠诚，已与宁方一致，仁、禧等之希望汉方同志者得矣，其他党内一切问题，自可迎刃而解。而介公以其所抱清党去鲍之目的已达，对于总揽戎机之权，交军事委员会接收，惟是军阀之淫威尚炽，北伐之全功未竟，党内政治问题，亟须推诚计议，迅谋解决，合宁汉全力，一致北伐，以完成总理之遗志。诸公爱党护国，素所钦崇，进行方针，乞速电示。仁、禧等只听不倚，别无成心，特电达，立候明教。

李宗仁、白崇禧同叩文（十二）戌于南京印

当晚在南京，李宗仁、何应钦、白崇禧等再次劝说蒋介石：军阀孙传芳部正在江北虎视南京，如再西与武汉为仇，徒招两面受敌，只有接受冯玉祥的调停，方能集中兵力对付直鲁军。

蒋介石见将领们与己意见不合，要挟道："如果你们一定要和的话，那我就必须走开。"

白崇禧马上接住他话茬儿说："总司令能离开一下也好，等我们渡过目前难关后，再请总司令回来行使职权。"

蒋介石一惊，扭脸去瞅何应钦。何应钦装聋作哑不吭声。

蒋介石气得话都说不囫囵了："好，好……就这样吧！"

是时，第一集团军所辖12个军35个师另3个旅，共编为3个路军。第1路军总指挥何应钦，第3路军总指挥李宗仁；第2路军总指挥由集团军总司蒋介石兼，白崇禧代，实际由白崇禧指挥。李宗仁、白崇禧是一向不大听招呼的，可是连素来视为亲信的何应钦屁股也坐到桂系那边去了，蒋介石这个集团军总司令还当得下去吗？

蒋纬国总编著的《国民革命战史·北伐统一》第3卷记载："8月12日，蒋总司令为促成党内团结，继续北伐，不惜牺牲个人名位，宣告引退。蒋总司令引退之前,将军事委诸何应钦、李宗仁、白崇禧三总指挥。"

14日,白崇禧领衔,与桂系第7军夏威和刚扩编的第19军军长胡宗铎从芜湖联名通电武汉政府汪精卫等,进一步逼宫:

> 现在总司令驱共目的已达,不愿以个人关系,陷党国于危亡,经离宁赴沪休养,总司令职权交由军事委员会接收。伏思党国分裂,北伐之师,至鲁豫而中道折回。凡我同仁,良心深痛。现双方所争持者,皆不成问题,亟应继续努力,完成革命之功,致因争持期间所发生之诸问题,而必须先决者,仍由宗铎代表赴浔,与诸公面商,尚希约期电复为祷。

16日,蒋介石通电辞去国民革命军总司令职务;28日,与张群等人东渡日本。

蒋介石下野,让何应钦满心快意,说:"蒋是自己要走的,他走了很好,从此我们也可以爱一爱国家。"

白崇禧更是兴奋:"革命是大家的事,蒋走了很好,我们大家联合起来做革命工作,少了他,我们一样可以做。"

成功倒蒋,使桂系第一次在国民党内显示了它不可低估的政治能量和军事实力。蒋介石去职后,李宗仁、白崇禧、何应钦共同主持南京政府军委会,签署发布所有军令。

李、白、何三人共同指挥,接连取得龙潭战役和讨伐唐生智的重大胜利。接着,三人又运用政治手腕,拉拢分化武汉政府要员,孤立汪精卫,逼其通电下台。9月,李、白、何进而联合西山会议派,操控了宁、汉、沪三方代表组成的国民党中央特别委员会,代行中央职权。倒蒋以来,桂系势力至此达到顶峰状态。

然而，国民党内部的主要矛盾也由原来水火不容的蒋、汪两派对立，转化为被逼下台的蒋、汪两派同桂系的斗争。

1927年间，最能搅浑中国政治这汪水的，除了蒋介石，就数汪精卫了。是年8月，汪精卫指使第二方面军总指挥张发奎和第4军军长黄琪翔借口追击南昌起义部队，由江西率部南下广东。乘广东省政府主席、第八路军总指挥李济深所部在潮州、揭阳与南昌起义部队激战之际，张、黄部顺利进抵广州。10月29日，汪精卫由港返穗，以国民党中央政治会议主席的名义，在广州召开国民党中央执监委员联席会议，成立国民党中央党部和国民政府，与南京特委会对抗。与此同时，他与死对头蒋介石在反对桂系的基础上勾结起来，合谋密约，同时复职：蒋介石复任国民革命军总司令，汪精卫复任国民政府主席。

11月17日凌晨，张发奎、黄琪翔在广州发动政变，改组李济深广东省政府。

《国民革命战史》称此事件为"广州张黄事变"。

12月3日，国民党二中全会预备会在上海召开，原定会议内容是讨论废除南京特委会的问题，结果会议开始没多久，代表们的话题就转而集中到"广州张黄事变"问题上，汪精卫顿成众矢之的。领头批汪的，就是李济深。

此人也是国民党元老级人物，当过陆军大学教官、国民革命军总参谋长兼第4军军长，带出一批名将。可汪精卫竟然唆使他的老部下张发奎、黄琪翔等，端了他的老窝子广州。"此恨绵绵无绝期！"预备会上，他与李宗仁、孙科、谭延闿等坚决主张追究汪精卫等主使张、黄叛变案。而汪精卫一派的驻粤委员王法勤等，则猛烈攻击南京特委会。双方吵得不可开交，蒋介石则摆出中立调停的姿态，从中斡旋。当双方僵持不下时，便都想讨好蒋介石。12月11日，第4次预备会议上，汪精卫突然提出请蒋介石复任总司令一案。提案获得通过，并决定明年年初召开国民党四中全会。

　　吵了10天的预备会，让汪精卫名誉扫地，桂系操控的特委会也因即将召开的四中全会而余日无多，最后只有蒋介石是唯一赢家。

　　此后，国民党两大巨头蒋介石、汪精卫，都视桂系为敌。蒋介石更甚，恨得咬牙切齿。1928年1月，蒋介石刚复职就写信告诫何应钦："桂系野心甚炽，不惜破坏党国团结，在各派系间进行挑拨离间，妄图收渔人之利。'庆父不去，鲁难未已'，革命必难成功。"

　　蒋介石下野有多重政治、军事因素，但蒋介石却认定纯属桂系阴谋所致。当然，他也不会忘记何应钦参与逼宫这一箭之仇。

　　复职后他曾对自己的"笔杆子"李仲公说："上次白健生（崇禧）逼我，如果他（何应钦）说一句话，我何至于下台。"

　　蒋介石胸襟狭窄，睚眦必报。由于被逼下野，丢人现眼，他对桂系的仇恨仅次于共产党。消灭桂系，也成了他复职后的既定方针。而对何应钦则有别于桂系，一则因其颇有军事才能，二则因其军中威望甚高，蒋介石不能不用他。但用而不信，最后蒋介石索性把他弄到美国去当个军事代表团团长。

　　但是蒋介石比汪精卫能隐忍，他还要利用桂系完成北伐大业，而桂系也想借助北伐发展自身实力。于是，1928年4月5日，蒋介石徐州誓师二次北伐，蒋、桂这对冤家又站到了同一面旗帜下。

　　二次北伐，打到鲁南，桂系更趋庞大。

　　《国民革命战史》记载："迄（1928年）五月十六日鲁南之敌肃清后，国民政府复以十六个军九个独立师，编为第四集团军，特任李宗仁为总司令，白崇禧为前敌总指挥。"

其中桂系基本部队，已由北伐开始时的一个军，急剧膨胀到第7、第13、第15、第18、第19五个军。

二次北伐胜利后，白崇禧占据华北，李宗仁控制湘鄂，黄绍竑留守广西，桂系部队成三点一线摆开，其势煌然。至此，桂系进入全盛时期，与冯玉祥第二集团军、阎锡山第三集团军实力相当。李宗仁也成为与蒋介石、冯玉祥、阎锡山平起平坐的四大军事集团首脑人物。

然而，桂系之盛，如昙花。

1928年底，蒋介石召开编遣会议，企图借机削藩，翦除异己，打破四雄并举的军事格局。但冯、阎、桂三家都不肯就范，李宗仁、白崇禧更是带头在编遣会上跟他唱反调。于是，深怀逼宫旧恨的蒋介石，决定"以根本铲除桂逆之目的"，先拿桂系开刀，再摧毁冯、阎势力。

1929年初，蒋介石开始秘密向湖南省主席鲁涤平部输送武器弹药，准备对桂用兵。此事却被鲁涤平政敌、第35军军长何键密报桂系。2月19日，桂系以武汉政治分会名义免去鲁涤平职务，由何键继任湖南省主席，并派军进入长沙，赶走鲁涤平，从而引发当时有名的"湘案"。

蒋介石终于有了动武的口实，不再隐忍了。他以武汉政治分会不经请示，擅自任免，擅自调兵为由，于1929年3月下令将李宗仁、李济深、白崇禧撤职查办，开除党籍，并宣布组织"讨逆军"讨伐桂系。3月28日，继宁汉战争之后的第二场新军阀混战——蒋桂战争爆发。

蒋介石纵横捭阖，阴招迭出，大军压境的同时，重新起用唐生智瓦解驻扎平、津、唐地区的第四集团军前敌总指挥白崇禧部4个军。

蒋介石同时又利用桂军内部保定军官系和非保定军官系的矛盾，重金收买了原桂系将领俞作柏，派其离间了第7军第1师师长李明瑞。还派郑介民策反第12军的师长杨腾辉。李明瑞率第7军共5个团倒戈，杨腾辉拉走所部3个团投蒋。蒋介石即任命李明瑞为第15师师长、杨腾辉为第57师师长。第7军另4个团与第19、第18军退往沙市、荆州、宜昌一带。蒋介石令张发奎、朱绍良两路大军紧追不放。4月中旬，第7、第18、第19军军长夏威、陶钧、胡宗铎向蒋介石投降，被令离军出国，所属部队尽被张发奎、朱绍良部包围缴械。叶琪第12军则被何键收编。

桂系三巨头李宗仁、白崇禧、黄绍竑分头潜回广西。

蒋介石不费一枪一弹，一个多月里便搞垮桂系第四集团军，兵不血刃，进占武汉。至此蒋介石仍不罢休，"以根本铲除桂逆之目的"，组织讨逆军由湘、鄂、滇三路进攻广西；同时令俞作柏任第八路军副总指挥，率李明瑞、杨腾辉两师由武汉船运广州登陆，参加攻桂。

桂系不肯屈服，遂以留守广西的第15军为基本力量，于5月5日扯起"护党救国军"大旗，联络西北军冯玉祥通电讨蒋。6月兵败，桂系三头目亡命海外。

毛泽东吟哦："风云突变，军阀重开战"，指的就是蒋桂战争。

当时毛泽东和朱德率红4军从广昌向南走时，赣敌张与仁旅来追。在距壬田一二十里的黄柏圩，红4军后卫和敌人接上了火。双方边打边走，保持接触。快到中午，敌人突然集合，回头向北去了。毛泽东得到侦察员报告，也不知道是怎么回事，走到汀州才知道蒋桂战争爆发了。

红4军利用这一机会，在赣南、闽西20余县范围内大力开展游击战争，建立苏维埃政权。

蒋桂无义战，此后一连串的混战都是新军阀为争夺权力、地盘的烂打恶斗。

赶走了桂系头目，蒋介石旋即任命俞作柏为广西省政府主席；李明瑞为广西编遣特派员、杨腾辉为副特派员。

但蒋介石没想到俞作柏受其弟、共产党员俞作豫的影响，思想倾向进步。而李明瑞与俞作柏、俞作豫是姑表兄弟，不仅在桂系将领中以骁勇善战著称，思想上更是同情共产党，具有较鲜明的民主主义意识，既倒桂也反蒋。

因此，李明瑞和俞作柏主持广西军政仅3个月，即于1929年9月底联络粤军将领张发奎，在南宁发出"反对独裁，实行民主，释放政治犯，贯彻三大政策"的通电，誓师反蒋。

俞、李还在密谋起事，就已被广东陈济棠手下侦知。蒋介石故伎重演，以广西省主席职位和200万块大洋，收买了广西警备第1师的师长吕焕炎。吕焕炎则以30万大洋，又轻松收买了李明瑞一手提携的第15师的旅长黄权。黄权不仅背主弃义，还拉上杨腾辉一起投靠蒋介石。

10月7日，蒋介石令陈济棠部3个主力师由西江溯流而上，进攻广西。一仗没打，俞、李反蒋活动就失败了，不得不随同俞作豫率领的广西警备第5大队撤往龙州。1930年2月1日，在共产党人的推动下，李明瑞与邓小平、俞作豫领导广西警备第5大队在龙州起义，成立红8军，与百色起义中成立的红7军，共同创建左右江革命根据地。起义后的李明瑞加入了中国共产党，并担任红7军、红8军总指挥。

俞、李反蒋失败后，黄绍竑、李宗仁、白崇禧等于11月秘密潜回广西，集合第7、第15军旧部，联合经湘入桂的张发奎部，成立护党救国军总司令部。李宗仁出任护党救国军总司令，黄绍竑任副总司令，白崇禧任前敌总指挥，下辖张发奎第三路军和桂军6个师编成的第八路军。

然而，护党救国军成立未几便仓促攻粤，一个月后即告失败。

战事频仍，致使桂军给养艰难，饥馑困乏，斗志低落。

桂系却败而不馁，屡仆屡起。1930年1月5日，李宗仁在平乐整顿部队，重新恢复第7、第15军和张发奎的第4军；5月，复又与阎锡山、冯玉祥结盟，联合反蒋。

由于主战场在陇海线两侧，这场蒋、冯、阎、桂大战又称中原大战，为中国近代史上规模最大、耗时最长、祸害最深的一场军阀混战。实际上也是北伐军第二、第三、第四集团军对第一集团军的火并。双方投入兵力约150万人。战至9月18日，拥兵30万的张学良通电入关，支持蒋介石，战争的天平迅速倾向东南。冯玉祥的西北军垮了，阎锡山的晋绥军败退山西。而桂系部队在衡阳遭蒋军、粤军夹击，损失惨重，败退回桂时仅剩不足额的14个团兵力。

从此，冯玉祥一蹶不振，阎锡山俯首称臣；桂系二号人物黄绍竑亦心灰意冷，主动辞职，通电主和。然而李宗仁、白崇禧仍不气馁，再整军备。

在为黄绍竑饯行酒宴上，白崇禧慨然表示"广西人是不会投降的！不但现在不投降，即使将来的环境比现在更困难，也不会投降的！"

几番讨桂，几度反蒋，蒋桂纷争不息。

1931年2月28日，国民党元老胡汉民因制定"训政时期约法"，与蒋介石分歧尖锐而被其囚禁于南京汤山。蒋介石的专横独裁，顿时引发国民党内新的政治风暴。

胡汉民的军师古应芬南下广州，策动广东第八路军总指挥陈济棠挑头反蒋。陈济棠联络桂系李宗仁、白崇禧，建立粤桂联合阵线，并于5月下旬拥戴汪精卫，在广州另组国民政府，通电要求蒋介石下野。

从此，两广开始了长达5年的联合反蒋阵线。

9月中旬，粤、桂军发兵北上讨蒋，与中央军何应钦部僵持于湖南衡阳一带。数日后突发"九一八"事变。在全国各界"停止内战，一致抗击日本侵略者"的舆论压力下，宁、粤政府不得不从武力争夺转为谈判议和。

12月15日，迫于形势，蒋介石辞去本兼各职，第二次下野回归奉化。16日宁粤双方中委在南京合炉，召开四届一中全会，选举林森为国民政府主席、孙科为行政院院长。可孙科砣小，压不住国民政府这杆大秤，光是财政危机就弄得他焦头烂额。他只好求助蒋介石、胡汉民、汪精卫，电邀其入京共济时艰。

蒋介石秘密勾结汪精卫，达成两人共同入京，一个主政，一个主军的政治交易。

1932年1月28日，在蒋介石主持召开的中央政治会议临时会议上，下野不到一个半月的蒋介石再次复出，当上军事委员会委员长；汪精卫任行政院院长。

蒋、汪合作的南京政府体制建立后，蒋桂之间的明争暗斗仍未止息。是年5月，蒋介石与日本签订丧权辱国的《上海停战协定》，李宗仁等通电反对蒋、汪妥协投降行径。

1933年11月20日，李济深、陈铭枢、蒋光鼐、蔡廷锴等率国民党第十九路军在福州竖起抗日反蒋大旗，成立中华共和国人民革命政府。蒋介石调集大军，入闽镇压。李宗仁与胡汉民、陈济棠等联名通电，痛斥：

> 数年以来，南京军阀窃党治之名，行独裁之实，降日卖国，怨尤丛集，对外乃投降屈服，对内则面目狰狞。今唯排除异己，又挟其蓝衣党之暴力，为闽民敌，丧心病狂，莫此为甚。

蒋介石军事平平，然而玩弄权谋诈术之稔熟，无人可以企及，算得上中国近代史上一大奸雄。一场中原大战，他打垮冯玉祥，降服阎锡山，收拢张学良，却始终未能铲除桂系。其中一个重要因素，桂系是反共的，在国民党内有一定的政治基础，经常得到党内、军内其他派系的同情和支持。此外，桂系坚定顽强，适时变换斗争策略。

"九一八"事变后，蒋介石的不抵抗政策致使日本更加猖獗，侵占中国东北后，又于1933年初向华北进行新的侵略扩张。日军相继攻陷山海关、承德，并大举进犯军事要地喜峰口、冷口和古北口。当此民族危亡的关头，蒋介石仍坚持"攘外必先安内"政策，对外妥协退让，对内围剿红军，激起全国民众的义愤。

桂系顺应形势，及时将"护党救国"方针改为"抗日反蒋"，并在1936年4月提出"焦土抗战论"。

5月27日，两广通电反对日本增兵华北，激起全国反日情绪。

6月1日，李宗仁、白崇禧联合广东第一集团军总司令陈济棠，公开打出抗日救国旗号，反对蒋介石不抵抗政策，成立"抗日救国军西南联军"，陈济棠任总司令，李宗仁任副总司令，率军入湘，北上抗日；同时发电呼请国民党中央实行抗战。

两广方面向湖南出动军队30万、飞机百余架。

此即震动一时的"两广事变"，也称"六一"事变。

蒋介石从容应对，化解危机。应对化解的法宝，还是官位和金钱。蒋介石先从粤军下手，重金收买将领。陈济棠部主力、第1军军长余汉谋最先叛变；接着，被陈济棠倚为王牌的广东空军，在司令黄光锐率领下驾机离粤，全部投蒋。几天之后，广东第2军军长张达也被收买，致电南京："听命中央"。

拥兵二十万，称雄广东多年的陈济棠，忽然就成了众叛亲离的孤家寡人。"两广事变"发生48天之后，他便悄然下台赴港。广东从此结束半独立局面，完全落入蒋介石手中。

蒋介石早就阴谋解决两广联合问题，可是陈济棠集团这么快就瓦解了，让他实在没有想到。但他很清楚，剩下广西这根钉子不好拔。所以，他派出大批政客、特务到港穗活动，用高官厚禄收买、离间桂系官员的同时，调集顾祝同、陈诚、余汉谋、何键等部，共50万大军围困广西。

第2章 桂系何系

桂系高级幕僚刘斐告诫李宗仁、白崇禧说："你们只有抓住抗日的牌子不放手，死了才有板子埋。"

李宗仁、白崇禧毕竟不是那个迷信风水，遇事扶乩的陈济棠，他们抓住"抗日"的牌子不撒手，全省紧急动员，扩军10万应变，争取各方同情和支持，与蒋介石多方周旋，纠缠到底。

就在蒋桂双方剑拔弩张，战云密布欲雨时，全国抗日形势越发高涨。8月，程潜等出面调和，蒋介石终于与桂系妥协，使"两广事变"最终得以和平解决。

9月6日，蒋介石以国民政府名义任命李宗仁为广西绥靖主任，白崇禧为中央军事委员会常委，黄旭初任广西省政府主席。

自1927年8月第一次逼蒋下野，桂系逢蒋必反，反必操戈，断断续续打了8年。

"七七"事变后，蒋、桂搁置宿怨，又合作抗日了8年。

抗战伊始，桂系全省总动员，两个月内便组建起4个军48个团，广西仅留下一个第175师，余皆先后出动，开赴抗日前线。其动员之广泛，之迅速，为全国少见。

抗战中，李宗仁指挥的徐州会战、随枣会战，白崇禧指挥的武汉会战、桂南会战，均令全国瞩目。其中尤以台儿庄大捷最为著称，一役毙伤日军精锐矶谷师团两万余人，为中国军民抗战以来取得的最大胜利。

然而，抗战胜利并没有给桂系带来多少喜悦。

1945年8月10日傍晚，汉中行营主任李宗仁收到国民党军事委员会发来日本乞降的通报，深夜便和行营参谋长、顾问、秘书们谈了场话，脸色沉郁地说："抗战胜利了，这笔账老蒋一定写在他一个人的户头上，今后他更加可以为所欲为了。这个人向来的做法是'顺我者昌，逆我者亡'。抗日时期，因为大敌当前，他不能不用我们这些人来支撑门面。战后他一统天下，像我们这些人，就是顺他，他也不会放心的。所有行营和战区都要撤销，我们到哪里去呢？回广西吗？广西也不过是那么拳头大的一块地方，都挤在那里，怎么养活这么多人？就是勉强生活下去，又有什么意思！如果他对我像对李任公（济深）那样，随便给一个闲散名义，又怎么办？你们考虑过这个问题没有？"

那些部属们面面相觑，谁也答不上来。

李宗仁便向他们吐露了去职休息，到国外走走的想法。

第二天他写了个提纲，三条：一是祝贺蒋"领导抗战"胜利；二是表示追随蒋完成北伐统一大业，兹又赢得抗战胜利，奠定国家民族复兴之宏碁；三是八年来坐镇前方，身心交瘁，请畀以名义出国考察，借资休养。

他将提纲交给顾问黄雪邨、秘书尹冰彦，据此草拟一份给蒋介石的电报稿。最后又交代说，要把共产党问题提一下，"战后中共问题，虽然严重，但若善为筹处定可弭于无形。"

两人揣摩了一番李宗仁的意图，认为所谓"出国考察"，不过是"以退为进"，试探老蒋的态度。于是决定电报前半部分动之以情，借以表白李宗仁的"功绩"，后半部提出中共问题，才是"画龙点睛"，用以威胁老蒋。当晚，尹冰彦把拟好的电报稿送李宗仁核阅，李宗仁没作多大改动就签发了。

李宗仁料定，只要共产党还存在，蒋介石就不可能安享"九五之尊"，对桂系就不能不投鼠忌器，当然也就不会轻易打发他走。

果然不久，蒋介石就任命李宗仁为北平行营主任。

与此同时，在重庆的白崇禧也担忧抗战胜利后，蒋介石会腾出手来收拾桂系，也搬出共产党问题来护身。他向蒋介石建议："应乘战胜余威，先将中共剿平，尔后行宪。"

但是，国共矛盾从来就没有消弭蒋桂矛盾，只是抗战胜利后的蒋桂矛盾，形式发生了变化，由过去的明争，直接对抗，转为暗斗，彼此算计。最终导致1948年底，桂系再次逼蒋下野。

这次逼蒋行动带头发难的，还是桂系头目之一白崇禧。

第3章

蒋介石的党内死敌

形容白崇禧只需8个字：强悍暴躁，诡计多端。

此人系桂林六塘山尾村人，据他自己回忆，其祖先是个名叫伯笃鲁丁的阿拉伯人，于十四世纪中叶沿着丝绸之路来到中国，遵明太祖法令之规，改伯为白姓。至清光绪十九年（1893）白崇禧出生，已传19代。或许正是这种异族血统基因，使得白崇禧在体形普遍瘦小的广西人中，格外显得身材高大。

白崇禧年幼时，父亲在西乡苏桥墟开有一爿杂货铺，因而家境尚好。自白崇禧10岁时父亲病故后，这个家庭便日趋清贫。但是白崇禧自小倔强聪明，14岁时考取桂林陆军小学。入学不到3个月，他因患恶性疟疾而退学，2年后复又考取广西省立初级师范。

辛亥革命爆发时，白崇禧参加广西学生敢死队。可没等这群学生开赴战场，南北议和了，敢死队遂奉命解散。白崇禧被编入南京陆军入伍生队，受训半年后，转入武昌南湖陆军预备学校学习。3年后毕业，他被分配到卢永祥第 10 师当兵。1913 年，他和黄绍竑、夏威等人一起考入保定军校第 3 期步兵科，学成后返回广西，在桂系军阀陆荣廷的第 1 师任少尉见习官。

1917 年，广西当局集中军官学校毕业的青年军官，组建广西陆军模范营，黄旭初为副营长，白崇禧与黄绍竑、夏威、张淦等任连长。除了李宗仁外，后来的新桂系骨干人物基本上都聚集于这个营里了。

模范营招收的学兵，多为高小以上文化素质，再经这些受过军校正规教育的青年军官们一训练，顿以军容齐整、纪律严明而闻名桂军。

是年 8 月，桂系军阀谭浩明为湘粤桂联军总司令北上护法时，特意调模范营为总司令卫队，以壮行色。撤回广西后，模范营奉命到左江流域剿匪。白崇禧总结广西土匪猖獗，屡招不止的历史教训，胆识过人地提出剿重于招，建议枪决招安三次以上的土匪。

旧桂系军阀陆荣廷听了大怒："如此做法，若各地之匪闻之皆不来招安，广西全省地方之治安谁敢负责？"

可小连长白崇禧就敢负责，自行改抚为剿，设计将屡受招安的八十多个土匪全部枪决。结果，模范营两个月就把左江匪患肃清，并从此改变了广西剿匪政策。白崇禧亦成为桂军青年军官中的出类拔萃之辈，其后不久便被提升为营长。

桂军在粤桂战争中败北后，黄绍竑趁机拉起了一支队伍，委托白崇禧为全权代表，与孙中山取得联系。白崇禧一年前夜间巡视阵地时，不慎失足跌下悬崖，摔得左腿骨折。后去广州治疗休养，虽愈，却左腿稍短，行之略有瘸状。但白崇禧西装革履，气宇轩昂，腿疾倒也无损其风采。

1923 年 5 月 10 日上午，他气宇轩然地走进广州河南岸的"广东士敏土厂"拜见孙中山，侃侃言道："广西陆军军官学校出身的青年军官们，愿意参加孙先生领导的革命事业，希望得到孙先生直接领导。广西统一对于革命是非常重要的，望大本营予以密切注意。"

孙中山很高兴："很好，很好！你们能够参加革命，是好事情。你们都是军校毕业的青年，应该投身于救国救民的革命大业。需要什么帮助吗？"

白崇禧要求孙中山给黄绍竑一个名义以资号召，并请粤军在黄绍竑部讨伐陆荣廷、沈鸿英时，给予大力协助。孙中山慨然应允，当即委任黄绍竑为广西讨贼军第1军军长，白崇禧为参谋长。素怀鸿鹄之志的白崇禧对着委任状沉吟半响，提醒孙中山说：黄绍竑以第1军军长的名义恐不便号令广西，掌握桂局。

孙中山想想有道理，遂重新委以广西讨贼军总指挥。临别时，孙中山拉住白崇禧的手，诚恳地说："我无枪、无粮、无饷，有的只是三民主义。"

白崇禧慷慨激昂道："广西统一不需要孙先生的物质支持，所需者只是先生的革命理论。"

当时广西军阀陆荣廷和沈鸿英部各有一两万人马，黄绍竑部难以与之匹敌。因而，白崇禧携带孙中山的委任状秘密回桂后，即前往玉林与广西陆军第5独立旅旅长李宗仁彻夜长谈，协调两旅联合作战，分进合击，一年平定广西。

这战事迭起的一年，给白崇禧以充分展示军事才干的机会。他以寡敌众，妙计迭出，如有神助。在上雷镇一役中，他用假象分散对方兵力，一举打垮陆荣廷部悍将韩彩凤。几个月后，他又出奇兵迂回沈鸿英部防线，由背后击之，顺利攻克桂林。是时，白崇禧的兵力还不及沈鸿英部的六分之一。

据说是沈军官兵中有人惊叹："此人真是个小诸葛！"

从此，"小诸葛"之誉伴随白崇禧一生。

第3章　蒋介石的党内死敌

白崇禧是1926年2月赴穗与国民党中央商谈关于两广统一问题时认识蒋介石的，第一面印象就不好，说此人太狠，共患难易，共安乐难。但蒋介石却很欣赏这个"小诸葛"，是年6月就任国民革命军总司令出师北伐时，点名要白崇禧当他的代总参谋长，随军北伐。

白崇禧就职后运筹湘鄂，谋略江西，果然卓有才干。

10月中旬，蒋介石亲自指挥第2、第3军和第1军第2师围攻南昌。他不听白崇禧所劝，一意孤行，于坚壁之下，背水攻城。白崇禧料定此战必输，便密令工兵于赣江上游搭起两座浮桥，以备撤退之需。

当晚，守城的孙传芳部不等第2师攻城，转守为攻，先由城下水闸中破关而出，乘夜突击，将第2师主攻部队第6团反包围于赣江岸边。夜幕中敌我混战厮杀，蒋介石指挥失灵。眼看敌援军将至，情势极其危急，蒋介石慌神了，拉着白崇禧的手，不住声地问："健生，怎么办？怎么办……"

白崇禧镇定自若，令全军沿赣江东岸往南撤，至上游浮桥处渡江。第一座浮桥很快被溃兵挤满。白崇禧又派人沿途通知撤退部队长官不要挤，再往上走还有一座浮桥。至此军心方定，顺利撤往赣江西岸。

此后，蒋介石越发倚重白崇禧，委以北伐军东路前敌总指挥，率第1军北向杭州、上海。白崇禧亦不负所托，挥师疾进，所向披靡。

1927年3月21日，为迎接北伐军的到来，周恩来组织上海80万工人罢工，领导1万多工人纠察队举行第三次武装起义，两天内击溃军阀张宗昌直鲁军3个团，控制了南市、闸北、虹口、吴淞等地区。

22日，白崇禧率第1军第1师几乎未经大的战斗，便进占上海，随即兼任淞沪卫戍警备司令。

4月12日，上海工人阶级还沉浸在起义胜利和北伐军进城的喜悦中，蒋介石突然翻脸，向共产党人举起了屠刀。

共产党称之为"反革命政变",国民党称之为"清党"。

关于白崇禧在这场政变中扮演的角色,有几个版本。

还是听听 1937 年 4 月 12 日白崇禧在广西各界举行的清党 10 周年纪念会暨扩大总理纪念周会上的讲话吧,这是他为历史呈上的一份喋血反共的自供状:

> 上海,原是共产党的大本营,有共党组织的二十几万工人,有七八千纠察队,有两万多枪支,苏俄的远东银行,以及接济中国共产党的机关都在上海,形势非常严重。我们便是在这严重形势之下召集会议,讨论宁、沪清党计划。当时只说是分共,还不敢说是清党,结果有些人不赞成,甚至怕共产党的势力太大,恐难下手。我们见到各人的意见未能一致,深恐误事,便密约一部分同志回到龙华司令部,再开小组会议,蒋总司令也由南昌赶来。当即议定,一面由古应芬、李石曾、吴稚晖、张静江等四监委提出弹劾案,一面电约两广李任潮、黄季宽两先生来沪商决,均表同意。上海方面决定由我负责,两广由李、黄两先生负责。于是便把四监委检举共产党阴谋的罪状通电全国,同时,我把在上海有共产党色彩的部队调开,留第二十六军周凤岐、第二师刘峙部在上海,同时李宗仁总司令将第七军调到芜湖,阻止武汉受共党利用来威胁南京的军队。部署已定,便在上海首先举行清党运动,在十年前的今天,天刚拂晓的时候,我派一部分武装同志,乔装工人,通过租界,先包围商务印书馆的工人宿舍,因为那里有八九千工人,是全国共党的大本营,所以要先把它解决。计在那一天里头,破获共产党八十多个机关,共捕获共产党重要、次要分子三百余人。这共产党的大本营,便不动声色地把它解决了,这是当日发难的经过。

1946年9月，美国《纽约时报》驻南京记者李勃曼曾3次采访周恩来。谈到这场反革命政变时，周恩来回忆说："第二天'四一二'，即开始了大屠杀，当天即杀死三十多人，伤二百多人，工会委员长汪寿华等好多工人被逮捕屠杀。"

12日这天凌晨4点，白崇禧指挥第26军第1、第2师和青红帮的数百流氓，同时包围、进攻上海工人纠察队八九处驻地。13日，上海工人罢工游行，在闸北宝山路口的仁善女校，与第26军第2师冲突，又死伤百余人，被捕亦有近百人。

在这场血光四溅的政变中，白崇禧以绝不亚于蒋介石的凶狠，积极策划，亲自指挥，充当一号打手，大肆捕杀共产党人和革命群众，第一次充分暴露他的反共本质。

从统一广西到北伐战争，白崇禧可谓身经百战，但他最得意的一仗是北伐期间的龙潭之战——

1927年8月25日拂晓，军阀孙传芳率7万余众突然大举渡江，迅速占领长江南岸的乌龙山炮台、青龙山、黄龙山以及南京城郊的龙潭车站，切断沪宁路交通。

恰巧那天白崇禧从上海筹款返宁，车到无锡接到敌情报告，得知龙潭爆发战事。他跳下车来，就地设立指挥所，抱着车站电话几夜没合眼，与李宗仁、何应钦分别就近指挥第1、第7军和第14师，向孙部发起反击。不久，他又将指挥所前推到镇江，并亲往前线督战。血雨腥风地打了6天，孙传芳主力几近覆灭，被俘达3万余众。

两个月后，白崇禧又率部西征打败唐生智，一次便收编了唐部3个军。

至此，白崇禧更是名声大噪，不仅令军阀闻之胆寒，不少国民党军高级将领也怵他的威望。

　　曾官至总参谋长的顾祝同是国民党军"五大金刚"之一，也算能战之将。但蒋桂战争中他率部由皖西、鄂东之线向武汉推进，一路上却走得很谨慎。与白崇禧对阵，他觉得没多少把握，因而不时地提醒部属："我们要兢兢业业，白崇禧不好对付。"

　　有点本事的人，大多恃才傲物。白崇禧更是自视甚高，和李宗仁一样瞧不起黄埔生，说黄埔军校每期训练时间不过数月，实际上只是一些军士教育，距军官教育相差尚远。而比李宗仁更甚的是，他还瞧不起黄埔生们的校长。他痛恨蒋介石的独裁，更讥讽他的无能：既不能将将，也不能将兵，根本就不会打仗，当总司令实在勉为其难，充其量只是一员偏将。

　　蒋介石对白崇禧的猜忌与厌恶，也与日俱增。到1927年8月蒋介石下野，两人的怨愤已结成了死扣。从此，蒋介石视桂系为国民党内最危险的敌人，而白崇禧则防蒋甚于防共。

　　1934年底，红军长征路过桂东，蒋介石要桂军和何键于湘桂边境协助堵截。白崇禧根据飞机侦察和潜入蒋军机要部门的保定军校要好同学王建平密报，已获悉蒋介石采用政学系杨永泰"一举除三害"的建议，压迫红军分别进入广西东部和广东西南部，料两广兵力不足应付，那时蒋军再趁机跟进，这样既可消灭红军，又可同时解决桂系和粤系。

　　白崇禧恨声道："老蒋恨我们比恨朱毛还更甚，我为什么顶着湿锅盖为他造机会？有'匪'有我，无'匪'无我，不如留着朱毛，我们还可有发展的机会。老蒋一天剿共未了，就一天不来搞我们。"

　　是时桂系只有第7、第15两个军，凭这点力量，堵住了红军就防不了蒋军入桂。11月22日，白崇禧断然决定调整全县、灌阳、兴安三角地带的部署，将主阵地石塘圩地区的第44、第24师，撤至灌阳新圩东西一线；只在新圩摆一个第44师，监视红军过境，并对其后卫部队进行侧击；

第 24 师负责尾追。也就是一个师从旁边袭，一个师在后面赶。

桂军将领向部队通俗地解释此战术，叫"打尾不打头"。他们认为这样红军不会回头反击，还可以促使红军加快西去。

石塘圩 2 个师一撤，桂军正面阵地变成侧面阵地，敞开了一个 60 公里宽的口子。由桂东北入黔的通道，为红军打开了。

正所谓你中有我，我中有你，白崇禧在南京有卧底，蒋介石在广西也有密探。

11 月 28 日，蒋介石得到桂系让路的密报，发电怒斥白崇禧：

共军此次西窜，事蹙力竭，行将就歼，贵部违令开放黔川通道，无异纵虎归山；数年努力，功败垂成。设因此而死灰复燃，永为党国祸害，甚至遗毒子孙，千秋万世，公道之谓何！中正之外，其谁信兄与匪无私交耶？

白崇禧嘴不饶人，复电辩驳，句句精彩：

职部仅有兵力十五个团，而指定担任之防线达千余公里，实已超过职等负荷能力。孙子曰："备左则右寡，备右则左寡，无所不备则无所不寡。"竭十八九个团全力，不足当彭匪德怀狼奔豕突之势也。钧座手握百万之众，保持重点于新宁、道县之间，反迟迟不前，抑又何意？得毋以桂为壑耶？虽然职部龙虎、永安一战，俘获七千余人，以较钧座竭全国赋税资源，带甲百万，旷时数年，又曾歼敌几许？但此不是与中央同争短长也。据中央社露布：某日歼匪数千，某次捕匪盈万，试加统计，朱毛应无孑遗，何以通过湘桂边境尚不下二十万众，岂朱毛谙妖术，所谓撒豆成兵乎？职实惶惑难解。

电文中提及"龙虎、永安一战，俘获七千余人"一事，纯属虚构。

中央红军经湘桂边境西行入滇后，白崇禧令其政训处长潘宜之负责，将桂军搜捕来的一百多个红军掉队伤病员及随军老百姓，和民团扮演的红军混在一起；又在华江千家寺烧了十多间民房，弄成战场背景，拍了部电影《七千俘虏》，拿去糊弄蒋介石，也糊弄了历史。

直到上世纪50年代，白崇禧在接受台湾中央研究院现代史研究所的采访时，仍言之凿凿地说："韦、王、黄三个师由防线向北出击，同时陈恩元在全县指挥民团南入夹击，切匪军首尾为数段，并包围其一部于文市、咸水，俘虏匪军七千余人，获枪械三千余支。我方为纪念此一大捷，特摄有七千俘虏之影片。"

可是白崇禧说着说着就乱了："共党在转移时期，只在桂北曾经受到创伤，死亡七千余人，被俘近二万人。"

台湾现代史研究所将白崇禧的口述整理后，以《白崇禧回忆录》为题，于1980年开始在香港《中报》月刊上连载。

程思远对它的评价很准确："不尽不实"。

桂军根据红军的行军速度，估计全部人马5天可以过境。于是在蒋介石和白崇禧电报上打嘴仗这天，桂军开始行动，向红军后卫发起侧击。可是，因红军动作迟缓，桂军这一击没有打到尾巴，而是打在了红军的腰上。

所以，红三军团第4师政委黄克诚后来回忆："桂系白崇禧的部队不仅战斗力较强，而且战术灵活。他们不是从正面，也不是从背后攻击我们，而是从侧面拦腰打。"

拦腰打击红三军团的是桂敌第15军第44师，师长叫王赞斌。此人广西陆军速成学校毕业，原为旧桂系军阀陆荣廷的部下。以李宗仁为首的新桂系打败陆荣廷，统一广西后，王赞斌被第7军收编，后在钟祖培第8旅的第15团当营长。1926年5月，第15团迅速完成集结，先行入湘援唐；而该团先头王赞斌营最先赶到战场，成为最早投入北伐的一支部队。

在桂军中，王赞斌这个师长有两项出名，一是打仗勇敢，二是不学无术。据白崇禧说他还会气功，已经练到可以三五天不睡的程度。他的师部里长年供着尊菩萨，李宗仁、白崇禧等都知道。但他能打仗，也就没人管他信佛还是信道。后来他跑到台湾当了个监委，监察院里很多人都找他学内丹之术。

此人焚香供佛，却生性残暴，好酒嗜杀。1933年夏，王赞斌率部围剿中央苏区，跟红军还没交过手，却假以窝藏红军为名，打了安远的几个老百姓的土围子。其中最坚固的一个叫"尊三围"，抓获围内男女老幼130余口，王赞斌将14岁以上、65岁以下，共70多个无辜男女全部枪杀。部下给他起了个绰号：杀人王。

在那个血雨腥风的28日，白崇禧坐镇桂林，指挥王赞斌部向新圩红五师发起攻击。

黄克诚回忆说："我军一进入广西境内，湘、桂两省敌军分路向我猛扑过来，妄图夺回渡河点。桂系敌军集中兵力对我进行堵截，湘敌何键部队对我紧追不舍，我军处于敌人前后夹击之下，战斗越加激烈、艰苦。红三军团全力对付桂敌。白崇禧的桂军战斗力相当强，红三军团主力首先在灌阳一线与桂敌激战，我军遭到很大伤亡，第5师参谋长胡震、第14团团长黄冕昌相继牺牲。"

29日，王赞斌部又与红四师激战于湘江南岸，准确的战场地点在界首西南约5公里处的光华铺。桂敌之穷凶极恶，让黄克诚终生难忘："待张宗逊同志率第4师来到界首，我们就按照林彪的吩咐在湘江南岸靠近山麓布防，与桂系部队打了一场恶仗。这一仗一直打了两天两夜，异常激烈。第10团团长沈述清牺牲，师参谋长杜中美即前去接任该团团长，指挥战斗，不久，杜中美也牺牲。""界首一战，我军遭到重大伤亡。中央红军开始长征以来，沿途受到敌人的围追堵截，迭遭损失，其中通过广西境内时的损失为最大，伤亡不下两万人。而界首一战，则是在广西境内作战中损失最重大的一次。"

这是桂系继"四一二"反革命政变、广西清党后欠下中国共产党人的第三笔血债。

桂系的几个首脑人物，最让蒋介石头疼的就是白崇禧。此人满腹武略，骄横易怒，胆大妄为，一次参与倒蒋，两次挑头逼宫。所以蒋介石从不让李宗仁、白崇禧同时跻身中枢，以防两人一起在南京给他捣乱。1946年白崇禧就任参谋总长，李宗仁则被委以北平行营主任。1948年4月国民大会上，李宗仁当选副总统，白崇禧则被外放到武汉华中"剿总"当总司令。

但外放白崇禧，是蒋介石人事安排上最愚蠢的一着，用蒋介石当年电斥白崇禧的话说："无异纵虎归山"。打骨子里抗上的白崇禧一旦成为封疆大吏、一方诸侯，蒋介石就是如来佛也降不住他。

几个月后，蒋介石就不得不咽下自己酿的苦酒。

1948年11月，黄维兵团被围于双堆集，蒋介石十万火急要调华中"剿总"的第28军增援徐蚌战场。可白崇禧不肯放，经参谋总长顾祝同从中疏通，这个军才得以成行。

又费了好一番口舌，华中的第20军也勉强调走了。可再调第14兵团主力第2军时，白崇禧无论如何也不放这个清一色的美械装备军。该军先头第9师已经在汉口装船了，白崇禧派他的警卫团将轮船看守起来，不许装载。国防部来电报，参谋总长顾祝同打电话，他全不买账，硬邦邦地给撅回去。

淮海战场国民党军吃紧，盼救兵如大旱之望云霓。

蒋介石急了，亲自给白崇禧打电话。开头两人谈得还算平心静气，蒋介石说东线战场急需增援，希望让第2军即日东下，参加徐蚌会战。白崇禧则在电话这头强调武汉防务重要，而华中部队又太少，实在不能再抽调了。

说着说着，两人便恶言相向。蒋介石骂白崇禧不服从命令，白崇禧回答说："合理的命令我服从，不合理的命令我不能接受。"

两人斗了半个小时的嘴，也没有个结果。很少骂人的蒋介石气得骂了句："娘希匹！"掼了电话。

是年年底，国民党军接连输掉辽沈、淮海两大决战，平津亦陷入解放军的战略包围，南京政府一下便跌入风雨飘摇之中。国民党内怨言四起，美国驻华大使司徒雷登、驻沪总领事卡波特也都认为是蒋介石把中国的事情搞砸了，南京政府应与中共和谈，和谈的前提是蒋介石必须下野。美国政府通过各种渠道向中国驻美大使顾维钧表达"换马"意图，表示只要蒋介石在位，中国别想指望美国政府增加援助。

白崇禧对此很敏感，认为这是桂系的一个重大历史机遇。12月17日，他从汉口匆匆赶到南京，与李宗仁会晤。他提醒李宗仁说：仗已经打不下去了，早和早有利。但要打开和谈局面，只有让蒋介石走开，因为共产党绝不会跟他谈判。

两人取得共识后，白崇禧回到汉口率先发难，于12月24日从汉口给蒋介石发了一份《亥敬》电，曰：

（衔略）民心代表军心，民气犹如士气。默察近日民心离散，士气消沉，遂使军事失利，主力兵团损失殆尽。倘无喘息整补之机会，则无论如何牺牲，亦无救于各个之崩溃。言念及此，忧心如焚！崇禧辱承知遇，垂二十余年，当兹存亡危急之秋，不能再有片刻犹豫之时。倘知而不言，或言而不尽，对国家为不忠，对民族为不孝。故敢不避斧钺，披肝涤胆，上渎钧听，并贡刍荛：一、相机将真正谋和诚意转知美国，请美、英、苏出面调处，共同斡旋和平。二、由民意机关向双方呼吁和平，恢复和平谈判。三、双方军队应在原地停止军事行动，听候和平谈判解决。并望乘京沪平津尚在吾人掌握之中，迅作对内对外和谈部署，争取时间。上述献议是否可行，仍候钧裁示遵。

第二天，白崇禧又连续动作，策动湖北省参议会致电蒋介石，指出："如战祸继续蔓延，不立谋改弦更张之道，则国将不国，民将不民。"要求蒋介石"循政治解决之常轨，觅取途径，恢复和谈"。继续对蒋介石施压。

电文虽一字未提下野之事，可美国政府"和谈去蒋"的意图已在南京、上海等地盛传开来。合众社也很快发出专讯，披露蒋介石即将下野。

然而，直至30日蒋介石仍无反应，白崇禧按捺不住，又再发《亥全》电，促蒋表态：

当今之势，战既不易，和亦困难，顾念时间迫促，稍纵即逝，鄙意似应迅将谋和诚意，转告邻邦，公之国人，使外力支持和平，民众拥护和平。对方如果接受藉此摆脱困境，创造新机，诚一举两利也……时不我与，恳请趁早英断为祷！

在党内、国内多重舆论压力下，蒋介石不得不戴起和平面具，于

1948年除夕在南京黄埔路官邸向副总统、五院院长及在京中常委公布了将于元旦发表的《新年文告》。文告中,蒋介石隔空喊话,宣称在"无害于国军的独立完整";"有助于人民的休养生息";"神圣的宪法不由我而违反,民主宪政不因此而破坏,中华民国的国体能够确保,中华民国的法统不致中断";"军队有确实的保障";"人民能够维持其自由的生活方式与目前最低生活水准"等5个条件下,愿与共产党商谈停止战事,恢复和平的具体方法,同时对自己下野问题也作出了表态:"个人进退出处无所萦怀,一切取决于国民之公意。"

当谷正纲等CC分子(CC系是国民党极右派,是指以陈果夫、陈立夫兄弟为首的在国民党内部的一股政治势力,他们以国民党组织部和中统局为根基。)反对总统为谋和下野时,蒋介石恨声说道:"我并不要离开,只是你们党员要我退职。我所以愿下野,不是因为共产党,而是因为本党内的某一派系。"

4日,毛泽东作出回应,为新华社撰写了《评战犯求和》,对蒋介石和谈5个条件进行严正驳斥,揭露其和谈的虚伪和阴谋。14日,毛泽东又发表了《关于时局的声明》,指出:虽然中国人民解放军具有充足的力量和充足的理由,确有把握,在不要很久的时间之内,全部地消灭国民党反动政府的残余军事力量,但是,为了迅速结束战争,实现真正的和平,减少人民的痛苦,中国共产党愿意和南京国民党反动政府及其他任何国民党地方政府和军事集团,在下列条件的基础上进行和平谈判。这些条件是:1. 惩办战争罪犯;2. 废除伪宪法;3. 废除伪法统;4. 依据民主原则改编一切反动军队;5. 没收官僚资本;6. 改革土地制度;7. 废除卖国条约;8. 召开没有反动分子参加的政治协商会议,成立民主联合政府,接收南京国民党反动政府及其所属各级政府的一切权力。

21日,蒋介石发表"引退"文告,第三次下野蛰伏溪口,从此结束

渴望决战
林彪对决白崇禧

了他在中国大陆的独裁统治。等他重又复出，已是在那座海天茫茫的孤岛上了。

第4章

划江而治的梦呓

一只看不见的手,将一连串重大事件编织到历史剧变的1949年。

蒋介石下野的第二天,代行总统职权的李宗仁即发表文告,表示愿意以毛泽东提出的8项条件为基础,与中共进行和平谈判。为表示诚意,李宗仁在发动民主人士赞助和谈的同时,也作出了下令释放张学良、杨虎城;释放全国政治犯;废止特刑庭;恢复各党派合法地位;取消戒严令;停止特务活动;启封停刊报纸;将"剿匪总司令部"改名为军政长官公署等姿态。同时还以颜惠庆、章士钊、江庸、邵力子等4位老人,组成"上海和平代表团",赴南京吁请和平。

比起李宗仁,华中"剿总"总司令白崇禧更显得急不可待。他不仅释放了关押在武汉、广西的几百名政治犯;而且蒋介石尚未下野,他就派黄绍竑赴香港与中共党组织接头,表明和谈意愿。与中共关系还没接上,蒋介石下台了,白崇禧索性派桂系立法委员黄启汉和曾任第五战区高级参议的刘仲华两人,于1月23日直接飞北平,求见中共领导人,接洽和谈

渴望决战
林彪对决白崇禧

问题。

临行前，白崇禧交代黄启汉说："尽快和中共联系上，我希望能实现就地停战，及早开始和谈。解放军不要过江，将来就以长江为界，暂时南北分治。"

黄启汉这才明白，白崇禧毫无和平诚意，所以求和，一石二鸟，先是以和倒蒋，再图以和分治。可眼下解放军百万雄师云集江北，国民党政权摇摇欲坠之际，求和之人还开出以江为界，南北分治的天大价码，这不是痴人说梦吗？

黄启汉心想，这一趟北平之行，注定是无功而返。

桂系另一立法委员李任仁也发现白崇禧一面求和，一面继续征兵征粮，争取美援，意在由桂系与中共划江而治。

果然，黄启汉此行北平，只于1月27日，在颐和园万寿山的益寿堂见到了准备接管北平的中共北平市委副书记兼北平市市长的叶剑英，转达了桂系和谈意愿，29日便返回南京。

但是此后没多久，黄绍竑联络上了中共香港负责人潘汉年，面达白崇禧和平意愿。潘汉年毫无耽搁，当即将此事汇报中共中央。

以李宗仁、白崇禧为首的桂系反蒋亦反共。因为它反共，蒋介石把它视为次要威胁，首先集中精力对付共产党，从而使桂系得以生存下来。因为它反蒋，共产党把它视为可团结力量，一直希望能争取桂系，站到人民的立场上来。

所以，当白崇禧向中共举起和平的橄榄枝，中共中央对这个国民党内著名反蒋人物的态度十分重视。更何况历史上，中共与桂系就曾有过一段平等相处的友好交往。30年代中期，尽管桂系并没放弃反共立场，但为了加强与蒋介石抗衡的地位，曾派员去陕北与中共订立"抗日救国协定（草案）"。

第4章　划江而治的梦呓

在给桂系首脑的回信中，毛泽东高度评价这个协定："一俟确定之后，双方根据协定一致努力，务达抗日救亡目的而后已。中华民族之不亡，日本帝国主义之驱逐出中国，将于贵我双方之协定开其端矣。"

中共中央先后派云广英、张云逸等人，到广西宣传中共的抗日路线，使得桂系逐渐接受共产党人抗日统一战线思想，提出"焦土抗战论"，主张下最大的政治决心，不怕流血牺牲，纵使全国化为焦土，也要与暴敌血战到底；军事上必须是总动员的全面战，而非局部战；是主动的进攻战，而非单纯的防御战；是游击战、运动战、坚壁清野相结合的长期消耗战，而非速决战。

1936年6月，桂系为逼蒋抗日，发动"两广事变"，毛泽东及时发表了记者谈话，盛赞此事变"是值得庆幸的壮举"。

"西安事变"发生后，中共提出和平解决事变的方针，李宗仁、白崇禧马上联名致电周恩来，赞同中共的政治主张。

双方领导人曾一度互以青眼，颇有英雄相惜的意思。

1937年2月，桂系派刘仲容访问延安时，毛泽东夸奖说："广西这几年跟蒋介石闹独立。广西是个有名的穷省份，李先生凭什么闹独立？据说，这几年没有南京政府的财政支持，不仅撑得住局面，还被人称赞为全国模范省。没有本事是闹不起独立的，我看李宗仁先生确实是一个有本事的人。许多在蒋介石政权下没法实现的事情，他在广西都办到了。"

抗战期间，桂系站在中间偏左的立场上，协助中共在连国民党中统、军统和CC系都不许插足的桂林，设立了八路军办事处；延聘进步人士到桂林讲学、办报、指导艺术……一时间，田汉、夏衍、杨东莼、焦菊隐、欧阳予倩、胡愈之、千家驹等云集桂林，呈现出一派名人荟萃的文化景观。直至"皖南事变"发生，桂林"文化城"的大好局面才被桂系断送了。

尽管桂系在第二次反共高潮中与蒋介石沆瀣一气，它的反共仍是留有余地的，在桂的共产党人和进步人士，多数被礼送出境。

因此，毛泽东仍将桂系与蒋介石区之以别，认为："上次居于中间立场的桂系，这一次虽然转到反共方面，却和蒋系仍然有矛盾，不可视同一律。"

中共提出的惩办"皖南事变"祸首名单中，也没有点李宗仁、白崇禧的名。

1948年12月25日，中共公布了蒋介石、李宗仁、陈诚、白崇禧等43名国民党战犯名单，但初稿中无一桂系首脑。

为此，当白崇禧逼蒋下野，呼吁和谈时，毛泽东便迅速定下"联合李、白，反对蒋党"的方针，电告潘汉年：同意白崇禧及早派刘仲容去商谈。

于是，3月初李宗仁、白崇禧派出的又一个重要使者——华中"剿总"参议刘仲容由汉口北上，打算至石家庄再转往中共中央所在地西柏坡。

行前，白崇禧和他谈了很久，说："德公代理总统后，已经做出种种让步和姿态，况且国共双方都表示愿意和平解决争端，和平的气氛是有了，我方的态度也有了，下一步就要看共方的实际行动；今后会有一个划江而治的政治局面，我希望你见到毛先生时，务必向他陈明利害，中共军队不可以过江，国民党的主力虽然已被歼灭，但还有强大的空军和几十艘舰艇，共产党如果一意渡江，怕是要吃亏的。到那时，打破了局面，谈判就不好办了。"说罢，将他给毛泽东和周恩来的亲笔信交给刘仲容："拜托你了，你跟了我们十几年，是办外交的能手，相信你是会为我们打算的。"

刘仲容曾在莫斯科中山大学第一期学习，与伍修权等同学；后长期以高级参议的身份在李宗仁、白崇禧身边工作。1937年初，他经桂系同意，应周恩来之邀秘密潜赴延安访问、参观了近两个月，成为毛泽东等许多中共领导人的朋友，此后便成为中共与桂系之间的主要联络员。

然而，由于中共中央已迁往北平，再加上当时南北铁路未能完全修复，刘仲容北上很不顺利，一路走走停停，3月21日才到河南驻马店。

此时，四野先遣兵团已推进到开封。

先遣兵团是2月23日开始沿平汉铁路东侧南下的。鉴于二野、三野已陆续向长江北岸集结，中央军委命令四野先遣兵团迅疾南下华中，3月底之前必须夺取信阳和武胜关，威逼武汉，钳制国民党白崇禧集团，使其不得东进增援，以策应二野、三野顺利渡江。

然而，先遣兵团失却了入关时的那派一泻千里的威风。尽管这一路上畅通无阻，走的全是通衢大道，可将近一个月里，前进不到800公里，平均每天只能走个五六十里地。

兵团司令员肖劲光心里十分焦急，照这样的速度走下去，部队根本无法按时到达指定位置。但他知道部队委实太累了，在东北的黑土地上打了4年，辽沈战役的硝烟还没散尽，便又赶场子似的进关打天津。连着打了2个大决战，部队气还没喘匀，就又背起背包南下了。这样一仗接一仗地打下去，金属也会疲劳的。

他最感忧虑的是地方主义和家乡观念也在悄悄蔓延。这个兵团的指战员绝大多数是北方人，北方家乡已经解放，可这些征战未归的汉子们却越走离家越远，一抹抹浓得化不开的乡情，黏糊糊地缠得人迈不开腿。许多指战员一步一回头，望着那渐行渐远的北方，眼里竟望出了泪光。于是，几乎每个团都有些逃兵，甚至有的营连干部也打报告，要求复员回家去干地方。

这种情绪如果不及时纠正，任其继续，必然影响南进任务。

为此，肖劲光要求各级军政主官都动起来，将政治思想工作做到基层，亲自去抓部队行军鼓动。

第43军最年轻的团长张实杰与团政委王奇分头下到连队，边行军边与干部战士交心谈心，做通指战员的思想。一路上，两人跑前跑后，敦促部队加快行军速度，喉咙都喊哑了。在行军的间隙，他们还组织了一次全团表彰会，彰扬了20多位行军途中涌现出的先进模范人物，大大鼓舞了部队的士气。

共产党人政治思想工作的法宝，再次显现出它特有的魔力。先遣兵团游龙般地疾进，几天之后就听见了黄河澎湃的涛声。

一过黄河，先遣兵团便暂归二野接替指挥。

3月20日晚，肖劲光率兵团部刚抵达开封，便收到二野刘、邓首长发来的电报。电文简洁明确地命令先遣兵团，不得迟于3月23日到达指定位置，并指示第40军两个师轻装前进，乘火车抵达许昌下车，尔后沿平汉公路经郾城、上蔡、正阳，取捷径奔袭信阳；得手后不得作任何停留，即以第40军一个师沿平汉铁路东侧，第43军一个师沿平汉铁路西侧，钳击花园之敌；第40军主力则一律轻装，沿同一路线随后跟进；第43军主力则由蓝封经太康、商水、周家口、正阳关、罗山、宣化店，进击黄陂之敌，以策应与配合信阳方面的作战。

作为一个高级将领，肖劲光深知捕捉战机的重要性。当下，他让参谋人员分头通知各军，请师以上干部立即赶到兵团部来受领任务。

待人都到齐，肖劲光先将地图往桌上一铺，曲起指关节示意性地敲了敲图。于是，那些满身风尘的军、师指挥员们，脑袋齐往图上凑。

等他们看了好一会儿，肖劲光才说："怎么样？看出形势的严峻性了吧？二野野司已经不止一次来电询问我部南下的情况了，而我们走到今天才刚过黄河，这实在有点说不过去。现在，白崇禧集团的主力第3兵团已经机动到达赣北，而张轸的部队退守河南回防武汉，这样一来就直接威胁着我渡江部队的右翼。白崇禧之所以敢于走这样一步棋，主要是还没有感到来自正面的压力。本来我们对地形、道路作了认真勘察之后，考虑到为便于部队的隐蔽，兵团主力准备从平汉铁路西边的豫西大道进军，直插信阳以南。现在看来走这条路线时间上来不及，我们应按刘邓首长的指示，立即采取行动，两个军都沿平汉路东侧南进，以最快速度抓住夺取信阳的敌人。具体部署请参谋长给大家讲。"

作战会议结束后，肖劲光又带领司、政、后机关的有关人员，下到部队进行战前动员，检查部队奔袭准备工作的落实情况，直到一切都感到满意了，这才随便找了间屋子，躺到床上打起了呼噜。

肖劲光这里还没动作，3月22日白崇禧就诡诈地将驻守在信阳的桂系第7军171师南撤入鄂，信阳及其周围只留下一支杂牌部队作掩护。

因此，当23日的夜晚，先遣兵团先头部队第118、第120师在夜幕的掩护下发起奔袭时，一路上如风卷残云，仗没怎么打，敌人就溃不成军了。第120师三天之内连下数城——30日收复驻马店；31日收复确山；4月1日收复明港、长台关。第118师长途奔袭160里，于4月2日早晨解放了豫南重镇信阳。

收复信阳后，肖劲光把兵团部移驻到河南与湖北的交界处的鸡公山。那里有一个不大的车站，成了先遣兵团部的司令部，兵团的领导则被安排住进了离车站不远处的一幢小别墅。据说这幢别墅是专供蒋介石上鸡公山避暑前临时歇息的。

就在这幢西洋建筑风格的小别墅里，肖劲光指挥先遣兵团继续南进，与桐柏军区和江汉军区的地方部队密切配合，集中兵力围歼武汉外围残敌。

白崇禧这些天脾气很坏，派出的和谈代表没有传回任何消息，四野先头部队又向武汉步步紧逼，他成天火不打一处来。那天黄绍竑从香港刚返回汉口，白崇禧就黑着张脸告诉他说："武汉方面中共军队不断进迫，我看和平合作没有什么希望。"并恶狠狠地说："如果他们逼我太甚，我还是打。"

两人是广西陆军小学同学，并同为新桂系创始人，相知甚深。

一听这话黄绍竑就跳起来："你还有资格讲打吗？你一个月前电蒋主张和平，为什么老蒋下野之后你又要打呢？即使是北洋时代的小军阀也不会出尔反尔这样快。你好不容易弄来一根和平拐棍，为什么轻易又把它扔了呢？我真不解。现在讲打，只有蒋介石还有资格，最好你亲自到奉化溪口去，向蒋介石认罪，请蒋介石再出来。"

白崇禧无言以对，扭脸对参谋长说："北平那边一有消息就告诉我。"

刘仲容终于3月28日赶到北平，当晚就被接到双清别墅，与毛泽东长谈到凌晨3点钟。

毛泽东饶有兴趣地向这位老朋友了解："南京方面现在的动向如何啊？"

刘仲容告之："南京政府目前有三种人：一种是认识到国民党失败的命运已经注定，只好罢战求和，这是主和派；一种是主张备战谋和，他们认为美国人一定会出面干涉，只好赢得时间，准备再打，这是顽固派；还有一种人，既不敢得罪蒋介石，又不相信共产党的和平诚意，动摇徘徊，非常苦闷，可以说是苦闷派吧！"

毛泽东笑了，问道："李宗仁、白崇禧算是哪一派？"

刘仲容回答："从历史上看，蒋桂两家多次兵戎相见，纠葛甚深。现在两家又翻了脸，彼此怀恨。李、白知道蒋介石对他们是不会善罢甘休的，他们既要防蒋介石对桂系下毒手，又怕共产党把桂系吃掉。在这种情况下桂系主张和谈，是为了谋取划江而治的对峙局面。因此，白崇禧极力希望解放军不要过江。"

毛泽东坚定地摇了摇头："白先生要我们不要过江，这办不到的。白先生估计我们渡江的兵力是60万，这是错的。我们有100万军队，还有100万民兵，我们的民兵可不像国民党的军队，是有战斗力的。等我们过了江，江南的人民是拥护我们的。到那时，共产党的力量就更强大，这也是白先生没能估计到的。"

刘仲容提出："白先生还有一事想向中共方面求援，桂系夏威部的一部分军队在安庆陷于解放军重围，而桂系的另外一支部队在武汉附近的下花园被解放军缴了械，他请求中共方面缓颊，以示中共方面对和平的诚意。"

毛泽东大度地当场表态："我们可以放松对安庆的包围，下花园缴获的武器也可以发还。你通知白崇禧派出参谋人员，双方在前线联系。"

白崇禧集团控制的武汉、长沙、南昌、桂林，都是历史名城，毛泽东希望能争取桂系，以免诸城战火损毁。因此，4月2日晚上，毛泽东再次接见刘仲容，要他回南京再做做李、白的工作："请你转告他们，一、关于李宗仁的政治地位，可以暂时不动，还是当他的代总统，照样在南京发号施令。二、桂系部队只要不出击，我们决不动它，等到将来再具体商谈；至于蒋介石的嫡系部队，也是这样，只要不出击，不阻碍我们渡江，由李先生做主，可以暂时保留他们的番号。三、关于国家统一问题，国共双方正式商谈时，如果李宗仁出席，我也亲自出席；如果李宗仁不愿意来，由何应钦或白崇禧代表也行，我则派周恩来、叶剑英、董必武参加，来个对等。谈判地点就在北平，不在南京。双方协商取得一致意见后，成立中央人民政府，到那时南京政府的牌子就不要挂了。我知道，白崇禧是很喜欢带兵的。他的广西部队只有十几万人，一旦成立中央人民政府，建立国防军，我请他继续带兵，请他指挥30万军队。总之，白先生要我们不过江，这办不到。我们过江以后，如果他感到孤立，可以退到长沙再看情况；再不行,他还可以退到广西,我们来一个君子协定,只要他不出击,我们三年不进广西,好不好?"

刘仲容连连点头说:"共产党对桂系可谓仁至义尽了。"

第二天上午,周恩来又在六国饭店单独接见桂系另一个使者黄启汉,严正指出:"蒋介石不顾全国人民要求和平、民主、统一的愿望,不顾中国共产党为防止内战的真诚努力,悍然发动全面内战,给人民带来了重大损失和痛苦。现在经过辽沈、平津、淮海三大战役的较量,蒋介石主力部队已被歼灭殆尽,可以说,内战基本结束,剩下的不过是打扫战场而已。但为了尽快地收拾残局,早日开始和平建设,改善人民生活,在毛主席提出的八项原则基础上进行和谈,我们还是欢迎的。但南京来的代表团,却想对这八条原则讨价还价,这是我们不能容许的。本来,我们对蒋介石及其死党就不存在任何幻想,倒是希望那些错跟蒋介石走的人,应该认清形势,猛醒回头了。请你转告李宗仁、白崇禧几点具体意见,一、在和谈期间,人民解放军暂不渡过长江,但和谈后,谈成,解放军要渡江,谈不成,也要渡江;二、白崇禧在武汉指挥的国民党军队,应先撤退到花园以南一线;三、希望白崇禧在安徽让出安庆;四、希望李宗仁在任何情况之下,都不要离开南京,能够争取更多的国民党军政人员同留在南京更好。考虑到李宗仁的安全,他可以调桂系部队一个师进驻南京保护,万一受到蒋军攻击,只要守住一天,解放军就可以到来支援了。"

黄启汉回忆说:"周总理语重心长,为李、白指明了方向。他的话,我一一记在心头。周总理又跟叶剑英同志一样地对我说,首先欢迎我站到人民这一边来,使我感激涕零,永世难忘。我当即向他表示决心,不管李、白走什么道路,我自己一定跟共产党、跟毛主席走。"

当天下午,黄启汉飞返南京。行前,李济深和邵力子先后到六国饭店来看他。李济深要他告诉李宗仁,只要他见诸行动,将来组织联合政府,毛主席和其他民主党派负责人,都愿意支持他担任联合政府副主席。至于白健生,无非想带兵,联合政府成立了,还怕没有兵带吗?到时我们也支持他。

邵力子则要黄启汉转告李宗仁、白崇禧,希望桂系在武汉、南京、广西,局部接受和平解放,这对整个局面就可起推动作用。

黄启汉回到南京,分别向李宗仁、何应钦报告了周恩来的谈话。接着,他又按李宗仁所嘱,马不停蹄地飞往汉口去见白崇禧,特别向他强调周恩来的几点意见,请他认真考虑。

白崇禧同意将桂系军队的防线,撤到汉口北面的花园以南,但说到让出安庆他就感到为难了。他将黄启汉引到一幅壁挂地图前,指给他看:"安庆是渡江的一个要道口,让出安庆就是为共产党军队渡江开方便之门。"

黄启汉哈哈一笑,说:"长江那么长,共产党军队要渡江的话,哪里不可以渡?要你让出安庆,依我个人看法,这无非是看看你采取什么态度罢了。"

白崇禧想想有道理,说:"这样吧,现在安庆驻防的是我们广西部队 46 军 174 师,我要参谋处打电报调刘汝明部队来接防,以避免广西军队和共产党军队直接冲突。"他似有不甘地接着又说:"最好共产党军队不要渡江,以长江为界,他们在江北,我们在江南,划区而治,事情就好办了。"

黄启汉:"这办不到的,周恩来已说过。划区而治,南北分裂,破坏统一,为帝国主义和蒋介石卷土重来创造机会。这一点,谁都看得很清楚,共产党决不会答应。"

白崇禧沉默了一会儿,问:"李任公怎么样,他能不能到武汉来?"

"我们的态度还不明朗,他不大可能来。他希望我们要有自己的打算,要下决心独立行动，向人民靠拢。"黄启汉又建议说，"不管北平进行的和谈，商定什么样的协议，一经宣布，武汉方面应首先表示拥护。"

白崇禧含糊其词地回答："这个问题不是那么简单。"

但黄启汉在武汉的那几天里，看到白崇禧一边和谈，一边忙于听取军事汇报，亲自部署武汉内外围的防御，就预感到事情不妙。有天白崇禧巡视汉口的城防工事回来，他迎上去搭讪："城防工事怎么样？能抵挡得住吗？"

白崇禧摇头道："靠不住，靠不住。"

黄启汉乘机建议说："最好把我们的部队全部集中到武汉来，只要我们按兵不动，就可以避免和共产党军队冲突。必要时，全部撤退回到广西去，静观时局发展，再作打算。"

白崇禧："现在还未到此地步，再过一些时候，长江水涨，共产党军队要想渡过长江，也不那么容易的。"

黄启汉终于摸透白崇禧的心思了，他和共产党虚与周旋，拖延时间，就是为了等待长江涨水，以度过危机。

黄启汉回到南京的第二天——6月4日，刘仲容也乘坐南京派出的中国航空公司飞机离开北平，下午二时半在明故宫机场降落。

当晚，刘仲容就将接洽和谈情况，向李宗仁、何应钦作了报告。

刘仲容回忆说："第二天，白崇禧从武汉到达南京。我告诉白，当初受他交付的使命，向中共提出关于政治可以过江，军事不要过江的建议，中共方面态度坚决，认为政治既要过江，军事也要过江，而且很快就要过江。白崇禧说：'他们一定要过江，那仗就非打下去不可了，这还谈什么？他们还有什么别的意见？'我就把毛主席的话讲给他听。我特别提到，通过商谈，将来成立人民政府，毛主席将对他作出安排，请他指挥国防军。

但是白崇禧却听不进去，他说：'对我个人出处，现在不是我考虑的时候，目前要紧的是，共产党如果有和平的诚意，就立即停止军事行动，不要过江。能让步的我们尽量让步，不能让步的绝对不能让步。过江问题为一切问题的前提，中共如在目前'战斗过江'，和谈的决裂，那就不可避免。'接着，白崇禧问：'德公和敬之（何应钦）有什么看法？'我说：'他们两位都没有表示，说是要同你商量商量。'白暴躁地说：'还有什么好商量的？你马上就同北平通话，把我的意思转告他们，就这么办！'"

然而，国共双方和谈代表团经过半个月的协商，南京和谈代表认为中共提出的8条24款《国内和平协定（最后修正案）》，与毛泽东发表的——也是李宗仁承认的和谈8项条件内容一致，可以接受。同时即席推举黄绍竑、屈武携带中共的和平条款，回南京请示。

为此，白崇禧偕黄启汉等提前从武汉飞回南京。降落后，他先回了一趟大悲巷雍园1号公馆。

雍园是南京著名的高级住宅区之一，绿树如盖，街巷幽静，公馆林立，毕集着一大批国民党官僚。在这片公馆群中，1号建筑最显赫。从外观上看，2.6米高的围墙和古铜色的木门，纯属古朴的中国四合院，但院内却是水杉林带环抱的两幢红色两层小洋楼，南北相向而立；楼间花枝繁茂，草坪如茵，形成公馆中西合璧的建筑风格。

白家是个大家庭，除了他和夫人马佩璋所生的6子3女外，还有白崇禧的私生子白先道、三姑妈、姑外甥及哥嫂一家，也都跟他一起生活。白家人丁兴旺，随从、帮佣也多，薪水不高，且都拖儿带女。因而，白崇禧专门在院西又建了一座木架构的二层楼，供那些随从、帮佣居住，并准许他们在院内的几口水塘里养鱼放鸭，在院角的空地上种菜，以贴补家用。

白崇禧不苟言笑，治家如治军，对公馆有一套严格的警卫措施，用的是清一色的广西宪兵。出入公馆，不仅来客要受门卫仔细盘查，工作人员未经允许也不得在院内随意走动。且白家虽然儿女成群，但大多住学、就职于上海、武汉等地，每逢节日方如雀归巢，所以平时公馆尤其静谧。

烟酒不沾的白崇禧对当时官宦富豪府邸流行的抽大烟、搓麻将之风深恶痛绝。

1937年4月在广西各界举行清党十周年纪念会暨扩大总理纪念周上，白崇禧就恶狠狠地宣布实行戒烟令："我们的禁令，定于本年七月一日以前，五十岁以下的人不戒绝的就要枪毙；本年十二月底以前，五十岁以上的人，不戒绝的也要枪毙……"

白公馆是严禁有烟具、麻将牌的。对此连马佩璋也不敢越雷池一步，顶多趁他不在家，偶尔找几个人玩玩广西纸牌。

白崇禧的轿车驶进院时，马佩璋就正和几位广西籍官僚太太在打牌，一听车响赶紧收场，打发几位太太从后门溜走。可是白崇禧孝顺，下了车先去东楼向姑妈和哥嫂问安，然后才回西楼见马佩璋。白崇禧告诉她形势不好，中共军队随时可能渡江，要她赶快收拾东西，近几天就把家搬回桂林去。说罢，他便上车去李宗仁官邸。

当晚，白崇禧与李宗仁和华中军政长官公署副长官李品仙、夏威四人，在小会客厅关着门密谈。但没邀黄启汉参加。

第二天，黄启汉向李宗仁打听："昨晚商量得怎么样？"

李宗仁情绪很不好，冷冰冰地说："没有怎么样。"

黄启汉又问关于调一师桂军来南京的事决定了没有。

李宗仁更没好气了："调来干吗？调来守南京还不是瓮中之鳖。就说调来吧，我也不能做主。"

过后黄启汉才听说那天晚上李、白二人意见很不一致，会上白崇禧抱怨李宗仁当了个空头代总统，什么用也没有。

在桂系首脑中，白崇禧原本是三号人物，可是头号人物李宗仁当了个有职无权的代总统，二号人物黄绍竑归顺了国民政府，拥兵数十万、睥睨自雄的白崇禧就成了桂系实权派，跟李宗仁说话也渐渐不大客气了。

4月16日下午两点多钟，黄绍竑和顾问屈武乘专机飞回南京，李宗仁偕何应钦、白崇禧等一大批高级军政官员和立法委员到明故宫机场迎接。同机回来的，还有中共释放的白崇禧外甥海竞强。

白崇禧少年丧父，家道贫寒，小时全仗大姊夫卖牛肉和大姊做针线活儿供他读的书。他军界得意后知恩图报，悉心培养大外甥，先送他到日本士官学校，后又保送他到陆军大学深造，将这个外甥从普通士兵培养成为将军。1947年2月，海竞强在第46军任师长时，于莱芜战役中被俘。白崇禧通过刘仲容请求周恩来释放海竞强。中共方面满足了他的要求，再次向桂系作出友好的姿态。

可白崇禧似乎并不领这个情。20世纪50年代白崇禧在台湾接受采访时，谈到海竞强，他淡淡地说："是我的亲外甥，当过师长、56军副军长，在山东作战时被匪所俘，被解到佳木斯，后来放回。"

原本积极倡和的白崇禧，此时已因中共坚持渡江而彻底撕下伪装，露出他强硬主战的嘴脸。

李宗仁将黄绍竑、屈武直接带回他的傅后岗官邸，举行一个只有几个桂系首脑人物和何应钦参加的小型报告会。

黄绍竑将协定的商谈经过概略地作了报告，并提醒大家说："我们现在所处的地位，既不是1925年，也不同于1937年的地位了，大势如此，谁能改变？"说罢，他将协定条款文件交给大家传看。

白崇禧一看完文件肝火就上来了，李宗仁还没表态，他便怒气逼人地责骂黄绍竑："亏难你，像这样的条件也带得回来。"说罢，便拂袖而去。

接着何应钦也表示这些和平条款不能接受。

李宗仁自始至终没吭一声，此时他的意见已不重要了，党方军方的头目们，随时可能将与他们看法相左的代总统轰下台。作为代总统，他拧不过下野的蒋介石；身为桂系首脑，他又拗不过实力派白崇禧。在军政界风云几十年的李宗仁，最后落得这份尴尬，是许多人所料不及的。

黄绍竑一看这场面，知道和平无望了，3天后便躲到香港去了。

4月20日，国民党政府最后拒绝在《国内和平协定（最后修正案）》上签字。

这是国共两党历史上的第二次和平谈判。

1945年8月，毛泽东飞抵重庆，唇枪舌剑地与蒋介石谈了43天，双方签署了一份《双十协定》。其后不久又签订了一份《停战协定》。虽然第二年的6月，蒋介石就背信弃义地撕毁协定，悍然发动了全面内战，国共两党的历史上毕竟还有过9个月的和平相处。可是1949年4月的国民党政府，在民主、和平的道路上，比4年前又倒退了一大步，谈了整整20天，仍拒绝在和平协定上签字。

当晚，第三野战军先行发起了渡江战役，新中国诞生前的又一次大阵痛开始了。

第5章

渡江，渡江

早在1949年1月下旬，蒋介石就在溪口召集将领研究长江防御问题，决定将长江防线分为两大战区：上海至江西湖口间800余公里地段的防线，由京沪杭警备总司令汤恩伯率部守备；湖口至湖北宜昌间近千公里地段的防线，由"华中剿总"总司令白崇禧率部守备。蒋介石判断：只要凭借长江天险坚持半年，国际形势就会发生重大变化，第三次世界大战必然爆发，到那时即能在美国政府的支援下举行反攻。

汤恩伯按蒋介石的战略意图，在湖口以下沿江南岸一字摆开18个军54个师，其中仅以第54、第99、第106军为机动部队。随时准备支援江防作战的还有4个营又1个连的战车部队、5个炮兵团和89艘海军舰艇。另以第12、第18、第67、第73、第74、第85、第87军等7个军位于浙赣铁路及其以北地区及浙江东部地区，担任二线防御。

拿到地下党送来的国民党江防部署图，刘伯承就笑了，称其为一条不能动弹的"死蛇阵"，任人斩断。

总前委决定以三野8个军3个独立旅35万人组成东突击集团，由粟裕、张震指挥；以三野7个军30万人组成中突击集团，由谭震林指挥；以二野9个军及地方部队35万人组成西突击集团，由刘伯承、张际春、李达指挥；邓小平、陈毅坐镇合肥东南的瑶岗村，统筹全局。在东至龙稍港，西至望江段发起渡江战役。

由于国民党江防重心位于东突击集团正面，为减轻东集团的作战压力，就在国民党政府拒绝签字的4月20日当晚，三野副政委谭震林指挥中突击集团率先起渡。

战役一打响就是天摇地动，长江北岸枞阳至芜湖段炮群齐吼，高速飞行的弹丸卷起阵阵热风，火光映得一川江水斑驳烁动，晃得人头晕目眩。震耳欲聋的炮击声中，第25、第24、第27、第21军的先头部队迅速出动，把早已隐蔽在湖口河汊的船只抬过江堤，拖入长江，登船扬帆，径直向南岸斜插过去。

荻港至姚沟段——流经皖南旷野的长江，沙洲棋布，九曲回肠，在这里留下了一个C状的大弯弧，江水自北向南流了几十公里，才又车转身来飘逸东去。在这个大弯弧上起渡的是第27军，军长聂凤智将一梯队的任务交给了第235团。

这是第27军的"老底子"，其前身为1937年12月24日胶东天福山起义时诞生的老13团。十多年来，这个团转战齐鲁，打平度、战周村、克潍县、攻兖州、浴血孟良崮，打的尽是硬仗、恶仗。在济南战役中，该团浴血攻坚，战不旋踵，一举登上荣誉的顶峰，被中央军委命名为"济南第一团"，声名大噪。

第235团就是第27军的核，聂凤智对它偏爱至极，但当此中国革命的重大转折关头，他不能不把他的拳头团打出来。

可是，第235团却出了点差错，渡江令还没下达，1营就行动了。先是这个营的 3 连求功心切，看错了出发的信号，抢先登船启航。透过蒙蒙夜色，2 连、3 连见 1 连船动，自然不甘落后，一声呼哨船队便也离岸而去，江上顿时响起一片扳橹摇桨激起的哗哗水声。

站在岸上的营长董万华，一看船队动起来了，还以为是师指挥所随队行动的作战参谋下达的命令，没顾上多想，只在电话里给团长说了声："一营走了"，便跳上营指挥船。船离岸一箭之地，董万华忽然觉得不对劲，再看看表，这才发现全营整整提前行动了半小时。可是，此时船队已近江心，再调头转回北岸已来不及了，他只好硬着头皮向江南冲去。

船借风势直下南岸，坐在船头的董万华营长已经隐隐看到堤岸上的"拒马"和铁丝网的立柱了。而这时岸上敌哨兵也发现了破浪而来的船队，惊恐得像中了定身法似的挪不动窝，好一会儿才发出串怪声："共军过江了，共军过江了。"

顿时南岸枪声大作，密集得连国民党老兵油子都辨不清点射和连发。敌炮群也随之投入拦阻射击，江面腾起一片爆炸的浪柱。

船队中不时有船只中弹，人员落水。每一阵炮火呼啸过后，江涛间便漂起一层残橹断桅和洞穿的尸体，颠簸着向下游流去。目睹这满江的悲壮，董万华清楚 1 营已经没有了退路，只有顶着枪子冲上滩头才能绝地逢生。他迎着扑面飞来的枪弹站上船头疾声大呼，组织船上火力反击，催动部队挥桨疾进，冒死靠岸。

由团长王景昆率领的后续船队，也正以最快的速度跟进上来。各船用命，迅速抢滩登陆，以船为单位展开战斗队形，向敌江防阵地发起了猛攻。

在第 27 军正面担负江防任务的守军，为国民党第 88 军之 313 师。该军即原国民党整编第 88 师，原本也是颇有战斗力的部队。1947 年初，该师第 62 旅在鲁西南鱼台的鹅毛大雪中，遭晋冀鲁豫野战军 3 纵重创。不是冤家不碰头，同年 10 月，还是这个第 62 旅，又在皖西张家店被晋冀鲁豫野战军3纵围住，一夜激战，悉数被歼。中将副师长兼第62旅旅长张世光化装逃脱，副旅长汤家楫被俘。

10个月内，该师第62旅两次栽在3纵手里。

按国民党国防部规定，部分被歼的部队可保留番号，获得补充；而成建制被歼的部队要取消番号。

第62旅番号撤销，另外一个旅调走。整编第88师只剩下个空架子，不死不活地拖到1948年6月，国民党国防部苦于兵力不敷，只好又在当涂重补整编第88师。8月，国民党军整编师恢复军、师编制，整编第88师改为第88军，辖第149师和新组建的第313师。12月，担任芜湖以西荻港至姚沟段江防守备的第106军之282师师长张奇率部投诚，汤恩伯匆忙把第88军拉上去，替下第106军的防务。

第88军从军长马师恭到连排军官，没有不犯嘀咕的：连我们这个破军都上了第一线，这长江还守得住吗？

这个军早先也算国民党军能战之师，被陈锡联3纵两次痛击，打成三流部队。如今所属，稍像点样儿的是第149师，1947年冬天成立的。但这个师成立后一直在安徽砀山修建营房，几乎没受过什么训练，许多士兵连枪都没摸过。第313师尚未完全编成，根本不堪使用。整个军战斗力低下，意志消沉，直到解放军开始渡江，军、师主官没一人到过江边，也没颁发过守备计划。

再一看江北解放军这阵势，马师恭心里就更毛了。渡江战役打响的前10天，他跑到南京国防部活动了一圈，再上下打点一番，终于口头获准辞职。等不及公布命令，他便将职务交给副军长杨宝毂，自己溜之乎也。

近乎于一群乌合之众的第313师，如何抗得住解放军第27军如狼似虎的攻击。一见解放军蜂拥登岸，第313师官兵全都无心恋战，纷纷弃阵而去，向二线阵地马家坝溃逃。

第5章 渡江，渡江

第 235 团从跳下木船上岸起，就再没遇到什么像样的抵抗了，一个冲锋就把矶头山、大盖山等处的江防阵地给拿了下来。

在战役发起之前，总前委曾发出指挥要靠前的命令，规定部队渡江时，过去一个营，师长就要过江；过去一个团，军长就得过江。

第 27 军渡江突击团在南岸与敌江防守军激战正酣，聂凤智军长就已经跳下指挥船涉水上岸，成为解放军中最早渡江的高级将领。这个小个儿将军一踏上江南的土地，便觉得有股子豪气在胸腔里涌动。借着拨云而出的那弯弦月之光，他拔笔写了张便条让通讯员捎回北岸："我已胜利踏上了江南的大地。聂凤智。"

在第 27 军攻向江南的同时，友邻部队的渡江之战也频频得手。向敌人铜陵江防两侧攻击的第 24 军的两个师，突袭江心洲，强攻夹江，于欲曙未晓时结束了战斗。其右翼第 21 军由安徽贵池段起渡，顺利突破第 88 军之 149 师防线，然后坚守已得阵地，准备配合当天晚上的西集团渡江。

一夜之间，实施中心突破的中突击集团，有 20 个团 10 多万人马打过长江，将汤恩伯苦心经营了近 4 个月的千里江防拦腰斩断，突破口宽达 20 多公里。

先头渡江部队向两翼稍作扩张，便迅速朝纵深挺进。凌晨四五点钟，第 27 军前锋已越过繁昌县城，截住仓皇南逃的第 88 军军部、直属队和第 149 师。上午 9 点钟左右，由副师长邹彬率领南逃的第 313 师残部，跑到离南陵县城五六里的大磕山时，正与一支攻击前进的解放军部队相遇，近千人无一漏网悉数被俘。

至此，该军大部被歼，唯副军长杨宝毅率驻南陵的第 49 师残部逃往福建，编入李天霞第 73 军。当年 9 月，敌第 73 军在福建平潭岛作战中被歼。

渡江之战最壮观的一幕是在 21 日上演的。

这一天,毛泽东主席与朱德总司令以中国共产党人憋了几十年的愤怒,向人民解放军下达了《向全国进军的命令》:"奋勇前进,坚决、彻底、干净、全部地歼灭中国境内一切敢于抵抗的国民党反动派,解放全国人民,保卫中国领土主权的独立与完整。"

震震冥冥,天下皆惊。

当天,四野先遣兵团向武汉外围之敌展开攻击,先后占领黄梅、浠水、汉川等地,直接威逼武汉,钳制白崇禧集团使之无暇东顾,从而有力保障了渡江部队右翼安全。

当晚,二野、三野的东、西突击集团按总前委书记邓小平亲自制定的《京沪杭战役实施纲要》,同时升帆启航。

至此,解放军百万雄师在东起江阴,西至九江的1000余华里的战线上,全面展开渡江战役。

在西突击集团的作战地域上,刘伯承充分发挥其集中兵力集中炮火以达成局部优势的军事艺术,除少量炮兵分队负责对付敌军的兵舰和飞机外,将各军所有火炮都调集到第一线掩护部队渡江。

下午4时整,西突击集团各炮群便开始进行火力准备,数百门火炮一齐怒吼,横江而过的炮弹,铺天盖地地砸向南岸守军阵地。一时间风惊云骇,地动山摇。弥漫如幛的硝烟、爆尘,几乎遮断江南半个天空。

望江华阳段——这一天是阴历二十四,下弦月还没升起,唯有江天闪烁着几粒清幽的星光。一天没顾上吃顿饭的第4兵团先遣军第15军军长秦基伟,坐在泥泞江堤上,凝眸遥望斜对岸夜色如磐中的两个主突点——黄山和香山。他身后数百只战船已摸黑驶出华阳渡口,列阵长江北岸,船头直指江南。

各突击集团的先遣军都不约而同地派出主力团打头阵,第15军自然也把好钢用在刃上。它的渡江先头团是第44师第130团,当年参加百团大战、黄烟洞(黄崖洞)保卫战而闻名太行山的"老二团"。解放战争期间,它始终是秦基伟的拳头部队。

是日无风,整整一天炊烟直上。眼看就到起渡突击时间了,秦基伟有些着急,伸出手来试风。真是"不信东风唤不回",这一试,东北风仿佛如邀而至,夹着毛毛细雨,呼呼有声地卷起江面一片浪花。

几百船工们不禁悄声欢呼起来:"天随人愿,共产党真是有福啊。"

秦基伟抬起手腕看看表,时间正好是23点整。他抓起身边的电话,静中含威地命令第44师师长向守志:"起航!"

霎时间,第44师突击船队如箭离弦,直趋中流,风将帆篷鼓荡得噗噗作响,船头船尾的回光灯映照得江面流光溢彩。不一会儿,吱吱呀呀的扳舵声便渐渐远去了,江上一片令人心悬的沉寂。

十几分钟之后,向守志在电话里报告:"船过江心,一切顺利!"不料,向守志的话刚落音,敌人发现渡江船队,一串串照明弹触目惊心地飞升而起,撒下满江幽蓝的光亮。偷渡不成,突击部队遂按计划发起强攻,数百艘战船上的官兵纷纷抄起船桨、铁锹、木板,摘下头上的钢盔,奋力划水加速前进。

第15军的攻击目标不是西突击集团的重点,因而,渡江前军里仅有的19门山炮,有12门被刘伯承司令员抽调到主要突击方向上。可第15军渡江突击队碰上的,却偏偏是个挺强硬的对手——国民党刘汝明部的第68军。它虽然是原西北军的杂牌部队,一直受蒋介石嫡系部队的歧视,但刘汝明善于保存实力。解放战争中,它虽在鲁西南战场损失了2个师,但很快就补充起来。淮海战役中,它偏处淮河一隅,侥幸逃脱打击。等到蒋介石嫡系王牌部队已一一覆灭的1949年,第68军就成了国民党里较精锐的部队了。

敌炮群疯狂地进行拦阻射击，炮火将南岸映得猩红，炮弹不时掀起江中冲天浪柱，隆隆的炮声在波涛上沉闷地滚动。借着炮火和照明弹的光亮，秦基伟看到江面上的船队队形乱了，有几艘船的桅帆中弹起火，宛如明烛照亮江天。那些被削断桅杆、打漏船舱的船只，偏离航线直向下游漂去。他急令炮兵集中7门山炮的全部火力，压制住黄山与香山鞍部的敌炮群，然后摸起身边的电话，嗓音有点嘶哑地对向守志说："可不能再往下漂了，对准目标坚决横插过去。少数船只漂下去无碍大局，告诉第一梯队的同志们，扭转乾坤，在此一举。"

第68军抵抗得很顽强，但第15军的官兵根本不把他们放眼里。面对敌人密集火力，蹲在船头的第一梯队6连连长罗金印对战士说："这是虚张声势，我们在淮海战场上较量过嘛，他刘汝明不是个儿。要不是长江挡着，收拾他跟吃豆芽菜似的。"船一靠岸，他就领着队伍扑上去。

听着南岸枪声炒豆似的爆了半个来小时之后，秦基伟便远远看见斜对岸香山顶上燃起了几堆篝火。这是渡江成功的信号。紧接着他就听见向守志在电话里兴奋地喊着："请报告军长，第一梯队已全部上岸。"

秦基伟听到这个消息，腾地弹跳起来，快活地喊了声："搞饭吃喽！"可没等他迈开步子，身子便一软瘫坐在泥地上，扶着前额直嚷嚷："头痛，头痛……"

第15军作战处长崔星在当天日记里写道：军长这是为渡江累的。

楔入江南的第15军，使西突击集团面对的国民党200多里宽的江防，开始了沙漏般的坍塌。随后，从第15军右翼彭泽至马当间起渡的第13军突击部队，仅用了15分钟便冲过1200米宽江面，攻占国民党第68军用2个整师兵力扼守的、被称之为"永远炸不沉的军舰"的江心阵地八宝洲，协同友邻第15军歼灭马当要塞之敌。

第5章 渡江，渡江

整个西突击集团的渡江之战顺利得让人不敢相信，第一梯队的 16 个整团，拢共只用一个半钟头便全部飞越天堑，控制了宽 200 里、纵深 15 至 20 公里的登陆场，且代价甚微，令人不可思议。陈锡联第 3 兵团和杨勇第 5 兵团一梯队的 6 个步兵团，伤亡还不到 10 个人；陈赓第 4 兵团突击部队尽管受到刘汝明部第 68 军较顽强的抵抗，也只损失了百十来号人。

江阴至扬中段——汤恩伯长江防御的兵力部署东重西轻，以江阴要塞为核心的江阴至扬中 60 华里防区，则为东线的咽喉之地。汤恩伯最担心的就是倘若此间防线被突破，中共军队便可能直接插进丹阳或常州、无锡，从而掐断京沪线，分割南京、上海之间几十万军队，最终毁了他的《保卫大上海防务计划》。因而他将第 54、第 28、第 4 军等国民党末期最精锐部队，沿南京以东配置，而防守江阴的是清一色美械装备的甲种部队第 21 军。

但是，第三野战军副司令员粟裕和参谋长张震对江阴军事地理的意义，比汤恩伯理解得更深刻。

在三江营至张黄港江段的宽大正面上，东突击集团展开了第三野战军 2 个兵团 8 个军，以及苏北军区 3 个独立旅共 35 万人，集中第 28、29、23 等三个军的兵力，于残阳夕照中多路突破，志在必得地猛攻以江阴为中心的江南防御阵地。

守备江阴的敌第 21 军虽然装备一流，但仗着江阴要塞森严的防御体系，上上下下弥漫着一种懈怠情绪：认为国共和谈可能达成协议，即使谈判破裂，共军起码也得用 3 个月以上的时间作渡江准备，短期内不至于渡江；就是渡江，善于避强击弱的共军，也不会将渡江点选择在江阴，因而，这个军仅在南岸构筑了一些简单野战工事和部分营据点。

东突击集团渡江时,这个军竟毫无察觉。等到江北炮火铺天盖地地打了十几分钟,他们才意识到灾难正在降临,可这时团以下联络已全部中断。1小时后,军部得到师里第一个报告:解放军已经突破阵地,正向两翼和纵深扩大战果。

次日凌晨,东突击集团先遣渡江的3个军部队,先后粉碎长山、天生港、扬中等地守军的抵抗,击退敌3个军的反扑,并成功地策动了江阴要塞7000多守军的起义。当夜,东突击集团的3个军便全部打过长江,摧毁了江阴至扬中的敌防御阵地。

如果说西突击集团渡江的胜利,从战略上切断了国民党京沪杭汤恩伯与华中白崇禧两大军事集团的联系,彻底肢解了国民党长江防线,那么东突击集团的南渡,则是直捣黄龙,致命性的。

22日中午,国民党千里江防全线崩溃。

至此,已有近30万人民解放军渡过长江,并迅速构成对芜湖、南京、镇江等地区的国民党主力部队钳形夹攻的作战格局。

下午4点,汤恩伯在南京国防部大楼部署总退却,命令江阴要塞以东的第21军、123军,沿铁路及国道公路向上海撤退;令江阴以西的第51军、54军,经常州、溧阳、宜兴、吴兴、嘉兴,绕过太湖亦退往上海;令芜湖以东、常州以西所有部队退往杭州方向;令芜湖以西守军撤向浙赣线;第28军在负责掩护首都部队撤退之后,迅速沿京杭国道向杭州撤退……30万主力部队顺铁路、公路乱哄哄地朝东南溃退,图谋在杭州和上海组织新的防御。

汤恩伯的撤退部署下达不到一小时,便被解放军先头渡江部队截获。情况报到泰州白马庙的东突击集团渡江指挥所,粟裕看了淡淡一笑,早料他汤恩伯会有此着。

渡江战役还没开始,粟裕便锦囊妙算战役第二阶段的进程,连国民党军队的撤退路线他都给划好了。如今,汤恩伯果真如他所料,放弃江防转入战略总退却,退守沪杭。粟裕岂能让他汤恩伯如愿,立即调整部署,命令朱绍清第28军直出宜兴,扑向常州以东;陶勇第23军进兵丹阳、金坛,迫近常州以北;第29、第31军则于澄、锡、常地区,然后依情况发展转用。同时命令先期渡江的中集团第9兵团主力,沿南陵、宣城、十字铺之线以北与高淳之间向东北挺进,控制溧阳,截断京杭国道;第7兵团则于第9兵团侧后,成梯次队形快速跟进,形成乘敌混乱之际分割聚歼的作战态势。

谋略精微,见智见勇——它标志着粟裕的指挥艺术已达炉火纯青的境地。这个瘦小的共产党人再次以自己卓尔不群的军事智慧,确定了他在中国革命战争史上不可撼动的名将地位。

位于丹阳戴家花园大宅院里的总前委,此时一片轻松气氛。

望着渡江战役经过图上,那条被截成数段的浙赣线,陈毅快活地说:"汤恩伯要是不下海,就再也没有路好走喽。"

邓小平点点头:"是啊,下面该解决上海问题了。"

他们面对的那份地图,真是生动精彩。标志东南战场解放军攻击态势的红色箭头,坚定地一律呈钳状:第9、第10兵团呈钳状逼向上海;第5兵团呈钳状围向浙南;第4兵团呈钳状直向闽赣……

各兵团呈大钳状,各军则呈小钳状。每一个钳击都意味着一个包围,一次全歼,像在与毛泽东的"宜将剩勇追穷寇"遥相唱和。

第6章

南京上空最后的盘旋

21日清早，何应钦、白崇禧、顾祝同便接连走进傅后岗68号。

傅后岗地势突兀，绿树葱茏，是南京最幽静的去处之一。岗上洋房多为国民党军政要员和社会名流的公馆，其中最别致的一个公馆就要数这68号了。院内建筑分三进，迎门一进是座造型很别致的花园式三层小洋楼，楼里共有14个房间，一楼是餐厅、浴室、会客厅；二楼、三楼为书房、卧室，前有阳台，后有凉台。

李宗仁原不是爱读书的人，可室内装饰典雅舒适，幽然透出股儒气。楼后一进新式平房，作厨房、寝室用。第三进也是栋平房，是勤务人员的居室。每进楼房之间有走廊连接。

此公馆原是国民党军委会办公厅副主任、陆军中将姚琮的宅第。这位将军在高楼门还有处面积很可观的院落，因而抗战胜利之后，他将这所房子租赁给了捷克驻华大使馆，一年期满又转租给励志社作美军招待所。李宗仁在南京一直没房子，过去来京城都是住大方巷21号国防部招待所。

第6章 南京上空最后的盘旋

1948年5月,李宗仁由北平行辕主任竞选上国民党副总统,需长住南京,正物色住处时,得知傅后岗68号要出售,便把它买下当官邸。

李宗仁身为副总统,却被蒋介石视如敝屣,从不邀他参与讨论军机大事,连宴请国际友人之类的酬酢也没他的份儿。好在李宗仁生性豁达,便也落得个逍遥自在,立春奔钟山赏梅,端午到普陀进香,中秋去海宁观潮……漫游于江南山水间。作为副总统,他俩月不去一回总统府,但凡有应酬都在傅后岗68号,后来索性连公务都在家处理了。直到1949年1月21日蒋介石下野,由他代行总统之职,他仍不愿到总统府视事,仍习惯于在官邸商讨处理军机国务。

这会儿,李宗仁召集何应钦等高级将领来官邸,就是会商共军渡江后的国民党战略。

何应钦等熟门熟路地穿过官邸花木扶疏的庭院,径直进了一楼的会客厅,李宗仁已在客厅等候。国势垂危至此,彼此见面不由便先慨叹一番,然后才落座商谈挽颓之策。几个人的意见倒很一致,认为共军现已开始大规模渡江,南京失守是迟早的事。然而,白崇禧对坚守武汉及西南半壁江山颇有信心,说:"我坚决主张放弃京、沪两地,立即把汤恩伯的主力移至浙赣线和南浔线,与我华中四十万部队形成犄角,以固守湘赣,防止共军侵入大西南。"

李宗仁等都觉得这是眼下唯一的可行之举,但他们谁都明白,守卫京沪是蒋介石的方略,其意在争取时间抢运物资,到台湾另辟小朝廷。这个生性偏狭阴鸷的独裁者,正在桂系逼宫被迫引退的恨头上,既然他只能蛰居海岛一隅,又岂能容他桂系守住西南,坐拥半个天下?就在李宗仁应变无措时,蒋介石从溪口打来电话,约他明天到杭州商谈。

李宗仁与何应钦等商量了一下,决定明天一起去见蒋介石。

告辞时,白崇禧对何应钦、顾祝同说:"你们二位先走一步,我还

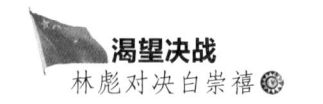

有些话要跟李总统说。"

待两人走后，白崇禧说："德公，今后局势如老蒋还不愿放手，则断无挽回之余地。你应乘此机会向老蒋明白提出，一国不能二公，蒋、李只能择一负责领导政府，以期统一事权，而免拖泥带水。老蒋既已引退下野，应将人事权、指挥权和财政权全部交出。"

李宗仁笑道："这正是我的意思。"

经历过日寇浩劫的南京人，12年未闻炮声，22日这天一早又听见了那令人心悸的弹丸爆炸。六朝古都乱套了，李宗仁的轿车滑下傅后岗的坡道，拐了个弯到古楼就走不动了。一路上溃兵潮涌，到处壅塞着中央机关装载财物眷属逃命的车辆，一刻钟的路程，硬是挤了一个多小时李宗仁才到明故宫机场。

何应钦已先一步赶到，见了李宗仁，第一句话就是："江阴要塞昨天晚上已经完了。"

李宗仁惊愕不已："怎么，不是说至少可以守住3个月的吗？"

何应钦说："天晓得！要塞的炮一声不响。"

李宗仁明白了，不再问什么，脸色灰灰地爬上飞机。

一行人分乘3架飞机飞往杭州，降落在笕桥空军军官学校机场。这个学校奉命迁移台湾，已基本搬空，遍地都是丢弃的废旧器材、报刊、绳头、破袜头……一派败落，满目凄凉。

商谈是在笕桥航空学校校部会客室进行的。

这是自年初下野后，蒋介石第一次与李宗仁会面。他发现3个月没见，李宗仁人消瘦了许多，脸也变得憔悴了，一张国字脸瘦得只剩下个框架，给人一种"国将不国"的感觉。

待诸人坐定，李宗仁不等蒋介石开口，先就挑开来说："你当初要我出来，为的是和谈。现在和谈已经决裂，共军已大举渡江，南京失守是说话间的事，你看怎么办？"

没想到蒋介石态度极其诚恳，当即回答他说："你继续领导下去，我支持你到底，不必灰心。"

李宗仁满腹怨尤："你说你支持我，我要放张学良、杨虎城，你怎么就不支持了？我派程思远到台湾接张学良，又派专机到重庆去接杨虎城，结果连张杨二人的面都没见着，你就这样支持我的呀？"

蒋介石被这一席话弄得有些尴尬，但很快就恢复了平静，叹了口气说："误会，德邻你是误会我了呀。释放张、杨本是你职权里的事，我怎会干涉？这样吧，你再给我几天时间，派人查出张、杨的下落，由我亲自训话，然后把他们一起放了，他们想去哪里就去哪里，听其自便。"

"还有在军事上……"

"噢，关于军事指挥权，统归国防部。"不等李宗仁把问题说出来，蒋介石就明白李宗仁在向他讨要军权，忙说，"你完全可以让敬之下令，按照你的意图进行部署，我决不会过问。德邻啊，你看你还有什么要求？"

"再就是军饷了。现在前线官兵吃都没法吃饱了……"

"你要多少钱，只管派人到台湾拿就是了。"为达到自己的目的，不管李宗仁提什么样的条件，蒋介石都满口答应，"钱是国家的钱，你代总统有权支配。"

这席话可谓情真意切了，直说得李宗仁哑口无言，脸上的怒色也渐渐消退了下去。

坐在旁边的白崇禧看出老蒋开的还是一沓空头支票，居然就把李宗仁给糊弄住了，心里便暗暗着急，知道李宗仁爱面子的老毛病又犯了，这次又跟他白跑了一趟。他无奈地悄悄叹了口气，借口天气转阴，担心赶不回武汉，先行告辞了。

渴望决战
林彪对决白崇禧

车把他送到机场时,恰好碰到抗战期间给他当过几年机要秘书的程思远,忙将他扯到军用专机旁,叮嘱说:"你要提醒德公,今天会议最重要的一桩事,就是同老蒋摊牌。这意味着老蒋不走开,德公就辞职,借此来对老蒋施加压力。"

但是晚了。白崇禧一走,蒋介石又撇开众人将李宗仁拉到隔壁房间单独谈,再作一番支持他的姿态。

李宗仁彻底晕了,说:"你如果要我继续领导下去,我是可以万死不辞的。但是现在这种政出多门,一国三公的情形,谁也不能做事,我如何能继续领导?"

蒋介石说:"不论你要怎样做,我总归支持你。"

蒋介石与桂系斗了这么多年,多数占着上风头,其精明之处就在于深刻地了解李宗仁、白崇禧的弱点。此刻他就是以诚恳降住了李宗仁,那份真诚直叫李宗仁觉得此时向他提出一百个要求都会得到满足,但是哪怕只提一个要求都显得自己小家子气。值此城之将破,国之将亡之际,蒋、李二人唯有泯灭宿怨,才能同舟共济。

两个多钟头之后,谈话结束了,何应钦劝李宗仁和他一道飞上海,次日再转飞广州。李宗仁摇了摇头对何应钦说:"敬之,我应该回南京去看看,即使撤退,也得撤出个样子,总要有个人在那里坐镇吧,不然还不乱成了一锅粥呀。"

"德公如此公而忘私,实令人感动。"何应钦大概担心李宗仁会把他也拉到南京去,赶忙说,"我就不随你回南京了,政府阁员现都已到了上海,我得过去作些安置。我们就此作别了,明天龙华机场再见吧。"

李宗仁从何应钦的表情上看得出来,他不愿再回南京冒那个险,想早早走了,就没多说什么,转身上了飞机,命令机组返航回南京。

第6章 南京上空最后的盘旋

傍晚，李宗仁的飞机在南京降落。

他一出机舱，只听见城郊枪炮声不绝于耳，京城已成凄凉之地。平日繁华喧嚣的商业街中山路、太平路等，店铺早已纷纷关门歇业，街上行人绝迹，饿犬蹒跚。

回到傅后岗 68 号官邸，李宗仁就感觉到有种阴森凄凉的气息迎面扑来，竟不由得打了个冷颤。昨天凌晨，一接到汤恩伯有关共军已在鲁港、铜陵地区大举渡江的报告，他就派秘书将夫人郭德洁送往桂林。如今人去楼空，没有了往日的喧闹声，楼上楼下都是死一般的寂静。

歇息了片刻，他要总统府侍卫长李宇清给设在卫孝陵的京沪杭总司令部打了个电话，让汤恩伯来见他。此刻，汤恩伯已集中了 300 多辆卡车，正准备将总司令部撤往上海，没想到在这种危急时刻，李宗仁还会飞回南京。

他匆匆赶到傅后岗，李宗仁一见就问："目前战局究竟如何？"

汤恩伯将他亲临芜湖指挥江防作战的情况作了报告，然后劝说道："共军已迫近城郊，今晚或可无事，但明日情势如何就难说了。务必请代总统最迟于明日早晨离京，以策安全。"

说到这里，侍卫长送来一份电报，汤恩伯便借机告辞了。

电报是国民党的和谈代表章士钊、邵力子等人从北平联衔发给李宗仁的："协定之限期届满，渡江之大军将至，硬派已如惊鸟骇鹿，觅路纷奔。独公坐镇中枢，左右顾盼，擅为所欲为之势，握千载一时之机。恳公无论如何，莫离南京一步，万一别有良机，难于株守，亦求公飞抵燕京共图转圜突变之方。"

看了电文，李宗仁心里异常悲凉，他知道他派出的这些代表也都靠拢共党，弃他而去了。他能说什么呢？当城破国亡之时，指责他们临危变节亦属徒然。他扔下电报，忽然有种彻骨的疲乏感周身浸漫，便上楼解衣而卧。欲睡未睡时，忽然又想起件事，忙从毛毯里探出身来，给颐和路空军总司令官邸打电话，要周至柔明天清晨将他的四引擎专机"中美号"，换成"追云号"。

电话里周至柔沉默了一下，似感意外，但还是答应照办。

其时已是午夜，听着南京四郊的枪炮声涨潮般地轰鸣，李宗仁辗转反侧，不能入眠。他好不容易合了合眼，可是4月23日黎明已经来临了。

这一天和1937年12月13日日军攻占南京一样，是国民党永远不会忘却的日子。

天刚亮，汤恩伯来电话催促李宗仁赶紧上路，并报告说，已发现有小股共军攻入城内。

李宗仁这会儿反倒不慌了。他睡眼惺忪地从床上爬起来，招呼总统府侍卫长李宇清备车，并叮嘱总统府30多个随员亦乘吉普车同行。然后不紧不慢地走进盥洗间洗漱完毕，又从从容容地走向餐厅去进早餐。

李宗仁的小车队从满城慌乱中夺路东行，等赶到明故宫机场，"追云号"已发动多时了。等候在飞机旁的汤恩伯和首都卫戍司令张耀明疾步迎上来，惶惶地催道："请李代总统快走，共军的炮火已经能够到机场了。"

李宗仁点了点头，默默地最后回望一眼南京，又转向汤恩伯，心情沉重地交代说："这是内战，你可不要把南京毁掉。"

汤恩伯答应："你放心地走吧，我不破坏南京。"

"追云号"专机升空后，按李宗仁所示绕南京盘旋两圈。

此时，东方已白，长江如练，南京城郊，炮火方浓。李宗仁俯望翼下古城，心里顿生出万千感慨，不禁想起元代大词人萨都剌的《金陵怀古》："六朝豪华，春去也，更无消息。空怅望。山川形胜，已非畴昔……"

飞机向南飞行了一个来小时，飞行员钻出驾驶舱，请示李宗仁航行目的地。

李宗仁说:"先飞桂林吧。"

周至柔得到报告,这才明白代总统为什么要换乘小些的"追云号"。因为桂林跑道窄短,无法保证"中美号"大型座机的起落。

机翼一偏,"追云号"航线由正南弯向了西南。

李宗仁匆匆逃离南京,没能看到共产党人在大转折时刻的幽默:解放军所有部队绕城南进,却将占领南京的历史使命,交给了第三野战军第35军。该军由济南战役中起义的国民党第96军与华东野战军鲁中南纵队合编而成,原第96军军长吴化文仍任军长。

当天黄昏,第35军第104师侦察连乘坐江北仅有的一条木船,往返6趟,在下关煤港登岸,成为第一批进入南京市区的先头部队。

午夜时分,第35军第103师第312团的官兵穿过国府路,直插总统府。总统府前,很快围满了南京地下党员带来的欢迎解放军的民众。第312团的几个士兵攀上总统府门楼,扯下国民党青天白日旗。

在民众的一片嘘声中,青天白日旗缓缓坠落。

在民众的热切仰望中,一面鲜艳红旗冉冉升起。

南京解放了,它标志着国民党22年反动统治的终结。

第1章

战争进入诗眼阶段

当南京满城都在唱"解放区的天是明朗的天",千公里外的北平双清别墅,毛泽东一手背在身后一手夹着香烟,悠然踱进和风如拂的六角凉亭。

一位秘书跑过来,递上一份《人民日报》号外,轻声说:"主席,解放南京的捷报出来了。"

毛泽东眼睛一亮:"噢,这样快!"

号外上南京解放的消息,是毛泽东凌晨时分亲笔为新华社撰写的电讯稿。稿件发排之前,他已经读过好几遍。这会儿接过报纸,他仍然很有兴致地坐到藤椅上,喃喃有声地再读一遍,重温这份伟大胜利的快感。

虽然20多年前毛泽东曾经两次到过南京,但他并不熟悉这座城市。在他脑海中,与其说对南京尚有印象,不如说是对自己经历的印象。

1920年4月11日,毛泽东从北京去上海欢送新民学会的陈赞周等6名会员赴法国勤工俭学,途中顺便游览天津、济南,还兴致盎然地爬泰山、游孔庙，并到孟子出生地邹县去参观了一天。他从曲阜乘火车到南京那天，依稀记得也是4月下旬。由于旅途劳顿，他在车上一路打瞌睡，直到浦口停车换轮渡时才醒来，却发现布鞋被人偷走了。

毛泽东第一次到南京，就这样赤着脚走出码头。

第二次是1921年8月初，在上海出席中国共产党第一次全国代表大会后，他由杭州到南京，看望在东南大学读书的湖南省立第一师范时的同学、新民学会会员周世钊等人。在南京逗留的那几天里，他印象最深的是听了中国近代职业教育创始人和理论家黄炎培先生的一次演讲。

事隔38年之后，也是8月的一天，毛泽东邀黄炎培到中南海商谈政协事宜。谈后闲聊时，黄炎培说到30年前是他送陈毅等人赴法国勤工俭学。

毛泽东问道："黄老先生知道我们第一次在哪里相见的吗？"

黄炎培摇了摇他那满头雪发，说："不知道。"

毛泽东笑道："1921年江苏省教育会欢迎杜威博士，你演说中国100个中学毕业生，升学者只有多少多少，失业者倒有多少多少。那一大群听众中间就有一个毛泽东。"

那会儿毛泽东的老对手、时任粤军第2军参谋长的蒋介石正在溪口老家为其母王采玉服丧，在政界还没成气候。若干年之后，两人同为中国现代史上的风云人物，围绕南京这权柄之地，展开了长达几十年的生死角逐。

此时在凉亭里捧读南京捷报，毛泽东抚今追昔，世道沧桑，不禁诗情勃发地酝酿着《七律·人民解放军占领南京》——

钟山风雨起苍黄，百万雄师过大江。
虎踞龙盘今胜昔，天翻地覆慨而慷。
宜将剩勇追穷寇，不可沽名学霸王。

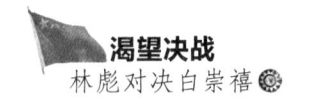

天若有情天亦老，人间正道是沧桑。

黄钟大吕，气吞牛斗。

颈联那有如雷电般震撼诗坛的不朽名句，是一个大政治家对中国几千年历史的深刻反思，也是毛泽东诗化了的战略思想。他给中国革命提了个醒儿，人民战争已进入了"宜将剩勇追穷寇，不可沽名学霸王"的诗眼阶段。这和他4个多月前《将革命进行到底》一文的主旨是贯通的。文章中，他借古希腊寓言"农夫与蛇"的故事，坚定地表明："中国人民决不怜惜蛇一样的恶人"。

人民解放战争正走向最后胜利。

邓小平在《京沪杭战役实施纲要》中，也乐观地预料："只要我军渡江成功，无论敌人采取何种处置，战局的发展均将发生于我有利之变化，并有可能演成敌人全部混乱的局面。"

4月22日，国民党长江防线已全面失守。总前委判断守敌崩溃之势已不可逆转，在构成新的防线之前，根本无法进行有效抵抗，江南战局发展到了大追击阶段。于是，总前委及时调整兵力，解除二野陈赓第4兵团沿江东进，准备攻打南京的任务，令陈赓率部与陈锡联第3兵团、杨勇第5兵团在200多公里宽正面上并肩南进，追歼逃敌，先期控制浙赣线。左翼第3兵团前出到浙江义乌至龙游段；中路第5兵团径取衢县至上饶段；右翼第4兵团直插江西横峰至东乡段，切断汤恩伯集团的陆上退路，扰其侧背，阻绝白崇禧集团东援的可能，保障第三野战军歼灭沪、杭、甬之敌。

汤恩伯于22日下午部署总退却，命镇江以东的第21、第51、第54、第123军向上海撤退；镇江以西的第4、第99、第28、第45、第66、第20、第88、第55、第96、第68、第106、第73共12个军分别向杭州、浙赣路撤退。

可此时敌第8兵团司令官刘汝明已逃到皖南太平县了——

21日拂晓，第55军第74师师长李益智一个紧急电话打到青阳兵团部，向睡得迷迷糊糊的刘汝明报告说："敌人已在我侧翼铜陵以东第88军正面大举渡江，渡了不少过来了。听说那里的部队有一部分已经叛变，第88军决定立即放弃江防阵地，全线撤退。"

第88军属第7绥区所辖，为第8兵团右翼，它一撤就把第8兵团侧背亮给了解放军。

刘汝明徘徊不去的那份睡意一下就没了，跳下床来亲自用电话向所属2个军口述撤退命令：一、敌人现正在铜陵以东大举渡江，我决定放弃江防阵地，立即向东南方向撤退。8兵团部及55军即于本日上午8时开始行动，由青阳经太平、徽州向屯溪方向撤退。二、68军即于本日上午8时开始撤退，由至德经石门街向江西浮梁方向撤退。

但他在回忆录中很不诚实地说："22日快到中午，就接到京沪杭警备总部的养辰电令说：'我第二线兵团，正沿浙赣线布防中，贵兵团即放弃江防，向浙赣线以南转进。'当时即转电各军，叫第68军沿浮梁、乐平、鹰潭、戈阳之线转进；我也同第55军，由青阳经石埭、太平、徽州向南转进。"

镇江以西南逃的国民党军，像两股浊水馊汤，漫过皖南山地，流向浙西，流向闽北……

4月28日，汉口三元里华中军政长官白崇禧官邸——

副官们老远就听见白崇禧扯着嗓门在呼叫，气急败坏地到处打电话找蒋介石。他急于同蒋介石通话，试图说服他把从长江南岸撤退的中央军部署于浙赣铁路沿线，而不要向福建沿海地区转移。同时他想把自己的华中部队南撤广东,与余汉谋集团合力保卫广州,像北伐时一样将这座南国大都会建成全国政治中心。

其中还有个秘不可宣的原因是不久前他与美军太平洋舰队司令白吉尔拉上线,白吉尔从青岛派侍从副官马介廉携带收发报机和密电本来到华中,直接与白崇禧建立联系。几天前白吉尔向他通报:美国国会准备在暑期休会以前,通过一项7500万美元的援助中国计划,用于援助中国一般地区。如果桂系部队能入广东,白吉尔许诺将通过海道运输,给桂系以充分的补给和供应。

他太需要这份美援了,所以他急不可待地要找到蒋介石,商讨桂系部队入粤的事。可他声嘶力竭地把嗓子都喊哑了,也没能跟蒋介石通上话。

白崇禧找不到蒋介石正在恼火,程思远进来了。他是受李宗仁之派,专程飞汉口请白崇禧赴桂共商大计的。白崇禧马上让秘书通知汉口第四路空军司令罗机,要他准备好飞机,明天去桂林。

同一天。上海——

3天前乘"太康"号舰到上海的蒋介石公开露面,巡视市区,为驻沪三军官兵打气。他不知道白崇禧在找他,但他心里一直惦记着华中那几十万军队,考虑要设法拢住白崇禧这个刺头。

巡视结束后,他叫来财政部长刘政芸,要他拨给白崇禧400万元大洋,派专机运往汉口。

刘政芸唯唯诺诺,答应:"我马上去办,只是眼下中央银行恐怕没这么多现洋,不够的部分可以黄金折算。"

蒋介石面无表情地点点头:"办吧。"

同一天。北平西山双清别墅——

第7章 战争进入诗眼阶段

白崇禧的冥顽不化,终于让毛泽东失去了耐心。

那会儿或许他想起被枪杀在上海龙华的数百共产党人,想起战死在湘江岸边的数万红军将士,想起被俘、牺牲于皖南山区的6000多新四军官兵……

毛泽东愤然提笔,为中央军委起草致林彪、罗荣桓、刘伯承、张际春、李达、肖劲光、陈伯钧并告中原局电:"和谈破裂,桂系亦从来没有在具体行动上表示和我们妥协过,现在我们亦无和桂系进行妥协之必要。因此,我们的基本方针是消灭桂系及其他任何反动派。"

桂系首脑人物中,只有白崇禧拥兵自重,成为桂系乃至国民党内最有实力的人物。因而,"消灭桂系",就是消灭白崇禧集团。

此时,在中国辽阔版图上,内战爆发时的430万国民党军只剩下140多万人,其中京沪杭警备总司令汤恩伯部28个军约45万人,华中军政长官公署白崇禧部20个军约35万人,西安绥靖公署胡宗南部13个军17万余人,西北军政长官公署马步芳部8个军14万余人。四个军事集团分属国民党军不同派系,矛盾重重,争权夺利,相互倾轧,彼此猜疑,各自为谋。

毛泽东和中央军委划定战区,调整兵力,分别进击:西北"二马"由一野对付,胡宗南集团南逃入川后由二野去收拾,汤恩伯集团由三野包打,消灭白崇禧集团的任务则交给了四野。

毛泽东为白崇禧这个国民党军头号名将挑了一个强有力的对手——林彪。

蒋介石处心积虑二十多年未能消灭的桂系,末日来临了。

第 8 章

四野泰山压顶

四野主力 10 个军 70 余万人马由平津地区出动,沿平大公路、平汉线和津浦线三路推进,浩浩荡荡南下。时为 1949 年 4 月 11 日。2 天之后,四野总部机关出发。

统领四野 90 多万人马的林彪这年 43 岁,比统领 15.5 万人马的一野司令员兼政委彭德怀小 8 岁,比统领 28 万人马的二野司令员刘伯承小 14 岁,比统领 58.1 万人马的三野司令员兼政委陈毅小 5 岁。

统帅年轻,四野南下的阵势也大,当得起"威风凛凛"这个词。总部机关分乘 4 列火车接连驶出北平城:一个警卫班押着第一列火车压道;紧随其后的是各大部机关人员的军列;第三列便是林彪、罗荣桓和参谋长、副参谋长等野司首长乘坐的专列,由警卫团的卡宾枪连、冲锋枪连随行护卫。

当时四野有 2 个参谋长、2 个副参谋长。肖克为第一参谋长,主管军事工作;赵尔陆为第二参谋长,主管后勤工作。

第8章 四野泰山压顶

北方部队南下作战，供应保障任务艰巨又复杂。而赵尔陆曾先后担任过红四军军需处长、红一军团供给部长、前敌指挥部供给部长、八路军总供给部部长，有着丰富的后勤工作经验。所以林彪、罗荣桓向中央军委建议增设一个参谋长，将赵尔陆从华北军区调来四野专管后勤工作。

2位副参谋长也都是解放军的老资格将领：聂鹤亭参加过南昌起义、广州起义，抗战时期当过晋察冀军区参谋长；陈光是湘南起义后跟随朱德上的井冈山，代理过八路军第115师师长。

断后的第4列火车最拥挤，里面塞满了机关勤杂人员和总部直属分队，满车都是烟草味。

每列车上都配备几门披着伪装网的高射炮，炮手不离炮位，随时准备对付空袭。

车队浩浩荡荡驶入津浦铁路，向南疾驶。

车到天津停留了一天，林彪带着部分机关人员实地考察四野5个纵队打天津的战场。晚上，他兴致不减地又到戏园子里听了场京戏。

在东北时，他就经常悄悄带几个警卫员外出听戏。哈尔滨"大舞台"京剧团的台柱子吴桂英的戏，他百看不厌，几乎看过她演出的所有剧目。后来东野机关迁到沈阳，一时找不到像样的剧团，他专门派人去哈尔滨把"大舞台"全班人马请过来，有空就让他们演。打完辽沈战役，东野旋即入关，总部机关临出发前两个钟头，他和刘亚楼还在听戏，硬是把一场戏听完了才上车的。北平解放以后，他住在北京饭店，几乎天天晚上听戏，北平城名角儿的戏全都听了个遍。

林彪起先并不爱听京剧，哼哼呀呀的让人着急。因为毛主席喜欢，他也耐着性子听，不料听着听着就听上瘾了。

就在林彪听京戏的时候，只有一个右肾，还患有高血压、心脏病、动脉硬化等症的罗荣桓，积辽沈、平津两大战役之疲劳，正与人谈着话，

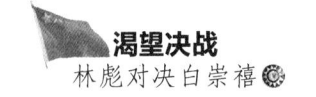

突然就晕倒了。

毛泽东得知了这一情况，立即派保健医生黄树则赴津为他治疗，并捎去个口信："留得青山在，不怕没柴烧"，让他不要再随军南下，就留在天津养病。

可沉疴中的罗荣桓始终惦记着南下的部队，何长工去看望他时，他还念叨说："部队南下，仗还是有得打的。要警惕那个广西兵团，就是李宗仁、白崇禧的部队。这些着短裤、穿草鞋的兵，打仗蛮顽强，又善于爬山。从湖北的武胜关到湖南的武陵山脉，恐怕就要同这些广西部队作战。部队要有思想准备，尤其是指挥员，更要心中有底，要准备付出一定的伤亡代价。"

不久，军委任命邓子恢为第四野战军第二政委。

四野主力南下，一路上全为旅次行军，虽然没有大的战斗，但所有部队都遇到了先遣兵团南下时所遇到的问题。越往南走，部队的行军速度越慢。各部队指挥员都像先遣南下的部队干部一样操心费神，一路上不知做了多少思想工作，但行军速度仍然上不去。

中路第46军的北方兵牢骚最多，一路上骂骂咧咧的："老弟啊，越往前走可就越热了呀。妈拉个巴子，南方的天热起来，往墙上贴坨面立刻就能烤煳喽。"

"不是咋的，南方这熊地方可比不了咱东北大平原。"

这话正好被骑马走在队伍边的军政委李中权听到了，很不高兴地把脸一沉，说："怎么比不了？我们南方山清水秀，鸟语花香。"

李中权是四川人，但参加红军后，他就一直转战于黄河以北，早已适应了北方的冷冽和干爽。可是走到湖北孝感，他也受不了了，火辣辣的太阳当头照，烤上半晌人就天旋地转的。他心里不禁也犯了嘀咕：这南方真的不如北方好过哟。

四野总部机关的车队呼啸南进，一泻千里到徐州，再折向西行，于5月9日到达开封。四野司令部在市中心离大相国寺不远的一所中学校园内设下了营帐，林彪就住在学校附近的一座两层小楼里。

司令部参谋处的人一到宿营地，就匆匆忙忙地打开行囊，先往墙上拼挂地图。作战参谋高继尧连背在肩上的军用挎包都没来得及取下，就爬上爬下地忙着往刚挂起的地图上作标识，将一面面红色三角旗插到四野各军到达的位置上。此时，四野主力已逼近湖北，但见图上鄂豫交界处，被高继尧插得红旗如林。

这位白净精干的小伙子虽只有20多岁，但却是参谋处的老参谋了，早在辽沈战役之前就从东野2纵调到野战军司令部作战处，因此十分了解林彪的脾气，说："林总这人不挑饭菜，大伙儿吃啥他跟着吃啥，高粱米大馇子饭都能嚼，拣碗土豆红薯也算一顿。他在住房上也没个讲究，随便找个屋放张床就行。住楼房他不觉着哪儿好，睡茅草房他也没看出哪儿差。每到一地，不管院子里怎么脏乱，也不论屋里怎么埋汰，他都照进。可要是进去后见地图还没挂好，他脸上立马挂霜。"

四野从机关到部队，官兵们习惯了叫林总，有的人多少年也改不过来。

高继尧说：他生气时并不一定冲你大发雷霆，而是紧绷着脸不理人。可这往往比朝你发一通脾气更让人难受，常常弄得你不知怎样做才好。不过，一般情况下，他也不轻易生气，对身边的工作人员很宽容，看到一些小毛病，发现一些小问题，往往睁只眼闭只眼，权当没看见。他对人还挺关心，没事的时候也跟大伙儿唠唠家常，问你是哪里人，家里有几口子，父母是做么事的，想不想家等等。有时看到大家的伙食不好，他会叫来管理员，让他设法改善改善生活。

渴望决战
林彪对决白崇禧

　　高继尧觉得林彪这人有时候挺有人情味的。他记得在四平保卫战中，梁兴初率领1纵刚把敌人赶出阵地，林彪背着个手就上来了。看到敌人遗弃的大米饭、红烧肉还在桶里冒着热气，他把参谋、警卫员们都叫过去，严肃地说："你们跟着我很辛苦，已经好久没开过荤了。今天算是我请客，大家趁热，放开肚子饱餐一顿，吃好了我们再走。"

　　尽管说这话的时候，他脸上一丝笑意都没有，但大伙儿心里还是感到热乎乎的。当时前边的战斗很激烈，但林彪就坐在阵地的一块石头上，硬是等大家吃饱喝足了才继续往前赶路。

　　参谋处的科长、参谋们还没把作战室的地图完全拼挂好，林彪、肖克等坐着两辆吉普车，在几卡车警卫团战士的护卫下，飞也似的从郊外火车站疾驰而来。

　　吉普车在楼门口停下，警卫员抢先一步跳下来打开车门。林彪欠了欠身子缓缓走下车，用手套拍打拍打两臂，朝四下里看了几眼，什么话也没说，便径直进了作战室。几位参谋长、副参谋长也随后跟了进去。

　　参谋们还没来得及收拾房间，挺乱的屋子里总共只有两把椅子，可是同时进屋的有五六位首长。林彪没有一句客套话，先就拽过一把面对壁挂地图坐下。另外一把椅子却让第一参谋长肖克、第二参谋长赵尔陆等人谦让了老半天，谁也不坐，直到警卫员又搬来几把椅子，大家这才分别在林彪的左右落座。

　　林彪一坐定，他的秘书和警卫员就搬来一张矮脚凳，放到他手正好够着的地方，摆上只搪瓷缸和装着炒黄豆的小布袋。

　　林彪眼不离地图，左手准确地探到敞开口的小布袋里，拈几粒黄豆丢进嘴，很斯文地嚼着。有事没事他都喜欢嚼点炒黄豆，这个习惯，让很多人觉得怪诞。

　　原林彪警卫团一营副营长迟好学知道："并不是林彪有怪癖喜欢吃

炒黄豆，他那完全是为了治病。在东北那会儿他身体极差，三天两头地闹肚子，简直不能沾一点荤腥，稍稍吃点带油荤的菜就拉稀。拉起来什么药也止不住，一拉就是几天不见好。但人老不吃肉，总不沾荤，身体也受不了，会头晕、耳鸣、心慌。后来哈尔滨双城的一位老乡给他出了个偏方，要他每天嚼几把炒黄豆，说炒黄豆可以治胃疼心慌。他按老乡说的试了几次，果然见效，打那以后就养成了吃炒黄豆的习惯。黄豆含油量很高，正好可以为他缺荤少油的体内补充一些蛋白质。"

林彪不跟任何人搭话，只是把双手抱在胸前，嚼黄豆的腮帮子微微蠕动，两眼默默地望定地图。

图上敌我态势一目了然，四野主力三路南下，铁流千里。三只红色队标，尖锐如箭，若飕飕有风。其时，左、中两路正逼向鄂东、鄂北；右路第13兵团在新乡、安阳战役中连下两城后，队标的箭锋也已指向郑州一线；而标志白崇禧集团各部的蓝色防御线则远远地退缩到长江以南。

图上四野的泰山压顶之势，瞅一眼足以令人如饮醇酒，可林彪神色木然地看了许久也不吭一声。

肖克是四野出动的前几天刚从华北军区调到四野，接替刘亚楼担任第一参谋长的。他和林彪都是国民革命军第四军出来的人。

1926年2月，肖克没赶上报考黄埔军校四期，转而考入中央军事委员会宪兵教练所第二期，5个多月后毕业，分配到总司令部宪兵团当中士班长；10月间加入蒋先云任团长的补充第5团；两个月后，破格由军士直接提拔为少尉军官。1927年2月，肖克投奔第4军，被派到叶挺第24师第71团第3连任政治指导员。4月下旬武汉政府继续北伐，肖克随军出征河南，参加了著名的临颍战役；战后两天，改任第4连代理连长。8月1日参加南昌起义后，任第4连连长。10月，起义军兵败潮汕，肖克潜回家乡嘉禾，发动农民武装斗争；1928年初，参加宜章碛石年关暴动，带领600农军上了井冈山。那时,肖克认识了林彪。

"8月失败"后,红4军在资兴县布田圩进行整编,肖克从第29团调任第28团第1营第2连当连长;营长就是林彪。从那以后,两人便在一起共事。

1929年2月红4军罗福嶂整编,第28团改为第1纵队,林彪任纵队长,肖克任第1纵队第2支队长。10月,红4军去东江的路上,肖克由第2支队长调任第1纵队参谋长,粟裕任第2支队党代表。

1930年6月,赣南、闽西红军整编为红一军团,林彪任红一军团第4军军长,下辖3个纵队,肖克任第3纵队司令。

1931年6月第二次反围剿后,肖克调离红4军,担任独立5师师长。

肖克、林彪由此分手,直到1949年4月,肖克从华北军区副司令员兼华北军政大学副校长任上调到四野任参谋长,才又重新共事。

一别就是18年,肖克对林彪的指挥方式和特点已经完全陌生了。他耐着性子等了好一会儿,见林彪还不言声,只好提醒他说:"林总是不是有什么新想法?"

林彪没有搭理他,缓缓起身走近地图,从军衣口袋里掏出红蓝铅笔,在鄂南地区重重地画了一个"?"号。

肖克笑笑,扭过脸对赵尔陆说:"看来,林总是想在湖北打一仗喽,就怕白崇禧不肯配合呀。"

从军事地理上说,武汉为九省通衢,是个进可以攻,退可以守的要地,白崇禧执掌华中亦有两年,对武汉城防经营日久,林彪预料四野南下后会在此有一大仗。然而,白崇禧竟无意在此决战,四野主力离着武汉还有上千里地,他就在做逃跑的准备了。4月30日,他说服国防部准许其华中部队撤出江北地区,在洞庭湖、汨罗江以北,长沙、衡阳以东一带构筑工事,阻止解放军南下后,便迅速收缩防线,实施南撤计划。

第8章 四野泰山压顶

到5月8日，白崇禧已将华中部队全部撤至长江以南的武昌至九江之间区域内，伺机继续南逃。

在武汉打一个大仗的可能性已经不存在，这使林彪很有些失望。但是他琢磨在武汉打不成，那么有没有可能在湖北境内的其他地方打一打呢？比如在宜昌和沙市之间或者是阳新和蒲圻之间打一下？如果部队动作能够再快一些，抓住桂军的一两个主力师，白崇禧不可能不来救援，只要把"小诸葛"激怒了，在湖北境内打一仗的可能性不是没有的。

想到这里，他忽然对着地图，自言自语似的说道："唉，那个河南的省主席张轸，起义起义喊了好几个月了，怎么老不见动静？"

肖克回答说："噢，张轸的起义方案已经送过来了。现在那边白崇禧封锁得很严，我们还不便把电台密码送过去。"

林彪又问："12兵团已经到达长江边了，张轸再在那边一起事，说不定就能把小诸葛抓住了。如果让40军和43军先过江，大概需要几天？"

"我看有个五到七天也就够了。"肖克回答说，"现在在江北的蕲春、田家镇、团风还有不少的敌人，需要让12兵团先把这些敌人吃了，然后才能过江。"

正说话之间，机要参谋喊了声"报告"走进作战室，将手中的文电夹递给肖克。肖克先匆匆浏览了一遍再递给林彪。

电报是毛泽东以中央军委的名义从北平发来，对第四野战军何时渡江以及四野13个军如何使用的问题，提出了详细、具体的意见：

（一）你们主力已越过陇海线，快要到湖北境内了。根据长江北岸地区的粮食状况，大军久住困难必多。又据白崇禧的意图，不是准备在衡州以北和我军作战，而是准备逐步撤退至衡州以南。因此，你们全军似有提早渡江的必要，并且不必全军到达北岸然后同时渡江，可以采取先后陆续渡江的方法。根据华野、中野从渡江（四月二十一日）至占领杭州、上饶一线并歼敌十二万人只需要两个星期的经验，你们从渡江至占领吉安、攸县、湘乡一线，大约需要四个星期左右即够。如果你们主力能从六月十号开始渡江，则七月十号或略迟一点即可达上述一线，你们兵力展开在广大地区之后，粮食问题就不感困难了。（二）你们十三个军的使用问题，现在就宜大体确定。我们意见，湖北一个军，江西两个军，湖南三个军，共六个军可以固定下来。其余七个军及曾生纵队，应全部推进至以郴州为中心区域，并准备在该区域与白崇禧打一仗（应估计白崇禧部约二十五万人，可能在该区域和我军作战）。如果这七个军七月中旬前后能到攸县、湘乡之线，则八月中旬或下旬即可集中于郴州区域休整一个月，九月中旬或下旬以后即可向两广前进。

（三）据曾生称，奉你们之命率一个国民党师，辰灰从北平出发，要巳灰才能集中开封，需要一个月时间与广纵合编，要午灰左右才能由陇海线南进。请你们指示曾生，该部应争取于八月底九月初到达郴州地区，方能不失时机和主力一道向两广前进。（四）以上各点提供你们考虑。

军委

辰佳

林彪神色木然地把电文夹往肖克手里一丢，起身走到窗前，许久才撂过来一句话："给肖劲光发个报，命令第12兵团即刻渡江，进军武汉，力争抓住白崇禧主力，追敌与我决战。"

毛泽东来电之前，林彪还憋着劲儿想在湖北境内打一仗，看完电报后，这劲儿便泄了一半。既然毛泽东明确地要他把部队带到湖南去和白崇禧决战，他就别无选择。在这支军队里他可以看不上彭德怀、刘伯承、陈毅、聂荣臻，甚至朱德，但他绝不敢看不起毛泽东。上井冈山以来的二十多年里，每当面对毛泽东，他就觉得像面对一座不可动摇的大山。

第9章

关于林总的林林总总

20世纪60年代中期，湖北黄冈的林家大湾突然成了一个仅次于韶山的圣地。无数戴着红袖章的年轻人，血脉偾张地从四面八方涌来，打破了这个村落往日的宁静。年轻人神情庄重地瞻仰着大别山南麓的这片丘陵，一遍遍地敬祝着"永远健康"。每个人思绪的时针都拨回到1907年12月5日，把这一天想象成一个紫气氤氲、祥云缭绕的日子。

其实那一天很平常，那一天林家诞生的孩子也弱质多病，未见异象。所以，直到上了黄埔军校，他仍是全连最瘦弱的一个；而且，他的身体似乎经常不好。

1928年10月中旬，得知敌人将要"会剿"井冈山，红4军司令部发起下山挑粮运动，以囤积粮草长期守山。军长朱德带头翻山越岭，来回百多里地，把存放在宁冈大陇的粮食运上山。

肖克老将军回忆："我印象中，28团只有两个干部没有参加，一个是林彪，因为身体不好；一个是周子昆，脚上负伤。"

长征中物资匮乏,红军普遍营养不良,林彪的身体就更差了。杨尚昆记得翻越长征途中的第一座大雪山——夹金山,林彪上到半山腰喘得不行,就下来了,第二天是用担架把他抬过去的。

早年的林彪,有些云里雾里,影影绰绰的看不大真切。

目前已公布的林彪简历,最官方最权威的仍然是1986年解放军出版社出版的《中国人民解放军将帅录》:"原名林育蓉。湖北省黄冈县人。1923年加入中国社会主义青年团。1925年考入黄埔军校,同年加入中国共产党。1927年在国民革命军叶挺独立团任排长、连长。参加了南昌起义和湘南起义……"

历史却远不是这么简约——

1925年8月下旬,林育蓉投考黄埔军校第四期时改名林彪,填写的家庭地址是黄冈县回龙山。林家大湾村属回龙山镇,距武汉有80多公里。

黄埔军校第四期学制与前三期不同,前三期入伍生半年期满后直接升为军官生;而从第四期开始,入伍生接受半年的军事预备教育后,需进行甄别考试,及格者升为军官生,再修满一年军事课目后方可毕业。

那年9月林彪被录取后,分到黄埔军校入伍生第2团第9连。连长就是一期毕业留校,后来成为新中国开国大将的陈赓。

陈赓是个好连长。

同是9连入伍生,后来当过国民党军统局广东站站长的何崇校回忆陈赓时说:"当时我们驻在距校不远的珠江南岸沙路。记得是冬末春初的寒冷之夜,他在我们入伍生就寝之后,就手提马灯,随带一个勤务兵捧着几件棉大衣巡夜,沿途问:'冷不冷?冷不冷?'有同学答:'有些冷。'他就给加上一件棉大衣。在我们心目中树立了一个革命军官爱护士兵的形象,大家无不感动。"

何崇校更了解他的同学林彪，说："那时校里常有演讲会，民主空气很浓，林彪是连里最爱讲话的一个，爱出风头。但九连的同学是广东人多，外省人少。他讲北方话大家听不懂，我就成了粤语翻译员。林彪爱演讲，我就常常做他的'译员'，两人因此就比较接近和熟悉。"

如果他的记忆准确，与后来沉默寡言的林彪简直判若两人。

1926年3月，经过甄别考试，林彪由入伍生升为军官生，编入步兵科第2团第3连。

林彪升为军官生时，黄埔"陆军军官学校"改名为"中央军事政治学校"，但人们仍习惯性地称这期学生为黄埔四期生。四期生中的著名共产党人，除了林彪，还有刘志丹、伍中豪、曾中生、郭化若、王世英、曾希圣、段德昌、靖任秋、李天柱、李鸣珂、倪志亮、袁国平、李运昌、肖芳、陆更夫、陈毅安，以及周恩来的小弟弟周恩寿等。

1926年9月初，两湖战场北伐军所向披靡，节节胜利，已打到武昌城下。但由于连经汀泗桥、贺胜桥、武昌等几场恶战，北伐主力第4、第7军伤亡甚大。

9月5日，第7军军长李宗仁和第4军副军长陈可钰报告第二次进攻武昌城的战况："……敌人用机关枪、放炸弹的枪、炸弹从高处同时向我们开火，因此许多我们的军士被杀或受伤，彼此层层叠叠堆积着。独立团的死伤数目特别大，营长赵勇战死在这一仗里。"

为此，国民党中央军委会决定：黄埔军校四期生提前于10月毕业。2300多名四期生，大部分分配到武汉战场，一小部分去了江西战场。

四期生中的共产党员到达武汉后，统由湖北省军委负责分配。时任湖北省军委书记的聂荣臻抓住张发奎部急需补充基层军官的机会，将这批党员学员重点派到第4军中。其中林彪就是经聂荣臻的手，被分配到第4

军第 12 师叶挺独立团任见习排长。国民党军委会规定，军校生毕业后必须到作战部队见习 3 个月，期满后才安排正式职务。

据《黄埔日刊》报道，这批包括林彪在内的黄埔四期生赶到武汉的时间，大约已是 11 月上旬了。此时，被围困了 40 天的武昌城已经攻陷，北伐第一阶段作战宣告结束。

林彪在第 4 军的叶挺独立团见习不到两个月，第 4 军参加北伐的第 10、第 12 师分别扩编成第 4、第 11 军。叶挺独立团则改编为第 4 军第 25 师第 73 团，周士第任团长；林彪任该团第 1 营第 3 连的排长。

第 4 军在武汉驻防到 1927 年 4 月下旬，奉国民党武汉政府命令，与第 11 军和贺龙独立第 15 师编为第 1 纵队，二次北伐，开赴中原，迎战军阀张作霖的奉军。临颍一仗，奉军全线溃败。战后，林彪提升为第 3 营第 7 连连长。

6 月中旬，第 4 军班师回汉后，编入第二方面军，张发奎任总指挥。7 月，第二方面军各部移驻南昌、九江地区。

1927 年 8 月 1 日凌晨 2 时，南昌起义爆发。经数小时激烈战斗，南昌 3000 多敌军停止了抵抗，清晨 6 时起义军便已控制全城。

这天上午，在南昌以北百公里外的马回岭，聂荣臻、周士第率第 25 师第 73、第 75 团和第 74 团重机枪连起义，下午即向南昌开拔。他们赶到南昌时，已是 2 日的拂晓了。

因此，即便将第 25 师的马回岭起义和南下广东作战的因素考虑进去，也可以说林彪没有直接参加南昌起义，他不属于打响武装斗争第一枪的那群共产党人。

3 日开始，起义军陆续撤出南昌南下广东，林彪随第 25 师担任后卫。

10 月，南昌起义军潮汕失败，2 万多人仅余 2000 人，其中就有瘦巴巴的林彪。时任第 9 军副军长的朱德慨然担起历史使命，力挽狂澜于既倒，收拾起义军残部，辗转千里，向西转移。然而，苦闷沮丧的情绪，危机四伏的环境和连续行军的困顿，一路追逐着这支浑身创伤的残破队伍。官兵中许多人丧失信心，意志动摇，从士兵偷偷开小差发展到干部公开"开大差"：整班、整排，甚至整连地把部队带走，另谋出路。走到安远县的天心圩，起义军仅剩八百来人。连第25师师长和师党代表都走了，团以上政工干部就剩一个陈毅。

林彪终于也撑不住了，带着几个黄埔四期的连长来劝陈毅说：现在部队不行了，一碰就垮。与其等部队垮了当俘虏，不如现在穿便衣，到上海另外去搞。

陈毅则反劝道："现在我们拿着枪可以杀土豪劣绅，土豪劣绅怕我们。离开了队伍没有了枪，土豪劣绅就杀我们。我们都是共产党员，要经得起失败的考验。"

起义军撤离大余西去的那天，林彪还是独自往南朝梅关方向走了。但当天夜里，他又回到800人的队伍里，跟随朱德、陈毅西进宜章，竖起"工农革命军第一师"的镰刀斧头旗，发起湘南暴动。

44年后发生了震惊中外的"九一三"事件，林彪叛逃时飞机坠毁于蒙古的温都尔汗。陈毅激愤地说："南昌暴动，上井冈山，林彪起过什么作用？他根本是个逃跑分子。"

这话多少有些情绪化。

第一次大革命失败后，中国共产党人的事业处于最低谷阶段，对中国革命胜利的信心从未动摇过的，只有毛泽东、朱德、周恩来、陈毅等极少数领袖型的人物。林彪显然不属于此类。但他一不曾叛变，二是想到上海重头再来，因此，一度离队并没影响他的前程。归队后他不仅受到欢迎继续当连长，1928年3月二打耒阳时第1营营长周子昆负伤，朱德还指令林彪代理1营营长。

这个营是由第 73 团余部编成的，下辖 4 个连的大营。

4 月，林彪随朱德、陈毅上了井冈山，整编中被正式任命为第 28 团第 1 营营长。

8 月 25 日，红 4 军参谋长兼第 28 团团长王尔琢遭叛徒袁崇全枪击牺牲，痛心不已的朱德兼起了第 28 团团长，但 9 月下旬即将这一职务交给了林彪。

这个团由南昌起义军余部编成，装备好战斗力强，是红 4 军的绝对主力团。

此前，林彪未显出过人之处，初当团长也不尽如人意。好几位开国将帅回顾历史，都提到 1929 年初的林彪——

这年年初，为打破国民党军对井冈山的第三次"会剿"，朱德、毛泽东率红 4 军主力 3600 余人，由茨坪、小荇州下山出击赣南，实施外线机动作战。

1 月 23 日，红 4 军不费一弹占领大余城。当时确定第 28 团配置于城东北一带山地担任警戒，军部和第 31 团及特务营开展群众工作。但林彪既没有组织营、连主官看地形，也没有研究各种战况下的协同配合。

25 日，大余城内正在召开群众大会，发放土豪浮财，由遂川尾追而来的国民党军第 7 师李文彬旅突然发起攻击。这个旅是赣敌中很有战斗力的部队，一下就突破了第 28 团的警戒阵地。听到枪声大作，又看见林彪带着少部分人后撤，城里顿时就乱了。

毛泽东急忙拦住林彪，要他赶快带部队挡住敌人。林彪却面有难色，说部队已退下来了。毛泽东火了，命令："撤下来也要拉回去！"

一旁的陈毅也愤然地说："主力要坚决顶住敌人。"

林彪只好折回头去，重新组织抵抗，为主力转移争取时间。

这一仗，损失了第31团的营长周舫、独立营营长张威；第28团党代表何挺颖重伤，数日后也牺牲了。

此后，红4军一连十几天没能摆脱敌人的追击，被撵得在赣南、闽西山区打圈子。

毛泽东在这年3月20日给中央的报告中说："沿途都是无党无群众的地方，追兵5团紧蹑其后，反动民团助长声威，是为我军最艰苦的时候。"

粟裕大将回忆说："时值隆冬，我们穿行在崇山峻岭之间。山上积着冰雪，穿的单衣已破破烂烂。就这样一支坚韧不拔的军队，使拥有二百万军队的蒋介石寝食不安。我们的两条腿不停地走，每天少则四五十公里，多则六十多公里。夜晚，我们在夹被里装上禾草盖着睡觉；雨雪天，把夹被当作雨衣披在身上。因为一路急行军，炊事担子掉在后面，所以饭都是自己做。每人带一个搪瓷缸子，到宿营地，自己放一把米，放上水，烧起一堆火，一个班一堆，大家围着火睡，一觉醒来，饭也熟了，吃过饭，接着走。就这样，我们忍着疲劳、严寒和饥饿，保持着旺盛的战斗意志。"

初下井冈山的红4军艰苦备尝，险情迭出。

陈毅、粟裕、肖克等老将老帅们都说，最险的一次是2月1日在圳下。

圳下是寻乌县吉潭镇南边三四里地的一个小村子，那天晚上红4军领导都在这个村里宿营。当时前卫第31团驻吉潭，后卫第28团驻圳下以西。

2日凌晨，紧追不舍的赣敌第7师刘士毅部打过来了。

当时在第28团当连长的粟裕回忆说："那次第28团担任后卫，林彪当时担任第28团团长，他拉起队伍就走，毛泽东同志、朱德同志和军直机关被抛在后面，只有一个后卫营掩护，情况十分紧急。"

林彪儿戏般放弃掩护军部的职责，擅自率部开拔的行为，至今让人百思不得其解。

敌人冲进圳下村时，习惯夜间工作的毛泽东尚未起床；陈毅和毛泽东的小弟弟毛泽覃等正吃早饭。

但毛泽东命大，睡梦中被枪声惊醒后，他跳下床就跑。正好敌先头分队从他门前刚过去，敌后续部队还没上来。他借此空当，乘天色昏暗，有惊无险地与警卫员转移到村外。

陈毅披着大衣向村外急走时，忽然斜刺里冲过来个敌兵，一把抓住他的大衣。情急中陈毅将大衣向后一抛，正好罩住敌兵的脑袋，他趁机一阵猛跑脱身。

毛泽覃慢了一步，腿部中弹，幸亏特务营全力抵抗，掩护他撤出圳下。

朱德住在离毛泽东不远的一户农家里，他听到枪声奔出门时，村里已是弹雨横飞，人群奔突。

此后的情形，《朱德年谱》里有记载："朱德手提机枪率警卫班战士作后卫，且战且退，在支持了十几里后，和战斗到最后的三名战士插上一条侧路，与大队会合，然后再退到寻乌县境内的罗福嶂。朱德妻子伍若兰在这次战斗中被俘，受尽残酷折磨后于二月十二日在赣州英勇就义。"

圳下，险些改写中国现代革命史。

红军险地求生，直到这年的大年初一，在瑞金以北的大柏地冒雨歼灭敌第15旅两个团，才算摆脱了敌人。

陈毅称之为"红军成立以来最有荣誉的战斗"。

红4军在大余、圳下两次遇险，都与林彪有关。但毛泽东也只给了他一个记过处分。2月1日，红4军前委在寻乌县境内的罗福嶂整编，将所属部队编为两个纵队，仍旧任命林彪担任第1纵队司令。这年年底召开的古田会议上，林彪又当选中共红4军前委委员。

此时的林彪毕竟才23岁，当了纵队司令、前委委员，仍不能理解一年来红4军转战闽西意义何在，看不到革命前途在哪里。

林彪不爱说话，但肯动笔。想不通了，他就给毛泽东写信，提出"红旗到底打得多久"的疑问。

红军中的这种对时局估量的悲观思想，在敌第三次"围剿"井冈山之前已经出现。1928年10月5日，在茅坪步云山召开的中共湘赣边界第二次代表大会上通过的毛泽东起草的《中国共产党湘赣边界第二次代表大会决议案》中，就已着重分析了中国红色政权能够发生、存在的原因和条件，回答了"红旗到底打得多久"的问题。如今正处于上升期的林彪又以书信形式提出这个问题，这使得毛泽东格外重视。

1930年1月5日，古田会议结束一周之后，毛泽东给林彪回信，并以党内通信形式印发部队干部。信中，毛泽东批评了林彪以及党内一些同志对时局估量的悲观思想，提出了"星星之火，可以燎原"的著名论断，发展了"工农武装割据"的思想，基本形成农村包围城市，武装夺取政权的理论。

3个月内，毛泽东2次在5日这天回答"红旗到底打得多久"。

有意思的是这封信，毛泽东一直保存着。1948年夏天，中共中央决定出版《毛泽东选集》时，毛泽东又把这封信翻找出来，准备收入到选集中。

当时正在东北指挥作战的林彪闻讯后，急忙致电毛泽东，要求不要将此信收入选集。毛泽东没有同意。林彪再电毛泽东，说完全拥护在党内外公布这封信，为不致引起误解，能不能只公布信的内容，不要公布我的名字？

毛泽东这才同意删去他的名字和指明批评他的部分。不过，毛泽东同时也提醒他一句，说这可是桩历史公案，你林彪以后不能翻这个案哟……

这封信在当时影响很大，后来编入《毛泽东选集》时，题为《星星之火，可以燎原》。

批评归批评，使用归使用。

第9章 关于林总的林林总总

"古田会议"半年之后，红4军、红3军和红12军合编为红一军团时，毛泽东仍然提携年仅24岁的林彪出任红4军军长。两年后又委他以红一军团军团长兼红4军军长的重任。

1932年3月，中革军委重编红一、红三、红五军团，提升红4军军长林彪为第一军团总指挥，数月后改称军团长；下辖红4军、红15军，全军团总人数近万，为中央红军主力军团。是时，林彪还不到26岁。或许正是因为军团长太年轻，中革军委为红一军团配了个大林彪7岁的政治委员——聂荣臻。

这位来自川东小镇江津县（今重庆市江津区）吴滩的开国元勋，是在赴法勤工俭学期间加入中国共产党，成为一名职业革命家的。1924年10月，聂荣臻转往莫斯科东方大学学习，3个月后被抽调到苏联红军学校中国班学习军事。其间，在他和王若飞的介绍下，同班同学、原孙中山警卫营营长叶挺成为中共党员。

1925年9月，因中国大革命迅猛发展，迫切需要军事干部，聂荣臻经海参崴回国，被组织上派往黄埔军校，先后担任军校政治部的秘书，协助主任、副主任。

聂荣臻回忆：在黄埔军校时就认识林彪，那时他还是个刚刚进校的入伍生。

"中山舰事件"后，聂荣臻被免去了黄埔军校职务，先后调任中共广东区军委特派员、湖北省军委书记、第11军党代表、广东省军委书记；参加过南昌起义、广州起义。1930年5月，中央调聂荣臻回上海中央特科工作。当时和他一起在特科担负镇压叛徒、特务任务的，还有陈赓。

1931年12月中旬，聂荣臻奉命离开白色恐怖的上海，转移到了中央苏区，担任中国工农红军总政治部副主任，几个月后又被任命为红一军团政委。

由此始聂荣臻与林彪共搭档了五年半，直到1937年11月八路军第115师分兵，两人才各奔东西。林彪率师主力由晋东南转往吕梁山，开辟晋西地区；聂荣臻率一部开辟晋察冀抗日根据地。

聂荣臻是与林彪共事时间最长的政委。中革军委主席朱德知人善任，深知林彪性情孤傲、年轻气盛，非得聂荣臻这样资深稳健、坚持原则的政委，才能防止他跑偏。

仅仅一个多月之后，这两个军政一把手就在执行城市政策问题上发生争执。

那是1932年4月红军打下漳州后，部队分散到周边各地发动群众打土豪，扩兵，筹粮筹款。

聂荣臻回忆说："可是在漳浦，有的部队在林彪纵容下，对政策的执行一度搞得很混乱，甚至把一些不交款的老财弄到街上去拷打。为了制止这些违反政策、脱离群众的做法，我和林彪之间，发生了我们共事史上的第一次争吵。

"这次我和林彪一起被派到一军团工作，在我当时看来，林彪还年轻，世故也比较少一些，虽然气盛，但只要做好工作，还是可以团结共事的。我对他所持的态度是：尽量支持他的工作，遇到非原则问题，即使有不同的看法，也不多争论。但是遇到原则问题就不能让步。

"而在漳州前线发生的分歧，的确是原则分歧，是我们红军这个执行政治任务的武装集团执行什么样政策的问题。这将直接影响到当时民心的向背，关系到新开辟的地区能否巩固和发展。我对林彪说：对一些不肯出钱的老财，给他们一定的惩戒是必要的，但我反对把他们弄到大街上去拷打的搞法。这种搞法不光不会得到一般市民的同情，甚至也得不到工人、农民的同情。其结果只会是：铺子关门了，人也逃走了，筹款筹不到，政治影响反而会搞得很坏。林彪当时反问我说：我们究竟要不要钱？没有钱就不能打仗。我回答他，我们既要钱，又要政治。我们是红军，如果政治影响搞坏了，即使你搞到更多的钱，你甚至把漳州所有老财的财产都没收了，都毫无意义。经过争论，林彪有所收敛。部队经过教育，也杜绝了只顾弄钱不讲政策的倾向。"

此后在长征路上，两人还有过几次事关原则的争吵。吵后虽也相安无事，但聂荣臻明显感觉到跟林彪交心更难了，有些话只好跟参谋长说说。

搭档五年半，两人指挥红一军团、八路军第 115 师，从中央苏区一直到平型关，打了许多漂亮仗。但不知从什么时候起，谈起这些战绩就说林彪会打仗，光环在他一个人头上闪耀。事实上，战争年代的政治委员，没有不懂军事的。而且，在作战决心上，一个部队的政委有最后拍板权。更何况红一军团政委聂荣臻是经过苏联红军学校深造的，不仅在香港、天津、上海做过整整 4 年的白区地下工作，还担任过南昌起义前敌军委书记，参与领导了广州起义。他是十大开国元帅中唯一组织、领导了两次重大起义的，具有丰富的军事斗争阅历和经验。八路军第 115 师分兵后，他带着 3000 人在敌后开辟出偌大一个晋察冀抗日根据地，就是个例证。

回顾这段历史，重新审视林彪头上的光环，或许可以说他多少有些被神化了。

对林彪知之甚深的聂荣臻曾在回忆录里如此评价说："我平时总认为林彪不是不能打仗之人，有时他也能打。他善于组织大部队伏击和突然袭击。可是由于他政治上存在很大弱点——个人主义严重，对党不是很忠诚，有时就使他在军事指挥上产生了极端不负责任的行为。"

毛泽东一直很欣赏林彪，但在中央苏区和长征路上，林彪至少有两次表现也让他感到失望。一次是在中央苏区第五次反"围剿"时，以善打运动战著称的林彪原本不同意共产国际派来的军事顾问李德等提出的"短促突击"战术，曾和聂荣臻一起向以博古为首的中央领导建议坚持用运动战消灭敌人。但在遭到严厉的批评后，林彪的态度来了个180度的大转弯，开始卖力地执行起"短促突击"战术，并于1934年的6月发表了《论短促突击》的文章，提出了27条实施措施和注意事项，李德等对此很是赞赏。

毛泽东没有说话，但嘴角的笑却嘲意十足。

再一次是四渡赤水之后，林彪给中央军委写信，埋怨毛泽东尽带红军走弓背路，而不是按军事常识走弓弦，走捷径，提出毛泽东、朱德、周恩来随军主持大计，请彭德怀任前敌指挥，带领红军迅速北进，与红四方面军会合。

毛泽东在"遵义会议"后重返领导岗位不久，林彪向他的军事权威挑战，这给他的刺激很深。在"会理会议"上，他毫不客气地训斥林彪说："你是个娃娃，你懂得什么？"并没来由地指责彭德怀，说林彪的信是他鼓动起来的，是对失去中央根据地不满的右倾情绪的反映。

关于这场著名会理风波的始末，没有谁比聂荣臻更清楚。他在回忆录中写道：

> 遵义会议以后，教条宗派主义者们并不服气，暗中还有不少活动。忽然流传说毛泽东同志指挥也不行了，要求撤换领导。林彪就是起来带头倡议的一个。
>
> 本来，我们在遵义会议以后打了不少胜仗，部队机动多了。但也不可能每仗必胜，军事上哪有尽如人意的事情。为了隐蔽自己的企图和调动敌人，更重要的是为了甩掉敌人，更不可能避免多跑一点路；有时敌变我变，事后看起来很可能是跑了一点冤枉路。这也难免。但林彪一直埋怨说我们走的尽是"弓背路"，应该走弓

弦，走捷径。还说："这样会把部队拖垮的，像他这样领导指挥还行？！"我说："我不同意你的看法。我们好比落在了敌人的口袋里，如果不声东击西，高度机动，如何出得来？！"在会理休整时，林彪忽然给彭德怀同志打电话，他煽动彭德怀同志说："现在的领导不成了，你出来指挥吧。再这样下去，就要失败。我们服从你领导，你下命令，我们跟你走。"他打电话时，我在旁边，左权、罗瑞卿、朱瑞同志也在旁边。他的要求被彭德怀同志回绝了。我严肃地批评林彪说："你是什么地位？你怎么可以指定总司令，撤换统帅？我们的军队是党的军队，不是个人的军队。谁要造反，办不到！"我警告他说："如果你擅自下令部队行动，我也可以以政治委员的名义下指令给部队不执行。"林彪不肯听我的话。他又写了一封信给中央三人小组，说是要求朱毛下台，主要的自然是要毛泽东同志下台。他还要求我在信上签个名，被我严词拒绝了。我对他说："革命到了这样紧急关头，你不要毛主席领导，谁来领导？你刚参加了遵义会议，你现在又来反对遵义会议。你这个态度是不对的。先不讲别的，仅就这一点，你也是违反纪律的。况且你跟毛主席最久。过去在中央根据地，在毛主席领导下，敌人几次'围剿'都粉碎了，打了很多胜仗。你过去保存了一个小本子又一个小本子，总是一说就把本上的统计数字翻出来，说你缴的枪最多了。现在，你应该相信毛主席，只有毛主席才能挽救危局。现在，你要我在你写的信上签字，我不仅不签，我还反对你签字上送。我今天没有把你说服了，你可以上送，但你自己负责。"最后，他单独签字上送了。

会理会议上，尽管彭德怀作了申明，说他事先不知道林彪给中央写这封信。但林彪却不吭一声，所以毛泽东始终把这笔账记在彭德怀头上。

此后，毛泽东曾三次在不同场合重提这事儿，林彪依然三缄其口。直到24年后——1959年8月1日在庐山召开的中央政治局常委会上，毛泽东又第四次提起彭德怀长征中鼓动林彪要他交出军事指挥权的事。这时林彪才插话说：长征中他给中央写信要毛泽东、朱德、周恩来离开军事指挥岗位，由彭德怀来指挥红军作战，这事他并未和彭德怀商量，是他自己决定写这封信的。

彭德怀背了24年的黑锅，这才卸下。

或许正因为林彪在毛泽东眼里不过是个娃娃，早早就得到毛泽东的原谅，会理风波之后，林彪的提拔使用丝毫没有受到影响，29岁时一身兼了红军大学校长、政委两职。指挥八路军第115师打平型关战役时，他刚进而立之年。1946年6月，毛泽东索性把东北局书记、东北民主联军总司令兼政委三副担子全交给了40岁的林彪。

"会理会议"后，林彪"长大"了许多，对毛泽东显得恭敬有加；尤其是辽沈战役以后，他与毛泽东之间再没发生过争论，即使意见偶有相左也不形于色。因为事实证明毛泽东总是对的，"星星之火，可以燎原"是对的，走"弓背"路也是对的，不打长春打锦州还是对的。他是党内很小一部分领导人中有幸直接目睹毛泽东将中国革命引向胜利全过程的一个，较早认识到毛泽东驾驭军事、掌控政治、预见未来的才干是罕见的天赋。在这种天生的领袖素质面前，他意识到自己的智慧像自己的个头一样，永远不可能与之比肩。

几十年后，他颂扬毛泽东是"全世界几百年，中国几千年才出现的一个天才"，或许也不全是阿谀之言。只是这个"天才论"的气泡吹得太大了，被毛泽东一下就戳破了："马克思、恩格斯是同时代的人，到列宁、斯大林一百年都不到，怎么能说几百年才出一个呢？中国有陈胜、吴广，有洪秀全、孙中山，怎么能说几千年才出一个呢？"

中国共产党的诸多将帅中，林彪是唯一的一个功过是非一言难尽的人物。

原四野第46军政委李中权这样评价说："过去林彪这人还可以，我在延安抗大学习时住在延安师范学校，跟林彪的住处挨得很近。有一次我和一个学员吵了几句嘴，让他听到了。事隔好几天，我路上碰到他带个警卫员散步。我给他敬了个礼，说：'校长。'他点点头，问我问题解决了没有，我说解决了。他说解决了就好。1947年7月，我们冀东军区部队组成9纵入关，部队归林彪指挥，我们接触就更多了。我多次向他汇报情况，他听汇报从不插话。听完脑子很清楚，明确回答你几点，绝不啰嗦，态度也很好。"

解放战争期间曾先后在第127师、第128师当过政委的宋维栻也说："战争年代的林彪总的来看，还是不错的。在东北时，我们6纵离总部近，与林彪接触的机会比较多，我感觉到，那时候的林彪，执行中央的指示很坚决，作风比较深入，对下边情况很熟悉，遇事也愿意跟下边的同志商量商量，在处理人事关系上也很公道、正派，仗打好了就用你、提拔你，仗打不好就撤了你。其做法，用现在的话讲，叫做很有透明度，什么事情都拿到桌面上来。"

原第47军政委周赤萍在1960年所写的《东北解放战争时期的林彪同志》一书中写道："林总最了解他的部队，他熟悉干部的音容笑貌，熟悉部队的军事、政治动态，清楚部队的长处短处，知道他们挑得起多重的担子。他信任部队，部队也信任自己的统帅。"

可袁也烈将军不这么看。

袁也烈原在黄埔军校政治部当干事，第四期入伍生进校时，被调到入伍生第2团7连当指导员。那时，林彪是第2团第9连入伍生。同在一个营里，林彪不可能不认识兄弟连队的袁指导员。

"九一三"事件后，袁老将军很恼火地说："南昌起义时，林彪正在60多公里外的涂家埠（现永修县），根本不在南昌。他说自己在南昌起义时如何如何，完全是瞎吹。我直接管过林彪好几年，可解放后到了北京，他竟装作不认识我。"

那时林彪位列十大元帅之一，而袁也烈却在1360名少将名录中。

历史纷纭，常常让人无言以对。

但袁老将军有两点记忆不准，一是南昌起义时林彪不在涂家埠，而是在距离南昌更远的马回岭。

二是袁也烈1925年9月到入伍生第2团第7连当指导员，11月即被调到广东肇庆，担任刚成立的国民革命军第4军叶挺独立团第6连连长；北伐中又升任独立团第1营副营长。林彪1926年10月黄埔军校毕业，分派到袁也烈的第1营任见习排长。这年年底第4军扩编为第4、第11军时，袁也烈升任第11军第24师第72团第3营营长，林彪则编在第4军第25师第73团，3个月排长见习期还没满。

所以，袁也烈曾直接管过林彪几个月，而不是"好几年"。

第Ⅳ章

一场战斗两座空城

正在桂林斡旋蒋介石与李宗仁关系的白崇禧，闻报林彪率第四野战军主力加速挺进湖北，武汉以东团风镇至武穴（广济）一线的肖劲光第12兵团亦有渡江迹象，便匆忙连夜飞回汉口。

刚刚是初夏，武汉的天气已溽热难耐，楼群密匝匝的汉口丝风不透。暑热沉闷如磐，挤压得人所有的汗腺都舒张开来，突突地往外冒汗。没汗也难过，身上湿漉漉地发黏，像被网上了一层蛛丝，令人烦躁不宁。

白崇禧的住处就在跑马场的对面，离过去叫华中"剿总"现在叫华中军政长官公署的大楼不远，是一栋带花园的小洋楼。进门之后他先冲个澡，匆匆吃了点东西，便坐到办公桌前审定华中部队的撤退入湘计划。

早在四月底，得知林彪主力南下时，他就指令参谋部门拟定了这个计划。由于最近一段时间里，他马不停蹄地往返奔波于武汉、广州、桂林之间，忙于调解蒋、李的关系，这份计划便一直搁置在他保险柜里。如今林彪气势夺人地逼过来了，稍有迟滞，他手里的几十万人马，就可能被这

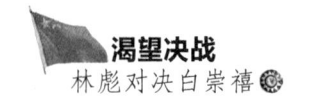

个善打运动战的中共年轻将领拖住。

他将撤退序列作了些调整：第 7 军在前，从 5 月 10 日起，计划用三天时间撤离完毕；张轸第 19 兵团随第 7 军跟进，于 5 月 13 日开始行动；鲁道源的第 58 军断后，负责炸毁道路、桥梁、水厂、电站，抢运物资，待大部人马基本撤离完毕，再行南撤。所有部队最迟于 20 日之前撤退完毕。

接着，他就开始起草撤退令。

白崇禧的电令一到，负责武昌至嘉鱼一带江防的华中军政长官公署副长官、河南省主席兼第 19 兵团司令张轸慌了神了，这将他原定的起义时间全部打乱。当晚，他就把辛少亭、涂建堂、鲍汝澧等亲信召集到设在贺胜桥车站的兵团部研究对策，临时制定了一个应急方案：将涂建堂的第 309 师调往贺胜桥以东的汀泗桥一带，扼守粤汉铁路两旁的公路，准备夹击南逃的第 58 军，配合解放军进军武汉；鲍汝澧师控制金口一带的水陆交通，扣截由汉口撤出的大小船只；分驻铁路两旁的各师，待第 7 军撤走后，开始截击其他部队。

方案定下后，张轸即派女婿张尹人和中共地下党员张笑平到沔阳彭家场，与解放军江汉军区取得联系，以求得策应。

江汉军区领导同意张轸的应急起义方案，并约定起义代号为"55555"。

直到这时张轸心才稍定。

在国民党军队里，像张轸这样受过系统军事教育的不多。他曾先后就学于开封陆军小学、南京第 4 陆军中学、清河陆军中学、保定军官学校和日本士官学校。留学回国后，任黄埔军校战术总教官不久即跟随程潜北伐，因屡建战功，半年时间就由营长当到第 18 师师长。台儿庄大战中，他率领由几支杂牌部队混编成的第 110 师浴血 40 余天，歼灭日军 5000 余众，曾被第 5 战区长官司令部评为"运动战第一"。徐州会战后，张轸即

第10章　一场战斗两座空城

升任第13军军长，隶属汤恩伯第31集团军。

派系林立的国民党军内，有中央军和地方杂牌军之分；中央军内又有嫡系和非嫡系之别；而嫡系中亦各成派系。第11师和第18军为陈诚所掌控，人称"土木系"；第1师和第1军是胡宗南发达的本钱；汤恩伯则靠第89师和第13军起家。

1939年5月，张轸率部参加随枣会战。汤恩伯得知他的基本部队第89师在万家店伤亡2000余人，既心疼又恼火，不经请示战区司令官李宗仁，就直接命令该师师长张雪中将部队撤回。张轸竭力反对，汤恩伯即呈请蒋介石撤去张轸军长职务，李宗仁却报张轸作战有功，请颁三等宝鼎勋章。

蒋介石调和折中，将张轸调任重庆补充兵训练总处处长。

从那时起，张轸就不满蒋介石偏袒黄埔，用人不公。

1941年12月，补充兵训练总处改编为第66军，张轸任军长。2个月后，第66军又和宋希濂第71军合编为第11集团军，宋希濂为总司令，张轸为副总司令兼第66军军长。

蒋介石找他谈话，说："宋希濂年轻，你经验学识比他好，你要多帮助他。"

当时张轸心里就不痛快：既然说我经验学识比他好，为什么叫我当副总司令呢？

张轸负气不去集团军就职，带着第66军加入中国远征军，于1942年4月开赴缅甸作战。

远征军3个军中，第66军刚刚编成，多为新兵，战斗力最差。该军入缅作战20天，虽然一败涂地，但其所辖新编第38师的2个团，却在4月18日打出一个名震中外的仁安羌大捷，解救了被围困的7000名英军、百余辆辎重卡车和数百名记者、教士。

张轸率残部败退回国后，黄埔系将领不放过他。7月，宋希濂呈请蒋介石将张轸撤职查办。幸有白崇禧、程潜等秉持公道，认为远征军失败，统帅部应负完全责任，不能归罪于哪个人。张轸这才免受处分，调任第20集团军副总司令。

被卷入内战以后，张轸更是败运缠身，连战皆输，先是堵截刘邓大军失利，接着又败北于宛东战役。后张轸长时期被冷落在河南信阳，名为第五绥靖区司令官，却没有一支自己的部队，连信阳城防也是华中"剿总"警卫团担负的。

就在张轸苦恼莫名之际，中共中原局城工部开始了对他的策反工作，先争取了他的第三夫人徐开敏、女婿张尹人，以及好友、河南省参议长刘积学，然后策动他起义。

北伐时期，张轸在第6军就与军政治部主任、中共党员林伯渠私交甚好。他当师长时，属下的团长周保中、程烈以及许多营、连、排长也都是共产党员，彼此关系都处得很融洽。抗战中，他在豫北师管区司令任上时，与主持中原局工作的刘少奇交往频繁，并为新四军秘密提供过部分军费和枪支。他在重庆当军政部处长时，与周恩来、林伯渠、董必武、叶剑英等中共上层领导人也有过不少接触，对共产党颇有好感。因而，中共中原局城工部的策反工作很快见效。

到1948年7月，张轸已萌生反意。

8月，蒋介石忽然免去刘茂恩河南省主席职务，委任张轸为华中"剿总"副司令兼河南省政府主席。可那会儿河南已被解放军打得只剩下信阳附近的十几座县城，省政府主席纯属虚位，"剿总"副司令更是有职无权。但张轸还是接过这两顶帽子戴脑袋上，他要借这份虚名拉点队伍，好在中共面前提高些身价。

他以省政府主席的名义，向蒋介石要了几个绥靖旅的编制，然后找

第10章 一场战斗两座空城

来一些亲信,给他们挂上县长、专员之类的头衔,派他们到信阳周围各县招兵买马,将各县的保安团、土匪武装、溃败的国民党散兵游勇和吃不饱肚子的老百姓都给拢了来。几个月之后,竟也招收了4万多人。他把这些兵员编成10个绥保旅,不久又扩编成了第127、第128军和1个独立师,组建成第19兵团,隶属华中"剿总"序列。

可张轸唯恐献给解放军的这份礼还不够厚,又在解放军江汉军区批准起义计划的第二天,他乘白崇禧飞去广州开会之际,悄悄找到了鲁道源,想做做工作,把鲁道源的第58军也一块拉过去。

长得面色紫檀、虎背熊腰的鲁道源系滇军将领。

抗战胜利后,滇军尚有第58、第60、第93等3个军。1946年,蒋介石先后将第60、第93军调到东北打内战。辽沈战役中,先是第93军在锦州被歼,接着第60军在长春起义。

现在,滇军孤零零只剩下一个第58军。

张轸自以为第58军杂牌,在国民党军中长期受歧视遭排挤,加上1948年宛东战役时该军编入张轸兵团,两人私交不错,拉一拉或许他就过来了。可鲁道源听完他的话,摇了摇头,便岔开话题谈别的事情。

话不投机,张轸就起身告辞了。他这边刚走,那边鲁道源便一个电话打到参谋总长顾祝同那里,报告张轸的动向。

一着不慎,险成大错。5月14日中午,张轸从华中军政长官公署侥幸脱身,立即赶到离武汉40里的第128军驻地金口镇。第二天,他命令部队扯掉国民党军帽徽,左臂缠上白毛巾,提前起义。但只带出第128军和第127军第309师。第127军第310、第311师拒绝起义,由第19兵团副司令兼第127军军长赵子立带领,逃往四川广元木门镇、镇子坝一带。成都战役中,第311师起义、第310师近千残余逃至西昌被歼。

张轸起义的前2天，四野第43军军长李作鹏指挥6个师突然动作，向分布于团风镇至武穴（广济）一线的江北敌人据点发起攻击。当日，第156师占领团风，该师第466团下午攻占了江心的雅州和罗秋洲，第467团占领了堵城、韦家凉亭。奔袭鄂东重镇黄冈的第127师，于当日中午占领了长江渡口码头大埠头；第128师奔袭浠水后，一鼓作气直插江边。第129师随后分三路突击兰溪、蕲春之敌，上午8时，第387团占领兰溪；中午，386团占领蕲春；下午，第385团占领田家镇。不到一天的时间，全军计歼灭国民党守军第46军、第126军各1个团和2个保安团共8个满编营，全面打开渡江通道。

张轸起义的当天，四野第12兵团第二副司令员韩先楚已指挥由武昌正面渡江第40军，发起肃清武汉外围之敌的战斗。16日黎明时，第40军到达滠口、岱家山一带，白崇禧集团已先一天弃城南逃。

5月17日，第40军兵不血刃占领武汉。

只隔着一两千米宽的长江，雨就不往江北去，全挤到江南来下。江南山精水巧，雨也下得细腻，一阵丝般的缠绵，一阵烟似的飘忽，下得满世界湿淋淋。

二野陈赓兵团西进的一路上，找不到一把干柴草，一顿饭做了个把小时还是夹生的。战士们饿极了，就那么凑合着吃，吃完再到老乡的水缸里舀上半瓢凉水喝进去，肚子里便折腾开了。几天下来，几乎半个兵团都跑肚拉稀。

兵团司令陈赓带头拉，开始只拉黄水，一天过后等肚子里的东西拉完了，便开始拉脓、拉血。好汉架不住三泡稀，陈赓那饱满的脸庞跟漏了气似的一下就瘪了，色儿蜡黄，站不直也坐不稳，靠在吉普车上身子还乱晃荡。那会儿要能有个马厩猪圈躺躺，给个皇上也不换。

第10章 一场战斗两座空城

可那节骨眼上，他敢停吗？

四野肖劲光兵团发起渡江后，白崇禧集团第46军放弃九江，沿南浔铁路仓皇南逃，一窝蜂拥向南昌。李作鹏率第43军连夺阳新、瑞昌，继而飞兵南进，叮住敌第46军猛撵。为了配合肖劲光兵团吃掉这坨桂军，刘伯承、邓小平令陈赓兵团两个军的主力出丰城、高安之线，在赣江两岸进行堵截。

陈赓强扶病体，催动李成芳第14军迅速向丰城、樟树一线攻击前进，力争西渡赣江，机动到高安及其以南地区作战；周希汉指挥第13军并加强第15军之张显扬第43师，尾随第14军右翼前进，直逼南昌城下。

第14军第42师动作迅疾，挥戈猛进，5月20日已迫向樟树以东地区，与肖劲光兵团南下部队遥相呼应，形成了夹击南昌的态势。

第42师师长廖运周是安徽凤台廖家湾"廖氏三兄弟"之一。凤台人都说廖家祖坟的风水好，出了3个将军。廖运周是黄埔五期，其堂弟廖运泽是黄埔一期，堂兄廖运升是黄埔四期。抗日战争中，廖运周任国民党军第110师师长，廖运升为第117师师长，廖运泽则当上了骑兵第2军军长。廖氏三兄弟虽然都是黄埔生，最终都脱离国民党军，走上了革命的道路。

廖运周是1948年11月27日，在围歼黄维兵团的关键时刻，率国民党第110师临阵起义，为淮海战役第二阶段的胜利作出了贡献。起义后该师编入二野第14军，改番号为第42师。

从渡江到千里大追击，第42师一直担任陈赓第4兵团的预备队，还没像样地打过一仗，廖运周心里总有些不自在。这次能有机会在南昌地区跟桂军交手，他感到很振奋。桂军是国民党杂牌军中最能打的部队，他期待着血雨腥风一场，赢得起义后的第一仗。

但他失望了，第42师5天里即推进到樟树以北，竟没遇到任何抵抗，却听见北边的第13军第37师，惊天动地地打响了。

渴望决战
林彪对决白崇禧

5天前，第37师在贵溪接到了陈赓"抢渡抚河，解放南昌"的命令，全师上下顿时沸腾。

这个师原是二野主力第4纵队第10旅，老底子是红3师第7团，当时还有24人是参加过南昌起义的。听说要打回南昌，他们一个个激动得不能自已。对于他们，南昌实在是久违了。打从1927年8月上旬撤离这个解放军诞生地，他们一路征战，创建井冈山根据地、五次反"围剿"、二万五千里长征、抗击日本侵略者……20多年来，他们没有一刻忘记这个八一军旗升起的地方。

第37师以重返故里的迫切，冒着如注风雨向南昌疾进。团长吴效闵和政委张谦率师前卫第110团，甩掉背包轻装疾进，在南昌东南30里处的河里绿村外渡过河水暴涨的抚河，又于21日晨马不停蹄地推进到五段岗、王村、南北安冲一带。

至此，能看见南昌的城际线。

然而白崇禧毕竟是百战之将，乘第37师只一个团过了抚河，令所部半渡而击之。夏威兵团第188、175师一万多人，分三路杀出王村、喻村、陈村一带丘陵，向第110团发起疯狂反击。

其中第48军第175师尤为骁勇。

该师与桂系第7军是同祖同宗的血亲关系。

桂系第7军原有9个旅21个团，北伐时李宗仁带走5个旅11团，留下4个旅10个团镇守广西，以防军阀唐继尧的滇军东犯。后留守的4个旅编为3个师，以伍廷飏、黄旭初、吕焕炎为师长。

1927年8月，南昌起义部队南下广东，桂系首领黄绍竑率黄旭初师、吕焕炎师入粤堵截。在潮汕地区，桂军与粤军南北夹击，起义军几近全军覆没。

第10章 一场战斗两座空城

是年年底，留桂的3个师编为第15军。蒋桂战争中桂系败北，蒋介石限令广西部队只能编1师1旅。于是，第15军被缩编为新编第16师和新编独立第1旅。1930年李宗仁在平乐整顿部队，重新恢复第7、第15军番号。杨腾辉任第7军军长、黄绍竑任第15军军长。抗战爆发时，该师又扩编为第48军，主力即第175师。

因为没有参加北伐，第48军战功逊于第7军一筹，名气亦远不抵第7军。但第7军仗打得多，伤亡也大，耗了不少元气，所以第175师战斗力并不比第7军几个师弱。

第175师异常凶猛地扑过来，一个反击就把第37师后续部队封锁在抚河东岸，将第110团逼入孤军无援背水而战的危境，并成功地穿插分割其先头部队第3营。

营长安玉峰和副营长李东海各带两个连，在南北安冲两个村子里与8倍于己的桂军展开殊死争夺，双方火力密集得热风燎人，战斗极其惨烈。打了不到2小时，第3营各连的干部非亡即伤，无一侥幸。3个连队伤亡过半，损失最重的连队所剩已不足20人。

南北安冲是河东重要的滩头阵地，此处若失，后续部队渡河更为艰难。正在贾村、王村、五段岗一带组织第1营和第2营抗击桂军的团长吴效闵和政委张谦，看到安冲危急眼都红了，两人一起冒死潜入3营阵地，亲自指挥反击。这时，村里的几处要道口，已叮叮当当地响起刺刀的撞击声，战士们与突入阵地的桂军肉搏上了。

趴在河东一条壕沟里的周学义师长，一直在望远镜里注视着那个背靠抚河的安冲。看到桂军的连续冲击波，恶浪般地三面拍击着这两座仅百十户人家的小村庄，忧心如焚。自从淮海战役以来，他有半年没打过这么恶的仗了。河东渡口遭桂军猛烈炮火压制，他几次组织部队渡河都失败了。中午时分，眼看安冲已完全吞没于一片火海中，形势危殆至此，后续部队再不上去，不仅失了安冲，也丢了第110团，周学义决定亲率第111团强渡抚河。

第111团冒着桂军绵密的炮火强行西渡，一登岸就和桂军的一个团队遭遇上了，只见数千广西兵狼似的嚎叫着扑过来。第2营副营长李明急忙带上一个加强连，硬碰硬地迎面顶了上去，抢先占据一块坟地，就地组织防御，掩护渡河部队的迅速展开。

这一仗打得很血腥，不到一个时辰，加强连的连、排长和机枪手们便相继阵亡。李明从血泊里拖过一挺机枪架在坟头上，由4个轻伤员轮流压子弹，3箱子弹叫他一口气打了个精光，枪管殷红欲熔。加强连的浴血苦战，为团主力展开战斗队形赢得了时间。周学义率部向板溪李村、大陇湖村和牌楼秦村一线突击，以支援第3营的固守。但此时第3营的处境已极度艰难，副营长李东海带领的两个连，只剩下6个人，且个个带伤。李东海自己的右腿也负了重伤。跟随营长安玉峰的两个连，人员也所剩无几。硬是顶到十四时半，他们才被迫撤出阵地，退守到南北安冲之间坟地里，与团长吴效闵、政委张谦带领的参谋、警卫员合起来，每人守一个坟包，苦撑战局。

直到又过了半个多小时，师政委雷起云率第109团渡过抚河，由十华观迂回侧击桂军，这场火爆的抚河之战局面才开始改观。

桂军屡攻无果，又遭多处反击，不敢恋战，于黄昏前缩回到南昌。

同一天下午，第13军第38师黎锡福部越过浙赣线解放丰城，到达丰城及丰城东北的小港口；第15军第43师张显扬部也到达三江口西北的天王渡地区，策应第37师。

退入南昌的桂军一看陈赓的2个军全从北边逼过来，而南面四野肖劲光兵团已压到了德安一带，距南昌都不过七八十公里的路程，当天就没敢在城里宿营，连夜弃城西逃。

5月22日南昌解放，还是一座空城。

5月23日，陈赓派第13军政治委员刘有光和兵团政治部副主任胡荣贵率工作组入城，与南昌中共党组织联系接管工作，同时令第37师接手南昌警备任务。

工作组临行前，陈赓特意叮嘱他们："你们要严格纪律，每个人都要成为执行中央城市政策的模范。南昌属四野经营的城市，我们是过路部队，不到城里来给四野添麻烦，我兵团各部队一律不得直入南昌市区。对南昌敌人遗弃的所有物资一律封存，准备移交四野接管。"接着，陈赓又亲自布置所属各军在南昌周围休整待命，直到上午9点多钟，他和兵团副司令员郭天民才带着兵团前指的部分人员，由第37师政委雷起云陪同，随警备部队进城，悄悄住进了南昌图书馆。

南昌市图书馆坐落在一条绿树簇拥着的街道上。街面不宽，两旁只有不少卖香烟、水果、油、盐、酱、醋的小店铺，一些仓库和几家破旧不堪的营业所。

陈赓一行步入图书馆宽敞、空寂的前厅，一位胖胖的馆员迎上来，彬彬有礼将他们请到大厅一侧的接待室，一边忙着沏茶，一边要给陈赓介绍馆里的情况。

陈赓摆摆手笑着对郭天民说："这里我熟。你知道么？老郭，三十年代，这个馆叫百花洲科学仪器馆。中央红军五次反'围剿'时，这里是蒋介石的陆海空军总司令南昌行营，很有名的地方。"

郭天民问："好像你不止一次来过南昌吧？"

"今天是我第四次到南昌。"陈赓抑制不住内心的激动，说，"我第一次来这里是1927年3月，我从苏联学习回来，党组织派我回到北伐军。我到南昌北伐军总司令部找蒋介石，他要我到唐生智部队当特务营营长。第二次是那年7月中旬，我随周副主席到南昌参加起义，在贺龙同志的暂

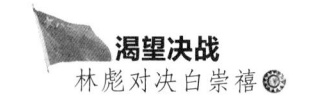

编第20军当营长。起义军南下作战时我腿部受伤,卢冬生陪着我去上海疗伤。第三次是1933年,我在上海被捕,蒋介石把我押到南昌。就在这个仪器馆,蒋介石亲自出面劝降,被我顶了回去,弄得他下不来台。"

郭天民感慨不迭,说:"今非昔比喽,昨日阶下囚,亡命客,今天成了胜利者,座上宾啊!"

第11章

渴望决战

武汉解放后的第 5 天南昌解放；又过了 5 天，上海战役的枪炮声平息了。

上海的解放，使武汉和南昌的解放黯然失色。这是第三野战军创下的解放军城市攻坚战中最杰出范例，它的辉煌之处、精妙之处就在于既保全了上海这座国际大都市的完好无损，又歼灭了汤恩伯集团大部。而白崇禧集团只跟第 37 师打了抚河一仗，便从武汉、南昌抽身脱壳，给林彪丢下了两座空城。

四野参谋处的许多人都记得，上海解放那几天林彪特别郁闷，把自己关屋里谁也不搭理，独自对着地图一坐就是一天。除了肖克，只有保健医生加拿大人罗托夫能进屋催他吃药。

那段时间他的身体极其虚弱，炒黄豆也不灵了，腹泻好几天收不住。最折磨他的是肺部枪伤再度发炎，中枢神经衰弱，一宿宿睡不着觉，身子骨瘦成了一把干柴火棒。

打了多年的仗，少不了挨个枪子儿。林彪曾两次负伤，一次是1928年8月下旬在桂东，林彪率第28团第1营返回井冈山时，突然遭敌湘军第8军攻击受伤；伤得不重。第二次负伤，差点要了他的命——

平型关大捷后，八路军第115师一分为二，师长林彪率主力到吕梁山区，政委聂荣臻带3000人去晋察冀边区，分头开辟抗日根据地。1938年3月1日，林彪率第115师直属队路过吕梁山南麓的千客庄，因他和部分参谋、警卫穿着缴获来的日本军大衣，当地驻防的阎锡山部第19军哨兵以为是日寇，随即就开了火。

这帮绥晋军打日军枪法不行，打友军倒很精准。乱枪中，一发子弹击中林彪右胸。

第115师政治部主任罗荣桓立即派人，火速将林彪送回延安。由于延安医疗条件有限，中央决定送他去苏联治疗。当年冬天，林彪和新婚不久的妻子张梅，相继远赴莫斯科。

但这一枪实在伤得太重了，除了检查出林彪右肺叶和脊髓神经受伤，造成植物神经紊乱，苏联医疗专家似乎也没有更好的办法让他完全康复。

身体未愈，家庭又破裂了。

1942年，林彪独自一人回国，不久，与中央研究院党委会干事叶群结婚。

这场新的婚姻改变了两个女人的命运，林彪却依旧脸色苍白，一副大病未愈的模样。

枪伤使原本就有些孤僻的林彪，越发让人难以接近。他喜静、怕光、失眠、忧郁，喜欢一个人躲在既不透风又不漏光的屋里沉思默想。在众多的部属面前，他神秘而又古怪，却很少有人知道这个孤独灵魂的痛楚。

肖克推门进来的时候，他反身趴在椅背上面壁沉思，专注得如同一尊塑像。他身边的方凳上，搁着军委5月25日的电报和那袋炒黄豆。电报中命令陈赓第4兵团统率第13、第14、第15军及第5兵团之第18军，统归四野指挥，执行歼灭桂系主力的任务。

肖克径直走到林彪跟前，说："林总，军委又来电了。"

林彪入定似的浑然无觉，仍然沉浸在壁挂地图上的那些标号和等高线里。过了好一会儿，他突然冒了一句："肖劲光坏我的事。"

肖克笑了笑："还想这事儿呐？"

林彪："眼皮子底下让人家溜了。桂军抓不住情有可原，张湘泽的126军怎么也让它跑了？瞻前顾后，也不晓得肖劲光担心个什么事。"

"肖司令两个军对白崇禧四五十万人，哪能不谨慎？"

"如果他动作快一些，我不信一个师也抓不住。抓住一个师，白崇禧就会回头来救。"

肖克摇摇头："真要出现这种局面，肖劲光他们离主力太远，还是要吃亏。再说，白崇禧也不是廖耀湘，肯不肯回头来救也难说。"

林彪瞟了肖克一眼，接过电文夹，垂下眼皮来看电报——

林肖赵：

  关于十三兵团向宋希濂部进击及渡江的时机值得考虑，对此问题有两种方案：一种是不待东路集中南浔线，中路集中鄂南，十三兵团即向宋部进击并渡江占领常德。其好处是出白崇禧意料，突然攻其一路（白崇禧似料我军要待三路到齐然后攻击，而我军目前尚未到齐），可能将宋希濂部大部歼灭；其坏处是我军占常德后，敌中东两路之侧后已受威胁，可能迅速退至衡州。另一方案，十三兵团暂不向部攻击，待我中东两路到齐，或待中路（鄂南）到齐，然后三路或两路同时攻击。其好处是可能将三路或两路之敌同时歼灭，然后齐头并进向南追击；其坏处是白崇禧看到我军三路都到齐了，可能三路同时撤退，使我失去歼灭敌人的机会。以上两案究以何者为宜，请考虑见复。

看完电报林彪没说话，将电文夹扔到方凳上，又对着地图琢磨开了。肖克见状便悄悄退出来，走到门口却又听见他说："你物色个人，马上赶到南昌见陈司令员，通报一下四野这边的情况。"

其实，肖劲光所辖各部的动作实在不能算慢。白崇禧的部队一撤出武汉，第40、第43军各有1个师，跟腚就撵上去。此时，武汉南面的粤汉铁路两边只有少数尚未来得及逃脱的小股敌军，并无力量进行抵抗，两个师只用了不到三天的时间就扫清了武汉东南外围的残敌。为了争取时间抓住桂军主力，两个师你追我赶，一刻不停地向南奔袭。

第43军向南追击的部队是第128师，其第382团动作最为迅猛，一直跑到前卫团前头去了。

第382团团长张实杰才20刚出头，1947年三打四平后就当了团长。政委王奇和他差不多岁数，比他还早一年当的团政委。两人比下边许多营连干部还年轻，也更好胜。

已经从军区空军副司令员位置上离职休养的张实杰说："打完平津战役，我们这个团就很成熟了。本来想着怎么着黄石渡江还不得大打一下？没料到黄石港守军起义了，武汉的敌人也溜了。从湖北一路撵到江西，鞋子磨破了好几双，也没抓住敌人一个完整的连队。白崇禧部队都太狡猾，那些广西兵根本不跟你来真格儿的，稍一接触就跑。这他妈哪是打仗，撵兔子嘛！"

张实杰十几岁当兵，跟日本鬼子打过，跟蒋介石嫡系主力打过，也跟绥军傅作义的部队打过，还真没见过像白崇禧部队这么难对付的敌人。

第一次接触，就觉得这伙敌人跟过去打过的完全不一样。猛一看，他们装备也很不咋的，但战术十分灵活，机动性很强，攻得上，也退得下；进得猛，撤得也快。在兵力部署上，他们常常把保安部队放在前边，拖你、磨你，瞅准机会主力就突然窜出来，咬你一口就跑，能占多少便宜就占多少便宜，占不到便宜也能骚扰你一下，让你吃一惊，吓一跳，完全是过去我们八路军对付鬼子的那一套。还有一点四野的北方兵们比不了，他们爬山越岭，穿行水网稻田时，机敏得跟山猫、水耗子似的，眼看着他们在前面跑，愣是撵不上。

这种仗让张实杰窝火，觉得不好向军、兵团和四野首长交代。

5月下旬的一天上午，第382团追击到宜春北面的一条东西走向的小河沟时，忽然前卫营营长李庶华跑来报告，说发现对面山坳里有敌人。

张实杰举起望远镜一看，果然看见对面山坳里约有一个营的人马逶迤前行，全都穿着说黄不黄说白不白的服装，武器装备也不咋样，很像是白崇禧的部队。

李庶华请示说："团长，打不打？"

张实杰正为抓不住敌人挠心呢，说："这还用问吗？打，当然打。你带三营从右侧迂回上去，一营正面强攻。动作要迅速，上去后一定要先敌开火，千万不能让敌人再跑掉了。"

这时，炮连还未跟上来。张实杰就让通讯员们分头通知就近连队的炮排，带上八二迫击炮、六〇迫击炮及火箭筒，迅速前来团指挥所集中，就地构筑阵地。

一看1营、3营到达攻击位置了，张实杰命令炮兵："打！"

四野的步兵团，每个连都配备有八二迫击炮和六〇迫击炮各3门，这全团集中到一起就是五六十门，一个齐射打过去就炸出一片。就见对面山坳里的部队一阵慌乱，迅速就地疏散，隐蔽到草丛中用枪还击。

张实杰正准备让司号长吹冲锋号,突然看见山坳里有人从草丛中站起,举着一面红旗跑向高处边跑边摇,同时还传过来一阵军号。幸亏全军的号谱是统一的,张实杰一听才知道是场误会,对方用号声报告了他们的番号:二野第 13 军第 37 师第 109 团。

张实杰气得不行,骂了句:"妈的,追了半个多月,打的还是自己人。"

他让司号长赶紧吹号回应,告诉对方:我们自己是四野部队。

于是,刚才还剑拔弩张的两路部队,欢呼跳跃着在山下那片开阔地会合了。

军委 5 月 25 日关于二野第 4 兵团归四野指挥的电报,是由二野司令部转给陈赓的。

原第 4 兵团的几位老人都说:那次陈赓看完电报,一天都没怎么言语。

这不是陈赓的性格。在解放军星光闪烁的将帅群里,陈赓是最活跃的一颗星辰。他性情开朗,再艰苦的环境也挡不住他开玩笑逗乐子,冷不丁跟部下来个恶作剧。在黄埔军校"血花剧社",他就既是领导者又是主要演员。第 4 兵团部的参谋、干事们说:几乎每天都能听到陈司令极富魅力的笑声。

他的一生雷鸣电闪,极富传奇。

这位湘籍大将是湘乡县柳树铺人,上过湘乡县立东山高等小学堂。此校前身为湘乡东山书院,清末废除私塾后创办的。早他几年,毛泽东也是从这个学堂考入长沙的湘乡驻省中学。1917 年,陈赓因家事出走,跑到湘军第 2 师鲁涤平团扛了 4 年"德国造"。1920 年底,因 23 个月未发一分钱的军饷,近 10 万湘军士兵掀起闹饷风潮,其中闹得挺欢的就有上等兵陈赓和一个名叫彭得华(后来改名彭德怀)的排长。风潮过后,陈赓再不堪忍受湘军的腐败,愤然脱去军装到长沙当了名铁路局办事员。

第11章 渴望决战

陈赓于 1922 年加入中国共产党，与朱德、肖劲光等人一样，是中国共产党将帅中党内资历最老的党员。

1924 年 5 月，陈赓考入黄埔军校第一期第 3 队。因形势紧张，原定学期三年的黄埔一期缩短为 6 个月。当时黄埔军校教导团已经成立，急需干部。据早年加入共产党后曾任国民党军第 73 军军长的韩浚回忆："我和陈赓同学在 6 个月不到的时间内，提前调到教导团第 5 连当排长。"

1925 年 10 月，陈赓参加第二次东征。

就是这次东征中，陈赓在五华县华阳附近救了蒋介石一命。这个话题，让人们津津乐道了很多年。

关于这件事的背景，《国民革命战史·北伐统一》第 2 卷中有记载："此际陈军主力集结于华阳附近之塘湖，企图反攻。蒋总指挥乃命第一纵队纵队长何应钦将军率第 3 师向塘湖之敌攻击。二十七日与敌接触，因敌优势，第 3 师退守洋湖角附近。乃急调第 11 师赴华阳附近增援。"

但当时形势绝不像战史说得那么淡定，事实上第 3 师攻不动，陈炯明的部队则乘势反攻，三面掩杀过来。眼看第 3 师和随军督战的蒋介石就要被包围，情急之下，陈赓背起蒋介石一阵猛跑，脱离了险境。

黄埔军校学生几乎无人不晓陈赓大名。

东征结束后，陈赓即被调到黄埔军校入伍生第 2 团第 9 连当连长；1926 年 3 月任步科军官第 1 团第 7 连连长。

1926 年 9 月，中共党组织将陈赓等一批黄埔一期生中的中共党员派往苏联海参崴学习军事。1927 年 2 月陈赓回国，后被蒋介石派到武汉，担任第二方面军唐生智部特务营营长；7 月汪精卫叛变革命，他随周恩来离开武汉，参加南昌起义，负责起义指挥部的保卫工作；起义军撤离南昌，南下广东时，陈赓被调到贺龙第 20 军当营长；潮汕激战中陈赓负伤，经香港潜往上海疗伤，后留在中央军委特科工作。

1931年9月，陈赓被派往鄂豫皖革命根据地，任红4军第13师第38团团长；2个月后升任红4军第12师师长，率部参加第三、四次反"围剿"；1932年9月，在新集西北的胡山寨战斗中，他右腿负重伤，被秘密送往上海治疗。

1933年3月，陈赓在上海被巡捕房逮捕，并引渡给南京国民党政府。当时蒋介石正在江西策划对中央苏区的第5次"围剿"，听说抓住了陈赓，令立刻押解到南昌，他要亲自出面劝降。但多次劝说无果后，从来不降就杀的蒋介石竟破例释放了陈赓。

中共党组织立即将陈赓送到中央苏区去，担任红军第一步兵学校校长。

此时，他7年前当连长时带过的新兵林彪，已是声名显赫的红一军团军团长了。但陈赓在中央苏区当步兵学校校长，长征中任干部团团长、陕甘支队第2纵队第13大队大队长，跟林彪都没有直接工作关系。

1935年11月，中央红军在陕北甘泉地区整编，恢复红一方面军番号，彭德怀任司令员，毛泽东任政委。陕甘支队第1、第2纵队合编为第一军团，林彪任军团长，聂荣臻任政委，下辖红1、红2、红4师。陈赓任红1师师长，杨成武任政委。

至此，林彪第一次成了陈赓的顶头上司。

当时就有人断言：甭说资历，就那脾气两人也尿不到一个壶里。陈赓与不苟言笑、落落寡合的林彪性格反差太大。

好在几个月后，林彪便调任红军大学校长，红一军团由参谋长左权代理军团长。

此后，陈赓先后担任八路军第129师第386旅旅长、太岳军区司令员、晋冀鲁豫野战军第4纵队司令员、二野第4兵团司令员，再没与林彪共过事。不成想转了一圈过来，陈赓又受林彪指挥。尽管是临时配属的，心里多少还是有点别扭。

可陈赓毕竟是老共产党人了，深知大敌当前，不能为此而误事。因而，林彪的联络员到南昌后，陈赓很郑重其事地立即把兵团所有领导都召集来，向那位联络员汇报兵团工作，听取四野情况介绍。

陈赓听得很认真，只是当这位联络员谈到林总"超越指挥"的特点，要求无线电联络直接到师一级时，他心里有些不舒服，淡淡地说了句："我们各师电台少，不宜都沟通联络。"

关于林彪超越指挥的问题，李中权说："在东北时，他是直接指挥到军。南下后敌人溜得快，为捕捉战机，他又直接指挥到师。师这一级听野司指示，同时向军报告自己的行动。兵团常常不知道师的任务，倒反过来问军部：哪个师现在在干什么？肖劲光就常问我，总部林总有什么指示啊？这种越级指挥我们都习惯了。战争环境下，敌我双方都在运动中，战机稍纵即逝，你抓住了战机就等于抓住了胜利。如果总部的指令一级一级地往下传，很可能失去战机。因为那时我们的通讯器材很落后，不定什么时候就在哪个环节卡了壳。"

原第43军382团团长张实杰也说："在东北、在华中、在华南打仗时，林彪一弄就直接指挥到师一级，有时甚至还直接跟团一级通话，自然有他的道理，主要是图个'快'字，目的是能够抓住战机，抓住敌人。不打仗的时候，林彪也不这么干，他并不是故意要把那些兵团司令、军长晾在一边不当回事儿。"

西山日暮。

双清别墅的一间卧室里，毛泽东勾着头俯看铺在茶几上的华中区域地图。总参作战部已在图上清楚地标出四野南进路线：程子华、肖华率第13兵团之第38、第47、第49军为右路，出宜昌、沙市，南渡入湘，寻歼宋希濂主力；肖劲光率第12兵团之第40、第45、第46军为中路，沿粤汉铁路线前推；邓华率第15兵团之第43、第44、第48军并配属两广纵队为左路，沿湘赣边界攻击前进，与陈赓第4兵团形成掎角之势；刘亚楼率第14兵团之第39、第41军随第12兵团跟进。

周恩来走进屋时，只见茶几上一团团烟云升腾，满屋弥漫，忙就近推开扇窗户，笑道："主席，你在熏蚊子啊？"

毛泽东抬起头，抖抖手上的一份电报说："你看看这个林彪，昨天征求他们意见，是先动一路还是等三路到齐一起动，他们认为三路并进为宜。部队已经上路走了一天，他们决心又变了，要求停下来休整一个月。"

周恩来点点头："电报我看过了。四野跑了上千公里，部队也是有些累了。"

毛泽东没好气地说："白崇禧就不累？你一气追上去，像刘邓由江边一口气打到闽北那样，他白崇禧还能往哪里跑，跳海？"

周恩来解释说："我了解了一下，四野大多是北方人，不大适应南方气候和米饭，加上疲劳，部队减员严重，我看休整一下也好嘛。"

毛泽东沉思着走到那扇敞开的窗子前，一阵晚风扑来，颇有几分燥热了。他沉沉地叹了口气说："那就让林彪他们睡几天大觉吧，只怕他们睡够了，白崇禧就更难打喽。"

毛泽东虽然勉强同意了，却还是拖了两天才给林彪回电："同意你们各军到齐休整一段时期，然后三路或两路同时动作（惟十三兵团应先数日攻歼江北之敌）……"

四野休整了，可林彪并没睡大觉。

参谋们说在6月上旬在开封，林彪整天对着地图琢磨，那神情专注得就不像活人，但谁也弄不清他在想什么。到了中旬，他忽然决定四野总部指挥机关前移到武汉。

林彪是6月14日率总部机关人员起程的，火车从开封经郑州南行。过信阳后，因鸡公山隧道塌方，火车无法通行，机关人员全都换乘了汽车。

可是连日阴雨，道路又年久失修，不时有车辆陷入泥泞里。前面陷了一辆，后面就堵一串车。

加拿大的罗托夫医生是个急性子，见车队又停了，就跳下车去，跑到前面指挥往汽车轮下垫石头、塞草包，调整车辆。

他正忙活着，林彪走过来看见了，扭头瞅了一眼跟在身后的肖克，然后拉长脸给了罗托夫两句："这是你管的事吗？我就不信四野一个管事的也没有！"说罢，他两手往身后一背，沿着路边的烂泥地，深一脚浅一脚地独自朝前走了。

那些参谋们都看出，他这是对肖克不满。以前刘亚楼当参谋长，但凡遇上了这种事，不用林彪烦神，他自会主动上前把事儿料理了。可肖克跟刘亚楼不一样，他是参加过南昌起义、湘南暴动的老资格将领，长征时和林彪同为军团长；到陕北后他的职务还曾一度高于林彪，担任过红二方面军副总指挥。他也是个统帅型的人物，对参谋长职权范围内的那些繁杂琐事，不免有时视而不见。因而，林彪时常为此不悦。

在场的两名管理科的干部一看林彪脸色不对，赶紧挺身而出，指挥车辆通过了烂泥地。

车队在泥泞里走走停停，磨蹭了将近一天，直到第二天凌晨才浩浩荡荡开进汉口。总部机关就设在西商跑马场的原白崇禧的华中军政长官公署大楼内。

林彪对自己住房条件要求不高，房上有顶，能挡风遮雨；四面有墙，能挂地图也就可以了。当然，最好房子能宽敞一些，光线晦暗一些。

就这两个"一些"也够参谋处煞费苦心的了，他们在总部机关大楼附近找了一圈，才为林彪选中了一幢带有小花园的两层尖顶式小楼。据说日酋冈村宁次在此住过。小楼四周树木葱茏，枝叶繁茂，再拉起丝绒窗帘一遮掩，屋里顿时光线阴暗。

楼内也很宽敞，楼上有卧室，房间带厕所。作战室就设在一楼大房间里，旁边几间稍微小一些的房间是会客室和会议室。参谋们几乎把所有房间的墙壁都挂上了新绘制的地图，以便林彪走到哪间屋都有地图看。

林彪进来一看，脸上肌肉就少见地松弛，住进来后一连好多天不见出楼。连老丈人来武汉投奔他，他都没见，让叶群把他打发到汉口天津路的一个部队招待所去住。气得那老头儿絮絮叨叨的，见人就抱怨女婿女儿没情没义。

后来担任过南京军区空军政委的赵昭那年伤愈归队，途中曾在这个招待所落过几天脚，跟林彪的老丈人住一屋。

30多年后赵昭还记得那老头儿无所事事，成天上街瞎逛游。看到招待所为过往官兵补发衬衣、胶鞋、蚊帐之类的装具，他就跑去找所长、管理员："怎么不发给我呀？"

管理员就跟他开玩笑："你找林总呵，只要他批我就发。"

可他见不着林彪。

林彪每天在屋里除了看地图，就是研究中央军委的电报。几乎每份电报都被他的红蓝铅笔反复圈点过，每行文字下他都画有粗重的笔痕。他十分清楚这些电报的分量，它是典型的毛泽东文字风格，大多电文都出自毛泽东之手。

自5月以来，毛泽东连电四野十几份报，基本思想概括成一句话，就是"寻歼白部主力"。

这天他又翻出6月2日电报，重阅红笔圈出的那段电文："其坏处是白崇禧看到我军三路都到齐了，可能三路同时撤退，使我失去歼灭敌人的机会。"

于是，一连好些天，林彪的思维都围着"三路同时撤退"几个字转。他断定：白崇禧还会再撤。长沙如裱糊，武汉都扔了他还会守长沙吗？可再往下他还会往哪儿跑？东边他是去不了了，有陈赓在那儿堵着呢。由贵州西去入川？保卫大西南是蒋介石的意思，两人为下野的事闹成这样，他已不可能再往蒋介石的圈子里跳。而且，西北王胡宗南已先他一步由陕入川在那儿占着，两人的关系水火不容。更何况他腿也没那么长，不等他跑到，半道上就被川滇边的二野部队给吃了。要跑，白崇禧只有再往南，回他老窝子广西。可是广西穷山恶水的，拿什么养活他几十万人马。我四野不要说打，围上3个月他广西就饿垮了。广西脚下是北部湾，万一守不住广西他会撤往海南岛，问题是海军那几条船在蒋介石手上，老蒋有这个慈悲普度桂系军队吗？

考虑来考虑去，林彪总觉得白崇禧目前的湘鄂赣防御，是他最后的防线，他不可能一枪不放就接着跑。但他下一步会在哪里动作呢？

第12章

鄂赣两线同时打响

其实，下一步如何行动，白崇禧心里也没数。此人性格强悍，刚愎自用，是国民党将领中最具攻击性的。近两个月来，他却忍辱避战，一撤再撤，连退三省，从河南、湖北、江西一直跑到湘境。这对他来说，实在是无奈之举。说起来他领有华中军政长官公署19个军，可除了桂系的第7军、46军、48军有些战斗力之外，许多军、师都是新编成的，比民团、保安队强不到哪里去。拿这几十万人对林彪90余万连续赢得辽沈、平津两大决战的胜利之师，无疑是以卵击石，他除了主动撤退别无良方。

然而白崇禧撤得很清醒，两腿朝前跑，眼珠子却往后瞅，死盯着林彪，就等他露个破绽，好回马一枪杀杀他的威风。

上个月下旬有过一次机会，四野主力还在江北，林彪竟敢放其先遣两个军东西并进，一路沿粤汉路深入到德安，另一路则孤军推向湘鄂边境的通城一线。他正准备以3个军先吃西边这一路，西路这个军却像有感应似的停了下来，而陈赓兵团则向东边那一路策应过来。机会就这么一闪即逝，只给他留下林彪很辣手的印象。

白崇禧对林彪评价不高，直到败走台湾，他看重的仍然是"中共军队第一号悍将刘伯承"。但是他承认林彪用兵严谨，几乎无懈可击，眼看着其主力几路并进，左右策应，以日行七八十里的速度，向南横推过来，压得他气都喘不过来。

可是一进6月，林彪主力忽然在长江以北和汉江两岸休整开了。白崇禧乘机加紧部署防御，以非桂系的第103、第58、第97、第126军布防于益阳、平江、岳阳和长寿街地区，担任第一线正面防御；桂系主力第7、第48、第46军为右翼，置于醴陵、宜春、上高地区；以宋希濂为左翼，布防于湘鄂西地区，其第2、第124、第79、第15军位于宜昌、宜都、沙市一线；以长沙绥署程潜部及陈明仁第1兵团部之第14、第71、第100军担任二线防御。

然而，往下仗怎么打，他连个预案都没有。

就在他绞尽脑汁盘算的时候，唐星晃晃悠悠地走进设在长沙藩正街的华中军政长官公署。

此人毕业于日本士官学校，北伐时期当过方鼎英第46军的师长，抗战前在总参谋部给程潜当过中将高参，是个极有学问的人。他平时不大讲话，一旦张口便妙趣横生，且满腹计谋，是个出色的政治谋士，与白崇禧一样也有"小诸葛"之称。白崇禧谓之"武诸葛"，唐星被称是为"文诸葛"。两人历史上有过患难之交，可谓无话不谈。

白崇禧一见他就高兴地说："你来得正好。"他狠狠抱怨了一通蒋介石、汤恩伯，把最后一点本钱在上海输光了，说："我现在这点东西，已成了共军唯一的目标，局势极严重。我正想和你研究一下，怎样应付才妥当？我只有这么大的本钱，不可能到处布防，只宜集中使用。我想把主力完全集中于长沙地区，和他们在这里决一雌雄。你看如何？"

唐星一笑:"若是这样部署,那就比汤恩伯在上海决战还不如。因为那里,他们有的是船,见势不佳,还可以向海里跑。长沙乃四战之地,从来就有纸褙长沙之称,共军可以四面包围,你连一条退路也没有,不是一下就完了吗?"

白崇禧说:"这里是不宜决战,我只摆一部分,主力放在别处。"

唐星更是摇头:"你的部队虽然不少,但真正能同共军作战的,实际只有两个半军,要和共军决战,就不宜再分散了。你的大后方在广西,应当把全部兵力集中到衡阳以南,最好到湘桂交界地区,才可以和共军正式打一仗。长沙可交陈明仁负责,他不会随便把它丢掉,还可以掩护你的部队集中部署。"

白崇禧点点头:"你说得有道理。"

唐星又问他:"你这两三个军,经过一场决战之后,打败了,固不消说;就是打胜了,恐怕也所剩无几,往后又怎么办呢?"

白崇禧说:"不论胜败如何,我至少总可以拖两三个师回广西去,打它一两年的游击吧。"

唐星再问:"打了两年游击之后又怎样?"

白崇禧就没招了:"那就只好到哪个山里唱哪个山的歌去。"

唐星苦笑道:"你之所以不顾牺牲一切,要来支撑这个残局,无非是想实现中山先生的三民主义。最近我看到了毛泽东所著的《新民主主义论》,觉得它并不是什么共产主义,而是与三民主义差不多。又听说他们的工作人员没有贪污;部队的纪律更好,老百姓都非常欢迎他们。如果共产党是这样搞法的话,我们又有什么理由不再同他合作,来共图实现三民主义呢?"

白崇禧愤然道:"毛泽东的《新民主主义论》我也看过,但他们把我作为战犯,我就无法和他们合作了。"

第12章 鄂赣两线同时打响

唐星解释说："这当然不成问题。你既和他们合作，就是朋友，是同志了，还说什么战犯不战犯呢？"

白崇禧连连摇头："话虽如此，但你不晓得我与他人不同。反对他们最力的是我，得罪他们最多的也是我，我已成了他们的死对头，他们决不肯放过的。我除了同他们拼到底以外，没有第二条路可走。但下一步怎么打，我还得想想。"

林彪与白崇禧这两位国共名将都在想。

但6月25日傍晚，第13兵团的一个报告将林彪从苦苦思索中解脱了出来。

该报告称：敌宋希濂部由长沙回调之第2军，在湖北宜都城北的古老背、白洋一带渡江，前推至鸦雀岭一线；驻宜昌之第124军第60师主力，会同湖北保安第4旅同时北进；驻沙市之第15军亦有北移迹象。

林彪双眸一亮，仰起脸一眼就盯住地图上有"川鄂咽喉"之称的宜昌，声调陡高地命令参谋："告诉程子华，不许惊动敌人。"

可宋希濂忽然按兵不动了。

林彪闷在屋里，守着地图等。等到28日才得到消息：保安第4旅进占当阳，主力仍原地未动。他淡淡地说了句："这个旅是替宋希濂望风的。"

参谋们一听就明白，林彪在等敌主力北进。

又等了一天，林彪不再等了。他起身走到地图前，开始着手部署宜（昌）沙（市）战役：决定由程子华统一指挥第13兵团、第14兵团第39军等4个军及湖北军区2个独立师的兵力，围歼宋希濂集团。命令梁兴初第38军于6月30日隐蔽进入宜城、钟祥一线集结，等敌进入荆门时，或进入荆门半天至一天路程内，即大胆向荆门以南及西南地区猛插，断敌退路，围而不攻，以吸引敌人增援，待参加此役的各军完成战役迂回后，再同时开始攻击；曹里怀第47军于7月2日至3日前进至襄阳地区集结隐蔽，尔后从第38军右侧插入当阳、宜都之间，迂回切断敌人回退宜昌的后路；钟伟第49军于6月30日前进至沙洋、马良集一带集结，待第38军接近荆门以南时，以突然动作西渡汉水，从第38军左侧迂回包围并切断敌人逃往沙市之退路；刘震第39军进至京山、应城一线待机出动，随第49军跟进。湖北军区部队一分为二，一部负责诱敌，另一部公开集结，吸引敌之视线，隐蔽主力战役意图，并负责诱敌继续北进。

　　林彪判断宋希濂部的西线北进，绝不是孤立的行动，东线的桂军也会在湘赣边有所动作。因而，他大气魄地决定先发制人，与宜沙战役同时发起湘赣战役，集中第15、第12兵团和第4兵团的9个军，突击湘赣之敌。

　　他命令第15兵团第43军，秘密奔袭，穿插分割突出奉新、高安的敌之第48军第176师，诱敌主力增援，以求在高安、万载、宜春之线围歼白崇禧桂军主力。长江以北的第44、第48军渡江后，集结于永修、德安、安义一线作预备队。第12兵团待第15兵团打响后，由通城经长寿街直插浏阳、万载，然后再向萍乡方向前进，第40军在通城、崇阳地区集结隐蔽；第45军南渡至咸宁、大冶一线集结；第46军由汉口渡江为兵团的预备队。第4兵团在第15兵团打响之后，先以2个军由新淦、丰城一线西渡赣江，向宜春、万载以西挺进，另两个军随后跟进。

　　至7月2日之前，四野西线各军已按命令所示隐蔽集结到位。

　　果如林彪所料，2号这天宋希濂见解放军没动静，遂令其主力第2军和第124军缓缓北进。百十公里的路，第2军小心翼翼地走到6日，其先头部队才进了当阳。接着，第124军占领了远安。

　　然而，不少史料写到这儿就有点想当然了，都将鄂西之敌一部北进，推断为宋希濂策划的一场"华中局部反攻"，"企图威胁我平汉、粤汉南下大军的侧背"。有的更是依据宋希濂所属关系，将此次局部反攻推理为白崇禧发动的"机动攻势"，阴谋重占沙（市）襄（阳）公路，扩大江北的"根据地"。

最准确的是解放军军事科学院军史研究部1987年7月编撰出版的《中国人民解放军战史》中所述："7月初，正当我第四野战军即将渡江南进时，宋希濂部为巩固其沿江防御，调集第2军、第124军和湖北保安第4旅等部向我当阳、荆门袭扰，并以一部前出远安抢运存粮。"

事实上，此时四野大军已压到襄樊、京山一线，疲于应付宜昌至郝穴间繁重江防任务的宋希濂既无力反攻，也无意反攻，哪怕是局部反攻。

宋希濂1948年8月就任华中剿总副总司令兼第14兵团司令官时，所辖有6个军编制。是年11月淮海战场吃紧，蒋介石调走了第20、第28军；该拨归宋希濂指挥的第65军胡宗南死活不放，这样14兵团实际只有3个军。经宋希濂大力并编扩充，到1949年3月，又新编起了3个军。4月，国防部委任宋希濂为湘鄂边区绥靖司令官，指定司令部驻宜昌，担负阻止解放军渡江南下或西进入川的任务。宋希濂将其第15、第79、第122军编为第14兵团，调广州第4编练司令钟彬任兵团司令；9月初，又将第2、第118、第124军编为第20兵团，陈克非任兵团司令官兼第2军军长。

论起兵力来，宋希濂集团也有6个军约10万人了，可真正能打仗的只有全部美械装备的第2军，其次是原驻防荆门的第79军。

第79军是1937年9月淞沪抗战中由夏楚中第98师扩编的，历史悠久，干部大部分出自陈诚第18军系统。全军2万多人，装备也很齐全。

然而1949年2月3日，解放军江汉军区数千地方部队突袭荆门。该军除第199师主力系由兴山经水路运输到松滋集结外，军部及第98、第194师未经大的战斗，便被打垮。全军共被歼8620人，连军长方靖在内5000多人被俘。

宋希濂集团第二等主力尚且如此，其他各军的战斗力便可以想象了。其第15军全是由南阳地方团队整编组成；第118军只有2个师，是去年年底才由湖南保安第1旅和鄂西师管区的2个新兵团扩编起来的；第122军也只有2个师，一个师是从湖南省军管区接收的新兵，另一个师是南阳土匪改编的；第124军则是由2个杂牌师拼凑而成。简直就是群乌合之众！这样的部队守江尚且勉为其难，何敢再言攻战。

再说了，宋希濂系得宠的中央军嫡系将领，手下几个军长也都有蒋介石发给的，可直接与溪口联系的电台专用密码本。名义上宋希濂归白崇禧指挥，实际上两人矛盾重重，白崇禧根本指挥不动宋希濂。而且白、宋都想保存实力，桂系部队不动，宋希濂决不会单独出击。

宋希濂此番派兵东进，无任何作战意图，就是为了抢粮。

宋希濂集团的补给，向来靠运自重庆的川粮。但是，这年6月川粮接济不上，离鄂西当地秋收还有两个月，军粮供应不及。因部队处于半饥饿状态，便时有士兵成群结队摸出营房偷抢，与民争食，驻地百姓怨声载道。

正饥肠辘辘之际，宋希濂接到国民党宜昌专员公署报告，说当阳城附近存有积谷10多万石，远安亦有相当数量的存粮。但这一带是解放军江汉军区部队活动范围，因而，宋希濂决定派部队掩护兵站机关，前出当阳、远安地区抢粮。

就为一口吃的，宋希濂将他主力的侧翼亮给了林彪。

还是2日。

这天下午，肖克提醒林彪说："林总，部队已集结完毕，我们该向军委报告部队的行动？"

林彪摆了摆手："莫急，再等等。"

不及时报告，是林彪的老毛病了。

第12章　鄂赣两线同时打响

为强化全党的指挥系统，做好夺取全国政权的组织上准备，毛泽东于1948年初就为中共中央起草了《关于建立报告制度》的党内指示，要求"各野战军首长和军区首长，除作战方针必须随时报告和请示，并且照过去规定，每月作一次战绩报告、损耗报告和实力报告外，从今年起，每两个月要作一次政策性的综合报告和请示"。

各野战军首长都能按中央要求去做，在大别山那样艰苦的环境里，邓小平都及时向中央报告情况。毛泽东对此非常满意，对那些未能及时报告的地区领导也就格外恼火。其中数林彪挨批最多。

离开陕北去西柏坡的路上，毛泽东就电告林彪并东北局，指出他们没照中央要求报告。同年8月，毛泽东再次以中央名义批评他们：唯独东北局没有实行中央规定的报告制度，3月、5月、7月的报告均未做，亦未声明理由。

这么一说，林彪赶紧作解释。可是毛泽东回电的口气更严厉了："你们收到中央规定报告制度六个月以后才声明理由，是不对的，并且这些理由是不能成立的。""我们完全不了解你们在这件事上何以采取这样的敷衍态度。""关内各中央局领导所处环境，均不如你们好，均无如你们那样畅通的交通工具。""在这件事上在你们心中存在着一种无纪律思想。"

林彪这才向中央作了报告，并附了一份检查。

其实，这次四野上报军委的作战计划，几天前就拟定好了。那天晚上肖克从林彪屋里出来，径直就进了作战室。高继尧一看参谋长匆忙而来，就知道又要开夜车了。他已习惯了熬夜，刘亚楼当参谋长的时候，作战科就经常加夜班，有时一熬一两个通宵。

林彪的几任参谋长里，最受赏识的就是刘亚楼。

林彪跟毛泽东不一样，不喜欢动手起草电文，都是口述，常常一口气好几封电报。但不论速度有多快，他这边讲完了，那边刘亚楼也记录完

了，让他复述一遍，往往一字不差。

参谋们都看得出林彪挺喜欢刘亚楼，有什么意见和建议，通过刘亚楼转达到林彪那里，一般都会被采纳。

刘亚楼人也活跃，野司的几位首长里，只有他总能瞅准恰当时机说个笑话，将面无表情的林彪逗得开颜一乐。他工作方法也活泛，给作战室布置加班任务的同时，点心、香烟跟着也上来了。有时他跟参谋们也闹着玩，主动帮参谋打热水洗澡，一瓢瓢地往他身上浇水。可等你洗得正舒服的时候，他悄悄换了桶凉水，从头淋下来，冻得你浑身打颤，他在一旁捂着肚子大笑。

与刘亚楼比，高继尧觉得肖克具有另一种参谋长风格。他对机关要求很严，从不跟部属开玩笑，因而，在他面前参谋们多少有些拘谨。但他作风干练，说话办事果断利索，绝不拖泥带水。每制定一个作战计划，他都要先提出几个问题，让大家讨论一下，自己往椅子背上一靠，半闭着眼睛听发言。大家都说完了，他提纲挈领地一归纳，作战计划的纲目都有了。

因此，肖克组织制定的作战计划，基本上无可挑剔。宜沙、湘赣战役作战计划就非常严谨。但这两份计划直拖到7月4日，林彪才以他和第二政委邓子恢的名义向军委报告。

军委当日回电予以批准。

7月8日，李作鹏率第43军先行奔袭，拉开了湘赣战役的序幕。9日，其第129师饿极般地扑到奉新和高安之间，歼灭敌第176师的一个整连。

位于高安的桂军第176师闻到火药味，把一座空城扔给李作鹏的徐芳春团，主力星夜撤到西南80公里处的上高县。

林彪闻讯，急令李作鹏停止前进，令第12、第4兵团分别由湖北通城和江西新干加速向萍乡地区迂回，求得在浏阳、醴陵以东地区合围桂军。

7月10日始，陈赓催动第4兵团西渡赣江，周希汉第13军于11日连下清江、独城两地，13日逼进新余；李成芳第14军12日占领峡江；秦基伟第15军于12日拿下永丰，13日轻取吉水，尔后直趋吉安；张国华第18军随后跟进。

从湖北通城向南压过来的第12兵团第40军动作迅猛，于12日攻占长寿街，14日已进抵铜鼓……

白崇禧何等人物，一看两个兵团向他侧翼逼过来，马上明白林彪布的是什么阵势。他13日下达了撤退命令，到14日，桂军第7、第46、第58军已全部经万载、萍乡、宜春，收缩到湖南茶陵、攸县一带。

四野东线各路兵马疾风流水，如入无人之境。但所到之处，尽皆空城，敌人纷纷逃出预定包围圈。

应该承认桂军撤得利索，而一次成功的撤退，其战役意义并不亚于一次漂亮的进攻。

到19日战役结束，东线43万人马横扫百里，却连敌人一个完整的营也没有抓住。

解放军战史记载：是役，我仅歼敌4600余人。这一个"仅"字，透露出诸多的遗憾。

除去其中宜丰县保安团投诚的340人，整个东线部队歼敌正规军不足4300人，我军平均每100人消灭一个敌人。

7月6日，四野西线各部队开始秘密穿插行动。

曹里怀第47军由襄樊一线，择路向南。鄂西北大山如叠，部队穿行沟壑之间，但见头顶一线天。时值盛夏，山区气候无常，说晴，烈日当空，暑气蒸腾，热得人头昏脑涨；说下雨，一块铅云顺着山沟飘过来，眨眼就成倾盆大雨，撵着队伍下。

四野指战员大多来自北方，走惯了冀中平原和松辽平原的坦荡，从没见过鄂西北小道忽而盘上山巅，忽而跌落峡谷的险峻。道旁涧深如渊，看一眼都头晕，跌跌绊绊地走得累人。他们尤其不适应这南方的气候，连日疲劳，加上没有配发必需的雨具、蚊帐，日晒雨淋的，致使各部队战斗减员状况都很严重。

新华社第47军支社的记者前驱亲眼看到行军途中，不时有人中暑倒下，口吐白沫，人事不省。有的干部战士还在发疟疾，伏天冷得直哆嗦，身子抖得像片风中的树叶。染上痢疾的更遭罪，走不多远就得蹲路边拉泡稀，拉得两腿直发软，然后跟跟跄跄地提着裤子追部队。北方过来的骡马也受不了南方酷热，走着走着就倒毙在地；活下来的也吃不惯南方稻草，走不惯这崎岖山路，任怎么吆喝、鞭打，就是不往前挪步。炮兵只好拆开山炮，扛着部件走向石壁上凿出的小道。部队行进速度太快，后勤供给跟不上。而偏远的鄂西原就贫穷，此时又正是夏荒时节，十家有九家断炊，无处筹集军粮。部队基本上都是空着肚子赶路，实在饿极了，跑坡地上掏几个土豆烧烧，钻瓜棚里揪几个嫩瓜蛋啃啃。走时学着红军的样儿，丢下一张字条、两块银元。

那次前驱到军指挥所采访时，几位军首长也正在烧土豆。土豆刚烧熟，前面忽然枪声大作，曹里怀军长命令部队立即出发，顺手抓了三个土豆塞到前驱兜里。前驱边走边吃，三个土豆支撑着他走了好几十里地。

就在西线打响的9日那天凌晨，第47军前卫第141师悄无声息地抵达荆门西北十几公里处的观音寺。

这时，一个意想不到的情况发生了。前卫团里两个家就在观音寺附近的战士，擅自离队回村，半路撞上一小股敌人，引发了前卫部队一场十几分钟的枪战。

这场遭遇战报到武汉野司的时候，林彪正为西线部队在奉新、高安扑空的事恼火，一听说第141师又在宜沙那边乱放枪，气得脸色刷白。敌人早已是群惊弓之鸟，东线的网还没完全张开，你这一阵枪还不把宋希濂给吓回去？眼看一场围歼战就要打成了追击战，林彪走到作战室，亲自对机要人员口授电文，严令程子华乘宋希濂尚未完全清醒，其部还在继续北进之际，督促各部加快行军速度，对敌展开迂回包围，力争达成围歼。

可是，第二天晚上林彪又得到第13兵团报告：第47军第140师在黄土坡与敌宋希濂部后卫接触，但该师行动迟缓，未能迅速对敌迂回包围，而是从正面强攻。结果与敌僵持达9小时之久，黄昏时分敌人乘夜逃遁。

曾率部浴血淞沪，会战武汉，远征滇缅，34岁就当上国民党集团军总司令的宋希濂决非平庸之辈。从其所部的两次遭遇战中，他发现林彪主力正从南漳、钟祥、京山一线，向他宜昌、沙市两侧迂回，且来势甚猛。于是，10日下午，他再不贪图那10多万石粮食了，命令部队火速全线回撤。各部掉转头去，呼呼啦啦往回跑。

当夜，第13兵团司令员程子华得知敌人回撤，报告野司的同时，又命令所属各军立即对敌展开追击与截击。

可是，惯于大碗吃肉的第13兵团跟在敌人屁股后面赶了两天，除收拾了一些零星敌人，谁也没捞着个像样儿的仗打打。

到13日，宋希濂北犯之两个军和一个保安旅，除少数被歼，大部已窜入宜昌及沿江渡口。

仗打成这样，程子华也万般无奈，只得令第47军及独1、独2师和第38军一部迅速从三面将宜昌包围，并以炮火控制江面，阻敌向江南撤退；令第38军主力在古老背一带渡江，迂回至宜昌对岸磨鸡山一线阵地，切断敌人的逃路，协同第47军围歼宜昌之敌；第39军集结于建阳驿一带，准备配合第49军攻歼江陵、沙市之敌。

但程子华疏忽了一点，长途穿插部队大多轻装，没有足够的炮火封锁江面，攻克城池。因而，当14日黄昏时分，曹里怀指挥第47军向宜昌之敌发起攻击时，实际上是围三缺一的态势。

宜昌攻坚最惨烈的一仗在镇境山。

此山海拔1390米，是宜昌西北的重要屏障。敌人在此经营多年，构筑了永久性钢筋水泥地堡，明堡与暗堡间有堑壕沟通，堑壕外遍布鹿寨、铁丝网。此阵地的设置还有一个独特之处，敌人在山头的正面，借草丛荆棵的遮掩，掏了一百多个猫耳洞，洞分上下两层，内设轻重机枪，进行标定射击。同时，洞与洞之间构成上下左右的交叉火力。第47军第139师的阵地与镇境山之间，隔着一条深沟，部队发起进攻时，必须先下到沟底，再向上仰攻。可没等攻击部队下到沟里，就成片倒在对面山上泼下的弹雨里。

由于穿插中骡马死亡和道路艰难，全师没能带过来一门山炮，情急中师长调集全师所有的迫击炮，集中轰击镇境山，掩护部队向敌火力冲锋。从傍晚打到第二天拂晓，才攻下顶峰的核心地堡。

这一仗下来，主攻团的好些连队只剩下二三十人。

第47军发起攻击的当晚，宜昌守军告急。

正在湖南常德主持湘西地主土豪武装受编会的宋希濂闻报，扔下开了一半的会议，连夜驱车赶往津市换乘小火轮，沿松滋河北驶。15日早晨到达枝江，他又改乘预先候接在那里的兵舰，逆长江而上。兵舰行至宜昌与宜都之间时，恰好碰上正准备在北岸古老背一带渡江的解放军第38军。舰行至此，解放军的轻、重机枪子弹便泼雨般地打过来。宋希濂躲在一块六七公分厚的钢板后面，心惊肉跳地听着子弹打得钢板当当作响。第38军没有直射火炮，兵舰仗着船体铁甲才得以冲出机枪火力网。

中午，舰抵宜昌。宋希濂下舰听取副参谋长罗开甲战况汇报：1. 我宜昌东北既设阵地战况已比较缓和。2. 据守宜昌上游六七华里处南津关以北高地的第60师，自昨日下午起，受到强大共军的猛烈攻击，该师奋勇抵抗，双方伤亡颇重；共军不断增兵向左翼迂回包围，有若干山头已被共军占领，现仅剩下江边少数据点仍在抵抗中；若再有失，南津关全部为共军所占，船只便无法上驶。3. 自今拂晓，共军在古老背附近渡江，防守该处的第15军兵力单薄，抵抗渐趋不支，如此处共军继续渡江扩大战果，势将绕到宜昌南岸，严重威胁我宜昌部队退路。4. 另一路共军分数处在沙市至郝穴间渡江，第14兵团司令官钟彬已命原驻石门、澧县的第122军向大庸转进，命第15军向石门、慈利以西转进，命第79军及第298师向渔洋关、五峰一带转进；第14兵团司令部已离开宜都，前往长阳，今后可能转往宣恩附近。5. 本司令部非必要人员及公文行李等，已于今晨乘轮上驶，到三斗坪待命。

宋希濂听后未作表示，便偕随员前往东关外第2军阵地视察。此时，枪声稀疏，只有宜昌西北角上的南津关一带战事正酣，枪声稠粥似的。他判断共军暂缓正面攻击，先从两翼猛扑，堵截我后路，当即决定退出宜昌。他命令第2军主力逐步向巴东、野三关之线转移，以一部置于三斗坪及曹家畈以西山地，扼险防守，阻滞共军行动；命第124军之第60师沿长江北岸逐步向西后撤，与秭归的第223师靠拢；该军将来视情况再决定是否撤往南岸；本部指挥所暂撤到三斗坪。

安排妥当后，宋希濂便带着指挥所人员和他的儿女，乘长江上游舰队的7艘军舰，鱼贯上驶。行至南津关时，江面已被四野一部封锁。

十几年之后，宋希濂回忆道："果如预料，当前面两舰驶近南津关关口附近时，在山上的解放军开始以炽盛的火力向舰队射击，舰队亦以猛烈的火力回击。这时长江正值涨大水时期，南津关附近，水势尤为凶猛，汹涌的波涛与激烈的战斗，交织成惊心动魄的场面，在舰上的人，每个人都提心吊胆地听候着命运的摆布。经过半个多小时的紧张战斗，终于安全地通过了南津关，大家这才松了一口气。"

可是宋希濂这口气松得早了点儿，他噩梦般的日子是从这年11月1日开始的。是时，二野第5、第3兵团和四野第42、第47、第50军等部，在南起贵州天柱，北至湖北巴东的近千里地段上，发起多路攻击。已从长江西陵峡边的三斗坪小镇逃到恩施的宋希濂猝不及防，慌忙率部西撤。

四野3个军围攻堵截，紧追不舍。

宋希濂率万余残部横穿鄂西山区，由黔江入川，再绕过重庆、宜宾，西逃向小凉山区。他关闭所有电台，以每天行程80多里的速度，在寒风冷雨的泥泞山地上夺路狂奔，企图到西昌建立根据地。

12月19日，狼奔豕突了1个月零20天之后，宋希濂与尚存的5000残兵，还是被解放军第18军第47师堵在了大渡河边的金口河。

坐在俘虏群里的宋希濂谎称他叫周伯瑞，是司令部的一个军需，可是第二天他就被认出来了。

1949年真是宋希濂大不幸的一年，死了父亲，殁了妻子，打了败仗，当了俘虏。他刚满42岁，却已身心交瘁，面呈老态，两鬓斑白，头顶秃成了一片不毛之地。

穿着士兵黄棉袄的宋希濂，是在战俘营里过的1950年新年。不久他被转送到重庆歌乐山麓的白公馆关押，就住在当年关押叶挺的那间囚室，同室的有原国民党四川省政府主席王陵基和第14兵团司令官钟彬。

这年春天，时任云南军区司令员、云南省政府主席的陈赓从云南来重庆，在戴笠公馆接见宋希濂、曾扩情、钟彬三个黄埔一期的同学。

3个人中，以宋希濂最为激动。

他是1923年12月在长沙育才中学参加报考国民党军政部陆军讲武学校时认识陈赓的，两人一见如故，并结伴去了广州。到广州后，两人又改考黄埔军校，同时被录取。1924年10月陈赓提前毕业后，两人一别就是12年。

会见时陈赓问他："还记得我们最后一次见面吗？"

宋希濂记得："那是1936年'西安事变'之后，你到西安警备司令部来看我。"

陈赓说："对，那次我是奉周恩来副主席之命特地去看你的。记得当时我曾对你说，你是国军师长，我是红军师长，十年内战，干戈相见，现在又走到一块来了！这该给日本鬼子记上一功啊，一晃又是十多年，我们见一次面，好不容易啊。"

那会儿宋希濂除了惭愧，还能说什么呢。他惭愧没像当年跟着陈赓去广州考军校一样，再追随陈赓为穷人打天下。

宋希濂逃至三斗坪时，第47军于7月16日凌晨，开进街道空荡荡的宜昌。

同一天，第49军解放沙市。

宜沙、湘赣战役是四野南下以来，在东西两线同时展开的规模最大的战役，然而，西线之战，有如蛮牛捕鼠，徒劳无功；东线也打成了个赶鸭子式，歼敌15000余人，均未达到预期的效果。其主要原因是对白崇禧集团的作战特点了解不够深刻，而采取了通常情况下的近距离包围作战。三大战役，特别是渡江战役之后，国民党军已基本上不再死守城市，由阵地战转为运动战、游击战。这一变化，在白崇禧部体现得尤为突出。

但是，林彪坚持认为主要是没抓住敌人的主力，只要捞住他第7军一个师，你看他白崇禧来不来救，一救便形成大仗。

林彪擅长围点打援，这一招在东北曾屡试不爽。前年冬天，他在苍茫大雪中包围法库，诱歼了来援的国民党军新编第5军，让蒋介石的第一

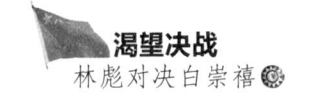

宠将陈诚栽了个大跟头。去年的10月间，他又围困锦州，聚歼南下增援的国民党五大主力之一的廖耀湘兵团，气得蒋介石差点吐血。

事隔60多年之后，回过头再看看1949年7月的林彪，我们有理由认为他的战术思想有些活力不足，打法已形成了套路，出现僵滞的症状。他怎么也不相信，围点打援这一招治不了白崇禧。

第15章

毛泽东的大迂回大包围

来自东南的风，吹进北京蝉鸣如织的中南海。

位于中海和南海之间的丰泽园，是乾隆年间兴建的图书馆和休息室，多处留有乾隆的御书匾额，是座很典型的宫廷建筑四合院。它的前院是"颐年堂"，后面隔着条小河就是南海。整个院落飞檐斗拱，青砖灰瓦，古朴若拙，老槐苍柏，浓荫匝地，静谧中透出股帝王气派。

一个月前，因筹备新政治协商会议，毛泽东临时从双清别墅搬到这里居住。三大间北房，东屋是毛泽东卧室，中间是餐厅。后来江青搬来，便住进了西屋。东屋外有条走廊，一直通往东房毛泽东办公室。当时开国在即，万机待理，华东、华中、西南、西北四大战区战事频仍，毛泽东还没有闲暇将这个院命名为"菊香书屋"。仅16日这天，毛泽东的工作日程就安排得满满当当：审阅参加新政协的660多个人员的名单；与陈云等研究组建中央财经委员会；给第一野战军关于追歼马步芳、马鸿逵作战方案的回电；接见傅作义、邓宝山谈绥远问题……

可上午四野宜沙、湘赣战役情况的电报一到，他立即放下手头的文件，展开华中地图。

毛泽东于帷幄中通盘运筹的四大战区里，最关注的是华中战事。与林彪对垒的白崇禧这个人很不好对付，桂军又是国民党残余中最能战斗的。他瞧不起蒋介石嫡系部队和黄埔将领，什么"五大主力"、"八大金刚"，都是虚张声势，花拳绣腿。但他一向看重国民党杂牌军，从台儿庄、中条山到桂南，抗战中的许多大仗、恶仗，都是他们打的；而桂军则是杂牌中的精锐，能征善战。

毛泽东和蒋介石打了十几年仗，没夸过国民党嫡系部队的任何将领，只称赞过桂军统领李宗仁是一个有本事的人。

所以，四野与桂军作战，毛泽东十分慎重。

自"百万雄师过大江"后，一直洋溢着"宜将剩勇追穷寇"激情的毛泽东，对四野华中地区作战的基本指导思想还是穷追猛打，追敌与我决战。他在5月9日给林彪、肖克的电报中，认为四野渡江后4个星期左右，即可占领江西吉安、湖南攸县、湘乡一线。

5月23日的电报中，毛泽东仍然认为："四野主力（六个军及两广纵队）于七月上旬或中旬可达湘乡、攸县之线，八月可达永州、郴州之线，九月休息，十月即可尾白崇禧退路向两广前进，十一月或十二月可能占领两广。"

6月2日的电报中，毛泽东批准四野3路同时推进的作战计划时，再次流露出紧追速战的迫切心情，指出："此种计划可以齐头并进，一气打到赣州、郴州、永州（零陵）之线，再作一个月休整，而在路上只作某些必要的小休息。为使白崇禧各部处于我军猛打猛追，猝不及防，遭我各个歼灭，如像刘邓由江边一气打到闽北那样，你们各军到达攻击准备位置之后，只要粮食状况许可，至少要休整半个月，恢复疲劳，统一意志，然后按计划攻击前进。"

第13章 毛泽东的大迂回大包围

或许出于建国时间已经确定，毛泽东期盼着开国大典那天登上天安门城楼上，能看到个较为完整的新中国版图，因而，迫切希望各战区都能尽早决战歼敌。

而在华中决战时间与地点的判断上，毛泽东先是准备 7 月在以湖南郴州为中心的区域内，与白崇禧打上一仗。当 5 月 17 日敌情发生了变化，他又把目光投向了都庞岭、九嶷山、南岭一线，指示四野经湖南向湘粤桂边境寻歼白崇禧主力。

9 天之后，毛泽东又依据战况重新部署，决定陈赓第 4 兵团暂时不渡赣江，在丰城、临江、新干、峡江之线集结，待桂军深入宜春一带后，突然向敌后方挺进，断敌退路，第一步在宜春一带配合四野歼灭桂系主力，第二步待命入湘抄击白崇禧的后路。

7 月 10 日的电报中，毛泽东还曾考虑在湖南株洲、衡阳线以东，即攸县、茶陵、酃县、安仁地区，或在衡阳以南与白崇禧作战。

在 7 月 16 日以前，毛泽东歼白思路一直没有走出三湘四水。然而，四野兴师动众几十万人，发起两个战役，却在宜沙、湘赣两头扑空。这给了他一个不小的震动，但这反而使一向勇于接受挑战的毛泽东大脑活跃起来。他俯瞰地图，重新审视自己的南线方略，思维如轮叶飞转，神驰两湖两广。

凝思良久，他拈起一管羊毫，伏案疾书：

林邓肖，并告刘张李……（一）广东只有残破不全之敌军四万余人，而我则有超过四万人之游击部队，只需要两个军加上曾生两个小师即够解决广东问题，至多派三个军加曾生部即完全够用，不需要派出更多兵力。（二）判断白崇禧准备和我作战之地点不外湘南广西云南三地，而以广西的可能性为最大。但你们第一步应准备在湘南即衡州以南和他作战，第二步准备在广西作战，第三步在云南作战。白部退至湘南以后便只有十万人左右了。宋希濂程潜两部是退湘西、鄂西，不会往湘南。（三）和白部作战方法，无论在茶陵、在衡州以南什么地方，在全州、桂林等地或在他处，均不要采取近距离包围迂回方法，而应采远距离包围迂回方法，方能掌握主动，即完全不理白部的临时部署，而远远地超过他，占领他的后方，迫其最后不得不和我作战。因为白匪本钱小，极机灵，非万不得已决不会和我作战。因此你们应准备把白匪的十万人引至广西桂林、南宁、柳州等出而歼灭之，甚至还要准备追至昆明歼灭之。（四）歼灭白匪应规定我军的确实兵力，我们提议为八个军，以陈赓部三个军，四野五个军组成之。此八个军须以深入广西、云南全歼白匪为目的，不和其他兵力相混。陈赓之另一个军在湘南境内可以参加作战，但不入广西，准备由郴州直出贵阳，以占领贵州为目标。陈赓之三个军则于完成广西作战后出昆明，以占领并经营云南为目标，此点已和邓小平同志面谈决定（刘邓共五十万人，除陈赓现率之四个军外，其主力决于九月取道湘西、鄂西、黔北入川，十一月可到，十二月可占重庆一带。另由贺龙率十万人左右入成都，由刘邓贺等同志组成西南局，经营川、滇、黔、康四省。你们经营之范围确定为豫、鄂、湘、赣、粤、桂六省，但你们的五十军须准备去云南，如白匪主力退云南，则还须考虑加派一部入滇助战）。（五）陈赓四个军到达郴州之道路，请考虑全部走遂川、上犹、崇义，分数路前进，未知该地区有几条汽车路否，如有适当道路，似以这样走为好。（六）专门担任经营江西的两个军，不应担任其他任务。专门担任经营广东之两个军，应取道江西、大庾岭前进，而不走湘南，因湘南敌我屯兵太多，粮食必感困难。（七）准备深入广西寻歼桂系之八个军（四野五个军，陈赓三个军）进到郴州地区后，如能利用湘桂铁路运粮接济，最好全部取道全州，直下桂林、南宁，以期迅速，否则四野五个军取道广州、肇庆西进，迂回广西南部，陈赓三个军则经全州南进。或者以陈赓三个军协同四野专任经营广东之两个军共五个军，走大庾岭出广州，但陈赓不担任广州工作，只经过一下即出广西南部，而以四野五个军（其中包括五十军）由全州出桂林。（八）曾生部应即速出动，走江西入广东。（九）以上是否适宜，请你们考虑提出意见。

7月17日，毛泽东又致电林彪、邓子恢、肖劲光等——

午铣电谅达，兹补充数点，请你们连同午铣电一并考虑电复。（一）基于白匪本钱小，极机灵，非至万不得已决不会和我决战之判断；基于四野之总任务在于经营华中及华南六个省，二野之任务在于经营西南四个省，以及进军之粮食、道路等项情况，我们认为你们各部应作如下之处置。（二）陈赓四个军即在安福地区停止待命，不再西进，待十五兵团到达袁州后，由十五兵团之一个军为先头军向赣州开进。这个军即确定其任务为占领赣州及经营赣南十余县。陈赓三个军、十五兵团两个军统由陈赓率领，经赣州、南雄、始兴南进，准备以三个月时间占领广州，然后十五兵团两个军协同华南分局所部武装力量及曾生纵队负责经营广东全省。陈赓率四兵团三个军担任深入广西寻歼桂系之南路军，由广州经肇庆向广西南部前进，协同由郴州、永州入桂之北路军，寻歼桂系于广西境内。然后，陈赓率自己的三个军入云南。在此项部署下，陈赓四兵团以外之另一个军即由安福地区入湖南，受十二兵团指挥，暂时担任湖南境内之作战，尔后交还刘邓指挥，由湖南出贵州。曾生两个小师应即提早结束整训，遵陈赓道路或仍走粤汉路速去广州。（三）四野主力除留置河南的一个军，留置湖北的重炮部队，留置赣北的一个军，留置湘西、湘北、湘中的三个军以外，以五个军组成深入广西寻歼白匪的北路军，利用湘桂铁路南进，协同陈赓歼灭桂系于广西境内。（四）上述这种部署是不为白匪的临时伪装布阵（例如过去在赣北，现在在茶陵，将来在郴州、全州等处）所欺骗，采取完全主动的部署，使白匪完全处于被动地位；不管他愿意同我们打也好，不愿意同我们打也好，近撤也好，远撤也好。总之，他是处于被动，我则完全处于主动，最后迫使他不得不和我们在广西境内作战。估计桂系是不肯轻易放弃广西逃入云南的，因为云南卢汉拒其入境，云南还有我们强大的游击部队，至少桂系要留下一部在广西，而以另一部逃入云南，那时我则以陈赓三个军配以你们的曾泽生军，就可以在云南境内歼灭之。到十一月间，我二野主力六个军已入黔川，他想逃入黔川也不可能。西北胡宗南部主力已于午文在眉县、扶风地区被我一野歼灭，其残部仅剩七万人逃往汉中一带。我一野决以九个军西入甘、宁、青寻歼马匪，而准备于今冬或明春抽三个军出川北，协同二野经营西南，使西南残匪获得全歼。你们意见如何，望告。

在毛泽东的军事思想发展史上，这两封电报可以说具有里程碑意义。至此，毛泽东完全摒弃了"猛追猛打"的战法，鲜明地提出大迂回大包围的新构想。它那有如神助的创造性，使得毛泽东军事艺术臻于完美，直趋精湛。这就是毛泽东的军事天赋，从不循规蹈矩，拘泥一法，有什么武器打什么仗，到什么地方打什么仗，审时度势，屡有创意。

第13章 毛泽东的大迂回大包围

瞿秋白就曾在党内的一次会议上，赞扬毛泽东是我们党内唯一有创见的。

到了9月，不再"追穷寇"的毛泽东慎思之后，更具体地为歼灭白崇禧设计了两步走的方针。在给林彪的佳电中，他明确指示："在进入广西后，第一步不是急于寻找白匪主力作战，而是立稳脚跟，查明情况，联系群众和结合我在广西境内的游击队（桂南、桂北均有）。第二步，再各个歼灭白匪主力。白崇禧是中国境内第一个狡猾阴险的军阀，我们认为非用上述方法，不能消灭他。白崇禧的最后一条退路是云南。他以回云南的口号拉住了鲁道源，故在白、鲁退入广西后，可能即令鲁道源军或再配以一部桂军入云南。如果这样，那时我们应考虑从陈赓兵团先抽一部（例如一个军）出云南，配合我在云南的游击队在云南先建立根据地。"

接着，毛泽东进一步将大迂回大包围的方略，运用到西南战场。

在给二野的申文电中，毛泽东提醒邓小平、张际春和李达："如果白崇禧占领贵州省城，无论二野、四野均暂时不要去打他。二野的两个兵团以主力一直进至重庆以西叙府、泸州地区，然后向东打，占领重庆。以一个军留在乌江以北（以遵义为中心）。二野之陈赓兵团在配合四野五个军完成广西作战以后，即进占云南，完成对贵阳之包围。然后，四野以一部由广西向北，二野以适当力量分由云南、黔北向东向南包围贵阳之敌而歼灭之。总之，我对白崇禧及西南各敌均取大迂回动作，插至敌后，先完成包围，然后再回打之方针。"

1949年的毛泽东军事艺术，已出神入化。

这个仅仅在长沙起义新军当了不到三个半月列兵的湖南汉子，从1927年10月带着不足千人的秋收起义队伍上井冈山开始，已整整打了22年的仗，艰难备尝，九死一生。这22年既是一个人民政权问世的过程，也是一个伟大军事天才成长的过程。其战争生涯之漫长,所历战事之频繁,作战经验之丰富,在世界军事统帅的长廊里,几乎无人望其项背。

美国名将艾森豪威尔比不了,他仅仅指挥开辟了一个欧洲第二战场,此前只是个从没闻过战场火药味,在参谋部办公室里坐秃了头的战争计划处处长,连一个团的部队都没带过。

斯大林也比不了。他的战争经历主要是领导苏联人民英勇地进行了4年卫国战争,粉碎了纳粹德国的入侵。但作为一个无产阶级军事家,他的贡献主要在于战争决策,而具体的战役指挥则是由统帅部大本营完成的。与之相比,毛泽东不仅做出战略决策,而且亲自起草作战电报,同时指挥全国各大战场的各大战役,几乎无一失误。更为令人叹服不已的是他在同时指挥几个战役的实施过程中,具体细微到部队编制人数、投入作战的兵力、每个军的战场配置、行进路线、后勤供给、休整时间等等。

尤其让拿破仑、斯大林和艾森豪威尔们比不了的是,毛泽东是在延安窑洞、西柏坡村,世界上最小的司令部里,指挥了最大的人民解放战争。

曾有党史专家粗略统计过,到1955年为止,毛泽东的文稿大约有1万件,其中军事文电就有约6000件,不下500万字。

仅自1949年2月12日,毛泽东电告林彪四野先出动2个军南下,到这年12月31日提醒林彪"进攻海南岛应以充分准备确有把握为原则"的电报为止,他以军委名义起草的给林彪等人的电报,就达61封之多。7月16日至18日,毛泽东3天4电;5月25日则一天3电。其中最长的电文达1133个字,最短的也有79个字,牢牢把握华中战事的走向。

如果仅就作战经历而言,拿破仑堪与毛泽东相比。

从1793年9月接任围攻土伦的炮兵指挥官,参加第一次军事行动算起,到1815年6月兵败滑铁卢,退出皇位止,拿破仑战争生涯与毛泽东一样,正好也是22年。但拿破仑有个滑铁卢,给世人留下了千古遗憾。而毛泽东一生百战，几乎没有指挥失误的记录，只有黄克诚对他的两次决策持有异议。

在1959年庐山会议期间，毛泽东约黄克诚等人谈话，不知怎么话题就扯到当年的四平保卫战。黄克诚说："开始敌人向四平推进，我们打他一下子，以阻敌前进，这并不错。但后来在敌人集结重兵寻我主力决战的情况下，我们就不应该固守四平了。"

毛泽东说："固守四平当时是我决定的。"

黄克诚很爽直，说："是你决定的也不对。"接着，便又谈起炮击金门、马祖的事。

毛泽东问："难道这也错了？"

黄克诚点点头："至于炮轰金门、马祖，稍打一阵示示威也就行了。既然我们并不准备真打，炮轰的意义就不大，打大炮花很多钱，搞得到处都紧张，何必呢？"

曾令整个欧洲战栗的拿破仑，委实是个驾驭战争的高手，但却瘸了军事理论那条腿，他所留下的那丁点军事论述，远不如他的战例辉煌。为此，一些欧洲的将军瞧不起他，认为："无论在战略思想还是战术思想上，拿破仑都没有任何创新，他也的确从未宣称自己在这两个方面有所突破。"

然而，毛泽东却将马克思主义军事思想与中国革命战争的具体实践相结合，继承发扬中国古代军事思想，批判地吸收了克劳塞维茨的资产阶级军事思想，构建起一座富丽堂皇的军事哲学的圣殿。每个战争历史阶段，毛泽东都要收获一批军事理论的硕果：10年土地革命战争结束时，他著述了《中国革命战争的战略问题》；抗日战争初期，他写下了《论持久战》等军事名篇；解放战争中，他连续著作了《集中优势兵力，各个歼灭敌人》、《三个月总结》，提出十大军事原则……丰富的作战经验和精深的哲学理论，形成了他灿烂的军事思想。

在他的军事理论体系中，战争观和方法论是两大结构板块，核心是人民战争的思想。它完整而精辟地阐明了战争的起源、战争的本质、战争的目的、对待战争的态度、战争胜负的诸种因素、揭示战争规律，以及运用战争规律和战争指导规律等一系列的问题。

毛泽东的军事理论之所以闪烁着天才的灵光，关键在于他具有深刻的哲学意识，从不孤立地看问题；而辩证的思维方式，使得他善于抓住事物的本质，始终依据战争的客观环境，用整体观念去分析、判断形势的发展变化。因而，他总能在每个战略转变时期，高瞻远瞩地把握时机，预言论断，准确惊人地为战争行进画出一个里程表和时间表。

他断定抗日战争必然要经历战略防御、战略相持和战略反攻这样三个阶段，抗战的车轮便神差鬼使地照着这幅路线图走了下去。

1948年11月11日，淮海战役打响没几天，毛泽东就预言：从1948年7月算起，再有一年左右的时间，就可能从根本上打倒国民党。

此后10个月，青天白日旗坠下南京总统府。

中国共产党十一届六中全会对毛泽东作出评价，称他："是伟大的无产阶级革命家、战略家和理论家。"

在那颗天才的头颅上冠以战略家，而不是军事家，真是再恰当没有了。

如今，毛泽东在世界军事思想史上，也已占有重要一席。早在1940年，一个名叫塞缪尔的美国海军陆战队军官，就已将毛泽东的军事辩证法介绍到美国。书很畅销，一版再版。

等到美军在朝鲜山地，在越南丛林，在多米尼加岛国上吃够毛泽东式的游击战、运动战的苦头，多半个世界都被震慑了，越发不敢小觑那个从中国腹地的山沟沟里走出来的"战争哲学家"。

事实上，战争经历长于毛泽东的，要数他的对手蒋介石。

从1911年11月间他带百十人的"先锋敢死团"，配合起义军攻占杭州巡抚署开始，其战争生涯长达37年之久。除此之外，这个被赶到海岛上去的失败者，处处逊于毛泽东一筹，不是同一个量级的。

第14章

休整的烦恼

毛泽东南线方略的改变，使得湘赣战场出现短暂的平静。

此时正是南方伏天暑季，一进6月，两湖地区的人就光膀子打赤膊了。

四野多是北方官兵，从零下40摄氏度的东三省来到40摄氏度的湖北湖南，就觉着跟掉进蒸锅里似的，即便躲在树荫下，那风也跟热乎乎的狗舌头似的，在身上舔来舔去。还没跟白崇禧交上手，南方的气候、水土先跟人较上劲了。高温酷暑、蚊叮虫咬，让挺壮实的汉子也扛不住，许多人行军走着走着就中暑倒下了，有的再也起不来，活生生给热死了。腹泻、皮疹、烂裆、夜盲、打摆子……北方没见过的毛病也全来了。各部队病号人数，翻着跟头往上长。一般连队的发病率在25%以上，严重的超过50%。发病最严重的第43军病号多达3.1万余人，占总数的73.2%。许多营、连都已失去战斗力。

人吃不惯南方的大米，马也吃不惯南方的稻草，一吃就拉稀。三泡稀一拉，摇摇晃晃得站都站不稳，甭说拉车拉炮了。

第14章 休整的烦恼

肖克回忆："从湘潭到衡阳大道两侧，仅特种纵队的炮兵，有二三千匹马在休息。"

7月23日，四野林、邓、肖等人在给中央军委的电报中报告：

1. 38军7天内发病3400名，其中疟疾占50%。39军行军中，一天即中暑500余人，又在5天内仅疟疾病员即发生645人。

2. 15兵团（主要43军）现有病员万余名，仅4日至13日的9天中，即减员4536名，其中热死25名。48军161师3天中发生病员800余。43军127师15天的行动中，非战斗减员为1839名。有不少连病送医院占二分之一。以上均系零星反映材料，实际不止此数。21日41军渡江南下，据称沿途皆是病员（多系中暑）。

3. 第4兵团此次行动以来，热病7000余人，马百余匹。

7月24日，中央军委批准了四野及陈赓兵团休整的建议。

26日，毛泽东又致电林彪、邓子恢等："盛暑行军病员大增，极为悬念。你们已改为旅次行军及三伏休整，当可使情况改善。"

根据中央军委指示，四野主力及陈赓兵团自8月1日先后转入暑期休整。休整期间，开展以治病、防病和恢复体力为中心内容的"兵强马壮"运动；加强政治思想工作，进行组织思想整顿；调整编制装备，改善后勤保障工作。

其间也搞一些军事训练，主要还是围绕林彪在东北总结出的战术原则进行，即"一点两面"、"三三制"、"三猛"、"四快一慢"等。

所谓"一点两面"战术，就是进攻时先在敌人阵地集中力量突破一点，得手后迅速扩大战果，正面进攻和侧面迂回包围、分割、穿插相结合；"三三制"就是每个班分三个战斗小组，每组三至四个战士，进攻时以小组为单位，这样的队形易疏散，可减少伤亡；"三猛"即猛打、猛冲、猛追……

林彪对此十分自信。第48军通县整编时，他去给师以上干部讲话，说：

打胜仗就靠一点两面三三制，军事书看多了没什么用。

"九一三"事件之后，这些都成了反动的资产阶级军事思想，在全军展开声讨和批判。只有一些四野的老人，仍保留着不同的看法。

原第128师政委宋维栻说："林彪后来变坏了，那是后来的事。但他在战争中总结出的那一套战术思想，在战场上还是很管用的。你按照他说的办法去打，部队就是少伤亡，就是能打胜仗。这一点我们都很有体会。"

原第135师师长丁盛也说："林彪提出的这些战术原则，其实也并不是什么新鲜的东西，当时各野战军都在那么做，他只不过用几句话概括一下，让大家好记罢了。指挥员能记住那几句话，按照那几句话去做，仗就打得顺利，记不住，战斗中你就吃亏。"

原382团团长张实杰记得："我们山东渤海部队刚到东北时，很多人看不起林彪，我当时就有些看不起。后来跟着他打了几仗，一打就赢一打就赢，渐渐地觉得林彪这个人有两下子。再往后，仗越打越大，用他总结出来的那一套战术去打，每战必胜，从没失过手。打那以后我们就佩服林彪了。"

原四野作战参谋高继尧说："林彪变坏了，他总结出来的战术原则也狗屁不是了。可在解放战争中，四野的许多师团领导干部，对林彪的那一套战术打法是非常重视的，都佩服得五体投地，对林彪本人也相当崇拜，可以说已经到了十分迷信的程度。现在老四野的干部持这种态度的恐怕也大有人在，只是不愿讲出来罢了。"

但这次暑期休整的整顿，主要是抓思想作风方面的。

那时的林彪就比较注意抓政治，常对他的部属们说："打仗就是打政治，一个没有政治的部队是打不好仗的。"

平津战役之后，东北野战军补入了大批解放战士，平均每个军补入了2万多人，几乎占部队原成分的一半以上。而这2万多人当中，原籍在

第14章 休整的烦恼

平、津、鲁地区的占四分之一，加上原来的东北籍干部战士，百分之八十以上是北方人，长江流域以南地区的还不到百分之二十。

随着全国胜利的日渐迫近，那旷远肥沃的黑土地，风雪咆哮的草甸子，炊烟如带的小村庄，香喷喷的苞米茬子，火辣辣的高粱烧，暖烘烘的土炕，倚门盼儿的白发老母，丰乳肥臀的娘儿们……常常潜入这些北方汉子们的梦乡。更何况越往南走，天越热山越高雨越勤，蚊子越多蛇越毒，越吃不上煎饼和大馍。

于是，故乡的情思便如同南方的梅雨，普降在这些北方人心头。

第45军第403团光排以上干部，就有多半数要求回家。回家干吗？找老婆，结婚成家。结了婚的更想家，有的人天天找领导磨叨，说我老婆今年都已经快四十了，连个娃儿也没生，要等我从南方回去，她都成老黄瓜了。老黄瓜还能干吗使啊？让我回去吧，革命事业又不缺我一个人。

家属们也不失时机地跑来拖后腿。

部队一休整，驻地相对固定了，那些家属们便闻着味儿似的，挎着包袱牵着娃，千里迢迢地赶了过来。

据第45军不完全统计，整训期间，该军来队探亲家属高达3万多人次。该军第158师冀东籍干部战士有4000人，而先后来队的家属竟逾8000人，大多数是要来把儿子拖回家的。有的来之前，就为儿子在村公所开好了路条，并且准备好了离队穿的便衣。有些妻子为了能把人拖走，丈夫不答应回家，晚上睡觉就不脱裤子。

许多政工干部叫苦不迭：搞了半个月的政治整训，刚有点眉目，跟老婆睡一觉就又完了。

第45军调查表明，凡是妻子来过队的，大多数后来都当了逃兵。该军一个月之内，逃亡人数高达1283人；更为惊人的是这些逃亡人员中，党员占了348名，干部占了159名，其中包括5名营一级的指挥员。

渴望决战
林彪对决白崇禧

第135师第403团共逃亡60（含已被捉回的在内）名，排以上干部就有24名。该团第8连逃跑的10个人中，有1个连长、2个排长和3个班长。这个连7名党支部委员，一下子跑掉了5名，只剩下了指导员和副指导员两名支委。

第135师师长丁盛回忆说："我们135师南下时，跑了一个营长，营长逃跑了，连干部和战士都有逃跑的。方一川讲，那个营长是他抓回来的，方一川就是负责这个，在后面押这些人，收容嘛。这个人也是我从延安带出去的，叫张振林。我批评他开小差：'你怎么搞的？'他说：'我实在想家呀。'好吧，也没有什么，背锅吧，当伙夫，南下。总而言之，我们还是把部队都带着南下了。逃跑还是有，也没有枪毙，解决具体问题。有的问题就解决不了，那怎么解决？什么大道理、小道理？你说哪条不对？我当兵这么多年，我要回家，老母亲没人管，老婆没有人管。我有未婚妻，我再不回去，她就不要我了。这些也不是歪理，也都是很具体的。但我们说，你们都回去了，我们部队怎么办啊？都走了，还要不要到江南去？我们都是南方人，毛泽东的家乡都没有解放啊，这样讲。"

南下和休整期间，几乎所有部队都发生了干部战士逃亡的问题。

逃亡现象已经严重到危及战斗力的程度，而革命意志的松懈，也导致违法乱纪的事时有发生：开拔时不上门板不扫地；借用东西不退还；征粮购物低价强买；对群众蛮横无理要态度；随便拿走房东的西药、草鞋、镰刀、扇子、干饭桶……

听不懂当地方言，有的干部战士就骂，说：妈拉个巴子，是不是中国人？干吗不说中国话？

针对这些问题，四野全面开展阶级教育、荣誉教育、胜利教育，狠抓政治思想工作。各级领导都动起来，纷纷下到基层去给指战员作报告，天天都忙得团团转，嘴皮磨出了茧子。

在第45军政治工作经验总结中，把首长给部队讲话，列为解决部队现实问题的"最有效的办法"。

战争年代战士们很少见到首长，特别是军以上的大首长。

曾任解放军副总参谋长兼空军司令员的吴法宪长征中已是营级干部了，打直罗镇之前一直都没有见过毛泽东。

四野每个军都是4个齐装满员师，哪个团都有好几千人，平时难得见首长一面，能听首长作回报告那更是不易。

那段时间第45军政委邱会作最忙活，有时一天要做两三场报告。因为部队反映，邱政委的报告很生动，大伙儿爱听，对打通大家的思想症结很起作用。于是，他就赶场子讲话，连个稿子都没有，想到哪儿讲到哪儿，还不时地骂骂咧咧的。

在第133师排以上干部会上，邱会作一口气讲了好几个小时，滔滔不绝。

他操着江西兴国口音说："有不少同志提出应该回家看看，同志们哪，你也回去我也回去，你们全师有一万多人，四千多是南方的，九千多是北方的，要是都回去，那还得了吗？你们应该把'回家看看'变成'不应该回家看看'。当然喽，同志们家庭的困难，还是要解决的，由师政治部派出人员，与地方政府交涉帮助解决，一次不成，再次、三次，最后总能彻底解决。有的同志讲，就想活到胜利这边，不想活到胜利那边，这实际上是对战争厌倦畏缩。同志们，为了推翻反动阶级，即使牺牲了又有什么关系？况且在战斗中只要组织得好，机动灵活，勇敢沉着，你也不一定死么。你们都经过了那么多次的战斗，到现在不是都还活着吗？有的同志极端的平均主义严重，说谁谁谁又有老婆又有孩子，我连个对象都没有。想要个

渴望决战
林彪对决白崇禧

老婆这没有错，合情合理，凡是裤裆里长着那么个玩意儿的，我看都会想的，很正常么。可是你总得把眼前的敌人消灭了，把全国解放了再考虑那个事才对么。还有些人说，革命是给大官革的，大官吃好的，路都不走坐小包车。这些人哪，他总嫌自己官小，就不想想自己对革命有多大贡献。只要同志们努力，党的眼睛是雪亮的。哪个同志能为党服务，忠心耿耿地为革命，就能负大的责。林总年纪轻轻的就当了那么大的官，还不是由排长一点一点地干上去的吗？如果你有林总那么大的本事，有他那么大的贡献，你也一样当司令员么。还有的同志整天牢骚满腹，说什么当兵的都不如一条狗，天津某资本家的狗都吃油炒饭。同志，你为啥不想想无数的劳苦大众、被压迫的阶级兄弟们，从早到晚一吃不饱二穿不上呢？为什么不同情他们呢？看着狗吃油炒饭就觉着很好，我看你还不如去当孔二小姐的狗去呢，她的狗比吃炒油饭的资本家的狗还要享福，每天喝牛奶、吃腊肉。如果你去当孔二小姐的狗，可能又觉得吃油炒饭的狗可怜了。这就是十足的忘本，非常要不得。要知道我们革命干什么？就是要打倒狗吃油炒饭，就是要打倒给狗吃油炒饭的人！"

邱会作好一顿臭骂，可大家不仅没有想不通，反而觉得很亲切。经军首长这么一骂，心情舒畅了，思想也通了，顿时觉得身上轻松了许多。

政治委员们忙，军事干部也没闲着。

邱会作在台前搞教育，一军之长的黄永胜在幕后抓部队的行政管理，大到组织纪律、作战指挥，小到绑腿铺草、吃饭睡觉。他不厌其烦地给师长、团长们讲："管理和教育分不开。国民党单纯地强调管理，用打、骂、押的强制方法，结果是越管越管不好。但是，只强调教育，而放松管理，部队也容易成为一盘散沙。这就好像做一个木桶，必须先把木板刨光刨平，外边再加箍，要不然桶还是散的，仍然不能装水。这个'刨'就是教育，

'箍'就是管理。管理教育就是爱兵的具体表现。有的排长买花生给战士吃，那叫什么爱兵？你个小排长又能有多少钱买花生？就算你这是爱兵，那也只是片面的爱兵。正确的爱兵方法，是要从政治上关心他，爱护他，帮助他进步，在日常生活上，把他的衣食住行管好。我们爱兵要把每一个战士当成亲兄弟一样，在生活上关照得无微不至，干部查铺查哨，不是只走一走看一看，战士把被子蹬开了，就要认真地给他盖好。有的单位开小差的战士，跑出去好远了，就因为舍不得他的班长、排长、连长，又自觉地回来了。这些干部就是爱兵的好干部。但是，我跟你们讲，操蛋的干部也不少呐，点名的时候，也不管战士怎样疲劳，没心没肺地一讲就是一两个钟头，他在前边讲，战士站在后边骂。这就是没有爱兵的思想……"

整训中，第45军批评与自我批评方面做得最好。军党委自查自纠，带头检讨了自身存在的问题，从四个方面对自己进行了解剖，并形成《决议》下发基层：

一、军指挥无能，游击习气较重，尤其是在锦州战役中，作战没有通盘计划与组织，是一种边打边看的指挥方法。指挥不力，以致天津战役中发生了第133师之397团及第134师之400团作战不积极，违抗命令的问题。对第134师以老部队自居，自满情绪严重，从上到下充满"特等野战军"思想的问题，军领导长期麻痹。

二、本位主义严重，锦州战役中，第133师弹药库不交公而被炸。在天津战役中，军、师都有怕吃亏的思想，私自运用火箭炮弹和炮兵装备。这是局部利益破坏了党的整体利益。

三、存在军阀作风，老大思想严重，对友邻部队不虚心，对地方政府不是太尊重。上行下效，在秋季战役中，因打骂造成自杀自伤事件12起，私自枪杀解放过来的兵4人。天津战役，又发生自杀4人，自伤5人。因打骂造成逃亡更是不胜枚举。

四、经验主义的问题：对本身当前情况不加分析研究，自以为是，不认真领会上级的指示精神。

军党委姿态一高，各师、团就有了榜样，对本单位所存在的问题进行深刻的反省。第133师重点检查作战指挥上的官僚主义和执行政策方面存在的问题，如"损失群众门板、镐、锹四千一百三十二件"，"埋伏烟土一百余斤（去年十二月已交出）"等等。

第134师重点检讨以老部队自居、以主力自居的骄傲情绪。

第135师则重点反省作战不够积极主动，缺乏死打硬拼的顽强战斗作风。

军、师、团党委的逐级反省，极大地振奋了部队的斗志。

那段时间林彪依然每天看地图，但也亲自打电话。打给四野后勤部部长周纯全、政委陈沂，说南方雨水多，蚊子多，要他们速从北方调拨雨具和蚊帐，即刻下发到指战员的手上。

打给四野卫生部，令速从北方调运奎宁等药品，控制疟疾的流行。并要他们转告、督促各部队，说："开饭前发药，先吃药，后吃饭。"

"八一建军节"前夕，林彪令后勤部门给部队每人发两斤猪肉（不一定全都要发实物，发够买两斤猪肉的菜金亦可）。同时以他和第一政委罗荣桓、第二政委邓子恢和第一参谋长肖克的名义，联名给部队发了封慰问信，号召全体指战员："为了解放南方受苦的人民，为了扑灭国民党残余的反动政权，取得全国内的彻底的永久和平，所以我们并不满足于既取得的胜利，而仍然继续奋勇地前进。"

四野的老人们都说那个8月，不休整不得了，部队太疲劳，懈怠情绪也重，休整实际上就是一次大战前的体力恢复和思想发动。

林彪比白崇禧高明之处就在于先从政治上打败了他。

但是，长沙起义部分地打乱了四野的休整计划。

第11章

影响最大的长沙起义

7月中旬的长沙，炎日如火。行走在街上的男人，几乎个个敞胸露怀，有的就只穿着件小裤衩儿，赤条条地来去。夜晚，几乎所有的长沙人都露宿于外，一到傍晚，就忙着搬凉床，搭铺板……夜行的车灯一照，满大街都是白花花的胳膊大腿。

传说古人以星宿分野，与轸宿"长沙星"对应的地方就叫长沙，尧帝以前属三苗国，禹时为荆州所辖，周时为楚南重镇。秦王扫六合以后，长沙才真正成为一个独立郡治，至楚汉时已是座名城了。但这仅是个文化概念，几经兵乱战祸，作为楚汉名城的长沙，早已被埋进历史的积尘厚土，只存在于遗址和大量出土文物中。人们只能从长沙月亮山、浏阳樟树潭、湘乡岱子山出土的石斧、箭镞、陶鼎、瓮罐上，辨认它的漫远悠久；从宁乡出土的比湖北曾侯乙编钟还早千余年的大铜铙上，以及长沙楚墓中那柄将我国炼钢年代提前了几个世纪的古剑上，揣摩它曾经的昌盛繁华。而马王堆一号汉墓的揭秘，更是令世界惊奇不已。那个叫辛追的女人，在长沙网纹红土下十几米深的棺椁中，裹着20层丝麻衾袍，静静地沉睡了2000多年，肌体依然弹性完好，肠胃里尚存有138粒半甜瓜籽，其软组织还能因注射防腐剂而鼓起。考古学家证实，这个女人为西汉初期长沙国丞相、软侯利苍之妻。

长沙城最近的一次焚毁，发生在1938年11月13日凌晨2点，史称"文夕大火"。

是时，抗战前线距长沙尚有300余里，准备"焦土抗战"的长沙国民党军、警官员误信流言，仓皇纵火，自焚家园。于是，一处举火，到处点燃，数小时后便见满城烈焰。大火直烧了两天两夜，除河西岳麓书院免受其灾，十分长沙焚之八九。

最后，蒋介石将长沙的警备司令酆悌、保安团长徐昆、警察局长文重孚一杀了事。

名城长沙，毁于一旦，只剩下屈原、贾谊开创的楚湘文化依然炫目地灿烂着。

1949年的长沙，其实是座废墟上新建不久的城市，简陋得让人心酸。大火之后的长沙人为了生存，仓促搭起简易房舍，全城80％的人家都是竹木结构。以木为架，编竹作墙，糊上层薄泥，刷上两遍石灰，人就住进去了。6.7平方公里的城区，密匝匝挤居着32万人，平均每平方公里近5万人，人口密度为亚洲之冠。市内多为麻石铺就的小街，泥墙死巷；轿子、人力车和东洋车，穿街过衢，盘绕蛇行。全市几无任何城市基础设施，污水无处可泄，便肆意横流。且有大雨，长沙城便积水盈尺，孩子们坐着木盆划水到街上玩。

城区三面为湘江、浏阳河、捞刀河环抱，江河上竟无一桥。倘无大风大雾，几处渡口只有些木划子往来摆渡。

在7月11日的余晖晚照中，商人打扮的陈大寰、刘梦夕，就是乘木筏子过的湘江。林彪派来的这两位信使,借着渐浓的暮色,隐入程潜的宅院。

在程潜的书房里,陈大燊取出藏匿在电池里的毛泽东电函,面交程潜。毛泽东的电函虽然不长,但对程潜来说恰似一场及时雨——

颂云先生勋鉴:备忘录诵悉。先生决心采取反蒋反桂及和平解决湖南问题之方针极为佩慰,所提军事小组联合机构及保存贵部予以整编、教育意见,均属可行。此间已派李明灏兄至汉口林彪将军处,请先生派员至汉与林将军面洽商定军事小组联合机构及军事处置诸项问题。为着迅赴事功打击桂系,贵处派员以速为宜。如遇桂系压迫,先生可权宜处置一切。只要先生决心站在人民方面,反美反蒋反桂,先生权宜处置,敝方均能谅解。诸事待理,借重之处尚多。此间已嘱林彪将军与贵处妥为联络矣。

程潜,字颂云,湘东古邑醴陵人,光绪秀才,国民党元老。他早年就读于全国四大书院之一的岳麓书院,1904年被选送日本东京振武学校;次年加入中国同盟会;后转入陆军士官学校第六期炮兵科学习;1909年毕业回国。参加武昌起义后,他出任湖南都督府参谋长,大力整顿新军。虽然他常去新军第25混成协组织军事训练,却不知道当时该协50标第1营左队有个列兵,名叫毛泽东。

1912年3月10日,袁世凯在北京就任临时大总统,这个19岁的列兵认为革命已经结束,便退出新军,以第一名成绩考入湖南全省高等中学校继续求学。他生来就不是为冲锋陷阵的,中国革命需要他有大智慧,大担当。

50年后,毛泽东还记得自己那段短暂的士兵史。他曾在一次中央军委的扩大会上说:"我不是吹牛,枪上肩、枪放下、瞄准射击那几下子,我至今没忘记,还是从程颂公指挥下的新军那里学来的。"

程潜在新军无缘认识毛泽东,在视察标营时却因棋会友,结识了另一个列兵。这个兵小小年纪,却棋术老到,精于谋略,令素有湘军"棋坛盟主"之誉的程潜惊异不已。细谈之下才知道这个兵不仅是他的同乡,其父还是清末年间与他同场考中秀才的"同年"。感慨之余,程潜给了他一番劝导,希望他能继续深造一番,博个锦绣前程。

很快这个列兵也离开了新军,赴法国勤工俭学,走上了职业革命家的道路,成为中国共产党早期领袖。

他就是李立三。

1913年二次革命失利,程潜亡命日本。两年后受孙中山派遣回国筹划起兵,再次发动反袁,就任湖南护国军总司令。1920年11月,被孙中山任命为军政府陆军部次长。1922年夏天,陈炯明发动武装叛乱,炮击总统府时,程潜与国民党另一元老居正追随孙中山登上"永丰"舰,侍奉左右,遂有"文有居正,武有程潜"之谓。翌年,孙中山联合滇桂军将陈炯明逐出广州后,复任陆海军大元帅,任命程潜为大本营军政部长,全权指导军事。1925年成立国民政府,统编军队,湘军为第六军,程潜任军长,率部参加北伐。北伐胜利后的新军阀混战中,程潜沉浮无定,几度跌宕,丧失军权。直到1935年12月国民党五大召开后,才得以再返军界,被任命为国民政府军事委员会参谋总长。卢沟桥事变后,程潜出任第一战区司令长官兼河南省主席;1939年5月被晋升为一级陆军上将,达到他军事生涯的一个高峰。

1948年春,国民党召开行宪大会选举总统、副总统。程潜自忖从政治军已近40年,饱有党国元老之名声,且无所派系,哪一方都能接受他。加上门生如织,不愁没人捧场。于是,他决定参加角逐副总统一职。

起先人气很旺,湖南省主席王东原、南通第一绥靖区司令长官李默庵,以及四川的汤文华，不仅出力，而且出钱支持他。

初选时，他的得票仅次于李宗仁。不料蒋介石又耍手腕，拉出孙科竞选，并强迫黄埔系的学生都投他的票。程潜被激怒了，他一气之下宣布退出竞选，并将自己的得票全部让给李宗仁，以示反抗。

事后为拉拢程潜制约桂系，蒋介石给了他一笔钱，以补偿他竞选的损失，并委以武汉行营主任，统辖湖北、湖南、江西三省和河南南部。

可蒋介石翻云覆雨，仅仅数月后，又将国防部长白崇禧外放为"华中剿匪总司令"，撤销武汉行营，调程潜任长沙绥署主任兼湖南省主席……

湖南为中国少有的人杰地灵之域，源远绵长的湖湘文化陶冶出了一代代气质刚劲、慷慨赴难的仁人志士，形成了一种竞为豪雄的湘人精神。从唐代醉酒狂草的怀素和尚，阳刚宋朝词坛的辛弃疾，"思想空绝千古"的清初大儒王船山，"扎硬寨，打死仗"的清末"中兴名臣"曾国藩、左宗棠，到被梁启超称之为"中国为国流血第一烈士"的浏阳谭嗣同，人才鼎盛，不绝如缕。

旧民主主义革命时期的著名人物黄兴、蔡锷、宋教仁、陈天华、刘揆一等，都是从三湘四水走向中国革命大舞台的。

而中国共产党人革命的成功，某种程度上说也是湖南人的成功。一部煌煌党史，不仅镌刻着湖南籍的著名先烈蔡和森、何叔衡、邓中夏、郭亮、毛泽民、毛泽覃、杨开慧、黄公略、左权、向警予等不朽的名字，而且铭记着党和国家领导人毛泽东、刘少奇、任弼时、林伯渠、李富春、陶铸、胡耀邦这样一批卓越的湘籍无产阶级革命家的历史功绩。在1955年授衔的解放军10大元帅中，湖南人就占了3位——彭德怀、贺龙、罗荣桓；10大将中有6个湘籍——粟裕、黄克诚、陈赓、谭政、肖劲光、许光达；57名上将中，有19人是喝湘江水长大的——王震、邓华、甘泗淇、朱良才、苏振华、李涛、李志民、李聚奎、杨勇、杨得志、肖克、宋任穷、宋时轮、陈明仁、钟期光、陶岳峙、唐亮、彭绍辉、傅秋涛；177名中将里有45人、1360个少将中有153人操湘音。

湖南的文化优势，派生出一种可以理解的文化自负。湖南人从来都认为只有湖南人才能治理湖南，历史上"湘人治湘"的口号喊得最响。民国年间的湖南省长，基本上没有外省人。

因而，由湖南籍的国民党元老主持湘政，自然深孚湘人所望。

程潜就职的那天，长沙各界举行了场面盛大的欢迎仪式。萧作霖、邓介松、唐星、李默庵等一帮湘籍黄埔生亦追随其左右，以图另开政治局面，拯救桑梓免遭兵燹。

历史上程潜曾与蒋介石兵戎相见，也被李宗仁拘押过，所以，他既不属于蒋帮，也不算桂系，他自成一体。在国民党派系争斗中，他虽然几起几落，但湖南人对他热情不减。省内外、党内外、军内外，乃至国内外，都视其为湖南的"家长"，他自己也很是以此为荣。所以，回湘后生性儒雅的程潜心境怡然，一有空不是泼墨作画、静坐念佛，就是游山玩水。

他的一笔字古朴苍劲，诗文更是非同凡俗，曾被章士钊等文坛泰斗誉为一代钟吕之音。

他从不穿西装，平常着中山服，有时一袭青衫。仪表潇洒，为官也潇洒，治军更是大将之风，从来都是只管大事，不阅公文，有事撒手让部下去办。

程潜知人善任，用人看主流，不拘小节。日后他之所以能在白崇禧眼皮子底下起义成功，与他重用邓介松、唐星等一批黄埔生有很大关系。

模样文气如一介书生的邓介松，个儿不高，却学识拔尖，见解过人。此人为人随和却又个性倔强，是个矛盾组合体。在国民党中他算是一贯的左派，和平倾向很浓厚。长沙起义前夕分化湖南CC系，赶走张炯，控制湖南局面，都是他帮程潜干的。

程潜保荐的长沙绥署副主任唐星，更是不遗余力地周旋于长沙、武汉之间，蒙骗白崇禧，缓冲桂系对程潜的压力。后来程潜嫌白崇禧的总部驻扎长沙有碍起义，也是唐星哄着白崇禧退到衡阳。

事后白崇禧曾悔不迭地说过："我在湖南上了两个人的当，一个是陈明仁，一个就是唐星。"

程潜做官洒脱，天下少见。召集部属开会时，他也跟个局外人似的，只是坐在一边儿静静地抽他的雪茄，既不讲话也不参与讨论。看看该散会了，他才问一声："讨论得差不多了吧？"部属们便赶紧回答："讨论完了，就看您老人家还有什么指示？"他便摇摇头，说句"没有"，即告散会。他平日不爱演讲，寡言少语，不怒而威，让初次见面的人发怵。其实这人慈祥宽厚，尤其喜欢聊天，散步时聊，吃着饭桌上也得有三两个人陪着聊。哪顿饭要是缺了皮蛋，没人聊天，那顿饭算是吃不好了。因而，每每散会之后，谙晓其好的人便留下来陪他熬夜聊天，三皇五帝、诗词歌赋、孔孟儒学、子平之术……昏天黑地地一聊就到后半夜。开始还是大伙儿一块聊，可聊着聊着就让他一个人眉飞色舞地包揽了话题。他历经沧桑，见多识广，语言风趣，常常没人能插得上嘴。他挖苦起人来尖酸刻薄，幽默起来妙语连珠，令人彻夜不倦。

程潜军事理论造诣颇深，因而自视甚高，认为自己是国民党里学得最好的。当时的陆军大学校长黄杰是个风流儒将，诗书俱佳，也认为自己是中国最大的军事家，可他单单就怕程潜的军事学。

程、黄二人是留日同学，黄杰还曾在程潜的第6军里当过师长。平时坐到一起谈到蒋介石，一起嗤之以鼻，嘲笑他根本不懂得军事，连起码的常识都没有。

谈天说地，笔墨寻趣，程潜回湘后的日子过得逍遥自在。可自从白

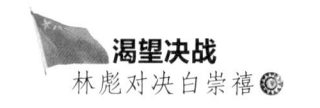

崇禧执掌华中军机，程潜的日子就难过了。

5月下旬，国民党华中部队退守长沙。白崇禧将华中军政长官公署设在长沙藩正街的一所大院里，一个卫队团担负警卫。路人至此，看到四周岗哨密布，戒备森严，无不趋而避之。

就在这座大院里，白崇禧为了控制湘省，打通入桂道路，策划了一连串的行动：撤销陈明仁兼职的第29军番号，所部并入第1兵团，兵团所辖部队调整为第14、第71、第100军。继而整编湖南部队、消灭程潜的基本部队第314师、改组湖南省政府、逼走唐生智……从而架空程潜。

在6月6日的省府扩大会上，白崇禧又不点名地指责程潜："近来无论党政军方面各阶层中，都有少数负责人员，对共产党作战决心不坚，战斗意志薄弱，丧失革命信心，精神上已走上投降的道路，因此，失了领导能力，使部属无所适从，以致军队或行政人员叛变投敌……"

白崇禧在长沙问题上的失误，恰恰就是从这里开始的，他过于低估程潜的政治能量了。

程潜也算得国民党一代名将，且几经宦海沉浮，饱有官场经验。面对白崇禧逼人气势，他行韬光养晦之术，与蒋介石保持若即若离的关系，对白崇禧则虚与委蛇，尽量不去招惹他，只是暗地里凭着私人关系控制湖南局势，秘密筹划起义。

程潜不仅在湖南政界有登高一呼之威望，于军界亦颇有号召力。北伐前，他办过一个以湘籍学生为主的讲武学校，虽然这些学生后来并入黄埔军校，成了蒋介石的"天子门生"，但也算是他程潜的桃李。北伐后的程潜当过参谋总长、战区司令，部属如云。加上程潜人缘甚好，因而，他执柄湖南时，弟子、部属们闻之纷纷回湘为其效力，就连军统特务头子张严佛这样的人也投到他门下。

第15章 影响最大的长沙起义

程潜回湖南上任后，中共湖南省工委就根据中央指示，专门成立工作小组，通过各种渠道，积极开展工作，争取程潜起义，谋求湖南和平解放。

五六月间，程潜已与中共湖南地下党取得了联系，但他眼下最要紧的是设法稳住白崇禧，勿使这个"白狐狸"有所猜忌。再就是要拉住陈明仁，把他的第1兵团带过去，给中共作见面礼。

但在起义一事上，陈明仁一直有些摇摆不定。程潜知道他的心病，怕共产党算他四平一战的老账。

陈明仁虽是黄埔一期毕业，但性格刚烈无羁，不大讨喜。尽管他很能打仗，尤其在滇西回龙山对日作战中有过上乘表现，还是不受重用。同是一期黄埔生，许多人都当了好几年兵团司令了，他才刚刚当上军长。

抗战胜利后，他率第71军从上海开赴东北"抢地盘"。

1947年5月18日，东北民主联军围点打援，在公主岭北边的大黑林子，围住陈明仁部第88师和第91师大部，连骨头带渣吃了他1万2000余人。接着，又用2个纵队1个师，将其余部围在孤城四平。

6月14日晚，民主联军对四平发起攻击。

陈明仁筑垒固守，死打硬拼，派督战队把城里的警察、特务、兵站后勤人员全都赶上火线，逐垒、逐巷、逐街地节节抵抗。

这一仗打得四平白天浓烟滚滚，夜晚满城火光，墙上的弹孔跟筛眼似的。工事炸垮了，第71军就扛来美国人援助的一袋袋面粉、黄豆垒成工事，阻挡民主联军的进攻。

最为凶悍的是陈明仁胞弟陈明信，率特务团死守第71军军部大楼。民主联军打了3天才攻下大楼，全歼特务团，活捉陈明信。但民主联军2个纵队亦伤亡甚重，林彪不得不急调2个师参战。

打到28日，困守在四平油化工厂地下室里的陈明仁已是山穷水尽，连身边的卫队都派上去了,民主联军还在不停地进攻。他坐以待毙地躺在一把睡椅上,打开手枪保险,准备着民主联军一旦攻进来,他就开枪自杀。

然而这时杜聿明调集的8个师由沈阳、长春两路增援过来了。

6月29日,民主联军退出攻击,全线撤退。

解放军政治学院出版的《战役战例选编》中称:"四平攻坚半个月,我军伤亡一万三千人,共歼敌一万七千人。"

一些参加过四平攻坚战的老人说:我们伤亡不止这个数。但国民党宣传坚守四平40天,那是吹牛,他们是从5月18日大黑林子战斗那天算起的。

这一仗不仅使陈明仁获得一枚"青天白日"勋章,晋升为第7兵团司令,回到沈阳时,当局还组织了十几万人夹道欢迎这位"中兴名将"。但是不久,陈明仁又因四平战中用美援面粉、黄豆修筑工事一事,受到政敌攻讦,被蒋介石撤了他的职,调南京总统府坐冷板凳,当了个有职无权的中将参军。

直到徐蚌会战打响,蒋介石闻鼙鼓而思良将,想起陈明仁了。于是,刘峙、杜聿明等曾3次屈驾登门,面请陈明仁到徐州"剿总"任兵团司令。胡宗南则电邀陈明仁到他的西安绥靖公署当参谋长,并派人送来了一笔不菲的路费。白崇禧也想利用陈明仁在湖南的影响,控制三湘,进而将湘桂两省连成一片,以利进退。因而,他极力向蒋介石举荐,要陈明仁到武汉任华中"剿总"副总司令兼新组建的第29军军长。

白崇禧认为在陈明仁遭贬失意之时起用他,委以如此重任,他必然感恩戴德。

可陈明仁也是个极精明的人,他知道刘峙是个卸磨杀驴的蠢货,给胡宗南当参座也是寄人篱下。虽然白崇禧也绝非善良之辈,可眼看蒋介石大势已去,在武汉掌兵,离家乡湖南近,到时候好有个退路。权衡再三,他最终还是选择了去武汉。

第15章 影响最大的长沙起义

蒋介石觉得自己对陈明仁的处置确也有失公允，一直想找个机会弥补。再说陈明仁毕竟是黄埔一期弟子，又与共产党有四平那场血海深仇，不怕他反了，放到武汉还可以掣肘桂系。所以，白崇禧一张嘴请调陈明仁，他立即批准。不久，白崇禧又保举陈明仁为第1兵团司令官，蒋介石也随即签发命令。

蒋介石、白崇禧的这点小伎俩，程潜一旁冷眼看得透透的，心里暗暗嘲笑他俩枉费心思。陈明仁这人刚烈如火，自尊自负，你伤了他心就别想再拢住他。

此时，程潜已有意与共产党合作，走和平起义的道路，盘算着如果乘此机会将陈明仁拉过来和他一起干，将他第1兵团的3个军、3个保安旅和自己掌握的部队一起带过去，这10多万人马的见面礼就不算薄了。

他与陈明仁不仅是醴陵同乡，而且有过一段师生之谊。1924年，陈明仁只身南下广州，进的就是他当国民革命军军政部长时主办的陆军讲武学校。同年9月，讲武学校与黄埔军校合并，陈明仁成为黄埔一期生。因而，陈明仁到武汉任职不久，程潜就派族弟程星龄前去做陈明仁的工作。

2月中旬，程潜又委托与桂系一向关系密切的刘斐前往武汉，向白崇禧力陈守湘的重要，建议将陈明仁兵团调回湖南。白崇禧正好也有让陈明仁回湘抑制蒋介石嫡系黄杰、李默庵部队的打算，所以这事儿当场就敲定下来。

4月，陈明仁部开赴长沙后，白崇禧将其第1兵团所辖，调整为第14、第71、第97军、第100军。等到5月下旬白崇禧主力退入湖南时，程潜说动陈明仁，已经在酝酿起义了。

此时的湖南，到处是和平的呼声。针对白崇禧假谈真打、划江而治的阴谋，中共湖南省工委发动各界人民进行"争取真和平，反对假和平"

的斗争,有力推动了程潜、陈明仁的和平起义。

6月,程潜首先给毛泽东写了份"备忘录",真诚地表明:"一俟时机成熟,潜即当揭明主张,正式通电全国,号召省内外军民一致拥护以8条24款为基础之和平,打击蒋、白残余反动势力。"

毛泽东收到后十分重视,立即选调华北军政大学总队长李明灏等人前往武汉,与程潜具体商谈起义事宜,并于7月4日亲笔复电至四野。林彪接电后派陈大寰、刘梦夕专程来长沙面交程潜。

此时已是7月下旬,局势垂危与长沙酷热,令白崇禧内外焦灼,寝食不安。他实在没有料到,国运颓败至此,蒋介石还含怨衔恨,往死里整他。自从蒋介石5月密令驻防江西上饶的胡琏兵团,取道抚州、汀州,直退潮州、汕头地区,造成华中部队右翼空虚;7月上旬,宋希濂在宜昌、沙市与共军一触即退后,又秉承老蒋的旨意,将10余万人马悉数撤到鄂西恩施,使得湘鄂赣防线左翼洞开,将白崇禧的几十万人马孤悬湘境。

白崇禧忧心如焚,每天上午看公文战报,开会听汇报。下午给团以上长官打电话发指示,一个连一个排的行动他都要亲自过问。每天忙到夜里一两点钟,还要再打一二十个电话,查问了指示落实情况,脑袋这才能落枕。

21日这天,他步态微瘸地踱进藩正街长官公署作战室,看副官在地图上标注解放军攻击态势:右路共军程子华第13兵团之第38、第39、第47、第49军已分别置于宜都、公安、沙市、桃源、益阳、安化一线。中路共军肖劲光第12兵团之第40军、第41军、第45军、第46军推进到平江、金井、醴陵、萍乡、岳阳、湘阴一线。其前锋已逼近长沙近郊的春华山。左路共军邓华第15兵团之第43、第44、第48军配置宜春、万载、新喻、南昌、上高一线。与之遥相呼应的,还有共军陈赓第4兵团之第13军、第14军、第15军、第18军，位于吉安、泰和、安福、遂川、永新、茶陵一线。

副官标完地图，图上清晰地呈现着长沙已成半围之地。

白崇禧一看这阵势，马上决定南撤衡阳。

走前，他做完了最后一件事：报请行政院委程潜为中央考试院院长，解除了他湖南省主席职务，将他逼往邵阳；所遗省主席一职由陈明仁接替。

桂军的撤退真是练出来了，撤得很有水平。一声令下，桂军几十万人马井然有序，几天里走得干干净净。

白崇禧的南撤，本应加速长沙起义的进程，可是陈明仁却歧路彷徨，反倒使起义工作陷入了停滞。就在这时，中共中央抽调的华北军政大学总队长李明灏赶到了长沙。

当年陈明仁孑然一身去广州投考陆军讲武学校，因迟到数日，学校已经停止招生，是李明灏破例录取了他。有这一层特殊关系，李明灏说话便无所顾忌，见了陈明仁就直奔主题，说："子良啊，解放军到达平江以后，已停止前进。中共中央对颂公和你子良将军的行动很赞赏，还望子良与我军配合，登高一呼，使桑梓人民早见光明。你若有何难处，只管讲出来。"

陈明仁长叹一声："湖南是再也经不起战火了，白崇禧令我炸掉长沙，我当然不会去做这千古罪人。至于颂公倡导和平之举，乃大势所趋，民心所向，敝人纵然对共产党有百身莫赎之罪，也愿意以桑梓人民利益为重，再不会逞匹夫之勇了，即使削职为民，也在所不辞啊。"

李明灏一下就听出他弦外之音，笑道："从反共反人民上说，你比傅作义将军如何？傅将军现在都是毛泽东的上宾。前有师表，你还对四平街耿耿于怀干什么？我这次是奉党中央毛主席之命而来，可以代表党中央和毛主席，你起义后的官阶衔级不会低于现在，以后我肯定还要喊你首长呢。至于削职为民，那不过是个笑谈。"

话说到这个分上，已再明白不过了，陈明仁不能没个明确态度。他告诉李明灏说："颂公已秘密返回长沙，起义大事，近日便可付诸现实。"

隔了一天，著名民主人士章士钊又替毛泽东递过话来："当日陈明仁是坐在他们的船上，各划各的船，都想划赢，这是理所当然的。我们会谅解，只要站过来就行了，我们还要重用他。"

陈明仁这才被感动了，正式向中共湖南工委表态："我过去一向反共，四平街一仗更得罪了贵党，本人深为内疚，现在愿意追随颂公起义，以挽回历史过失之一二。"

此时，四野先头部队已直逼长沙郊区，陈明仁明守暗放，向他们敞开了进入长沙的两扇大门——永安市和黄花市。

许多人都以为陈明仁乃一介武夫，殊不知他的政治算盘拨拉得很精。就在湖南历史渐而走上正道之时，中共中央尚未进一步明确陈明仁的起义待遇问题，蒋介石却亲自派政工局长邓文仪、国防部次长黄杰来长沙安抚许愿。于是，陈明仁患得患失，思想又出现了反复。

起义酝酿至此，陈明仁的态度已成了关键。

参加起义的长沙警备司令部政工处长吴相和，回忆那段时间的陈明仁说："短时不见瘦了不少，一看就知道他沉浸在忧虑伤神之中，思想斗争很剧烈。脾气极坏。"

8月2日那天晚上，李明灏就中共湖南省工委未经陈明仁同意，便要第1兵团代参谋长黄克虎扣押长沙警备区稽查处处长、军统大特务毛健钧的事，专程来到陈明仁家。

陈明仁赤着膊正和几个心腹坐在阳台上乘凉，李明灏没注意到他情绪的异样，笑着和他商量说："子良，毛健钧血债累累，中共的意思，是要你把他交给他们去处理。"

不料陈明仁勃然大怒:"毛健钧所作所为,都是我的命令,今天清算他,明天就要清算我,这还了得?把通电稿撕掉不搞了,限明天上午八点,一定把毛健钧开释,用飞机送走。不然的话,我就从城里一路杀出去。"

这一顿雷霆震怒,在场的人都蒙了。

李明灏尴尬地赶快解释说:"我急忙中说错了话,交出毛健钧是出自唐生明之口,并非中共的意思。"

陈明仁不信。

李明灏赌咒发誓:"这件事如果不是唐生明说的,我祖宗三代作贼。"

陈明仁不再说什么,但车转身便去了程潜家。进门不等落座,他就怨懑地对程潜说:"颂公,我们不是去投降,低三下四的事我是做不来。长沙和当初的北平不一样,共军远在千里,我们就已在做这个工作了。你切记住,这可是合作,合得来就合,合不来就算!"

程潜还没明白陈明仁的意思,笑笑说:"知道知道,这是合作,跟它北平不是一回事,傅宜生是迫于无奈才走这一步的,我们跟他不一样。我马上再给毛泽东先生发个电报,就机构设置问题再进一步榷商。"

第二天下午,陈明仁要唐生明通知在邵阳的长沙警备区司令肖作霖和益阳的第98军军长蒋当翊一起,到他省府办公室会谈。一进门陈明仁便劈头盖脑地问蒋当翊:"现在情况你已很清楚的了,你打算怎么办?"

蒋当翊回答得很干脆:"我服从司令的命令,跟着司令走。"

"我要是投降呢?"陈明仁厉声问道,"我投降你也跟着我投降吗?"

蒋当翊犹豫了一下,说:"这就不大好说了,就是我愿意,恐怕我部下的师长团长们也不会愿意的,这一点还请司令官三思。"

"你尽管放心吧。"陈明仁冷笑一声说,"投降的事我是绝对不会去干的。你们俩请到那边坐一下,我和作霖有点话谈。"

待他们离座后,陈明仁问肖作霖:"刚才蒋军长的话你是听见的了,要投降是谁也不会干的,你认为怎么样?"

肖作霖说:"我们现在是局部和平,怎么能说是投降呢?我们和中共方面也是要通过和平谈判的。"

陈明仁一摆手,说:"什么谈判不谈判,反正都一样。我只问你,这个省政府将来怎么办?部队又怎么办?假如政府要缴印,部队要缴械,那还不是投降是什么?"他厉声道,"老实告诉你,投降我是不干的,你回来得很好,我只求对得起颂公,对得起朋友,只好把这个摊子原样交还给你们,听你们要怎么办就怎么办,我马上就乘飞机离开这里到香港去。"

肖作霖惊愕不已,正不知如何作答,陈明仁又问:"你和李仲坚见面了没有?请你马上和他一起去见颂公,说明白看怎么办,我等你们的答复,务必越快越好。"

肖作霖突然悟过来:他是为向中共要价的事发火。

他顿感问题严重,赶紧告辞出来,驱车直奔李明灏处。恰好唐星和程星龄也都在李明灏那里。他见了也顾不上客套,慌忙火急地问李明灏:"仲坚,现在情况很不好,我不知道你们和子良是怎样谈的,想不到他竟要翻脸了,这可怎么办?"

李明灏等听得莫名其妙:"到底怎么回事?"

肖作霖将他和陈明仁的谈话经过大略地讲了一遍,说:"我看如不能保持子良省兵团司令的职位,起义的事就砸了,可中共能答应他的条件吗?"

李明灏猛一拍大腿:"哎呀哎呀,是我太大意了。你们看看,这是中央通过林彪、邓子恢转来的电报,昨天下午到的,正好答复了子良的问题。保留他的兵团司令,只要他把驻长沙的部队开到岳麓山方向去,让解放军好入城就行了。我忘了把电报马上送给颂公和子良去看,这是我的错。"

第15章 影响最大的长沙起义

几个人也顾不上埋怨，拿起电报，同去省府大楼。陈明仁看完电报，拧了好几天的眉头才渐渐舒展开来。

白崇禧人到衡阳，心里还是放不下长沙，总觉得那里会有变数。可怎么变，他又想不出。于是，他几乎每天往麻园岭陈明仁家里打个电话，了解长沙的情况。

8月1日，他飞广州参加蒋介石在黄埔军校召开的高级军事会议，走前还特意交代参谋长林一枝注意长沙方面情况。

在这次高级军事会议上，白崇禧就宜昌、沙市陷落一事，拿蒋介石嫡系将领开刀，提议说："抗战期间，日本鬼子两个大队占据宜昌，辞修（陈诚）以十个多师攻不下；现在宋希濂拥有十六万兵力在宜、沙，解放军不过几千人，就唾手而得。这样的指挥官，如果不严加惩办，不足以惩戒将来，应请将宋希濂撤职交军法审判。"

白崇禧攻讦政敌，罔顾事实：一、宋希濂部6个缺额的军，几遭打击，不足10万人马；二、进攻宜、沙的不是解放军江汉军区几千部队，而是林彪第13兵团的4个军。

蒋介石很清楚，白崇禧这是打狗欺主，但他还要借助白崇禧守华中，不能不敷衍一下，给宋希濂一个记大过处分。

随后，蒋介石侍从室主任俞济时就电慰宋希濂，说："这是光荣的处分。"

8月3日，白崇禧返回衡阳，当晚就往陈明仁家里打电话，可再也找不到陈明仁了。接电话的是陈明仁夫人谢芳如，说陈明仁还没有回家。过了两个小时他再打电话，还是谢芳如接的，说他洗澡去了。午夜12点，白崇禧第三次去电话找陈明仁，谢芳如还是说没回来。

白崇禧压根儿想不到，一群准备长沙起义的军政官员，那天整个晚上都聚集在陈明仁家楼下的客厅里，正研究起义通电的文稿。

三次找陈明仁都不在，白崇禧就很不耐烦了，电话里厉声问道："为什么这时候还没回来？"

谢芳如答不上来，吓得扔了电话跑下楼来。

在座的第 1 兵团高参吴相和腾地站起来："这好办，马上叫副官通知通讯排，把电话线截断就行了。"

8 月 4 日下午，酝酿数月，几经曲折的长沙起义进入实施时刻，程潜、陈明仁等 30 余位国民党军政要员签署通电，宣布正式脱离国民党政府，率部 7.7 万余人投入革命阵营。

8 月 5 日，毛泽东、朱德复电程潜、陈明仁：

> 为对抗广州伪府，为维护湖南秩序，为稳定军心，为便利谈判，为号召各方，所提设立由先生领导的中国国民党湖南人民临时军政委员会及陈明仁将军的中国国民党湖南人民解放军司令部两项临时机构，并由临时军政委员会派出临时性质的省政府主席及湖南人民解放军司令官，均属必要，可即施行。省政府移交会议略延时日，以期避免刺激军政人员，亦属有益无害。弟等并认为，湖南临时军政委员会不应为空洞名义，应行使必要之职权，除敝军已接受之地方外，其余地方，应由临时军政委员会指挥，庶使秩序易于维持。总之，解放湖南及西南各地需要借重先生及贵方同志之处甚多，只要于人民解放军进军及革命工作有利，各事均可商量办理。此次先生及陈明仁将军毅然脱离伪府，参加人民革命，义旗昭著，薄海欢迎。南望湘云，谨致祝贺。

第15章 影响最大的长沙起义

当天，长沙宣告和平解放。

下午7时，解放军第138师在万众欢呼声中，从小吴门开进市区。10多万民众从小吴门一路向东，夹道欢迎至五里牌。陈明仁起义部队则开拔到浏阳，整编为第1军、第2军、第3军，由解放军后勤部补给粮饷，每个军官发5元，战士发2元零用。

但这个既有"国民党"，又有"解放军"的番号，印在起义部队的符号和帽徽上，很是不伦不类，给起义人员带来不少麻烦，走到哪都有人盘问。接洽公务时，光是这番号就得解释半天才能说明白了。

这年年底，由四野副政委陶铸宣布，起义部队正式改编为中国人民解放军第21兵团，陈明仁为兵团司令员，唐天际任政委。原第2军撤销，分别编入第1、第3军中，编余军职人员一律送到南岳军官训练团受训。至此，起义部队的整编工作全部完成。

长沙起义是解放战争期间，国民党军队大小上百次起义中影响最大的一次，因为领衔的是国民党元老程潜和与解放军有血仇的陈明仁。为此，中共中央同时邀请二人参加第一届全国政协会议。

程潜于9月7日晚10时到达北平时，毛泽东、朱德、周恩来、林伯渠、董必武、李济深、郭沫若等百余人到车站迎接，极尽礼遇。

10日陈明仁到达北平，北平市市长聂荣臻等到车站迎接。

又过了几天，毛泽东邀程潜、陈明仁同游天坛。

历史多歧路，而毛泽东却以他海纳百川的胸怀，让许多敌手与他化干戈为玉帛，殊途同归。

第16章

青树坪失利

麻园岭陈宅的电话一断，白崇禧就预感长沙局势有变，整整一夜辗转反侧，天微明时才合了合眼。尽管他作了最坏的设想，8月4日一早，听到电台播出程潜和陈明仁投共声明后，他还是大吃一惊。程潜那个老杂毛反了，是他意料之中的事，可是陈明仁也跟着反了，这实在是太愚弄人了。

8月4日下午，待一切都证实，他便恼羞成怒地派飞机对长沙连日实施轰炸、扫射。同时，他不忘攻心为上，命令情报处长："通知空军，即刻向长沙一带空投传单，通告第一兵团被蒙蔽的官兵，凡给我拉回一个师的即升任军长，拉回一个团的即升任师长，以此类推。另外，士兵每人发现大洋百元，官长加倍！"

第二天上午，副官向他报告说："总座，空军已出动飞机20多架次轰炸长沙，据执行任务的飞行员空中观察，长沙麻园岭一带房屋已起火爆炸……"

副官刚走，情报处长进来了。白崇禧不等他开口，便烦躁地摆着手说：

第16章　青树坪失利

"走开走开！你们情报处从来没向我提供过准确的情报，整整一个兵团叛变你们都不知道，全都是些废物。"

"总座，是有关一兵团的情况，您不妨听听。"

"噢？"白崇禧一怔，"什么好消息？"

"我谍报人员从长沙发回密电，陈明仁背叛党国，不得军心，所部将领虽然也都在通电上具名，但那完全是迫于无奈。"情报处长说，"据悉，刘进、彭壁生、张际鹏、熊新民等3位兵团副司令长官和3个军的军长、副军长均拒绝随陈贼投共。他们是第14军军长成刚、副军长谷炳奎、李精一、胡定随、方定凡；第71军军长彭锷、副军长鲍志鸿；第100军军长杜鼎、副军长刘光宇。"

白崇禧性急地问道："他们的部队呢？"

情报处长报告说："第71军部率第87师杨文榜部、第88师刘埙浩部；第14军军部率第10师张用斌部、第62师夏日长部及第63师1个团；第100军第19师卫铁青部大部，以及第197师的曾祥斌团，共约4万人，现已脱离陈明仁的指挥，正在南下途中。"

陈明仁第1兵团共有9个师，现在有约5个师重新归回，多少让白崇禧感到一些欣慰。他马上派第3兵团主力前出到邵阳、衡阳之间进行接应。

不一会儿李宗仁从广州打来电话："哎呀呀，健生，你都快把我急死了。快说说，那边的情况怎么样了？"

白崇禧很镇定："德公，事情还不算太糟糕，陈明仁背叛不得人心，叛军已有5个多师迷途知返，正在南下。我已派部队去接应了。"

李宗仁连连道："这就好，这就好。湖南现在弄成这个样子，真是让人寒心哪。不过，亡羊补牢，你现在作如何打算？"

白崇禧说："陈明仁揣一肚子我军机密，我当然首先变更、调整兵力部署。另外我考虑以第71、第14军余部和第97军重组第1兵团，向行政院保荐黄杰出任湖南省政府主席，并接任第1兵团司令官。以黄代陈，人地两宜。"

李宗仁当即表示："就照你的意见办吧。"

白崇禧说："德公，还有一事，请你出面马上跟魏德迈将军取得联系。"

李宗仁一听就明白了白崇禧的意思，在电话那边长叹一声，说："健生哪，两个多月里连丢鄂省赣省，如今又失长沙，局势发展至此，你以为美国人还肯拿出一块美元来援助我们么？"

白崇禧顿时情绪低沉："是啊，不扼制住共军的攻击势头，何以让美国人树立信心呀。"

放下电话，白崇禧步履蹒跚地走进隔壁的作战室，忧心忡忡地盯着图上如走廊状的衡阳、宝庆愣神儿：由张淦、黄杰两兵团防御的衡宝一带，原为湘境的第二道防御，如今陈明仁一反，共军兵不血刃就卷走半个湖南，衡宝突然间成了湘桂边境上最后的防线了。湘东樊篱既开，对我作战意图及兵力部署了若指掌的陈明仁，下一步必然引导共军向衡宝作长驱之势，直接威逼两广。华中部队从春天撤到夏季，一退千里到了衡阳，如今再一枪不放就走，简直形同流寇了，既有碍国际观瞻，也不利于士气。

8月的白崇禧太需要有个胜仗了，一连几天他都在考虑对策，如何扼制共军继续南进。

10日上午，部署在衡山一带的第58军一份报告，使白崇禧愁眉顿展：共军一个师正沿湘乡、宝庆公路一直向南深入。

命运终于给了他一个机会。

长沙形势瞬间突变，长沙起义部队整军整师地反水，4万余人南逃衡阳、宝庆、芷江。

第16章 青树坪失利

8月7日夜，程潜急电林彪，请求四野主力部队，火速追击在逃叛军。

林彪一辈子没摸过围棋、象棋，但是他擅长战争这盘棋，走一步看三步，敏捷如电。他琢磨着叛军奔衡宝而去，白崇禧必会派兵前往接应，借追击叛军之机黏住他的主力，或许就能逼他在湘南地区与我决战。

他口述急电，令第40、第46、第49军："停止休整，均须迅速出发，以较快速度向南推进。"

追击长沙叛军的具体部署是：钟伟第49军之第146师即刻向宁乡前进，其第145师即向湘乡方向前进，其第147师即向宝庆方向前进。发现叛军后，仍先完成迂回断其退路，然后实行争取工作。如叛军继续南逃，则全部追歼之。詹才芳第46军，除留一部守长沙、株洲，即向衡阳前进；罗舜初第40军，除留一部维持醴陵秩序外，主力即向攸县方向前进；张国华第18军之先遣师，即向茶陵前进。

下午一时，林彪又一气口述了3份急电，其中给第49军钟、徐、刘并各师首长的电报中，他要求：第147师目前暂勿休息，应忍劳继续前进，待切断叛军退路后再停下来。第145、第146师更应加速南插断敌退路。目前忍苦是有意义的，只要能超过叛军，再加以政治上的争取，必能巩固陈明仁部。

四野部队终于和桂军主力交上手了。

最先与桂军主力接上火的是詹才芳、李中权的第46军。

这个军是1938年7月冀东大暴动拉起的队伍，抗战胜利后编成冀东军区的3个独立旅。但是，独立旅军事干部严重缺额。

时任冀东军区政治部主任的李中权跑到承德，找冀热辽军区司令员兼政委的程子华要人。正巧这时陈伯钧率第385旅教导大队和延安干部五六百人路过承德，转道去东北。程子华就把他们留下了300多人，全部补充到冀东军区,大多担任营团级干部。

林彪在东北知道后,打电报给中央,告了冀热辽军区一状,说:这批干部是给东北的,竟然在热河就被他们给分掉了。

但木已成舟,分派下到各部队的干部一时也收不拢,中央只好答应继续向东北调配干部。

留下的300人,都是红军时期和经过抗战的老干部,军事斗争经验很丰富。有了他们,冀东部队的战斗力一下就上去了。

李中权很得意,说:"这批干部的到来,是具有战略意义的。我们粉碎国民党向冀东解放区的多次进攻,以及后来出关作战,都是靠的这批干部。"

1947年7月,冀东3个独立旅编成东北民主联军第9纵队。9纵出关时,东北民主联军共有9个纵队,主力是第1、2、4、6纵队,根本没人瞧得起9纵,都把它当二、三流纵队待。

那会儿是不是主力部队,看纵队政委就知道了。2纵政委吴法宪坐吉普车,9纵政委李中权骑马。

李中权心里不服气:你们是主力?我看不见得就比我们能打仗。

他之所以敢硬气,还是因为有延安过来的那批干部垫底。

9纵出关的第一仗是在锦西西边的五岭山,用两个师打阻击,配合黄永胜的8纵消灭国民党第49军。9纵3昼夜急行军300余里,赶到指定地域,与增援第49军的3个师敌人打得天崩地裂,第一天许多阵地就出现拉锯式的反复争夺。

黄永胜得知情况紧张了,打电话问9纵第26师师长肖全夫:"老肖啊,你们能不能顶得住?"

肖全夫拍着胸脯保证:"只要你们8纵攻得下,我们9纵保证守得住。"

黄永胜还是不放心,对他的政委刘道生说:"9纵这个部队我不大了

第16章 青树坪失利

解，大概是擅长游击作战，阵地恐怕是守不住的，不行我们考虑先撤吧。"

李中权说这是黄永胜的原话。

刘道生不同意，说："人家9纵的同志已经保证了，我们也不同他们商量就撤出战斗，这样不好嘛。"

前指司令员程子华也坚持照原定部署作战，黄永胜这才又决心打下去。

9纵像钉子一样钉在五岭山一线，血战了两天一夜，没让敌增援部队推进一步，歼敌5000余人，保证了8纵全歼敌第49军。

五岭山一仗就确立了9纵在东北黑土地上的形象。

一年之后的9纵就更不得了了。是年9月12日，9纵切断锦、义通道，孤军渗透锦北，一场恶战歼灭敌暂22师和一个骑兵团，并攻下锦州北面的制高点帽儿山，封锁了锦州机场，由此揭开了辽沈战役的序幕。

总是以锦州机场未被封锁，锦州援敌增多为由想先打长春后打锦州的林彪，听说锦州机场被控制住了，与罗荣桓、刘亚楼一起从牤牛屯前线指挥所赶来，兴致勃勃地登上帽儿山阵地，对9纵司令员詹才芳和李中权说："知道你们真的封锁住机场了，我很高兴。"转过脸，他少有地和战士们开玩笑说："你们9纵怎么搞的，这么厉害！这样坚固的阵地你们怎么拿下来的？"

战士们也都会说话，一起回答："是林总指挥得好！"

林彪更高兴了："你们搞得不错嘛，这一仗打得好！"

他很精神地穿着黄呢子大衣，在帽儿山上仔细俯瞰了锦州城地形，然后告诉詹才芳和李中权说："东总决定以2、3、7、8、9纵及6纵的第17师和炮纵，从东、南、北三方向攻打锦州。等2、3纵上来，把帽儿山阵地交给他们，你们同7纵扫清南郊敌阵地后，给我从南面打锦州。"

刘亚楼一旁风趣地说："这次打锦州，我们是请五大主力会餐，看谁吃得快，吃得多，吃得好。"

这话说得9纵官兵个个满脸赤红：嗬，我们也成主力了！

9纵无愧于主力称号，上午10点总攻锦州，两个突击连不到10分钟就撕开突破口。一个小时后，全纵队3万多人悉数杀进锦州城内，一路打进国民党第6兵团司令部。

接着，9纵又连续强行军6昼夜赶到大虎山，参加围歼国民党王牌廖耀湘兵团。前卫师刚与敌人接上火，林彪急电来了："詹、李：敌有打通营口从海上逃跑的趋势，你纵火速赶到营口，断敌逃路，待7、8纵赶到后，由9纵詹、李统一指挥7、8、9纵攻占营口。"

这是9月26日，9纵昼夜狂奔好几百里地，于30日赶到营口。等不及7、8纵上来，9纵就在营口外围打响了。激战两天，9纵攻进市区，牢牢控制住出海口，歼敌第52军1个师2团。

至此，由9纵打响第一枪的历时52天的辽沈战役，又由9纵画上句号。

天津攻坚战中，9纵亦表现不凡，由津南突破敌4个师的防御，打得很潇洒。

天津战役结束后，9纵改编为四野第46军，南下打白崇禧。

然而，这南下第一仗却打得有点窝囊。

8月4日，第46军左翼第136师接到四野司令部"加速南插断敌退路"的命令后，即沿醴陵至攸县公路向南疾进，准备在郴州一带切断敌人退路。可是，8月10日凌晨3点，其先头第408团刚出醴陵，就听见侦察分队在前面打响了，团主力立即在笙塘铺一带山地展开。而随后跟进的第407团也在六士分地区发现有部队运动，但是团长思想麻痹，怀疑是自己人，怕打误会了。就这么片刻犹豫，敌人乘机从中间突破。第407团这才赶紧展开，全力迎战。

第136师指挥所开始也没有什么察觉，可上午10点左右，在宁家坪

第16章　青树坪失利

东山也发现了敌人，就觉得不对劲，意识到遭敌埋伏了。敌人从三面逼过来，而且战斗积极性很高，其攻击不仅有力度，而且有章法，敢于穿插分割。

捉个俘虏一问，设伏的是桂军主力第48军的第138师。

幸好第136师的两个团分路推进，第407团沿公路右侧走，使得敌人的口袋嘴扎不上。但这个团被敌人穿插打乱了，团机关的许多文件、物资都丢失了。

打到下午，后卫第406团也拉上来投入了战斗。双方一直僵持到天黑，桂军见吃不掉对手主动撤走，第136师已伤亡300多人。

这一仗就把该师的轻敌思想给打掉了，可是，往下一谨慎又小心过了头，把几次战机失掉了。

此时，由益阳向南攻击前进的第49军的第146师，进展倒异常顺利。出发的当天，师长王奎先率师直并两个团，挥戈直向宁乡。

宁乡守敌是白崇禧集团的杂牌部队第103军一部，不经打，守了个把小时就把县城丢了，2000多人被俘。

第146师随即又南进百十公里，相继解放了湘乡县城和该县重镇永丰（今双峰县城）。15日中午，第146师从永丰出发，沿湘潭、宝庆公路向青树坪推进。走到16时，该师前卫第437团在单家井附近遭小股敌军的阻击。阻击假模假式，第437团一打敌人就退了。

这是一个危险的信号，但第146师没看出来，他们忘了毛泽东的提醒："白崇禧是中国境内第一个狡猾阴险的军阀。"

第437团将这股敌人驱逐后，仍继续西进。20时，其先头1营已经青树坪进至界岭的一道谷地。

这是片丘陵地带，岗丘交错，地形复杂，漫山遍岭的马尾松在夜风中涌动如潮。

先头 1 营太大意了，当时天已黑透，前面就有敌人，他们竟然连搜索分队都没派出，驮在骡背上的重机枪也没卸，沿着公路继续行军。当全营大部通过谷地时，两边的小山头突然枪声大作，炮火也随之封锁了退路。

那一刻营长倒是冷静下来，马上意识到遭敌伏击了，指挥部队迅速就地卧倒。待判清敌人位置后，他立即组织部队猛烈反击，激战 20 多分钟，将敌击溃并占领界岭。

王奎先率部进至青树坪后，误认为前面的敌人已经溃败，即令第 437 团仍按原计划，进至界岭以南再宿营；第 436 团随后跟进。

战后，王奎先就这个决定，向军里作了深刻检讨："首先是师领导轻敌，明知界岭有桂军，地形不熟，情况不明，仍夜间冒进。遭敌伏击后，还以为敌人要退，而不迅速转移，还犹豫，撤离缓慢，致遭受严重的打击。"

军长钟伟也向兵团和野司检讨："一、既然已下决心在永丰以北停止前进，不应该听 146 师的意见而改变决心，这表明军考虑不周。二、在永丰已碰到桂系一个团被我击溃，认为一个团顾虑不大，未充分估计其中变化。这是轻敌的表现，故仍未令 146 师停止。三、15 日 146 师遭伏击，经反击后歼敌 2 个连，但整个敌人未退。该师第二次返界岭，又被敌人反击阻回，当时他们为避免同敌对峙消耗已稍微后撤；军认为敌人只一个团，东南虽有敌 7 军只是听说的，觉得还可以对付，未充分估计到情况的变化，果断地于 16 日晚令该师攻击敌人，这是麻痹的表现。依据上述 3 点，军犯了麻痹轻敌的错误。所以军对青树坪战斗的失利完全负责，请求上级批评和指示。"

第 437 团接到王奎先进至界岭以南再宿营的命令，刚刚出发，敌人就像从地下冒出来似的突然出现，凶猛地展开攻击。第 146 师仓促中又犯了个战术错误,两个团沿公路两侧一字展开应战,完全陷入被动防御。

王奎先这才觉察到情况有些棘手,急令第437团撤出界岭,退向百家冲、竹叶冲、八湾一带;令第436团进至公路以南占领樟树铺、花果塘附近的山地策应。

这时已是16日凌晨两点了。及至天亮时,第146师的2个团才边打边调整,进至巡南、青树坪一线。

这一天敌人完全照白崇禧所设的圈套,不作大动作,仅以小股部队出击,纠缠迷惑第146师,为其主力部队的集结争取时间。

因而,当17日8时第146师发现界岭一带突然出现敌3个师时,局势已无可逆转地恶化了。此时,敌主力已全部车运集结到位,连坦克装甲车都运动上来。其中一个师向欧阳亭、青树坪、巡司之间的第146师左翼迂回;另一个师从正面与第146师接触;另约2个团以3辆装甲车为先导沿公路前进,向第146师右翼迂回,形成三面夹击的态势。

此时只有永丰方向尚未发现敌人,但白天撤退易遭攻击。欲撤不能,只好硬着头皮打。王奎先命令就地构筑工事,准备抗击。但部队经过长途行军,小镐、铁锹大部遗失,根本没有工具挖工事,只能利用现地地形隐蔽。

8时,战斗还没开始,王奎先就知道碰上硬手了,他从望远镜里看到敌人战术动作相当不错,侧翼部队哧溜哧溜地沿山沟运动很快。向青树坪和独立石山迂回的敌人到位后,率先打响,正面2个营的敌人才在4架飞机的掩护下,向第436团3营发起攻击。其攻击精神很强,各战斗群交错掩护,次第推进,很在行很沉稳地在敌炮火的有力支援下,打下一个山头,再攻另一个山头。

第146师的北方兵本来就不擅长山地作战,弹药消耗过快,再加上没有工事,3小时后,因伤亡过半,弹药殆尽,第436团第7连先失阵地。

这时,第145师赶到青树坪地区投入战斗,减轻第146师压力,掩

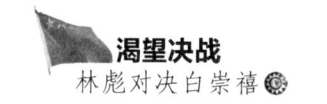

护该师撤退。

已经被桂军黏住，说撤也不是马上就能撤下来的。

12时许，敌人以两个团的兵力，在飞机和坦克的火力支援下，沿公路两侧再次向第436团各阵地实施强攻。该团坚守了5个小时，阵地于17时被敌人突破。同时左侧后方的炮一连阵地亦被敌攻克，骡马装具全被掠走。

团长一看就红眼了，亲自带一个营及警卫连反击，连续攻了3次，重新夺回所失阵地及骡马装具。

但这时第436团背腹受敌，部署已全部被敌人打乱，营、团之间联系极为困难，且弹药已尽，只好于18时，互相掩护，向东北方向撤退。

在第146师第437团防御方向，桂军的一个师在其空军的配合下，同时从该团的正面及侧后攻击，双方围绕制高点反复进行突击与反突击。激战至暮，该团一个大反击，将敌压到赛田一带。但此时所占阵地已无意义，当晚20时，该团奉命撤至相思桥、江口方向。

几乎是在第436团第3营与敌交火的同时，第146师的左翼也与桂军打响。该师首长考虑敌强我弱，形势于己不利，于10时撤出战斗向永丰方向撤退，只以一个营掩护主力后撤和保证第436团侧后安全。17日晚22时，最后一个营撤出青树坪后，野司电令各部队：停止追歼叛军。

第49军的老人说：其实这天晚上不该撤的，我们已经发现桂军也具有一般反动军队的共同弱点，那就是夜间战斗动作较差，夜间不敢冲锋肉搏；一到天黑即停止进攻追击，黄昏前战斗进展哪里就停止在哪里，构筑工事固守，以炮火盲目射击威胁对方。这说明桂军防守不如攻击，所以战术技术还是不太全面。

青树坪一战，毙伤敌684人，俘敌69人。

然而，第49军两个团亦损失甚重。

第16章 青树坪失利

1987年3月出版的《中国人民解放军战史》记载："在追击过程中，第49军一部由于轻敌麻痹，对白崇禧部作战特点估计不足，以致在青树坪地区遭敌第7军伏击，损失800余人。"

这个数字并没包括第145师伤亡失踪的400余人，2个师损失加起来，应为1200余人。

四野南下以来首次失利。

第146师撤离青树坪后才知道，他们的对手是桂军一等主力第7军的第171、第172师和第46军的第236师。

第11章
最能打的杂牌军

桂系第 7 军组建于 1926 年 3 月。是时，广西正式归附广东革命政府，加入国民革命阵营，将广西陆军第 1、第 2 军合编为"国民革命军第 7 军"，李宗仁任军长，黄绍竑任党代表，白崇禧任参谋长；下辖 9 旅 21 团，共 37500 余人。

4 月，倾向广东革命政府的湘军第 4 师师长唐生智发兵，意图驱逐湖南军阀赵恒惕。直系军阀吴佩孚委任赵恒惕旧部、湘军第三师师长叶开鑫为"讨贼联军湘军总司令"，率湘军各师讨伐唐生智。同时组织北方"援湘军"，入湘支援叶开鑫。

唐生智部被 5 倍于己的叶军三面围攻，力不能敌，遂求救两广当局。广西方面决定，派第 7 军第 8 旅钟祖培部入湘援唐。该旅第 15 团尹承纲部先行完成集结，5 月 12 日抵达衡阳，随即投入衡山战斗，打响了援唐北伐的第一枪。

29 日，旅长钟祖培率旅主力赶赴西线洪罗庙、金兰寺一带增援，不仅稳定了摇摇欲坠的战线,还乘胜发起反击,一举击溃叶开鑫部。

为此,唐生智特意电请广东革命政府军事委员会嘉奖该旅:"此次与叶军大战,自艳日接触,血战三昼夜","第七军钟旅,参加是役,官兵奋斗勇敢,厥功甚伟,务恳政府明令嘉奖,以资鼓励"。

6月3日,广东方面派出的第4军北伐先遣队叶挺独立团也赶到东线安仁附近,与唐军第39团张辅部协同作战,挡住敌数千人的进犯。4日、5日,两团连续反攻,击败4倍于己的敌军。

但人们一提到北伐先遣部队,就认为是第4军叶挺独立团。事实上,桂军第8旅主力先于叶挺部6天,该旅第15团则先于叶挺部23天投入"援湘之战",最先揭开北伐战争的序幕。

6月上旬,李宗仁率第7军21个团中的12个团2万余众出师北伐,黄绍竑率另外9个团留守广西,以防云南军阀唐继尧东犯。

第7军锐不可当,至24日已攻克长沙,突破汨罗江,直趋贺胜桥。是时,北伐军第4军拿下汀泗桥,打开了通往武汉的第一道大门。吴佩孚大为震惊,从武汉亲率直军精锐第8、25师和第12混成旅南下贺胜桥,连同汨罗江一线溃退下来的残兵,共10万兵力固守这座武长线上的重镇。

与之对阵的是李宗仁统一指挥的北伐军第4、第7、第8军。第4、第7军从东、南两面主攻,第8军为总预备队。

北伐时的国民革命军8个军中,第4、第7军战斗力不相上下,是最能打的两个部队。但论武器装备,两军相去甚远。广西兵手里的枪支五花八门,性能各异。有粤造68式、川造79式、汉造79式,也有广西自造的79单响步枪;既有德国造双筒79式步枪,也有日本造村田式步枪,甚至还有俗称"三响勾"的法国造马枪。临离桂北伐时,蒋介石为第7军配发了1000支苏联接济的7.7毫米口径步枪,也是第一次世界大战中用过的旧枪。而第 7 军所用子弹，多数是广西翻造的，经常出现哑火、卡壳等故障，且数量不足。

白崇禧时任北伐军副总参谋长，代行总参谋长职权，也赶赴贺胜桥前线督战。第 7 军的旅、团长们因弹药匮乏，想走走他们老参谋长的后门，纷纷打电话向他请援。白崇禧竟毫不动容，厉声道："我没有子弹，只有刺刀。革命军之补给靠前线，不能靠后方。打败敌人，敌人之装备，便是我们之补给。何况打下武汉，汉阳之兵工厂取之不尽，用之不竭。"

第 7 军只好奋起神勇，拼死搏杀，连破贺胜桥直军 3 道防线。

李宗仁回忆当时情境："吴佩孚见情势危急，除令陈嘉谟、刘玉春各率队压阵外，并亲率卫队、宪兵队、军官团、学生队到贺胜桥头督战，以壮声势。复排列机关枪、大刀队于桥上，凡畏葸退却的，立被射杀。吴并手刃退却旅、团长十数人，悬其头于电线柱上，以示有进无退。所以敌军的抵抗极为顽强，机关枪向我盲目扫射，疾如飙风骤雨。所幸我军士气极旺，喊杀连天，前进官兵竟以敌人的机枪声所在地为目标，群向枪声最密处抄袭，敌军不支乃弃枪而遁。敌将陈嘉谟、刘玉春阻止不住，吴佩孚乃以大刀队阻遏。敌军溃兵因后退无路，被迫向大刀队作反冲锋，数万人一哄而过，夺路逃命。据说陈嘉谟见大势已去，又不愿退却，竟滚在地上大哭。因其受恩深重，今日兵败若是之惨，实无面目以见吴大帅也。这时我追兵已近，马济在一旁大叫：'你再不走，就要被俘了！'陈氏卫士乃将其架起，夺路而逃。此事我后来闻之于马济部下投降的军官，当非虚语。"

贺胜桥之战为北伐两湖时最激烈的一仗，双方精锐对垒，王牌决战，整整一昼夜枪炮声、厮杀声不绝于野，震耳欲聋。从头天未时战至次日午时，直军渐而不支，终致全线溃败，潮水般退回武昌城内。

贺胜铁桥南北尸横遍野，恶臭数十里。

被派去北伐军做联络工作的中共军委特派员聂荣臻目睹了战场情景：

第17章 最能打的杂牌军

"我从长沙经汀泗桥赶到贺胜桥。战场还没有清扫我就到了，我军打得很英勇，吴佩孚则派了大刀队督战，谁退下去要杀头。我到汀泗桥、贺胜桥时，就看到吴佩孚的有些士兵不敢撤退，吊死在树上。当时正是9月，天气很热，死尸都烂了，臭味令人窒息。我在火车上都感到喘不过气来，没有办法，把马灯里的煤油倒在手帕上，捂住鼻子和嘴才稍好一些，死的人实在太多了。"

两湖地区是北伐的主战场，除了汀泗桥一战，第7军无役不予，并始终担负主攻。

9月，北伐军总司令部解除第7军武昌围城任务，令其挥师南下，转赴江西战场。在赣西北的武宁箬溪镇，第7军与军阀孙传芳的嫡系王牌谢鸿勋师激战。谢师向来剽悍能战，不料2万对2万，一天就被第7军打得全军覆没，极少漏网，师长谢鸿勋亦重伤身亡。

箬溪之战震撼了整个江西战局。

李宗仁率第7军乘胜东进，择赣东山间小道，一昼夜疾进120里，直捣南浔线中段的德安。德安守军为孙传芳部第4方面军总司令卢香亭督率的4个精锐旅，兵力倍于第7军，且城防坚固。然而第7军异常勇猛，10月3日晨行至离德安10多里的地方，与敌小股部队遭遇后，便就势向德安城外铁路西侧高地守敌，远距离发起全面攻击。

李宗仁回忆这一仗："枪声的密集，炮火的猛烈，有过于贺胜桥之役。我亲至最前线督战，但见我军两万余人，前仆后继，如潮涌前进。而敌方机枪交织瞰射，直如一片火海，我前线官兵看来恍似雷电交加中的山林树木，一阵阵地倒下，死伤遍地。然自晨自午后，我军攻势并未稍歇……激战至下午三时，预备队已全部使用，仍无攻克之迹象，这时全军官兵已至疯狂程度，不知己身何在；高级指挥员且忘记指挥炮兵作战。"

直到天将暮时,陶钧第1团贴近肉搏,才将卢香亭部右翼突破。战线一旦被撕开个口子,卢香亭部阵脚就乱了。第7军乘势再发动一个猛攻,卢香亭部的抵抗彻底被摧毁,弃城而逃时遗尸千具。逃至城外博阳河畔,争渡而逃时又溺毙数百人,浮尸蔽水,惨不忍睹。

此战亦为第7军北伐以来,伤亡最惨重的一仗,阵亡1名团长,死伤2000余人。陶钧所率第1团,12个连,竟有13个连长负伤挂彩,其中一个是临时指派的代理连长。

第7军在德安休息了两天,为免孤军深入,遂又回师箬溪。10月的赣西北秋意渐浓,夜晚寒气逼人。第7军仍单衣薄衫,从李宗仁到普通士兵,都哆哆嗦嗦。且因粮草不济,将士们顿顿喝稀粥。喝到第7天,孙军陈调元部2个混成旅、1个骑兵团,共万余人杀至箬溪以北的王家铺。

第7军蛮横得竟饥肠辘辘地主动迎上前去,劈头盖脑一顿猛打。陈调元部经不起这种玩命打法,被迫退守到王家铺东南的梅山、昆仑山、覆盆山一线。可打红眼的广西兵追到山下,奋力仰攻。血战到第二天,李宗仁令从两山间隘路强行突破,天黑时终将陈部完全击溃。

10月21日,蒋介石致电李宗仁:"向敌孤军深入,屡摧强敌,赣局转危为安,实深利赖。"

入赣13天,第7军3战皆捷,歼灭的都是孙传芳精锐部队,彻底粉碎其西进战略。第7军也损失4000多人,下级军官伤亡三分之一,元气大损。

不久,武汉第7军兵站送来2000广西新兵,以补伤亡所缺。这批新兵都没经过正规训练,但广西历年兵匪成患,乡民平时抵御散兵游勇,参加民团剿匪,对打仗并不陌生,拿杆枪往队伍里一站,跟老兵一样能战斗。

第7军几乎清一色的桂人,清一色的剽悍。也不是没补入过外省人,补了都待不住,语言不通,如入异邦,更缺那份吃苦加玩命的劲儿。结果补几人逃几人,补几批逃几批,后来就只补广西兵了。

第17章　最能打的杂牌军

第4、第7军北伐数月，打遍湘鄂赣无敌手。是时，第4军名气比第7军大。第4军老底子是粤军中训练、装备最好的第1师。该军军长李济深乃一代人杰，其部属张发奎、陈铭枢、陈济棠、徐景唐等师长，叶挺、蒋光鼐、蔡廷锴、余汉谋、范汉杰、黄琪翔等团长，皆为能战之将。

该军一直在肇庆自办讲武堂，所以下级军官亦训练有素。

及至攻克武昌，武汉民众铸盾相赠，誉为"铁军"，第4军更是闻名遐迩。

但当时也有人认为第7军比第4军更能打，称之为"钢军"。

1937年7月，在广西各界举行清党十周年纪念会暨扩大总理纪念周上，白崇禧讲话："北伐时期，人家更盛称广西的第七军为钢军，对广西特别重视。"

第4军之所以攻无不克，战功卓著，一个很重要的原因是部队中共产党人多。该军主力叶挺独立团，更是由共产党掌控的武装力量。所以，这个军不光出了一批国民党高级指挥官，还出了共产党的2位元帅、3位大将、1位上将。他们分别是第4军参谋长叶剑英、第4军第25师第73团第3营第7连连长林彪、第4军第25师参谋长张云逸、第4军直属炮兵营见习排长许光达、第4军第12师第34团少尉排长徐海东、第4军第24师第71团第4连连长肖克。

这是国民党军120多个军中绝无仅有的。

1927年蒋介石发动"四一二"反革命政变后，中共党组织将第4军中身份公开的共产党员，全部撤离，疏散到各地。徐海东大将就是这时疏散回到家乡黄陂，不久参加了黄麻起义。

8月，第4军一分为三，一部随叶挺、聂荣臻、周士第参加了南昌起义，一部被蔡廷锴拉到福建投奔了陈铭枢，另一部被张发奎带走。此后，第4军日趋衰落，再未雄起。及至解放战争，这支曾横扫两湖，一路北伐的铁军简直成了一堆废铁，几乎未经像样的战斗，便被三野全歼于广德山区。除军长王作华只身化装逃跑外，副军长李子亮以下几千人被俘。

而第7军虽经解体重组，几起几落，却始终能打善战。

1937年11月淞沪会战中，桂系第7军、第48军6个旅与日寇血战大场，视死如归。数日间6个旅长3人牺牲，3人受伤；部队伤亡达三分之二。

为掩护淞沪会战主力撤出上海，第7军第170、第172师奉命于吴兴升山、菱湖一线阻击日军，战至24日，吴兴失守。第170师4个团只剩下不足一团半人，第172师也只剩下1团2营人左右。

经补充后，第7军复又投入徐州会战、武汉会战。武汉失守后，第7军退往大别山区，在鄂东黄安、麻城、罗田、黄冈一带坚持敌后游击战。

抗战胜利后，第7军卷入内战，仍然是最难缠的杂牌军。

1946年6月下旬开始，国民党军先后向中原、华东、晋察冀、东北等解放区发动大规模进攻。新四军军长兼津浦前线野战军司令员陈毅决定为配合刘邓大军出击陇海路，向华中迎战东犯之敌。

东犯之敌有国民党军第7军、整编第48、第28、第69师等数路。陈毅调集2个纵队2个师，先打突出于泗县的桂军第7军一部。

一说桂军，山东野战军2纵司令员韦国清和华中野战军9纵司令员张震马上想起湘江之战。尤其张震，他当时在红4师第10团第3营当营长，经历了红4师与桂军光华铺血战的全过程，目睹了第10团一天之内两任团长牺牲的惨痛。

因此，讨论作战计划时，张震和韦国清都提出：第7军是桂系主力，长征和抗战期间我们曾多次和他们交过手。这个部队老兵多，军官狠，都很有作战经验，不好打。加上泗县周遭河流密集，道路多被连日大雨淹没，不易迅速攻取，建议考虑另选作战目标。但负责指挥这次作战的野战军参谋长宋时轮强调说：泗县孤立突出，守敌只有第172师师部带一个团。陈军长决心已定，拿下泗县。

宋时轮部署"山野"第8师和张震9纵协力攻城；韦国清2纵阻击可能由灵璧、固镇来援之敌；"山野"7师阻击可能由五河来援之敌。

然而，当第8师、9纵蹚着齐膝深的积水，两面发起攻击时，敌情早已发生了变化，桂军原布防在灵璧、固镇沿线的1个团，两天前便已收缩到泗县。城内守敌实为第172师师部和2个团，不下4000人。

这仗就更难打了，从8月7日晚打到9日天快黑，9纵受阻于东关城外，第8师伤亡2400余人仍攻不进城去，增援部队又因大水上不来。

这时，宋时轮赶到第8师，沉重地说："仗打成这个样子我负责，撤吧。"

何以祥任师长、丁秋生任政委的第8师，是山东军区一等主力，第一次吃这么大亏还没把泗县给拿下，上上下下都有些沮丧。

但是陈毅鼓励说："第8师在泗县打得很英勇，很顽强嘛！你们的对手是广西蛮子，是蒋军中战斗力最强的，硬不缴枪，真是蛮子蛮打，非打死不缴枪。"

1947年春，第7军改为整编第7师。是年8月开赴大别山，追击刘邓大军。抗战8年，桂军7年多都待在大别山，将鄂豫皖边作为游击区、根据地。因而，整7师熟悉这里的每条山岭、每道沟谷，穿山钻林如鱼入水，攀岭越涧健猿一般。整7师和整48师这两支桂军主力穷追不舍，经常离刘邓大军不到20公里，撵得刘伯承、邓小平很伤脑筋。

这年9月11日，中央军委致电提醒刘、邓："目前几个月内，你们作战似应避开桂系主力七师、四十八师，集中注意歼灭中央系及滇军。因七师较强，不易俘缴，四十八师情况不明，似和七师相差不远，而中央系各部及滇军五十八师则在运动中，宜于歼俘。"

遵照中央军委"避桂打滇"的指示，刘邓大军在大别山期间始终只

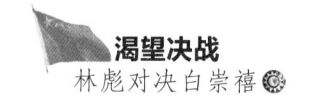

作牵制，不与整7师等桂系部队正面交手。

第146师青树坪受挫，国民党军的蚊式飞机也乘机轰炸汉口。四野总部的后院里落了3颗炸弹，林彪的屋子旁也落了2颗炸弹，跑马场一带被炸出数十个弹坑。

尽管只是一些民房受损，林彪却恼火得要命。因为敌机一来他就得进防空洞，干坐半个多小时。那几天他正好又在拉肚子，防空洞里没有厕所，经常憋得他脸色蜡黄。

那些天林彪极其抑郁，情绪烦躁，时常无缘无故地发脾气。

8月下旬的一天傍晚，林彪外出散步回来，也不知道叶群什么事没办好，便训斥了她几句。可叶群很不服气，跟他顶嘴。这就把他惹火了，挥起巴掌狠狠地打在叶群的脸上。叶群挨了这巴掌恼羞不过，捂着脸呜呜咽咽地跑出门来，嚷嚷着要离开武汉到外地去住，林豆豆在一旁吓得直哭。

秘书和警卫员们全都慌了，有的进屋去劝林彪，有的跑过去拉叶群，好不容易才把这场家庭风波平息下来。

当时在场的原林彪警卫团第1连连长高书芳说："那会儿叶群既年轻又漂亮，整天穿着件绸布旗袍，三十多岁的人了，看上去还像个青年学生。她带着女儿林豆豆跟林彪从东北跑到武汉，一直挂着四野司令部政治协理员的职务。但她从没到过职，住处又跟机关隔得远，所以机关的同志很少有人能见到她。那时她也不爱抛头露面，都是在屋里照料林彪的生活，兼做一些抄抄写写的工作，从早到晚也是挺累的。她本来就是个娇小姐的脾气，挨了一顿打，哪肯就那么完了。又哭又喊的，我们几个人大姐长大姐短地劝了个把小时，她硬是不肯回屋去。后来还是秘书出来对她说林总请你进去，有话要跟你讲，她这才回屋去了。"

大约就是林彪打叶群的第二天，参谋处长阎仲川一个电话打到作战

第17章　最能打的杂牌军

科，对高继尧说："小高，你带上本子和钢笔，到林总这里来一趟，马上就过来。"

高继尧没敢多问，猜想十有八九跟青树坪战斗有关，没准又是要他开夜车写战斗总结。

这还是刘亚楼当参谋长时定下的规矩，每打完一仗，作战科都要写一份战斗总结，经林彪、罗荣桓和参谋长审阅画圈后，上报军委，下发部队。

每次写总结，都是阎仲川处长或刘亚楼参谋长先说个大概的路子，然后再由高继尧动手形成文稿。肖克当参谋长后，把写战斗总结的事全权交给了参谋处，完全由阎仲川定路子了。

放下电话，高继尧一分钟也没耽误，一路小跑出了作战室，在院子门口截了一辆下面部队来野司办事的卡车，钻进驾驶室就让司机往林彪的住处开去。

林彪住处警卫森严，入内先要通过两道岗哨，由带班人员先跑进去报告，得到允许后才能放行。

到了他住房前，还要过一关，那就是林彪让警卫人员养给女儿林豆豆玩的四只大鹅。鹅的羽毛雪一样洁白，块儿大得光身子就半人高，鸣叫声响亮得骇人。南方人好拿鹅来形容笨拙，说笨鹅一样。其实这畜生灵着呢，只要有生人走过来，大老远它们就能觉察，脖子伸老长地朝你奔来。看不见藏在羽毛里的脚动，只见一片白云样的玩意儿几乎贴着地皮向你滑过来，用那樱桃红的扁嘴直向你下三路啄，钳住你小腿肚子就不松口，常常弄得来人左避右挡，半天脱不开身。

这时候只有林豆豆或警卫员吆喝一声才能解围。

高继尧跳下卡车走进院子时，警卫团的副营长迟好学正在花园的草地上替林豆豆捉蚂蚱。他见高继尧匆匆走过来，忙把捉到的一只小蚂蚱交给林豆豆，跟他打招呼："喂，高参谋。"

高继尧笑道:"你怪闲得慌,跑这儿捉蚂蚱玩。"

迟好学正色道:"玩?我是过来查岗的,让豆豆给抓了差。再说了,陪豆豆玩,也是我们分内工作嘛。好几天不见你了,又是林总召见啊?"

参谋处的参谋通常不直接跟首长打交道,所以高继尧也不经常到林彪住处来。而且四野的作战指挥系统很特别,自从入关以后就掰成两半使,总部参谋处是一摊子,林彪住处还有一班人员。打起仗来,副科长以上的全都到林彪住处这边忙活,参谋们则在总部作战室值班。没有十分特殊的情况,这两个地方的值班人员基本是固定的。而两边的情况,由肖克或阎仲川汇拢后向林彪报告,林彪的指示也都是通过肖克或阎仲川转达。

高继尧嗯了一声,而后小声说:"帮我看看林总在吗。"

迟好学小声而坚决地说:"那可不行,首长没叫我进去,绝不允许主动靠近首长。这是警卫团的纪律,从团长、政委到每一个战士都一样。你还是自个儿去吧。"

高继尧进了屋,沿着内走廊走向林彪卧室隔壁的作战室。

林彪正背对着作战室的房门,靠在一张竹椅上,像是睡着了。作战室墙上挂的各种比例地图,与参谋处作战室墙上的一样,参谋们绘制时一式两份。不同的是这里比参谋处的作战室还要宽敞,而且所有的窗帘都拉得严严实实,使得屋里的光线暗淡。

阎仲川正忙着往地图做着标记,见高继尧进屋,便放下手里的红蓝铅笔,从桌子上拿过一沓文电交给高继尧,压低嗓门说:"你先到对面屋里看看这些文电,把青树坪战斗的整个过程搞清楚,考虑出一个路子,然后我们再一起研究研究这个战斗总结应该怎么写。我的意见是应该把重点放在总结教训上。"

高继尧点点头,接过文电,转身就走。

"等等!"靠在竹椅上的林彪忽然出声儿了,问,"你们准备写战斗总结？总结什么啊？"

"林总，我们打算把青树坪战斗的情况归纳归纳。"阎仲川回答说，"仗没打好，应该找找教训。"

林彪沉默了好一阵子，才慢慢从竹椅上站起身，背着手在屋里来回走了几趟，尖声对阎仲川说："我不明白你们这是为个么事，都把发生在青树坪的小情况看得那么重，不就损失了千把人吗？打这么大的仗，损失个把两个团，死几百个人，算个么事呢？很正常么！"

每次打完仗，参谋处都要写一份战斗总结，经林总、罗政委和参谋长同意后下发部队并上报军委，这是刘亚楼当参谋长时就定下来的规矩。

每仗一总结的做法，林彪过去也曾多次肯定过，认为参谋处做了一件很有意义的工作。这一次，阎仲川还是按照老规矩办的，没想到林彪竟会如此的不乐意。既然他不赞成写总结，参谋处就没有必要瞎忙了。

他向已经走到门口的高继尧招招手，说："高参谋，你把材料放下先回去吧，总结以后再写。"

林彪在他身后纠正道："不是以后再写，而是不写，没有必要写。"他看了看阎仲川，又看看高继尧，说，"青树坪的事以后你们谁也不要再提，就当没有发生过。你们明白吗？"

两人一起点头。

机关干部必须具有迅速领会首长意图的悟性，林彪已经把话讲到了这分上，他们两人再不明白，那就没法在总部机关干下去了。那时的林彪不仅植物神经紊乱，也已染上好大喜功的毛病。有粉就往脸上搽，却藏着掖着短，怂恿报喜不报忧。当然话不是这么说，谓之"集体荣誉感"。

所以，一向待人冷若冰霜的林彪，却把新华社驻四野分社的记者们奉为上宾。有时打完仗，作战科还没把战果统计上来，"本社记者讯"倒先将数字捅出去了。

有的参谋一看与事实出入甚大，消灭敌人一部或大部，到记者那里就成了"全歼"，便问他们数字从何而来，记者们故作神秘地一笑。老参谋们是绝不会问这样的傻问题，他们都知道这些战况消息发稿前，是要经过林彪或刘亚楼参谋长审阅的。

　　这次林彪不愿意谈第146师失利，记者们也都心领神会，从不提青树坪之挫。渐渐地人们就把这事淡忘了，"文革"前出版的战史资料上均无此战记载。直到"九一三"事件后，这事才重又被人翻腾出来。

第18章

膨胀的大捷

国民党人称青树坪战斗为永丰决战。

那天的黄昏，青树坪的枪声尚未完全平息，衡阳五桂岭上的华中军政长官公署里，"永丰大捷"的战报已经拟好了，迫不及待地要求参战的飞行员，用机上电台发往台湾空军总部。

这完全是种溺水者的心态。

等到电报经空军总司令周至柔的手转给蒋介石时，内容便又进一步得到丰富，成了空军支援地面部队作战取得了永丰决战巨大胜利。再经中央通讯社的一番精加工，此战已从"全歼共军146师"，膨胀到吃掉林彪一个军了，称之为"自徐蚌会战以来，国军取得的最伟大的胜利"，"从而打破了共军不可战胜，林彪不可战胜的论调"。在那个季风飘摇的孤岛上，国民党人快活地谈论着：林彪被炸断了一只胳膊，共军现在只要一听到"丢你老姆"的广西口音，就魂飞魄散……

台湾兴奋了，整个华南都激动了。

当衡阳华中军政长官公署沉浸在一片虚假的喜庆气氛中时，广州、桂林也在忙着开祝捷大会。广西省主席黄旭初还亲自组织各界派出慰劳团，敲锣打鼓地赶到衡阳，慰劳作战有功部队。

衡阳这个内陆小城，从没接待过那么多的记者：美国的、英国的、苏联的、香港的、中央社的，手里拿着采访本的、脖子上挂着照相机的……纷纷从广州、从重庆赶来，一睹永丰决战的国军风采。

白崇禧真是把青树坪这篇文章做足了，他带着夏威、张淦两位兵团司令长官，在其总部楼下大厅里频繁地召开新闻发布会，用广西官话答中外记者们的提问。

当有记者问白崇禧青树坪大捷有何重大意义时，白崇禧提着虚气，昂然作答："此次青树坪报捷，不仅粉碎了共军不可战胜的谰言，且戳穿了国府无以在大陆立足之谬论！"

亲临青树坪指挥作战的第3兵团司令长官张淦，更是春风得意。有记者问他下一个大捷将从何处报出时，他高声作答说："长沙，武汉！"

新闻发布会结束后，照例要组织记者们参观缴获的战利品，将那些据说是共军遗弃在青树坪的苏式步枪、冲锋枪、轻机枪、六〇炮等一一摆出来，供记者们拍照。

与此同时，桂系嫡系第7军体育运动会也在衡阳举行了。各项球类和军体项目的比赛，咋咋唬唬的，将衡阳城弄出一片病态的喧闹。

一些历史在当时就被伪造了。

这片刻意蛊惑起的张张扬扬的祝捷声中，有一个人清醒，有一个人揪心。

清醒的是代总统李宗仁。

在回忆录中，李宗仁这样写道："共军五万余人遂在我叛将指点之下，入侵湖南，威胁华中战区的左翼。白崇禧固早已预料及此，他在返抵衡阳

第18章 膨胀的大捷

之后，即将湘南防务重新调整。入侵共军竟堕入白氏预设的包围圈中，被国军包围于宝庆以北的青树坪。血战两日，共军终被击败，为徐蚌会战以来，国军所打的唯一胜仗……但是整个局势发展至此，已无法挽救。"

揪心的是白崇禧。

因为他太清楚眼下局势垂危，举步维艰。白天他提着虚劲儿应酬记者、参加祝捷会，夜晚面对地图便忧心如焚。他已处在林彪的半围之中，攻占攸县的解放军部队离他不到百十公里，如头顶悬剑。

与四野对阵的国民党华中部队原本就处于1：3的劣势，5月张轸金口起义，拉走1个军又1个师，第127军的2个师溃逃到四川；8月程潜、陈明仁长沙起义，又损失了1个多军。好不容易将长沙起义的第1兵团补充起来，勉强凑成3个军编制，蒋介石又授意国防部釜底抽薪，变更指挥系统，将宋希濂集团6个军拉到湘西、鄂西，划归胡宗南西安绥靖公署指挥，以实现保卫四川的战略。这等于将白崇禧一下削去三成兵权，致使华中部队仅剩12个军不到20万人马。

而此时坐镇武汉的林彪不仅统领四野90多万人马，自5月下旬二野陈赓第4兵团也归其指挥，总兵力已逾百万。

以劣对优的仗，白崇禧打过多次，但从没有过眼下这种心虚的感觉。尽管自己手上也还有5个兵团12个军，可黄杰兵团是由逃出长沙的部队和新兵编成，正在整补中，还不能马上用于作战。第11兵团只有鲁道源的老部队第58军稍有点战斗力。第17兵团是一帮杂牌，大腹便便的司令官刘嘉树又是饭桶一个。正如唐星所言，华中国民党部队真正能同共军作战的，实际只有两三个军。

兵力匮乏至此，白崇禧知道现在只有靠他的谋略来维持这个残局了。连着好几个晚上，他都和参谋长守在作战室里，煞费苦心地将他的11个军在地图上拖过来挪过去地调整部署——

第3兵团张淦部作为机动,调整到衡阳附近地区,其兵团长官部也移至衡阳市区;第10兵团徐启明部控制在耒阳和韶关之间,防止共军从江西突入;第11兵团鲁道源部担任衡阳以北的正面防御,作为持久战的一个重大措施;新成立的第1兵团黄杰部控制在邵东、宝庆附近;第17兵团刘嘉树部仍留在原地,其任务不变。

11个军具体分布为:第46军位于乐昌;第97军防守郴州;第48军驻扎耒阳;第58军依衡山扎营;第126军置于衡山北麓下的白果镇;第103军驻守永丰;第71军布于界岭、青树坪一线;第14军守新化;第100军布防在芷江、安江地区;第126、第56军分别位于零陵、桂林一带。万一局势恶变,主力只好退守湘桂边境。

最精锐的第7军仍按调整前方案作为总预备队,配备百余辆大卡车,屯兵待命于衡阳东南十几公里处的泉溪镇,哪里吃紧往哪里输送。

7月底,李宗仁从广州飞抵衡阳视察时,看到第7军在卡车上奔波不止很心疼,问白崇禧:"这样调度,官兵不是太辛苦了么?"

白崇禧无奈地说:"现在能用的部队太少了,有什么办法呢?"

李宗仁想想,也只好如此了。

调整后的部署以衡阳为中心,以衡宝公路两侧和粤汉铁路衡山至郴州段为重点,依湘江、米水、永乐江、资水,构成一条东起粤北之乐昌,与广东的余汉谋集团相连;西至芷江、沅陵,与盘踞在鄂西和湘西北之间的宋希濂集团相呼应的弧形"湘粤联合防线"。

殚精竭虑的白崇禧在调整部署的同时,为了迟滞解放军南进,还使出当年对付日本鬼子的那一手,令副司令长官李品仙亲自指挥,在湘桂边界实行"空室清野"行动。由湘至桂100华里纵深地带,公路、大道两边25华里范围以内,人口、粮食、牲畜等一律转移,不留一个人一粒粮,

第18章　膨胀的大捷

连碾米的舂、磨等用具也彻底毁坏，或就地埋藏，制造一个真空地带。

就8月国共两党军事格局而言，应该说这是白崇禧最为缜密的防御方案了。它以有限的兵力，兼顾了面与点、攻与守、进与退的战役要求。

白崇禧对此也很满意，加上湘南一带群山叠嶂，岗峦起伏，山路崎岖，地形险要，又正值南方"秋老虎"，天气酷热难耐，林彪不会有大的行动。他认为可以与林彪再周旋些时日，以等待美援与时局的变化。只要度过目前的危机，就有可能打出一个相持的局面来。

可是，第二天接到一份情报人员窃获的电报，白崇禧的想法马上就变了。

这是四野第43军军长李作鹏6月4日发给总部的电报。在电报中，李作鹏反映了该军存在的一些困难和问题：一、江南气候早晚多变莫测，半月中有三分之二是阴雨连绵，不下雨时天气则很热。其次是道路较江北难行，公路主要桥梁被敌人破坏，离开公路行动困难，因有的道路能过人马不能过车辆，有的仅能过人不能过马匹。沿途河流湖泊较多，宽而深不能徒涉。沿途农村破烂不堪，粮草被敌搜刮，群众生活困苦，目前又为青黄不接时期。二、由此产生以下几个问题。1. 计划行军部署作战，必须充分估计时间的可能性与道路可能遇到的阻碍。2. 确切进行兵要地理的调查，工兵必须随先头部队前进，修桥补路以及控制渡口，搜集船只。3. 村庄稀少，一个师宿营地住有四十里长，车辆因不能离开公路，常在路上露营。粮草极困难，常有部队吃不上饭，马不能喂。4. 车辆行动极不方便，团、师、军各后梯队至今未全部归建。5. 道路泥泞，费草鞋、费力，没有雨具，行军遇雨全身湿透。6. 夜间行军看不见路，找不到向导，如夜间下雨则更难行。7. 人员中泻肚、生疥疮、被蛇咬中毒、摔伤、盲肠炎、脚气、眼病等为数最大（如军警卫营半月来生病82人）。牲口吃不上草料，加之道路泥泞，石头多，马蹄温软，钉不上掌，马拐腿的多，生病与死亡率增大（据3个师统计，两个星期亡马18匹；据1个师统计，10天病马104匹）。8. 武器装备、通信、卫生器材，因雨而损坏已发生。

这封电报使白崇禧忽然发现原来林彪并不比他轻松，如果乘永丰大捷之势在东南、华中和西南发动一次全面反攻，或许华中公署部队一下就能摆脱困境。

他把这个想法与第3兵团司令张淦一谈，张淦非常赞同，两人当下就拟订了一份反攻方案呈报国防部。

8月15日，国防部长顾祝同批准了这个方案，令白崇禧所部反击湘潭、长沙的共军。为策应白崇禧部的行动，顾祝同又令退守福州的李延年第6兵团向闽西反扑；令胡宗南部自秦岭向陇海路西段攻击。

16日，顾祝同又偕国防部第三厅厅长许朗轩等，专程飞抵湖北恩施，召开军事会议，部署宋希濂部以主力东渡澧水，向常德、澧县进攻。

会上宋希濂一言不发，心里却在骂：真是活见鬼，从宜沙退到鄂西山区，立足尚未稳，部队破烂不堪还没整顿，哪还有力量反攻？

下午4时，顾祝同等飞往重庆后，宋希濂召集部下研究作战方案，将军事会议的决定打了个大折扣，命令第15军派一个团向澧水东岸的慈利作试探性攻击；第122军派支小部队前出澧水从事袭击骚扰；令第20兵团派两个团，从巴东、野三关一带向当面共军也作试探性攻击。

派两个团也让第20兵团司令陈克非老大不乐意，会上就公开发牢骚说："以袁世凯为首的北洋军阀系统，三十年完蛋了，我看以我们校长为首的黄埔系统，也是快三十年了，看来也是快完蛋了。三十年一个轮回，这是天命，也是气数。"

四野的情报工作从未如此糟糕过——

谍息之一：宋希濂以3个军正向常德前进，以第127、第47军主力进占秭归、兴山，另以一部向当阳、宜昌前进，其第124军在江南配合行动。

谍息之二：白崇禧主力在衡阳、衡山、永丰及宝庆以东地区，已开始北进，有相机向湘乡、湘潭方向我突出部队压迫的可能。

这放大了十几倍的敌情，使林彪于兴奋中也透出几分紧张。

8月19日这天，他一连发出8封电报。其中3封电令各部队停止追歼叛军，另外5封则是调整部署：令第38军及第13兵团直属队向农安转移，诱敌进常德以便尔后歼灭之；第47军应立即准备作战并派出一个团的兵力向巴东方向前进，遇敌进攻即节节抗击之，军主力应在现地迅速进行作战动员，准备依情况歼灭进攻之敌一部。如敌第2军及其他部亦向我第47军压迫时，则可机动退至宜昌、宜都地区。目前应搜集大批船只，以便应付两种情况。令第39军在沙市一带广泛搜集船只，并进行作战动员待命行动；令第46军以第136、第137师继续向耒阳、衡州之中间地区前进，准备能随时插至常宁、祁阳，威胁敌退路。令陈明仁部立即出发，分别在株洲以北、靖港以南地区渡江休整；已进至宝庆的部队如来不及转移，在宝庆、新化及其以南地区打游击。令第49军第145、第146师即进至湘乡，尔后以顽强之运动防御抗击追敌，掩护陈明仁部向湘江以东转移，待完成掩护任务以后该两师亦应渡湘江以东；以第147师采取勇敢灵活之游击战，向宝庆、永丰之线前进，拖住敌人后尾，使敌不敢冒险向湘乡以北前进，待完成掩护我第49军主力及陈明仁各部渡过湘江以后，则第147师即可向宝庆、新化以西广大地区自由活动。

20日，情况似乎更为紧迫了，当晚21时至24时，林彪又连续给各兵团、各军发出了4封急电，进一步调整了各部的攻击方向和具体作战方案，已经细致到了"各军的汽车、大车必须送回沙市"等等。

21日，林彪等又向所属各部发出了5封电报，再次调整部署，并于当天黄昏将部署详情电告军委。

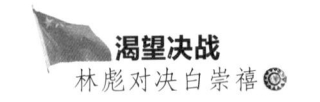

这份电报向军委描绘了一幅大战在即的景况：

（一）十九日下午我们获得顾祝同十五日电令，敌决集中华中战场主力，在湘江西岸与我决战。顾祝同铣日曾到恩施指挥，其部署：以孙元良率一二七军、四十一军、四十七军深入向兴山、宜昌方面进攻。以十五军、七十九军、二军迅速向常德前进，而以一一八军、一二四军策应之，另以一一二军及五个暂编师在大庸一带协同作战。白崇禧、鲁道源部之具体部署则尚未察悉，但已于十八日将我永丰攻占，估计该敌必直接向湘乡以北攻击。（二）白崇禧主力在衡阳、衡山、永丰及宝庆以东地区，已开始北进。宋希濂部则在五峰南北地区。（三）陈明仁主力现在湘乡、湘潭以北长沙以西地区。（四）目前我十三兵团所指挥之四个军位置如下：四十九军一个师在新化附近，两个师在湘乡附近；三十八军在常德附近（石门、临澧、桃源、马迹塘各一个师）；四十七军在宜昌南北两岸；三十九军在沙市，主力在沙市以北。（五）我十二兵团在湘江以东；十五兵团在主力在分宜、新余；四兵团在赣江西岸。（六）依据敌人的企图和敌我目前态势，我军处置如下：1. 已通知陈明仁部迅速渡过湘江以东休整。2. 以我四十九军在湘乡之两个师节节抗击敌人，掩护陈明仁部渡过湘江东岸，并诱敌深入湘中，以便尔后歼灭该敌。3. 准备在白崇禧进至湘中以后，我在茶陵、攸县、安仁部队即突然西进，截断湘桂路，断敌后路。4. 准备以我三十八、三十九、四十七共三个军的兵力歼灭宋希濂军，该敌甚不充实，战斗力甚低。（七）军委有何指示盼告。

毛泽东并不相信白崇禧会在湘中与我决战，可是既然前线指挥员认为决战态势已经形成，他还能说什么呢？

22日凌晨6时，他以中央军委名义复电四野："同意你们21日17时之部署，如能诱歼白匪主力于湘中地区，那是很好的事。"

可这份电报到林彪手上时，白崇禧、顾祝同策划的这场全面反攻已接近全面流产。

8月16日，李延年第6兵团接到反攻命令时，发起福州战役的解放军三野第10兵团，已兵临福州城下。当天下午李延年就爬上飞往台湾的飞机。第二天，东南重镇福州解放，继而整个第10兵团压向厦门。

胡宗南动作最大，以4个军向甘肃的秦安、通渭方向进犯的同时，令第38军翻越秦岭，直犯西北地区重要物资补给基地宝鸡。8月24日，一野第18兵团由宝鸡西固川车站南渡渭河，迂回到离凤县附近的红花铺地区。第38军一看被截，纷纷夺路溃逃。3个师未经一战，3万多人的部队就逃散近半数。向甘肃进犯的敌军见第38军溃败，也赶紧缩回城固、凤县一带。

向澧水东岸试探的宋希濂部不到4个团兵力，与解放军一触即退，动作稍慢的就没再回来；而湘中的桂军第7军机动到湘江西岸，就再也没挪窝了。

第19章

守乎？退乎？

7月，毛泽东估计白崇禧在广西决战的可能性最大。8月下旬，林彪诱敌深入的计划再次落空后，毛泽东对自己的判断就更加自信。这种自信是在他9月8日给华南分局领导的电报中流露出来的："白崇禧必然不战而向广西撤退（他决不会在湖南境内和我决战，所布疑阵是为迟滞我军前进之目的）。"

从可能性到必然性，展示了一个伟大的思维轨迹。

9月9日，他在给林彪、邓子恢的电报中，再次确信不疑地指出："判断白部在湖南境内决不会和我们作战，而在广西境内则将被迫和我们作战。"

为此，他在电报中具体部署四野：

（一）陈赓邓华两兵团第一步进占韶关、翁源地区，第二步直取广州，第三步邓兵团留粤，陈兵团入桂，包抄白崇禧后路。陈兵团不派任何部队入湖南境，即不派部去郴州、宜章等处。（二）程子华兵团除留一个军于常德地区，另一个军已到达安化地区外，主力两个军取道沅陵、芷江直下柳州。（三）另以三个军经湘潭、湘乡攻歼宝庆之黄杰匪部，与程子华出芷江的两个军摆在相隔不远的一线上。对衡阳地区之白崇禧部，只派队监视，而不作任何攻歼他的部署和动作。（四）这样一来，白崇禧部非迅速向桂林撤退不可，而这就是我们的目的……因此，陈赓兵团不要派部出郴、宜。现在茶陵攸县之我军，亦不要作攻歼衡阳白匪之部署，而应两路齐出芷江、宝庆，位于白匪西侧。然后，以芷江之两个军，先期突然出柳州，在柳州地区建立根据地。估计白匪三个军（第七军、第四十六军、第四十八军）及鲁道源之五十八军在我主力威胁面前，不敢过早分散其主力。李品仙防御柳州一带之兵力必不甚多。我军（两个军）可能在柳州以西以北区域即融县、罗城、天河、宜山、思恩、宜北区域建立根据地，并切断柳州通贵州的铁道线。陈赓兵团则于占领广州后，即经梧州向宾阳、南宁地区前进，位于广西南部。我在宝庆之三个军（主力）则于白匪向桂林撤退时，尾敌南进。（五）以上三路我军（共八个军），在进入广西后，第一步不是急于寻找白匪主力作战，而是立稳脚跟，查明情况，联系群众和结合我在广西境内的游击队（桂南、桂北均有）。第二步，再各个歼灭白匪主力。白崇禧是中国境内第一个狡猾阴险的军阀，我们认为非用上述方法，不能消灭他。（六）白崇禧的最后一条退路是云南。他以回云南的口号拉住了鲁道源，故在白、鲁退入广西后，可能即令鲁道源军或再配以一部桂军入云南。如果这样，那时我们应考虑从陈赓兵团先抽一部（例如一个军）出云南，配合我在云南的游击队在云南先建立根据地。

据说这篇大手笔电文,是他几支烟的工夫一挥而就的。而且,由此电开始,但凡"白崇禧",毛泽东言必称"白匪"。

刚熬出那个纷乱的8月,白崇禧又迎来凶多吉少的9月。

20多天按兵未动的林彪,于9月中旬竟连续动作:一直逼迫他"湘粤防线"右翼的陈赓兵团3个军,攻锋由西掉转向南,与邓华兵团经赣州向广东方向推进;西线程子华兵团的2个军则由常德、桃源地区向沅陵、芷江挺进;正面肖劲光兵团的3个军却似动非动,滞留在衡宝以北的娄底、湘乡和中路铺一线。

白崇禧烟酒不沾,香港朋友送给他的"555"香烟,他从来都是分给部下抽,不像李宗仁又抽又喝。而且白崇禧勤奋好学,有手不释卷之雅好,吃饭时看报纸,坐抽水马桶上也得拿本书。

可近来他什么也读不进去,脑子里总晃着一张共军态势图。虽然他一下子还没看出林彪的这个招数,但他嗅到了其中的血腥和杀气,这便足以让他寝食不安了。他一点儿也不知道自打4月以来,他其实一直是和站在林彪身后的毛泽东博弈。所以,几个月周旋下来,他竟然挺赞赏林彪,心里想难怪陈诚、杜聿明、卫立煌、范汉杰、廖耀湘、陈长捷这些党国名将都栽在东北、天津,折在他林彪手上,这个人确实会打仗。

桂系将领多系保定军校出身,都不大瞧得起黄埔生。可林彪却让白崇禧生出许多感慨:没想到黄埔四期还出了这么个人物。

他记得任北伐军代参谋长时,曾应黄埔军校邀请,给第四期入伍生们讲过课,是关于湖南军事形势。他想:当时林彪是不是也在座?

林彪在不在座,无人提及。但是有四期黄埔生回忆:白崇禧开讲之前先在黑板上画湖南地图,竟然不紧不慢地足足画有半个多小时。画得入伍生们不耐烦，纷纷在台下嘟囔：既然是来讲湖南形势，为什么早不把地图画好，什么小诸葛？

林彪这阵子过得很悠闲，四野结束休整，并按毛泽东的意图部署，由陈赓统一指挥由第4、第15兵团及两广纵队组成的东路军，经赣州、南雄、始兴南进，歼灭余汉谋集团；占领广州后，第15兵团与两广纵队留粤，第4兵团则向桂南挺进，迂回白崇禧部右侧后。程子华则率第38、第39军为西路军，取道沅陵、芷江，沿湘黔桂边直下柳州，迂回敌左侧后，切断白崇禧集团西逃云贵的退路，与第4兵团构成对敌大钳形包围圈。肖劲光统一指挥第40、第41、第45、第46、第49军，以及配属的二野第18军，共6个军19个师，是为中路军，由湘潭、湘乡正面攻击宝庆（今邵阳）之敌，迫敌向桂林撤退，尔后尾敌南下，会同陈赓、程子华兵团歼敌于广西境内。

肖劲光兵不厌诈地令第46军虚张声势，向安仁地区挺进，作西渡米水状，掩护中路第41军由长沙、平江向娄底、谷水前进；第45军由江西萍乡向湘乡，第40军由攸县向湘潭以南秘密集结。

林彪这些日子只是每天到作战室听听进展，了解各部队到达的位置。

炊事员老徐头儿变着法子为他调剂伙食，顿顿都是湖北家乡菜。尤其是早上，豆皮、面窝、热干面之类的武汉小吃，大盘小碟地摆上好几样。好吃不好吃，林彪从不表态，但老徐头看得出他爱吃，虽说吃不了几嘴，却每样都尝点儿。

最难得的是林彪也有兴致散步了。连着几天黄昏时，他带着女儿豆豆到住所附近的小树林子里转转；穿着花裙子的豆豆，像只彩蝶在他身边飞来舞去。林彪挺开心，跟在后面几丈远的秘书、警卫员们，看见他那苍白的脸几次浮出笑意。

林彪从不像白崇禧一碰就暴跳如雷，白崇禧却和林彪一样不苟言笑。这些天，白崇禧的脸上更是雪冷冰寒的，弄得副官们整天提心吊胆。

9月21日，白崇禧获知解放军第4、第15兵团的前锋已逼近赣粤边境。虽然他还没识破这2个南进兵团暗藏的杀机，但看得出他们先奔广东打余汉谋去了。

他在6月底就曾与黄旭初、李品仙、李汉魂、程思远、邱昌渭等桂系的高级干部商讨过华中公署部队入粤的计划。就在半个来月前，美国太平洋舰队司令白吉尔还约白崇禧到广州晤面，再次向他重申了华中公署部队如能开到广州，他将尽力保障供给美援武器装备和物资的意见。

可是桂军入粤需要国防部下令，而国防部只听蒋介石的。

这年6月新任行政院院长阎锡山组阁时，李宗仁想乘机将国防部掌握在桂系手里，提名白崇禧任国防部长，但被蒋介石否决了。7月底，李宗仁又为此事专程去台湾会晤蒋介石。蒋介石却告诉他说："我之所以不主张白健生重掌国防部，是因为胡宗南和宋希濂两人反对。"

胡宗南、宋希濂能左右国防部长的任免？显然是搪塞。

为此，入粤的事一直悬而未决。

而偏偏这时《中央日报》驻华盛顿记者又传来美国经济合作总署的消息：尚余1亿多元的援华款项，其中包括8000万元和原定运往已被共军占领地区物资所退款，由于中国目前的政治局势，中国政府一直没有能够使经合总署支用此款，总署的经济援助计划已缩小了很多。总署认为，目前交通状况不良，物资无法从广州运到西南各地。如果目前情形不变，到明年2月经合总署失去使用权，所余款项将交回美国国库。

美国经合总署的这笔美援，是白崇禧梦寐以求的。

如今解放军两个兵团直指粤境，粤北一带防卫空虚，一旦韶关被突破，广州便如囊中之物。广州一失，美援和入粤计划便一起泡汤。

白崇禧心绪顿时就乱了，当即给李宗仁打电话，告之打算以主力先击退进犯粤北的共军。

李宗仁连忙劝阻说：不可，现在强弱过于悬殊，此举太冒险了。

恰好这时蒋介石侍从室的电报来了，约白崇禧去广州与蒋先生晤面。

两人乌眼鸡似的斗了几十年，已近乎死敌，白崇禧丝毫没想到，当此政局风雨飘摇之际，老蒋还会单独召见他。但他一想，这倒是个机会，正好向蒋介石当面提出入粤的事，便马上要飞机去广州。

22日傍晚，从重庆绕道昆明飞穗的"美龄号"座机，在白云机场平稳降落。蒋介石稍事休息，便将白崇禧请到原黄埔军校校长办公室去谈话。

他先向白崇禧大谈了一通胡宗南部拱卫川北；宋希濂部屏蔽川东；华中公署所辖黄杰兵团策应贵州；张淦、徐启明、鲁道源三兵团则兼顾湘南粤北；调海南岛刘安祺兵团2个军防守广州的防卫计划。而后，他异常亲切地对白崇禧说："回想民国十六年，我们两人精诚团结，所以能完成北伐，统一中国。嗣后不幸为奸人挑拨离间，以致同室操戈。但后来卢沟桥事起，我两人又复衷心合作，终将倭寇打败，收复国土，建立不世之功。今共党虽极猖狂，国势虽极危险，只要我两人能一心一德，彻底合作，事尚有可为。"

白崇禧为人严厉，却也是个好感情用事的人，蒋介石这一番话居然就打动了他。

回到代总统临时官邸的华北路迎宾馆，他对李宗仁说："蒋先生这次倒很诚恳。"

可是从乱哄哄的广州回到衡阳，白崇禧静下心来一想，蒋介石的防卫计划实际上还是弃粤守川，无非是又给他白崇禧多派了些活。可华中公署真正能战部队不到3个军，却要兼顾贵州、湘南和粤北的战事，莫道白崇禧只是个"小诸葛",就是真孔明再世,这仗也没法打。更何况他很快就得到情报,刘安祺兵团只有不到一个军在缓缓北移,事实上广州已经不设防。

从5月退守湘境,到争取再掌国防部,白崇禧忙活了好几个月,都是为了达入粤获援之目的,可如今蒋介石舍粤保川,解放军也正向粤北挺进,华中公署几十万部队入粤无望,美援无望,除了退回广西已无处可去。但何时退?怎么退?眼看衡宝已成凶多吉少之地,白崇禧仍徘徊不定。

白崇禧最推崇德军总参谋长鲁敦道夫的为将之道:决心。而他一生征战杀伐,亦以多谋善断著称。

但1949年9月的白崇禧,偏偏失误在犹豫不决上。

9月28日晚上8时,白崇禧在总部召开高级将领作战会议,首先由参谋处长林一枝向大家报告当面之敌情及对敌情的判断。

但林一枝被四野第46军的佯动迷惑了,他判断共军这次是企图先从衡阳、耒阳之间进行突破,因而布置了第7、第48军,待共军渡米水时,由泉溪和耒阳夹击之。

接着,他请各位将领发表意见:守乎?退乎?

仍沉浸在永丰大捷的喜悦中尚未清醒过来的张淦首先主张:"打。健公,继续和共军较量,我们就有胜出的机会。上一次我们能在青树坪斩断他林彪的一条腿,再打就有可能再砍掉他的一只胳膊!"

夏威一旁苦笑道:"有道是:战不必胜,不可以言战,攻不必拔,不可以言攻。现在共军数倍于我们,坐以只有待毙。依我之见,退得越早越好,退得越快越好,退得越远越好。"

张淦用手指敲了敲面前的茶几,问夏威说:"请问夏副长官,你既主张退,那么我们退往何处去?"

第19章 守乎？退乎？

这一问，倒真的把夏威给问住了。这位新桂系的元老心里十分明白，倘健公（白崇禧）果断一些，一个月前就开始撤退，从湖南直接入贵州再退四川，可能是条生路，而且这条路也能走得通。可眼下形势不同了，共军一支部队在芷江、怀化堵住桂军入贵之路，现在只能先退回广西，再定入贵抑或退守海南岛。

可他的意见一提出来，立刻遭到黄杰反对："我既不赞成退守云贵川，也不同意退守海南岛，而主张一口气退到安南（越南）去。我们过去之后，把帽子一换就成了安南军，对外打出胡志明的旗号。"

"妙！"徐启明连忙附和说，"我们过去，如果法国人阻挡我们，就连法国人也一块打。他们兵力少，我们则有几十万人，法国人想挡也挡不住。"

白崇禧对于退守安南的设想很不赞赏，徐启明在8月初的衡阳会议上就已经提出过部队退守安南的意向，遭到多数人的反对。现在徐启明又老调重弹，这使白崇禧很不高兴，于是插话说："退到安南的事就不要再议了吧，我们跟法国没搞好关系，这么大的部队开过去，乱子就闹大了，会引起国际争端。"

"这正求之不得呢。"徐启明冷笑一声说，"我们退往安南的目的正是要闯它个大祸，闹出乱子成了国际问题更好，这才能引起美国的重视。最重要的是我们退到安南是为了求得生存，以图东山再起。如果长官你不便去，那就请夏副长官或李副长官去，再不行就我和张总司令去，我们负责指挥。早作决定早主动，以免将来大家都手忙脚乱。"

在座的还有主张退守云南的，还有赞成退守海南岛，也有想退到四川的，乱糟糟的，讨论来讨论去也没个结果。

第7军副军长凌云上便提醒说："健公，根据新化以北的敌情来判断，连日以来敌人挺进非常迅速，毫无顾忌。按照作战之一般规律，先头部队之后必有强大部队继续推进。毫无疑问，这一路必系敌人右翼包围的大部队。待其到达宝庆后，衡阳正面之共军主力，必将展开进攻。衡阳是个三角顶点，突出在前方，指挥所在此极为不利，应迅速撤到东安，并以有力部队据守武冈，以固我广西北方门户。"

白崇禧当然清楚此地不宜久留，手下这点人马根本挡不住林彪。眼下黄杰第1兵团第71、第14、第97军三个军加起来才4万多人；张淦第3兵团第7、第48军拢共5.3万人；徐启明第10兵团第126、第46、第56军，合起来5万多人；鲁道源的第11兵团第58军、第125军，总共不足4万人；刘嘉树的第17兵团第103、第100军人数更少，拢共不到1.3万人。以此12个军不足20万的兵力硬抗林彪百万大军，纯粹是找死。

但是他考虑马上就撤未免也太仓促了，衡阳这里还有许多从武汉和长沙运过来的军需物资，都还堆在仓库里没来得及运走，一撤，这些物资就全部损失了。

沉吟半晌他才讲话："前次青树坪战役的胜利收获就很大。这一胜利，证明了共产党的军队是可以打败的，也足以证明我们的部队是有战斗力的。所以青树坪一战之后，美国就相信我们，愿意用大量的美援供给我们。魏德迈亲口答应我，40个师的美式装备，很快就会交拨了。除了装备西北马家军15个师之外，其余的都装备给我华中公署部队。"

因此，白崇禧决定："目前我们需要再与共军周旋一段时日。至于长官部位于衡阳虽属不利，但也不能轻易移动，以免影响国际观瞻。因为目前正交涉美援接收的时间及地点，所以应稍缓撤退，暂于衡宝、衡耒之线取守势，看看共军下步行动如何，再作部署。"

会开到半夜，白崇禧说了声"各部回去抓紧行动"，便稀里糊涂地散了。

然而，就是这个"稍缓撤退"，让白崇禧付出了沉重代价。

第20章

10月1日这天

南部战线的许多解放军官兵都没意识到这一天对于他们意味着什么。它像以往的日子一样，充满征战杀伐的动感，在混浊的硝烟和子弹的啸音中月落日升，风起云涌。

这一天，在粤汉路西侧到九连山东麓140多公里宽大正面的几十条大路小道上，征尘飞扬，战旗猎猎。陈赓开始实施毛泽东"大迂回大包围"战略，他统一指挥的东路军，以第4兵团第13、第14、第15军为右路，由南雄、始兴，直趋韶关、广州；以第15兵团第43、第44军为中路，经翁源、从化南下，与右路形成对广州的钳形合围；以两广纵队并指挥粤赣湘边纵队、粤中纵队为左路，由和平、龙川等地进至东莞地区，断敌南逃退路。

那是将载入世界史的新中国开国之日，20多万人马挺进的脚步杂沓，他们没有听到天安门前那喜泪打湿的欢呼。

那会儿连第15军第45师的崔建功师长也没台收音机，后来在广西战役中缴获了桂军第48军军长张文鸿的那台美国货,后勤部门没有上缴,留给了他用。师部的人全都稀罕得不行,一到宿营地崔建功身边就围过来一群官兵,和他一起听匣子里的人说话。

　　崔建功也是好几天之后,才从上级的电报中得知中华人民共和国于10月1日成立了。他一算,那天他的两个团队正由始兴向韶关两路攻击前进。其中第134团沿铁路向南疾进,第135团则左翼迂回,摸黑翻越摩天岭。

　　爬摩天岭的这个团可是遭罪了,海拔近千公尺的山峰壁立如削,荒草深可没人。官兵们一个个爬得腿软气短,却没人敢掉队,据说山上有野人,会被他吃掉。从黄昏开始爬起,下到山脚时,已是日上三竿。刚想垒石生火弄口热乎的饭吃,就听见前卫打响了,各部队锅都没顾上收拾便冲上去。

　　就这样还是晚了一步,赶到韶关南边的北江时,眼睁睁看着敌人把江上的铁路桥给炸了。战士们急红了眼,攀着残桥还烫手的铁梁钢轨就爬过江去,追了四五里地撵上炸桥的那伙敌人,连打带抓,一个没让漏网。

　　同一天里,肖劲光的中路军也已全部集结到位,按第40、第45、第41军的顺序,自东向西地横摆在衡阳至宝庆公路以北。各军抓紧时间,进行战前动员。

　　集结在湘乡地区的第45军战斗动员工作最为深入细致,除各师、团、营、连层层进行广泛的思想发动外,军长陈伯钧、政委邱会作还亲自向团、营,甚至直接向连队发布战斗动员令。

　　在给第133师第399团第2营杨营长、田教导员、张副营长暨全营指战员的动员令中,陈伯钧、邱会作号召他们:"我军继第一、第二两次杨仗子战斗大捷后,接着进入了九关台门战斗,又歼灭了敌人从关里调来

第20章　10月1日这天

的第92军第21师。从此以后，敌人凶焰再不敢伸出锦州、义县等几座较大的据点。在九关台门战斗中，起决定作用的是350高地的夺取，而你们，就是夺取350高地的光荣获得者。在那次战斗中，由于你们全体同志坚决顽强和刺刀见红的无比英勇，及指挥上的大胆，干部向前周密地组织火力，因此在全军中，争取了自己的威风和荣誉。现在全国即将解放，我们建立战功的机会不多了，因此希望你们在这次进军广西，消灭白匪的战斗中，发扬你们血战350高地的威风，把热河的山地作战经验，灵活地运用到南方山地中来，创造你们第二次、第三次血战350高地的光荣。祝你们旗开得胜，马到成功！"

但他们都不知道为之奋斗了几年、十几年，甚至几十年的那一天已经来临。

军政治部下发部队的战斗动员令中，也只是提到："各单位每个人员，都要明确知道自己的任务，动员全党全军坚决打好第一仗，庆祝中华人民共和国的成立，拥护我们领袖毛主席荣任中央人民政府主席。"

程子华指挥的西路第38、第39军连克沅陵、泸溪、溆浦、辰溪，继而锋芒直指湘西重镇怀化市。

这两个四野主力部队的官兵们也不知道，这天上午他们便已踏进一个新时代的门槛。第38军第113师正向怀化东北角上的花桥守敌猛攻，打了三个半小时，便以亡12人，伤57人的极小代价，痛快淋漓地围歼了敌第100军的一个团。

同一天下午3时——

广州原黄埔军校校长官邸里，瘦骨嶙峋的蒋介石双目半阖地斜躺在小客厅的藤椅上，脸色灰灰地也在收听毛泽东在开国大典上的讲话。无线电波从2000多公里外的北京辐射过来，将他老对手饱满的情绪和流畅的

声音，一丝不漏地传递到这幢垛石垒砌的建筑物里。

天安门广场开始游行了，他还纹丝不动地坐在那里，听力很好地从那万众欢腾的声浪里，捕捉不时地跳出的那声他所熟悉的高亢湘音："人民万岁！"

他在重庆时就领教过毛泽东临场的机敏，以及他那有若悬河的口才。

这两个中国近代史上的重要人物都带有浓厚的家乡口音，但蒋介石口拙，语言木讷，不善辞令，常常一句话里要带好几个："这个，这个……"

那年重庆谈判时，就有民主人士讥讽蒋介石仗打不好，说话也不如毛润之利索。

蒋介石已一败涂地，但在10月1日这天，却表现出少有的正视现实的勇气。他在收音机前静坐了整整1个小时，默默地承受着历史的最后裁决，任凭那只无形的手将他曾紧攥的社稷权柄，移交给了共产党；将一个民族的命运，托付给了那个生气勃勃的湖南人。

直到16时，侍卫官蹑步而入轻声提醒说："先生，召见的时间到了。"

他这才缓过神儿来："喔喔。"起身后，他习惯地摸了摸他的白色绸褂的领口，然后才走出客厅，沿一条长廊来到海军会议厅。

自9月22日由重庆飞抵广州，蒋介石频繁召见国民党军政要员，几无一日闲暇。这天是集体召见广东省和广州市国民党部的41个委员，垂询粤穗党务。听完省党部副主任委员谢玉裁的报告后，他显然还没从共产党人开国大典实况转播的郁闷中摆脱出来，面容冷峻地发表了一通训示："任何一个国家，在革命时期其所遭遇的困难愈大，敌人的压迫愈重，而其成功的机会也愈大。广东有13万党员，如果都能够服从党的命令，遵守党的纪律，必定能够复兴本党。"

他侧转脸望着厅外滚滚波涌的珠江和远处的广州城郭，回忆道："当民国十二年孙总理在这里领导革命的时候，到处都是敌人，即便近在广州也有敌人盘踞着，当时只有一个小小的黄埔岛。但是一两年间，我们便统一了广东，继而统一了中国。我确信中国有悠长的历史，有高尚的文化，是绝对不会灭亡的。只要我们恢复当年革命的精神，全体党员在党领导之下，为实现三民主义而共同奋斗，则最后的胜利是有绝对把握的。"

第二天凌晨6点，蒋介石便离穗飞台湾。在台北松山机场降落后，直接驱车向北，直驰阳明山总统官邸。

一路上，蒋经国都在车内后视镜中，疼惜地悄悄看着后座上那张青灰的脸。下车时，他轻声建议说："父亲，这段时间您太累了。月底就是您的寿辰，您看是不是提前按您的意思到阿里山'避寿'，您好清静地休息几天？"

蒋介石点头："你就办吧。"

当天，阿里山林场场长孙金铭就接到台北来人的通知：蒋总裁明天要到阿里山"避寿"，一行20多人，要林场准备好登山专车和住处；一应饮用食品，由蒋总裁侍从人员自带。

第一次接待蒋介石这样的大人物，而且同时来了这么多党国要人，孙金铭显得有些心慌意乱。他请求来人说："登山铁路所经过的许多桥梁、隧道，都已年久失修，安全很没有保障，能不能转告总统晚些时候再来？"

台北来的人答复说："总裁决定的事很难改变，你就抓紧准备吧。"

第二天上午10点左右，蒋介石身着深灰色长袍，黑色呢马褂，头戴一顶旧式礼帽，在蒋经国、谷正伦等陪同下，避开诸般烦心事，离开了台北，乘飞机抵达嘉义机场，再换汽车到嘉义市北门的林场森林铁路车站，搭乘上山的贵宾专车。

林场的贵宾专车和山上的贵宾馆，都是日本统治时期遗留下来接待高级官员用的，设备相当完善考究。但贵宾车上没有卧铺。为了让蒋介石等要人途中休息好，林场的机车修理工连夜在车上加设了几个软垫卧铺。

满脸倦容的蒋介石坐在卧铺上，吃了些茶点。他虽才过花甲之年，嘴里已换了满口的假牙，咀嚼时腮帮的肌肉蠕动得很不自然。待他稍事休息之后，专车这才启动，沿着崎岖的山道盘旋而上。

阿里山是台湾著名风景区，以云海壮观、日出奇景、擎天神木和艳丽樱花四景而闻名。专车行经的一路上，瀑布飞泻，流泉潺潺，怪石峥嵘，山花烂漫；放眼望去，如海的森林直铺向天边，令人心旷神怡。

但孙金铭看出蒋介石并没有游览的兴趣，神情忧郁，一言不发。整个陪同过程中，孙金铭没见他笑过一次。当天晚上，在贵宾馆旁边的平台上举行小型篝火晚会，谷正伦等纷纷祝词，愿总统像熊熊燃烧的篝火一样健康长寿，蒋介石眉目也没舒展过，只是点了点头。

第二天晚间，正式庆祝蒋介石63岁寿辰。除了一早派人下山购买了七八只活鸡和一些肉、蛋，也只有台南县县长和孙金铭代表全体林场工人，各送了5斤寿面。

自1926年蒋介石担任国民革命军总司令以来，生日第一次过得这样冷清。

祝寿活动还没全部结束，蒋介石便接到广州绥署主任余汉谋的来电，报告广东局势急剧恶化：陈赓统率二野第4兵团、四野第15兵团及两广纵队共二十余万人马，分三路南进。其势凶猛，正向韶关、从化、翁源、曲江、英德等粤北重地逼近，形成钳击广州之势。

天一蒙蒙亮，蒋介石、谷正伦等便匆匆下山去了。

设在衡阳五桂岭的华中军政长官公署里，白崇禧也在收听北京开国大典盛况。可是没听完就接到宝庆方向情报：共军主力正向衡宝一带集结。

他急忙给衡阳第7军副军长凌云上打电话，亲授机宜，命令他率第171师第513团立即登车，紧急开赴宝庆佯动。

第 513 团疾驰宝庆后，即大玩障眼法，在市区、郊区到处号房子，虚张声势地用粉笔标上第 7 军×××师×××团宿营点，并到处放风，宣称第 7 军即将增援宝庆，制造假象。

10 月 2 日，四野由西到东，三路人马一起动作——

陈赓、邓华两兵团攻击韶关、翁源等地，正式发起广东战役；

程子华兵团占领芷江；

肖劲光兵团则于当天下午 16 时，以 3 个军同时向湘中南敌第 71、第 126、第 58 军发起突击。

第4章

一个师走活这盘棋

　　桂军的军、师长们都曾跟随白崇禧征战多年，从没见过他这样手忙脚乱。一看肖劲光兵团来势甚猛，白崇禧没怎么过过脑子就抄起电话，急令第7军军长李本一到衡宝路上的演陂桥设立指挥所，调该军第172师到演陂桥以北30里的红罗庙地区布防；调该军第171师2个团到衡宝路上的水东江一带待命；调第48军第176师到水东江以北40里的高地布防。

　　为了集中主力寻机实施反击，稳定衡阳至宝庆（今邵阳）一线防御，10月4日，白崇禧再调驻耒阳的第48军主力、驻乐昌的第46军、驻郴县的第97军，沿着粤汉铁路北上衡阳、宝庆一带。

　　至4日早上，略呈波状曲线的衡宝公路两侧，已是大军云集，雷声隆隆。

　　此时，肖劲光兵团担负突击任务的3个军，均已向前推进了20至50公里，控制了渣江至界岭一线，与敌形成对峙。同时，展开于湘江东岸、米水北岸的第46军和配属的二野第18军，亦正向耒阳以北和安仁西南挺进。

第21章 一个师走活这盘棋

但此时敌情突变,在全长不过百十公里的衡宝公路上,白崇禧竟一下子集中了13个师的兵力,这使得肖劲光不能不考虑新的对策。

他当即电告四野总部:"考虑敌七军已到达宋家塘,我们提出以下两个作战方案:第一,以四十一军、四十五军、四十军歼灭敌七军、七十一军。如此则能吸引桂敌增援,将桂匪全部拉住,并能给桂匪以瓦解打击。以四十军抓住演陂桥地区之敌四十六军。第二,以四十五军、四十军围歼演陂桥、西渡地区之敌,以一部南进,切断湘桂路断敌退路,以四十一军牵制监视敌七军。如此七军处于我包围圈外容易跑掉。以上两方案由你们考虑,如同意第一方案则以四十一军由北向宋家塘西及西南,四十五军向宋家塘以东及东南包抄围歼,以四十九军两个师,由界岭转到宋家塘西北,阻击新化敌十四军及宝庆敌之增援。如何?请野司直接下命令,以免电报往返而误时间。"

刚从北京参加开国大典返回汉口的林彪接到肖劲光的电报,对着墙上的地图一直琢磨许久。然而,他再次被白崇禧以进为退的伎俩所惑,判断:"敌正布置在衡宝间与我决战。"

4日23时,他命令中路军第12兵团各部:"目前我第一线兵力不够优势,各部应即在原地停止待命,严整战备,待候我兵力之集中。"

5日凌晨,第12兵团报告:各穿插攻击部队都已原地停止待命,只有第45军的第135师联络不上,位置不明。

10时30分,林彪再次电令第12兵团各部停止前进,并强调指出:"(一)目前敌之企图不是撤退而是与我决战。(二)在此情况下,我军应集结兵力,进行充分的攻击准备,然后待命攻击。(三)作战部署大约是:以四一、四五两军及四十、四九军之各一部,首先围歼水东江、宋家塘地区之敌。(四)目前已突过衡宝公路之我军,则应在水东江、宋家塘以南地区集结,在公路以北者暂勿南进。（五）各部皆须作敌向我进、向东或向南撤退以及在原地不动等三种情况的处置，并以机动精神处理情况。"并命令程子华率第13兵团掉转攻击方向，挥师东进，向宝庆、祁阳间前进；命令临时配属四野的二野第5兵团司令员杨勇率第16、第17军向白果市前进，以集中兵力与白崇禧主力决战。

11时，林彪口述给中央军委的电报："我为集结优势兵力而歼敌，本日已令三十八、三十九两军转向宝庆、祁阳间前进，准备参加衡宝决战；届时如敌改变与我决战的计划时，该两军即中途直向全州前进。"鉴于"桂军行动狡猾、迅速，长于山地作战，我部队已有多次吃过其小亏"，他向军委提出"今后向广西进军仍以五个军采取较靠拢的并进，如敌与我决战，则我亦能作战；敌退，则我仍能向前推进。如我兵力太分散，则遇作战机会而不能战，而遇敌退时，由于各路兵力不足亦无法堵住敌人"。

这时，阎仲川送来一份急电：第135师已于即日越过衡宝公路，穿插到沙坪、灵官店、孙家湾一线。

阎仲川一转身，手指准确地往湘中地区分幅地图上一摁："在这儿。"

林彪顿时眼睛一亮。

第135师是3日下午接到的任务：直插洪桥。

祁东县的洪桥镇是衡阳至桂林铁路线上的一个大站，控制了洪桥，就切断了敌人的铁路运输，白崇禧在衡阳的长官公署机关、军需物资弹药全都跑不了。

师长丁盛17岁就当了红军，是从枪林弹雨里钻出来，有丰富的战争经验。他当时就预感到，插入敌纵深占领洪桥这么要紧的地方，敌人定会拼命争夺，到时必有一场恶仗。

4日上午，第135师出发了。那天天气极好，湘天碧透，山水亮丽，

第21章　一个师走活这盘棋

部队蜿蜒在如拂的秋风里。当时谁也没有想到，这一去，第135师将彪炳史书。

沿着湘中紫云山脉西麓，第135师一昼夜间隐蔽开进，走了近百里地。5日傍晚，到了花门楼附近，休息时本该架电台向军里报告位置了，但是丁盛一看天还没黑，就决定继续前进，超强度行军。呼呼啦啦又走了整整一夜，5日天蒙蒙亮时到了水东江。此地原是桂军第171师防地，因该师一天前被调到黑田铺方向，增援第176师与四野第41军作战，只留下个野战医院。这样一来，就造成敌衡宝线上的一个空隙。

前卫第403团参谋长王洪章跑回来报告："师长，前面山沟里面有敌人一个医院，怎么办？"

丁盛说："这个不要管它，医院嘛，留给后面部队收拾。"

第135师觅缝钻隙，迅速通过水东江。

过了水东江再向南几里地，就是敌人第一道防线衡宝公路。

这时，带领侦察分队一直走在全师最前边的侦察科长李俊杰又跑来报告："师长，我们发现前边的公路上停着十几辆汽车，好像是敌人的后勤部队，拉拉杂杂的，人数还不老少。"

丁盛问："你们看没看清车上都装了些什么东西？"

李俊杰说："多数车上装的是军装，还有一部分车上装的是被子棉花套什么的。师长，机会不错，打不打？"

丁盛断然道："不打，穿插部队不要老想着占小便宜，万一被敌人拖住，不是要误事么。走！"

全师1万多人沿着一条山间小道，刮风似的急速通过衡宝公路，一头钻进城坪冲山脉西端的一个峡谷，直跑到30多里外的大云山南麓西段才收住脚。站在山上往南看去，两三里外就是坐落在盆地中的小镇灵官殿。

山间树木森森，小道崎岖坎坷，人马行进耗时费力，因而第135师到达灵官殿地区，已是5日上午的九、十点钟。师部就设在山上的一座破庙里。部队一休息，丁盛就催参谋长刘江亭："老刘，快架电台，向上级报告我们的位置。"

半小时后军部就回电了。一看回电，丁盛与政委韦祖珍相觑无言，两颗心塞着往下沉。

日后丁盛回忆说："收到第一份电报，才知道我们整个12兵团都在衡宝公路以北停止前进了，都没过来，唯有我们一个师过来了。这一下我就感到这问题大了：衡宝公路是敌人的一道防线，封锁线，我们突破了，过去了，但后面没有过来呀，隔得很远，我们走了一昼两夜，160里地呀，怎么办？当时也没有其他办法了，我命令赶快上山。部队占领山头，我们发报请示总部：'我们没有接到4日深夜命令，现在越过了衡宝公路，位于灵官殿，怎么办？'"

1949年10月初的中国战场真是热闹，几出好戏连台唱——

10月2日，陈赓第4兵团、邓华第15兵团及两广纵队刚刚打响广东战役，5日，徐向前指挥华北军区第一兵团发起太原战役；太原战役展开的当天，衡宝地区的敌我态势发生了奇妙的变化。

林彪毕竟是饱经战阵之将，一眼就看出第135师孤军突进所蕴含的全部战役意义。这一偶然性的出现仿佛是天意，为使林彪摆脱困窘而赐此出奇制胜的良机。把这枚棋子下好了，湘中南战局可能满盘皆活。

之所以说可能，是因为第135师毕竟孤师突进，身陷虎狼群里。这枚棋如没下好，或许灵官殿就成了第二个青树坪。

他当即决定对第135师实施超越指挥，命令第12兵团：从即刻起第135师暂归总部直接指挥，该师的师、团的电台均应随呼随应，兵团和军的电台只可收听，不得参与指挥。

第21章　一个师走活这盘棋

从4日深夜命令第12兵团各部停止前进，到5日上午超越指挥第135师，林彪在不到半天的时间里，作出了两个重大决定。

他太渴望决战了，并执拗地认定白崇禧也有决战的企图。可是他的部下都看出，白崇禧没这意思。

若干年后，丁盛分析说："白崇禧是准备撤退，不是与我们决战，这是白崇禧的企图。而林彪得到的情报呢？白崇禧部队从衡阳、耒阳过来了，是准备要与我们决战。我认为，他是错误的判断，白崇禧不是与我们决战，是想把部队调过来，占我们点小便宜，然后向西。这个错误的判断形成错误的决定，使整个12兵团停止前进。如果不是这样，按照原来的计划，3个军并肩前进，我们很快就可以把白崇禧这些部队消灭的。3个军12个师，我们每个军是4个师，每个师都有万把多人，因为我们在天津补充的兵力很充实。我们4个军，二野的5兵团，即杨勇兵团，就在我们后面作第二梯队。决战也不怕的。一下子过去十几万人，只要插到洪桥，插到湘桂公路，那么白崇禧在衡阳的整个部队都跑不掉。白崇禧可以坐飞机走，但他的机关跑不掉，物资跑不掉啊。因为我们在这磨了好几天，他在衡阳的飞机、物资就得以拉回广西去，白崇禧所有的部队都可以顺利地回到广西。如果我们部队全部过去了，我们师也不会在敌人的包围之下，打那么六七天。4日过去的，6日打起来，一直打到10日才解决战斗。那样，我们就没有这样危险，当然也就不可能有后来135师这样一个好战绩。"

5日12时许，隐蔽在灵官殿山间的第135师电台收到四野司令部的回电：你部原地休息待命。报务员迅速将电文译出，跑步呈送师首长传阅。

丁盛心里这才踏实了，立即部署第404团位置不动，南向石株桥方向派出侦察警戒；第405团位于孙家冲，西向宝庆方向派出侦察警戒；第403团位于刘家湾及其以东地区，北向水东江方向派出侦察警戒。3个团各控制一个山头成三角配置，师直属队居中；师指挥所位于孙家湾东侧高山上的一个大庙里。各团进入宿营地后，除派出侦察警戒，封锁消息，了解情况之外，督促部队抓紧时间休息，同时派出工作组，就地征集补充粮秣。

晚上野司又发来第二封电报，令该师：一、明日继续穿插，突然进至洪桥、大营市之线翻毁铁路。二、你们暂时归我们直接指挥，望告电台特别注意联络我们。三、目前敌后甚空虚，你们必须采取灵活机动的独立行动袭击小敌，截击退敌。

这一夜，灵官殿地区静悄悄。

天刚蒙蒙亮时，宿营在孙家冲的第 405 团第 3 营已经起床整好行装，也撤了警戒哨，正在村子里上门板、扫院子、备驮具，准备出发，敌第 171 师前卫营摸上来了。

这个营是敌第 171 师头天半夜派出的，走的也是第 135 师穿插的路线。走到天亮，敌人在孙家冲发现第 405 团的第 3 营。这个敌营长有点胆识，抓住战机，突然就发起了攻击。

第 3 营立即选择有利地形，就地进行还击。

当第一阵枪响打破黎明的沉寂，6 日这天就再没平静过。

在第 3 营受攻击的同时，位于河东台地独立大院的团部，也被敌人的猛烈火力封锁住大门。团长韦统泰一面让政委金剑率团机关的同志从后门撤出大院，一面令副团长韩怀智潜至河西孙家湾组织第 3 营反击。

丁盛一听第 405 团那边打起来了，知道一时半会儿很难走脱，只好暂停出发，令各团占领制高点构筑工事，准备抗击敌进攻。

但敌前卫营终因孤军突进有些心虚，加上摸不清对手底细，遭反击后也不敢恋战，试探性地攻了几次就撤走了。

为防止过早暴露实力，第 135 师也不追击，仍在山中隐蔽着。天一擦黑，丁盛便率师主力为右路，经 6 公里外的石株桥插向洪桥。师参谋长刘江亭

第21章 一个师走活这盘棋

率第 403 团为左路，隔着一座山，与师主力向南并进。

两个多小时后，第 135 师左右两路人马，几乎同时与桂军第 7 军遭遇。

桂军第 7 军军长李本一统一指挥的第 7 军第 171、第 172 师和第 48 军第 176、第 138 师等 4 个师，原布防于衡宝公路上的演陂桥、金兰寺一带，阻止四野第 12 兵团南进。5 日下午，该军奉命收缩，分两路向湘西南的武冈县转进。

6 日拂晓，就在第 135 师与敌前卫营交火前，李本一率第 7 军军部及第 172、第 138 师为第一纵队，由演陂桥沿城坪冲山脉向南，再折向西南，经黄土铺向武冈前进。第 171 师及第 176 师为第二纵队，由第 7 军副军长凌云上率领从金兰寺出发，分左右两路，并行于城坪冲山间两条山道，经大云山、白地市奔武冈。

走到天黑透时，敌第 1 纵队第 172 师先头部队赶到石株桥，正好与穿插洪桥的第 135 师主力遭遇，双方便噼里啪啦地打起来。

桂系部队虽是国民党杂牌军，但桂系头目李宗仁是副总统、代总统；白崇禧则先后当过参谋总长、国防部长，正所谓"朝里有人好做官"，桂军的装备总是优于其他杂牌军。

一年前，国民党国防部次长兼保密局长的郑介民跑到美国活动，弄来一批可装备 10 个师的美式枪械，于今年 2 月运到上海和台湾。

在 3 月底李宗仁召集的那次军事会议上，白崇禧提出他在武汉和广西有好几个新兵训练处，急待配发武器，要求拨给他 4 个师的美械装备。但顾祝同当场反对，说："现在全国各地新兵训练处甚多，都要求领发武器，所以此事必须由国防部统筹配发。"

白崇禧一听火就上来了，愤怒地指责他说："过去就有许多好武器，能打仗的部队不发，不能打仗的部队倒发了，结果都送给了共产党。现在局面弄到这个地步，你还想操纵把持吗？"

顾祝同也不示弱，两人赤面红脸地大吵起来，差点要动起手来。

国防部长何应钦出来打了个圆场，答应此事他会仔细研究一下，请示了李代总统再决定。这才平息下这场风波。后来国防部还是拨给了白崇禧2个师的美械，其中的一半就装备了第172师。

再向南三十来公里就是洪桥了，可是第135师主力跟清一色美械装备的第172师打了一夜，硬是过不了石株桥，而且敌后续部队还在源源不断拥来。

敌第2纵队右路第171师是当天下午3时，进至大云山南麓的白鹿峒一带，距西南的石株桥不到20里。可是左路第176师因道路险峻，辎重马匹行进艰难，没能赶到指定地点。看看部队走得人困马乏，凌云上便决定就地宿营，等候第176师。

不料当天晚上没等到第176师，却把第135师的第403团等来了。

师参谋长刘江亭亲自带领第403团第1营作前卫，进至大云山南麓的神前洞一带，突然与敌第171师狭路相逢。山间黑灯瞎火的，刘江亭也不知道对手是桂军精锐整整一个师，带着前卫营就插到敌窝里，扭住就打。

团主力一步没跟上，便与前卫营失去联系。偏赶这当口上电台又发生了故障，与师主力也联络不上，团长刘世彬只好率部继续向前穿插。走到一个村子边，团长刘世彬见部队十分疲劳，就传令原地休息一下。可官兵们一坐下，就乏得倚着树根，靠着沟坎，东倒西歪地睡着了。

可是，跟在队伍后面的团警卫连第3排却在一个岔道口迷了路，稀里糊涂地钻到敌宿营的村子里，被敌第171师的2个营围住打。这个排40多人无所畏惧，以寡敌众地打了6个多小时。临近拂晓，全排仅剩8人，在连长周葛亮的带领下浑身是血地突围出来。

第21章 一个师走活这盘棋

许久没有第403团消息,在石株桥指挥作战的丁盛因放心不下,后半夜时便派第404团参谋张佑陪着师政治部主任任思忠去找。天微明时,他们在离神前洞四五里远的同乐坪村,找到了第403团主力,两个营正在呼呼睡大觉。正巧这时候,任思忠影影绰绰地看见敌第171师大队人马,沿着山坳的田间小道,从东北方向同乐坪开过来。他连喊带推:"快起来,快起来,敌人上来了!"

官兵们一惊,跳起来就往南山上跑,抢先占领制高点,鸣枪开打。

这一夜乌云满天,不见一粒星光,激烈混战中的第135师官兵谁都没想起这天是中秋节。

这天晚上,在雅称"雁城"的衡阳,白崇禧也忙得没顾上吃口月饼。他正在位于湘江西岸的五桂岭上,亲自主持召开一个紧急军事会议,由长官部参谋处长林一枝向十几个兵团司令、军长们作战情综合报告。

这个干瘦的处长说话很利索:"现在,林彪共军之主力已经从正面向衡宝方向推进,其两翼进展最快,这使我们当前所处形势十分不利。据此,我以为最好能够换一个地方再与共军作战。"

不料心情烦躁的白崇禧一听眼就瞪圆了,拍着桌子声色俱厉地质问道:"换一个地方?换到哪里才是跟共军打仗的地方?"

林一枝吓得连忙低下头,再不敢说话。几个兵团司令官你说打他说退地斗了一阵子嘴,可谁也说不清个子丑寅卯。闹哄哄地吵了个把小时,没吵出个所以然来,白崇禧只好让散了。

回到临时官邸刚刚入睡,情报处长匆匆跑来将他叫醒,报告说第171师发现有支共军主力部队,至少有一个师的兵力,已经越过衡宝公路,穿插到灵官殿地区。

白崇禧迷迷瞪瞪地坐起来:"这怎么可能?我们在衡宝公路一线放

了十好几个师，共军纵有天大的能耐，也不可能这么快就穿过了衡宝公路吧。"

情报处长肯定地说："健公，情况确凿，171师前卫营今早和他们遭遇，有过激烈交火。据长官部谍报，今晚石株桥方向也传来枪炮声。"

白崇禧彻底清醒了，急忙披衣下床，进了隔壁的客厅。他一把扯开壁挂地图的布幔，凑近了一看，便泥塑似的愣怔在那儿。

灵官殿距石株桥五六公里，石株桥离衡桂铁路只有二十几公里。他马上便明白共军这支穿插部队的战役意图了，急忙对情报处长说："快请诸位长官马上到我这里来。"

夏威、张淦、徐启明、鲁道源等匆匆赶来时，正是午夜。

兵团长官无一不是久经沙场的将领，听了敌情通报，立刻掂量出局势的危急。这万人穿插部队，已将华中公署二十多万人马逼入势险节短之境。这时，就连一向嚣张、坚决主张进攻、决战的第3兵团司令张淦也不说打了。

白崇禧下决心，全线撤退。他留下夏威协助他连夜部署：第1兵团黄杰部由宝庆经武冈退往全州；长官部和第3兵团张淦部由衡阳以西地区经祁阳退向全州；第10兵团徐启明部由耒阳经冷水滩撤到全州；第11兵团鲁道源部，沿湘桂铁路两侧撤向全州。

这正是毛泽东7月就已为他划好的撤退路线。

撤退是突然而仓促的，好在华中公署各兵团对撤退早已驾轻就熟，天还没亮有的部队就已开始行动。但因无线电受到天气干扰，与第7军的联络时续时断。临近拂晓时，竟完全失去他们的消息了，这让白崇禧忧虑不已。

等到7日天亮还没有第7军消息，白崇禧不再等了，乘军用飞机飞往桂林，易地指挥这场大撤退。

第22章

意外打出个衡宝战役

白崇禧下达撤退令时，远在武汉的林彪也没睡。四野5日12时给中央军委的电报，一直没有收到回复，这让林彪隐隐有些不安。

他深知毛泽东在处理军机大事上，向来时间观念极强，从不马虎拖延，且才思敏捷，倚马可就，有时接到报告两三个小时内就给回音。毛泽东也有与前线将领看法相左，一时又拿不出成熟的意见而搁置报告的时候，但这种情况很少见。如今湘境大战在即，毛泽东却沉默了36个小时不予回电，这就有点不太正常了。

林彪不能不想到几次兴师动众地企图在武汉、宜沙、湘赣与敌决战，结果都是只闻雷声不见雨。或许毛泽东对他的"狼来了"，已经不以为意，甚至可能恼火他擅自改变第13兵团直出柳州的战略部署。而这次又在衡宝捕捉战机，这会不会使不到一个月前才"判断白部在湖南境内决不会和我们作战，而在广西境内则将被迫和我们作战"的毛泽东，多少有些难堪。如果这次再让白崇禧从湘中溜了，他可是没法向毛泽东交代了。

渴望决战
林彪对决白崇禧

林彪忐忑不安地等到7日凌晨2时，毛泽东终于表态了，回电："（一）同意五日十二时电五个军靠拢作战的部署。（二）白崇禧指挥机动，其军队很有战斗力，我各级干部切不可轻敌，作战方法以各个歼灭为适宜。"

林彪这才回到住处，踏踏实实地睡了几个小时。可天亮时一份情报又让他心揪了起来：白崇禧于6日午夜，令所部全线向广西方向撤退。

他盯着地图许久都没出声。一旁的参谋长肖克、参谋处长阎仲川等，谁都猜不出他在想什么。但这份电报至少证明了毛泽东的神机妙算，白崇禧果然没打算在湖南与我军决战。

现在林彪亡羊补牢，所能做的就是命令第12兵团迅速发起追击，同时令第135师坚决阻敌南逃。

一旁的作战参谋高继尧心想，这种情况下仅一个师兵力阻敌，只能是挡住多少算多少了。

可是林彪没那么容易善罢甘休，他不会放过任何一个获胜时机。白崇禧集团全线撤退广西，固然使他失去与之湖南决战的机会，但楔入敌后的第135师，又给他带来新的希望。

自10月7日凌晨起，他日夜守候在作战室里，注视着第135师的每个动作。该师敌后连续作战，尤其是第403团在极其艰苦的环境里，先后穿插袭击敌2个主力师，已经打乱了敌人部署，迟滞了敌人行动。林彪盘算着，只要第135师能继续发扬连续作战精神，黏住敌第7军，四野就有可能将这支桂军主力全歼。

这时，远处传来的江汉关大钟悠长的鸣响声中，两眼熬得红肿的林彪，抖擞起浑身的精气神儿，继续运筹衡宝战事。

四野的作战参谋们都说，7日可能是林彪口述命令最多的一天——

令敌后之第135师坚决截击南撤之敌，配合主力聚歼；

令西路第38、第39军迅速占领武冈一线，堵歼撤向该线的敌第

71、第 14 军；

　　令第 41 军兵分 4 路猛追敌第 71 军；

　　令第 45 军主力兵分 3 路猛追敌第 7、第 48 军；

　　令第 40 军兵分 3 路向洪桥、白地市方向追击；

　　令第 49 军之 146 师由第 41 军与第 45 两军之间前进；

　　令第 45 军之 145 师向水东江以西追击；

　　令第 46 军主力渡湘江直插衡阳、耒阳之间；

　　令第 18 军加速向永州方向发展；

　　令第 5 兵团第 16、第 17 军快速向渣江集结，准备向中间地区推进。

　　为求大量地歼灭敌人，四野司令部令各部队消除顾虑，勇猛穿插，并按林彪在辽沈战役中总结出来的经验规定：具体打法上，无论哪个部队遇到敌人一个团或一个师，首先将其退路切断，围而不攻，等待主力到达后再聚而歼之；凡是未能抓住敌人的部队，即向被我包围之敌前进，协同歼敌或继续追击；在既未抓住敌人又无命令的情况下，只要听到枪声即向响枪的方向前进。

　　战斗指挥上，达成围歼时，后期到达的部队听从先期到达部队的指挥；先围住敌人的团长可以向随后赶到的师长下达攻击命令；师长可以给随后赶到的军长布置任务。

　　野司一声令下，宝庆以北的 12 个师，呼呼啦啦地向南围了上去。

　　因位于大山之中，加上天气阴晦，无线电受干扰，第 7 军 4 个师与华中公署长官部失去联系，还不知道白崇禧已下达全面撤退令。

　　第 135 师分两路穿插后，丁盛也不知道第 403 团位置。

　　第 403 团前卫营走散后，刘江亭也不知道团主力打到哪儿了。

　　天色微明时，刘江亭率前卫营突围出来，进至大云山东部以北山中，意外地又与南进的敌第176师撞上。晨曦中，前卫营立即抢占有利地形，全力阻击。敌第176师被死死咬住，打到午后才摆脱纠缠，赶紧向第171师靠拢。

这个营虽然没有成建制地消灭敌人，但有效地迟滞了敌第176师半天时间，致使凌云上和第171师在荒山野地里，等到7日晚两个师才会齐。其战役意义，远大于实际战果。

第135师这东一股西一股的穿插攻击、据险阻击，把敌第7军打蒙了，闹不清解放军究竟过来多少部队。

同样，第135师也不清楚自己在跟谁打，都有哪些敌人。

7日上午第135师各部正激战中，野司来电通报敌情：你部周围现在有敌人4个师：第171师、第172师、第176师、第138师。同时，敌人从广东的乐昌方向又调来一个独立师，挡在你们前面。

丁盛倒抽一口冷气：4个师均系桂军精锐，一等主力。他知道，最严峻的时刻来临了，一刻也不敢耽搁，当即调整部署，准备继续向南，朝洪桥方向突进。

这时，野司又发来电报。鉴于第135师深陷敌阵，处境艰难，无法再南进洪桥，野司决定取消其穿插任务，命令他们自主向西选择阵地，根据实际情况占领有利地形，设法拖住敌人，准备抗击绝对优势的敌人，为我各路主力合击围歼赢得时间。

第135师前身是冀察热辽军区的地方部队，1947年8月1日在赤峰改编为东北民主联军第8纵队第24师，丁盛任师长、韦祖珍任政委。在第45军3个师中，第135师是最年轻的。但它毕竟是经过辽沈、平津两大战役摔打出来的部队，很有作战经验。

接到电令后，丁盛立即选定作战方向。午后，他率部边打边撤离石株桥，由同乐村北边进入一条狭长的山沟，经界岭冲、观音亭的险峻山道，

第22章 意外打出个衡宝战役

穿越这片横亘在石株桥以南的高山峻岭。

这是石株桥至黄土铺的唯一捷径，不到30华里。

当天夜里，桂军也选择了这条路——

晚12时，第7军军长李本一在电话里指示凌云上：从石株桥到黄土铺，最近的只有一条山间小道。如果4个师全从那里走，必然人马拥挤，行进迟缓。所以他决定明天早上，他率军部和第172师、第138师由这条小路行进，晚上在黄土铺及其以西附近宿营；凌云上率第171、第176师走石株桥西南的一条小道，穿过山区，进出湘桂路上的白地市后，再取道文明铺转进武冈。

或许李本一压根没有意识到局势的严峻，所以他不慌不忙，决定第二天再走；而且，第二天的行程也不到30华里。

人们已经无从细究这位军长当时作何考虑，但可以肯定地说：就是这个决定，将桂军王牌部队带进了覆灭的深渊。

8日一早，李本一所部以第138师为先头，军部居中，第172师断尾，依次从石株桥南行，进入这片高山深谷，穿越观音山山沟。半下午时，第138师一身雨水两腿泥地钻出这片大山，沿着沟口炉门前村的那条傍河小道，一溜下坡地往南去。

南边是一片中等起伏的丘陵，走上五六里地就是小镇黄土铺。

估摸是音误，几乎所有战史、回忆录，都将这个几十户人家的小村炉门前，称为鹿门前。

此时，第135师已进至官家嘴一带。中午，丁盛接到野司敌情通报：敌人正向炉门前、黄土铺方向撤退。

官家嘴距离炉门前、黄土铺，直线距离都是5公里左右。

丁盛立即部署第404团占领炉门前村旁的西山，第405团到黄土铺一带建立第二道阻击阵地。

下午三四点钟，第405团团长韦统泰带着几位营长正在泉陂町一带看地形。他手里的望远镜一转，忽然看见敌大队人马钻出炉门前沟口，先头部队已到了黄土铺南边的双合村了。10多里长的山道上，全是扛着美式枪械，穿着大裤衩，打着绑腿行进的广西兵。

而这时第404团正在抢占炉门前村旁的西山。

情况紧急，韦统泰来不及请示，下令全团立即轻装，跑步攻击。全团连个预备队都没留，9个连依托丘陵一线展开。全团的司号员一起吹响冲锋号，惊天动地的号声里，9个连大呼猛进，像9把钢刀朝东南砍过去。

这斜刺里一砍，正好就砍在李本一纵队的腰上，将敌前卫第138师后尾和第7军军部切成好几段。

而第404团先后控制了炉门前沟口两侧的山头，用密集火力隔断敌军部与第172师，将敌第172师全部堵在山沟里。顿时，炉门前、黄土铺至三合村南北一线枪声大作，炮火连天，杀声动地。

敌第7军军部直属有警卫、工兵、通讯等3个营，很有作战经验，一看第405团打过来，就地组织抵抗。爆豆似的枪声里，双方士兵嘴也都不闲着，东北兵扔颗手榴弹骂一声"妈个巴子"，广西兵打一梭子弹骂一句"丢你老姆"。

这种胶着的混战，是对双方小群、单兵作战能力的一次综合性检验。事实证明桂军能打，第135师更善战。两个多月前才在整顿中自我批评"作战不够积极主动，缺乏死打硬拼的顽强战斗作风"的第135师，这回打疯了。

团长韦统泰和团政委荆健亲自带着1营，一个猛攻，扑住了敌第7军军部最狂的警卫营。1营特点明显，枪新兵老：全营长的短的，都是崭新的美式枪械；当兵 3 年还算新兵蛋子，班长都是七八年军龄的老家伙。1 营两侧突击，将敌警卫营挤压包围在一座土地庙里。双方使的都是美式卡宾枪，搂住扳机就不松手，猛烈对射。子弹打光就用枪抡，用拳头揍。这些广西兵能打，也很顽固，掐住脖子摁在地上也不投降。

但凡穿插、割裂、包围的仗，没有不乱的，这时拼的就是部队整体素质。1 营班自为战、组自为战、人自为战，干部牺牲了战士自动站出来指挥。2 连 3 排战士杨贵峰平津战役时刚解放过来，班、排长牺牲后，他带着全排仅存的 8 个人，一口气夺下敌人 7 个阵地。这个 200 多人的 2 连，打到最后只剩下了满身血污的二十来人。其中包括负伤的连长李九龙。

40 多年后，这位英雄连长成了成都军区司令员，官拜上将。

第 405 团硬是打到晚上 9 点多钟，才把敌军部 1200 余人全部吃掉。

因为夜暗，第 405 团官兵也听不懂广西话，敌军长李本一乘乱化装逃到洪桥。他爬上衡阳开出的最后一列火车，跑回老巢广西。敌参谋长邓达之被生俘，押解路上寻隙逃走，第二天又在白地市二次被俘。

因为先行，敌第 138 师侥幸脱险，除第 414 团团长邓刚及其所率后卫营被歼灭，余部均经双合村、石亭子南逃。但过了石亭子镇之后，师长英彦却又犹豫起来，不知该回援第 172 师，还是继续撤退。举棋不定，他便用报话机请示第 48 军军长张文鸿。

湘境多冲积盆地，其中以衡阳盆地最大。

秋风秋雨中，多路南逃的白崇禧几十万人马，像群被笼住的泥鳅，在混沌的污水泥浆中拼命蠕动，想拱出衡阳大盆地。

其中一路是敌第 48 军军长张文鸿所率的千余人。敌第 48 军原辖第 175、第 176、第 138 三个师，7 月，张文鸿因严重胃溃疡到长沙治病，白崇禧将第 176、第 138 师拨归第 7 军指挥，第 175 师拨归第 10 兵团指挥。

等张文鸿养病归来,手里只剩军部机关和直属队。

7日晚,他逃抵祁阳县黄土铺时,听到北边10多公里处的石株桥一带,枪炮声响得跟开了锅似的。他知道那是李本一指挥的4个师正与解放军激战,一步也不敢停留,催令部队加速向冷水滩撤退。

千余人疲惫万状地走了整整一夜,赶到冷水滩才宿营。当天傍晚,他听到英彦在步话机里凄凄惶惶地报告说:"军座,现在我师与第7军各部电台都已经联络不上了,想必他们都已被共军包围攻击。我师第414团现仍在黄土铺北侧与共军激战,据前方报告,该团团长邓刚已经阵亡。我师今后如何行动,请军座训示。"

张文鸿几乎不假思索地断然命令:"快撤。全师立即脱离解放军之接触,迅向冷水滩附近撤退,归还第48军建制。"

于是,英彦不顾身后被第404团堵在炉门前山沟里,打得焦头烂额的第172师,拼命向西南方跑。

英彦这一去,第172师就死定了。

9日这一天,是炉门前山沟围歼战最为激烈的一天。

拂晓,伤亡甚重的第405团再鼓斗志,集结起2个营赶到炉门前。丁盛命令第404团由沟口正面攻,第405团2个营绕到东西两侧山上打。

打到这会儿,丁盛都不知道被他堵在山沟里的是桂军精锐第172师,就看到这帮穿裤衩打绑腿的广西兵很能打,爬坡过坎出溜出溜地跑得挺快,单兵战术也很娴熟。他一次次调整部署,增强攻击力度。

憋在山沟里的敌第172师师长刘月鉴也困兽犹斗,亲自上阵督战,指挥部队发起一波接一波的冲击。几次攻击也未奏效,他又企图抢占井冲山固守。

井冲山是沟口东侧的最高峰,一旦被敌占领,这仗一时半会儿就打不完了，而且必将增大第135师的伤亡。

站在沟口西山上的丁盛眼看着敌人漫山遍野地往上爬，正着急时，突然仿佛天佑神助，就见井冲山顶迎面冲下一支部队，一阵机枪扫射，手榴弹飞落，将爬到半山腰的敌军打下来，重又压回了沟底。吹号一联络，才知道那是因电台故障失去联系的第403团。

原来该团摆脱敌第171、第176师后，隐蔽在马杜桥一带山中，听到西边打得轰轰隆隆，任思忠和团长刘世彬判断是师主力正与敌激战，便带着部队昼夜兼程地靠拢过来，恰好撞见敌人抢占井冲山。刘世彬派第3营教导员颜振虎率第9连先敌占领井冲山，策应师主力作战。

敌师长刘月鉴突围不成，频频呼叫英彦回援，但杳无回音。无奈，他转而向凌云上求救。可是，凌云上处境也是岌岌可危。

8日早晨，凌云上纵队按第171师、第176师之行军次序，经石株桥及回龙亭向白地市行进。约3个小时后，凌云上碰到了比第135师更狠的角色：第40军第119师。

第40军原系东北民主联军主力3纵，东北战场上有名的旋风部队。一年后，打响抗美援朝第一枪的，也是这个军。

当凌云上还在大云山中部的南麓傻等第176师时，第40军先头第119师从衡宝路上的演陂桥急速南进。这万余人马穿过大云山东部，经井头江折向西南的关帝庙，又马不停蹄地翻越石狮山，昼夜兼程百十里，于8日上午进至杨家桥。正好就把凌云上所率2个师，严严实实地堵在杨家桥以北的大山沟里。

能吃苦的部队，必定能打硬仗。

面对这样的敌手，凌云上的2个师突围，是想也不敢想的事。

林彪得知第119师已追击到杨家桥，并截住敌第7军2个师，马上把该师抓在手里,也归他直接指挥。

凌云上回忆那天他的部队:"行约30余华里,先头到达回龙亭南约2华里处,发现在行进路上的两侧高山上有大队解放军在占领阵地并构筑工事,向我迎头阻击及侧击,使我无法前进。我乃以第511团攻击行进路上正面之解放军,以第512团攻击路东侧高地之解放军。展开战斗3小时之久,不独毫无进展,而且我军伤亡40余人。此时第176师主力已陆续到达,我便将战斗地境划分,以第171师为右翼队、第176师为左翼队,并即刻接替第171师敌512团的任务,向解放军阵地续行攻击。待部署完毕,战斗未久即已黄昏。我乃令各师计划夜间战斗,今晚必须强行夜袭进出白地市以北地区。各部队均按照部署,彻夜战斗。几次混战下来我军伤亡惨重,仍无进展。战斗进入胶着状态。10月9日上午,我严令各师将所有大小口径火炮集中火力猛烈射击解放军,企图摧毁其阵地。并令各步兵部队,不惜牺牲,勇猛进攻,必须于今日解决战局,否则向我包围之解放军必陆续增加,有遭歼灭之危险。两师官兵在严令之下,展开惨烈战斗,虽数次冲入解放军阵地,但均被逆袭反攻而退出。此时负伤官兵已达百余人,均收容于回龙亭以北3里之宗祠内,阵亡人数未计算在内。"

打得最激烈时,第119师师长徐国夫同时接到腊叶冲、兴隆庵等阵地进入白刃战的报告。他将师机关干部和后勤人员都组织起来,全部投入阻击。

直到9日中午,被淋得湿漉漉的第7军2个师,还跟两大砣蝇群似的在回龙亭一带乱撞,左冲右突,却走投无路。无奈之下,凌云上电请军长李本一派兵东援,没有答复。又电军前卫英彦之138师回援,亦杳无音讯。于是,凌云上又给第3兵团司令官张淦发电报,说:职部现被强大解放军包围于回龙亭附近地区,经两日的剧烈战斗,均无进展,无法西进,请速派兵驰援。

第22章　意外打出个衡宝战役

已退至东安县城的张淦回电：不能派兵援助，希望自己设法突围。

绝望之下，凌云上决定当晚7时，2个师分头突围。第171师走回龙亭西南小道，第176师走回龙亭西北之小道，各部分进突围后在文明铺集合。

说是各师行动，实际上部队极其混乱，军、师长都已无法再行指挥。凌云上和第171师师长张瑞生、师参谋长李有全能带的只有一个师警卫连。

湘中南地区连日阴雨，9日那一夜更是出奇的黑暗。没走多远，砰的一声枪响。凌云上觉得子弹仿佛是贴着他已秃顶的脑门飞过去的，那种刺耳的尖锐声，让他心惊肉跳。这道枪声像是点燃了炮仗店，霎时间满世界都是那令人恐怖的炸响。

一听火力的密集程度，凌云上就知道坏了，走的是条马陵道。

枪声中，警卫连四散奔逃，张瑞生、李有全也不知了去向，凌云上身边就剩个手枪班。他慌不择路地转身向南，在山坳里乱窜一气。不知什么时候，他身后的手枪班也像是被黑夜吞没了似的不见了。

凌云上独自一人又累又怕，再也走不动了，便躲进一片潮湿的荒草丛中。这是他生命中最长的一夜，好不容易熬到了天亮，看见那轮卵黄般鲜嫩欲滴的朝阳，正在东边山尖的云层里穿行着。

此时，远在千里之外的武汉，那份被四野司令部参谋们标绘得神采飞扬的敌我态势图上，一支支锋利如矢的队标，拖着灿若彗尾的一抹鲜红，从四面八方飞向衡宝地区，其锋尖就要相撞碰击。

肖克快意地对林彪说："我们已经将第7军全部压缩在文明铺东北，其范围不到20平方公里。"

林彪手指不停地抠着布袋里的炒黄豆，脸上却不动声色。稍顷，他淡淡地说了句："用8个师吃掉它。总攻吧！"

统帅的威风就在这里，一声：总攻！千里之外的衡宝战场上，四野第40、第41、第45、第49军的8个师10多万人马，披着10日的晨曦，同时向被围的当面之敌发起最后的攻击。3个师由北向南打，2个师由西向东攻，3个师由东南向西北突击。

8个师几十路突击，将第7军撕成无数碎片，一块块地歼灭。

在敌后艰苦转战了7天，渴了喝口河水，饿了嚼把生米的第135师，此时已疲至极，但仍再贾余勇，3个团并肩突击，全部投入这场痛快淋漓的围猎。战至上午10时，龟缩在炉门前山谷中的敌第172师师部和2个团全部就歼。

该师另外一个团全部溃散，成了飞兵赶来的第134师的俘虏。

躲在草丛中的凌云上透过扶疏的草叶向前望去，只见漫山遍野都是着长裤的解放军，操着北方口音吆喝"缴枪不杀"。他那些穿大裤衩的八桂子弟丢盔弃甲，东躲西藏；但一个个都被解放军从山洞、岩缝、水塘、草丛里，甚至从农户人家的草垛里、床底下给搜出来。

9时许，几个解放军士兵向凌云上藏身的山坳搜索过来。有个大块头儿士兵忽然虚吼了一嗓子："看见你了，出来投降！"接着就听见咔嚓咔嚓拉动枪栓的响动。

早已六神无主的凌云上一惊，先将手枪扔出草丛，然后举着双手站了起来。

几天之后，他被押解到衡阳，在军官俘虏营里见到了邓达之、刘月鉴等一帮第7军将领。

10日，全歼敌第7军已成定势，但四野的情报上又出了问题。据侦悉，白崇禧正在组织部队回头增援第7军。

第22章 意外打出个衡宝战役

这个新情况的出现，使得武汉永清路20号那幢后来被武汉人称为"林彪大楼"的3层楼里，整夜灯火通明。

那份情报把林彪围点打援的瘾头又勾起来了，他致电中央军委：由衡阳、宝庆线南退之敌军4个师已被我军包围于祁阳以北地区，其余敌军亦正回头北援，我军有在湘桂边区歼灭白崇禧主力之可能。建议陈赓兵团由韶关、英德之线直插桂林、柳州，断敌后路，协同主力聚歼白部。

当夜毛泽东回电：完全同意。

第二天上午10时，林彪向中央军委提出建议："为使广东之敌不退回广西，则我应暂不继续进攻广东，而以广东的大城市与重要地区作为吸引广东敌人的工具。同时，能使我集中更优势的兵力与广西之敌作战，首先达到歼灭广西之敌，然后在军政配合下，以四野部队解决广东之敌。因此，我们建议陈赓邓华两兵团皆不要继续南进，而以邓华之两个军监视广东敌人，并集中兵力经常歼敌之分散部队。陈赓部则西进，参加广西作战。只要广西敌被歼，很多敌人皆可争取和平解决。故歼灭广西之敌，已成为全战局的中心环节。"

当夜零点，毛泽东复电同意邓华兵团暂不进攻广州。

但11日整整一天，白崇禧部龟缩于东安、冷水滩、零陵之线，未动一兵一卒，毫无回援迹象。

毛泽东急了，12日凌晨3时铺开信笺给林彪起草电文，落笔就是："林彪同志"。

此前，他给四野的电报都是"林邓谭肖赵"，或"林邓肖"，或"林邓"，这么严肃的"林彪同志"，还是第一次。

毛泽东写道：

因为据你们十日七时电，白崇禧全力增援祁阳以北之敌，该敌已完全陷入被动地位,有在湘桂边界聚歼白匪主力之可能,故我们同意你们以陈赓兵团由现地直出桂林抄敌后路之意见。但据你们十一日十时电,敌拟增援之兵力,现已停止于东安、冷水滩、零陵之线,并未北进。似此,无论祁阳以北地区之敌被歼与否,白崇禧均有可能令其主力退至广西中部、西部及西北部,背靠云贵,面向广西东北部及东部,采取游击战术,不打硬仗,与我相持,我军虽欲速决而不可得。此时,因陈赓已入广西,广东问题没有解决,广西问题亦不能速决。如我军向广西、广东中部、西部及西北部迫进,则白匪退入云贵。如四野跟入云贵,则不能分兵解决广东问题。如四野不入云贵,则解决白匪的责任全部落在二野身上。因此请你考虑这样一点,即在桂林、柳州以北,祁阳、宝庆以南地区采取围歼白匪的计划是否确有把握,如确有把握,则你们的计划是很好的;否则我军将陷入被动。为了使问题考虑成熟起见,目前数日内陈赓兵团以就地停止待命为宜。

毛泽东在华南地区地图前考虑很久,给"林彪同志"的电报发出后3小时之后,他又决定:陈赓邓华两兵团仍继续向广州前进。但请陈邓注意先以必要力量直出广州和广西梧州之间,切断西江一段,断敌西逃之路,不使广州之敌向广西集中。如查明广州一带之敌向广西逃窜时,陈赓兵团即不停留地跟踪入桂。如广州一带之敌并不向广西逃跑,则陈邓两兵团仍执行原计划占领广州不变。

四野8个师在文明铺东北围歼敌第7军残余时,西路第39军亦打到武冈城下。

武冈是湘桂边境重镇,为白崇禧集团衡宝防线左翼的重要支撑点,

第22章 意外打出个衡宝战役

部署有第14军的第189团、留守处和一个炮兵连以及湖南省保安第4团,共2700多人。部队虽杂,但城防工事严密坚固。方圆约3平方公里的城区内,构筑了数不清的明碉暗堡。用青石条垒起的两米厚、五米高城墙还嫌不牢靠,又在内侧加垒了一层厚土墙,使得城墙宽可跑马驶车。城墙上到处设有机枪火力点,城里有巷战工事,城外有辅助工事,城外还布有地雷、铁丝网等障碍物。守敌宣称固若金汤。

什么"金汤",第39军军长刘震看武冈,破瓦罐一个。他让主力第116、第115师都歇着,攻城任务交给了第117师,第152师则负责阻击敌第305师对武冈的增援。

说起主力第116师,原第115师政委李吉安几十年后还有些恼火:"锦州外围的阵地和机场都是我们师打的,伤亡很大。外围防线突破后,城内工事就薄弱了,可这时刘震让我们停下,叫钟伟的116师浩浩荡荡从我们面前开上去。所以每次打仗都是他们缴获最多,尽发洋财。我们对刘震很有意见,可提了也没用,116师是他的老部队,他那人又大大咧咧的,吴法宪那个政委也不当家。但刘震这人打仗有一套,所以也傲气得很,在东北那会儿,一打完仗,他就甩手休息去了,部队都是扔给吴法宪管。我们这个军的政治工作搞得还是不错的,吴法宪不像人们想象的那么草包,还是有些能力的,也有涵养。他是黄克诚新四军三师的政治部主任,黄克诚用人会错吗?吴法宪变坏是后来的事,这人坏起来也是真坏。"

刘震不把武冈城防放眼里,限令第117师务必于10日12时前打进城去。

第117师师长张竭诚更牛气,只用了两个团,1小时50分钟便拿下武冈。城内2700多名守军,仅被俘的就达2400余人。

10月潇湘,捷报纷飞,令人目不暇接。

12日,第49军第145师占领宝庆。

13日，第38军的第114师、第39军的第117师和第49军第147师将长沙起义后又反水的敌第14军之第62师，围歼于石下江地区，4000余人无一逃遁，并迫使敌新8军独1师1000多人投诚。

14日，进至慈利的曹里怀第47军3个师，分3路合击据守大庸的敌第122军。

大庸是湘西的门户，也是由湘西进军大西南的唯一通道，所以，宋希濂将整整1个军部署在这崇山峻岭间。

由中路沿澧水挺进的是第139师，就是当年因南泥湾垦荒而著名的第359旅。当天晚上，该师在狗子垭和敌前哨部队遭遇上之后，便一路攻击前进。进至离大庸40多里地时，师长颜明德和政委晏福生亲自带着师部的通信骑兵排和前卫团第3营，贴着如今被开辟成国家森林公园的张家界的边缘，向大庸发起远距离攻击，首先占领大庸城北的制高点子午台。接着派第3营插到大庸城西，将由西门溃逃的敌人堵回城去，并用炮火封锁住城南门的澧水渡口。天黑时，该师完成了对敌的包围。

是夜，第417团第1营长阎太云带着一个前卫排，趁黑摸进城去，骗开城门放进大部队，随即便率前卫排直扑设在文庙的敌军部。

敌第122军军长张绍勋刚刚口述了一份电文发给宋希濂："解放军已攻入城内，往永顺退路已被截断，情势万分危险。"这时，阎太云带人突然冲进来，用驳壳枪抵住他胸口。

一旦失去指挥，全军立即土崩瓦解。当夜10时，大庸城内就平静下来了。

张绍勋是和他的两个师长一起走进战俘营的，看到满城都是被俘的部属，他眼里充满了悲哀。

此人来自广东合浦，黄埔五期毕业，因屡立战功，25岁就当上国民党主力师第36师第216团团长。淞沪抗战中他率团与日寇血战三天，全团几乎打光，自己也身负重伤。此人算得是一员悍将，可是交给他的这个军，简直是一帮乌合之众。该军第217师稍强，但仅三千来人；第345师倒有七八千人，却都是由河南南阳地方团队改编的，军纪废弛，毫无战斗力可言。

这样的军队，就是孙武再世也逃脱不了覆灭的下场。

张绍勋后来的命运很惨，在此不再赘述。

此战歼敌5000余众，解放了大庸、桑植两城，为全战役画上了一个漂亮的句号。

此役作战地段，为湖南衡阳——宝庆（即邵阳）间公路线上的南北地区，故名"衡宝战役"。

从9月13日第38、第39军西出芷江，到10月16日全歼敌第122军，四野历时1个月零3天的衡宝战役全面告捷，先后歼灭白崇禧之华中公署部队3个军部、6个师，共4.7万余人；俘虏敌中将军长以下将官14名。

对投入四野和二野第4、第5兵团百万大军的一次大战役而言，这个战果似乎微不足道。但此役的重要意义不在于歼敌数量，而在于全歼敌第7、第48军3个精锐师后，桂系失去重要的政治、军事资本，桂军的士气被彻底打垮了。所以，随后四野进军广西，秋风落叶，一路横扫，各部队基本上就是比赛抓俘虏了。

然而，在歼敌桂军主力的数字问题上，林彪有夸大战果，虚报邀功之嫌。

12日，围歼敌第7军的枪声刚刚平息，战场还没来得及打扫，林彪就迫不及待地向中央军委报告歼敌桂军主力第7、第48军4个师，并附林彪、邓子恢、谭政等表扬第40、第41、第49军歼灭白崇禧主力的电报。

13日，毛泽东在这份表扬电报上批注："被歼灭者是七军两个师及四十八军两个师,地点在祁阳以北。消灭这些部队时白崇禧坐视不救,自己退到桂林,各军退到东安、零陵、冷水滩一带,听任七军、四十八军苦战四天被歼干净。"

可是,四野情报部门15日即发现敌第48军第38师已到全县附近,仅其后尾1个营被歼,但林彪始终未向中央军委更正。

肖克认为他:"大不老实"。

肖克到四野给林彪当参谋长不到一年,便又被调到中央军委任军训部部长。

关于此事,当时就有一些议论。

肖克说:"有人说我到四野是林彪点名要的,我不清楚。有的说我后来调到北京,又是林彪把我挤走的,我也不清楚,反正都是军委的命令。我从入党以来,担任任何工作,都是党和行政安排,长期如此,形成一个观念,我是为党工作。从自己的性格来说,也不屑为个人驱策。"

谈起衡宝战役,肖克仍秉持公正,评价林彪:"在战役中,抓住机会消灭白崇禧的主力,打得对,打得好,他注意抓白崇禧的弱点,以自己的优势兵力和指挥的灵活性,有力地打击敌人。他善于集中兵力,也谨慎,即便自己处于优势,也不轻敌,战术上总是以优势对劣势。从战术上集中兵力抓较孤立的敌人,与军委大包围的指示也没有多少矛盾,在大包围中可以采用战术包围,如果不注意大包围而专从战术上抓敌人就不好了。初到湖南时,他有这种倾向,经军委指出后没有看到他有不同意见。衡宝战役,是他指挥的,整个进军中南也如此。"

但论及林彪的为人,那就不一样了。

肖克认为:"当林彪还在革命阵营的时候,我认为他政治上开朗,有军事指挥才能;同时也感到他有两个缺点,一是过分自尊,二是不大容人,性格上偏于沉默寡言,城府很深。自1942年延安整风运动后,他以'紧跟'自居，有些人便认为他一贯正确。

"在进军中南过程中，我和林彪合作是好的，他在工作上、业务上对我是信任的，但也有过一次争论。那是在1949年6月中旬，我们同到汉口。有一天，林彪同我谈中南地区的工作重心问题。他说中南地区几年之内应以农村工作为中心，并说了若干理由。我听了以后不以为然，因为中央在七届二中全会上已经提出了党和军队的工作重心必须放在城市。我也讲了些理由，但林彪听不进去。过几天，他便在中南局会议上通过了他的提法。7月1日，他又在武汉地区纪念党的28周年大会大讲了一通。次日，《长江日报》就将他的讲话全文刊登了。听说当时他将这个意见报告了中央，中央表示可以按照自己所涉及的几个步骤去布置城乡工作。

"1952年2月，邓子恢从北京回来，在华中局传达中央意见，中央认为华中局去年夏天那个口号（即中南地区以农村为中心）与中央精神不衔接，要华中局自己讲一下，否则中央要讲话，因为'你们登了报'的。我在会上发言，中心是同意中央的意见，还讲了我的看法。但林彪在两天的讨论中含糊其辞，对中央的指示不置可否，却说我'否定一切'，从此产生嫌隙，耿耿于怀，利用自己的地位和声望无端或夸大其辞，加以指责。1952年冬对改变全军军训计划的批评，1958年军队开展所谓的反教条主义，庐山会议后的所谓批'右倾'，特别是在'文化大革命'中，林彪超乎常情地对我进行指责。以他的当时的地位和影响，那种指责对我造成的危害是可想而知的。然而我始终认为自己对党、对人民是忠诚的，即便被无端指责，也泰然处之。当然，也无可奈何。

"我同林彪共事多次，知道他的个人尊严很严重。在革命游击战争时期，军队的民主作风好，同事间即便上下级也可以互相批评，可以争论。在当时对这种方式是无人非议的，林彪也如此。但他成为一方重寄后，名望大了，地位高了，自尊也更严重了。他把自己的缺点推向极端，就不习惯于过去那种党内生活了，但我还是用老习惯同他打交道，他不能容忍，这是我始料不及的。

"解放以后，由于党的'左'倾错误，他从政治上的投机心理和个人野心出发，大搞个人崇拜，把领袖的作用夸大到不适当的程度，从而扶摇直上，成为不可一世的庞然大物，利令智昏，直到仓皇出逃，暴死沙漠。想到他的过去，难免慨然；看到他的晚年，不禁发指。至于他为什么走到如此地步，人们可以从他的经历和思想意识，以及党内倾向和人际关系去思考。"

打出个衡宝战役，全歼桂系精锐部队，含有极大的战争偶然性，毛泽东、林彪都没有料到。白崇禧更没有想到，他的第7军会因解放军一个师的穿插而血本无归。历史上，敌第7军曾几次经衡阳出广西，参加北伐、中原大战，受挫后又经衡阳撤回广西舔伤养息。这一次，衡阳竟成了它的葬身之地。

桂系以第7军起家，也因第7军而发家。消灭第7军，桂系离覆灭就不远了。

这个军被歼，固然因第135师缠打滞留，顽强阻击所致，但如果该军军长李本一不那么愚钝，7日晚便连夜率部南撤，完全可能全身而退。如果不是敌第48军张文鸿见死不救，果断令第138师回援，或许第7军不至于被全歼。

就此而论，第7军也算葬送在桂军2个愚蠢的军长手上。

丁盛后来回忆说："桂林陆军学院院长马声儒对我讲：有一次，美国的一个什么小组到桂林陆院。他们认为，衡宝战役这么打了以后，白崇禧一下就消失了。美国人很不理解：白崇禧几十万人，怎么一下就没有了呢？他们不懂这个道理，想不通。我说：第7军这四个师是白崇禧的脊梁骨。一个人不管四肢有多么发达,脑子怎么样,脊梁骨断了,你就直不起来。白崇禧的第 7 军被我们歼灭了,他就不可能组织新的战役,在广西就不可能组织。这样,对我们进军广西造成了一个非常有利的条件。"

提起衡宝战役,历史将首先铭记住第 135 师这支劲旅。

第23章

三步走，两步在广东

广州绥靖公署主任余汉谋手上掌握着3个兵团共10个军、28个师、5个保安师和4个纵队的地方武装，总兵力将近13万之众。可是这些杂牌军几乎不能称之为部队，毫无战斗力可言。

因而，在秦基伟第15军打下南雄、始兴之后，陈赓考虑最多的并不是能不能打败余汉谋的问题，而是如何才不至于让广东境内的敌人跑掉。鉴于广东境内敌人一触即跑，陈赓在作战指导思想上强调一个"快"字。即行军速度要快、接敌动作要快、迂回包围要快、解决战斗要快。为达此目的，他令东路军各部精减骡马，一律轻装前进。

东路军各部分头突击，一路上摧枯拉朽，粤北如卷席。

到11日，第15军第45师前锋已突破余汉谋第二道防线，进而攻占粤汉路直通广州的咽喉重地涟江口车站；第14军前卫师沿北江直趋三水，截断广州之敌西逃的去路；第15兵团经佛冈、从化、增城，多路推进到花县以东地区；两广纵队和粤赣湘边纵队已勇猛地插至河源、多祝地区。

第23章 三步走，两步在广东

在东路军中，两广纵队是支极富南国特色的部队。它的前身是广东人民抗日游击总队，1943年底改为东江纵队。抗战胜利后，根据国共两党的协议和中共中央的指示，该纵主力于1946年6月撤离了华南根据地，乘坐美国军舰从海路北上山东渤海，先是受华东野战军指挥，先后参加了华东战场的豫东、济南和淮海等一系列重大战役；后被编入二野序列，转战于中原地区。四野大军南下后，该纵又转归林彪指挥，随四野主力挺进华南。

说两广纵队有特色，是因为这支部队女兵多，除了打仗，所有的事都是女兵在唱主角。行军路上牵马拉骡子的是女兵，背锅挑米的还是女兵。每到一处宿营地，男兵们老爷似的自顾往床板上一躺，征粮买菜、挖灶劈柴、淘米做饭、缝补浆洗，全由这些穿军装的女人们包下来了。

再一个突出特点是这支部队绝大多数是两广人，除原东江纵队的骨干之外，后来补入的解放兵还是两广籍的。这些兵什么都吃，猫、狗、老鼠、青蛙、毒蛇……逮住什么吃什么。用他们自己的话说，就是除了两条腿的人不吃，四条腿的板凳不吃，其他都吃，弄得沿途老百姓见了他们心里便有些发怵，赶紧把自家的猫啊狗的藏起来。孩子哭得心烦时，大人就吓唬他说："吃老鼠的部队来了，再哭就让他们把你带走。"于是，孩子的哭声便戛然而止。

广东是两广纵队的老家，一入粤境，熟门熟路，该纵便如鱼得水，仗打得格外活跃。

至此，东路军已从北、东、南三个方向对广州形成合围之势。

广州早早就感觉到来自北方的强大压力。进了10月，广州报纸更是满纸透着凄惶——

"银元昨跌纯属炒友作祟，平衡财政收支决增加税收"；

"花纱布匹续吹淡风";

"下价米好景不长，银粘（注：潮汕话，即银器）独弹高调";

"六公会请减所得税，国税局批复难照办";

"市区扒手猖獗";

"恩平团队纵兵抢掠草菅人命";

"征收汽车特捐"……

而货币贬值，物价飞涨，从来是政权更迭前的日晕月晕。

东风社讯："日来因币值低贬，而行走市区内十二路线之公共长途车，以金融动荡，电油起价，至每天入不敷出，昨（十二日）上午曾一度停驶，致全市交通陷入停顿状态。临管处鉴于交通异常重要，乃立即通知公共车公会转饬各车主，限在中午十二时前先将车行驶，否则即报卫总部执行处理……"

就连《中央日报》也因纸张困难，从每日两大张改版为一大张，而售价则在一周之内从8分银元涨到1角5分。

关于战局，尽管头版一片捷报佳音，可广东百姓还是从"衡邵两城歼匪三万后放弃"，"阎揆（注：即时任国民党行政院院长的阎锡山）招待立委表示曲江系战略性撤守"，"广韶各次快慢车昨暂停开"等用词委婉的报导中，感觉到广州的风雨飘摇。

这座华南的最大城市乱套了，社会已沦入无序状态，偷盗、哄抢、拐骗的事屡有发生。纷纷忙于搬迁的国民党政府各机关，慌得跟遭劫难似的，办公大楼满地是散落遗弃的公文、衣物和碎玻璃碴。大批扛着皮箱、挽着包袱的逃难者，淹没了所有空港、码头和车站。

广九线上的火车严重超载，车厢里挤得针插不进，连车厢顶上都趴着人；拥挤不堪的三埠江门渡，不时有人发出被挤落水中的惊叫声。

10日大沙头站就发出公告，客票已定售到了16日。同一天，中央航空公司和中国航空公司亦宣布机票已定售至11月1日，即日起停止售票。

难民蜂拥向港九一带，将当地房屋租赁一空；大小旅店均患客满。后来者只好转往新界，并很快塞满该处的所有空房。新界人一看后面的难民还源源不断，纷纷将屏山一带搭盖的养鸡木屋稍加整理翻修，等待租赁。

十几年后，李宗仁悲哀地回忆说："广东保卫战发展至十月中旬已不可收拾了。敌人自赣南分两路入粤，一路自南雄一带越大庾岭，大庾岭守军为沈发藻兵团，战斗力过于薄弱，不战而溃。十月七日敌军跟踪窜入粤北门户的曲江，沿北江及粤汉路南犯。另一路则自大庾岭东麓绕至东江。胡琏兵团早已远逃厦门、金门，东江已成真空地带，共军第四野战军乃得以旅次行军姿态，自东江向广州近逼。余汉谋部只是一支训练未成熟、械弱两缺的部队，共军一到，即不战而退。广州因而危在旦夕……自海南岛刘安祺第九兵团中调一师人北上援穗，该师刚到黄埔上岸，敌人已迫近广州郊外，上岸之兵旋又下船，原船开回海南岛……

"十月十日国庆时，广州已微闻炮声。国民政府各机关早已决定迁往重庆，由民航分批运送，笨重物件则循西江航运柳州，再车运重庆。十月十二日共军已接近广州市郊，我本人才偕总统府随员乘机飞桂林，翌日续飞重庆。广州撤退时情况极为凄凉……"

可是13日《中央日报》头版还在吹"黎洞连江口激战中，国军奋勇截击犯匪"；"保卫广州指挥军政，统由余长官负责，政府定十五日起在渝办公，李代总统及各省长仍留穗坐镇"，并公布代总统12日零时颁布的命令："政府迁广州办公，为时半载，在此期间，政府为巩固广州及西南大陆反共根据地，已有既定之部署。现匪军虽已侵入粤境，但政府保卫我革命策源地广州及西南大陆之决心，决不因此而稍有动摇。兹为增强战斗力量，减少非战斗人员对军事上之不必要负担，中央政府定于本月十五日起在陪都重庆办公，所有保卫广州之军政事宜，着由华南军政长官余汉谋负责统一指挥。此令。"

当天下午，余汉谋和广州警备司令李及兰便下令纵火焚烧仓库，炸毁珠江大铁桥和广播通讯设施。

一时间，羊城四处冒烟，多方起火。

为避免广州遭到更大的毁坏，第15兵团司令员邓华令各军先头部队快马加鞭，跑步向市区进击。

第43军原定由第127师为先头部队，挺进广州市区，但该师10日进至佛冈时遭敌军的阻击，部队一时难以脱身。而师长黄荣海、政委宋维栻指挥的第128师从侧翼绕过佛冈，以强行军速度沿广花公路继续向南疾进，直逼市区。其前卫第382团，在张实杰和王奇的率领下，顺利进抵花县的仁和墟大桥。

这座大桥是自北向南进入广州的要道，守桥的敌军刚在桥墩下放置好炸药。第3连连长高凤岐带着一个班，从北端隐蔽接近桥头，桥头哨位上两个哨兵懈怠地拎着枪，跟掂着根烧火棍似的。

两人正聊着："看到共军，咱们一按电钮就往南跑。"

那个说："早着呢，听说他们给挡在佛冈那边了。"

高凤岐带着人闪电般冲上去，一个锁喉拧臂，把哨兵的枪给缴了，全连随即掩杀上桥。桥南的敌军见解放军飞奔而来，惊慌之下忘了按电钮炸桥，争先恐后向市区逃去。

夺取了仁和墟大桥，就等于打开了广州北大门。

黄荣海正要令全师乘胜追击，一鼓作气打进广州，军长李作鹏的电报到了，令第128师暂不进广州，停在原地待命，把解放广州的光荣任务让给第127师。

第127师是解放军中历史最悠久的部队，它的前身可以追溯到1924

年 11 月，中共两广区委和周恩来经孙中山同意，在广州成立的中共第一支武装"建国陆海军大元帅府铁甲车队"。1925 年 11 月以铁甲车队为基础，在广东肇庆成立国民革命军第 4 军独立团，叶挺任团长，所以通常人们也称叶挺独立团。1926 年 12 月底第 4 军扩编，叶挺独立团编为第 4 军第 25 师第 73 团。1927 年 8 月 1 日南昌起义后，聂荣臻、周士第率第 25 师随起义部队南下广东。三河坝兵败后，朱德、陈毅率该师余部 800 人西进湘南，辗转上了井冈山，编为红 4 军第 28 团。朱德、王尔琢、林彪都兼任或担任过该团团长。粟裕、肖克等名将都在这个团当过连长、营长。1929 年 2 月红 4 军罗福嶂整编，第 28 团改为 1 纵队；1933 年藤田整编，编为红一军团第 2 师第 4 团。长征中，这个团抢夺泸定桥，攻打腊子口，在中央红军生死存亡的关键时刻，两次打开胜利通道。到陕北之后，整个红 2 师改编为八路军第 115 师第 343 旅第 685 团，作为该师主力团参加平型关战斗。1938 年 12 月，该团从太行山北马庄东进山东，改称八路军苏鲁豫支队。1940 年 6 月苏鲁豫支队番号撤销，所部编为八路军第 5 纵队第 1 支队。1941 年皖南事变发生后，第 1 支队改为新四军第 3 师第 7 旅。抗战胜利后，第 7 旅随黄克诚出关，与国民党军抢占东北，第一个漂亮的歼灭战——秀水河子战斗，就是林彪亲自指挥山东第 1 师和新四军第 7 旅打。1946 年 10 月，该旅编为东北民主联军 6 纵第 16 师。1949 年初，解放军全军统一番号，第 16 师改为第四野战军第 43 军第 127 师。

这个师在任何一个历史阶段，都是中国革命的主力部队，百战不殆，功勋等身。它南征北战打了一圈，如今重又回到自己的诞生地，李作鹏安排它率先进广州，多少有点儿衣锦还乡的意思。

在第 43 军的几个师里，第 128 师向以夺城拔寨善攻坚闻名，而第 127 师的绝活是擅长野战，精于围点打援，两个师战斗力不相上下。因此，用第 127 师解放广州，绝不是战术需要，纯属政治意义。

然而，第127师正与国民党第39军之103师激战于佛冈，何时能够赶上来还是个未知数。

这时，成群结队的青年学生从市内跑出来，从正在仁和墟休息的第382团旁边经过。张实杰便拦住几位学生打听市区情况，得知国民党军队正忙着炸毁电厂、破坏桥梁，天河机场和珠江大桥等许多重要设施，都已安放了成卡车的炸药。

张实杰本来就不满李作鹏的安排，一听广州的这些情况就再也沉不住气了，人民生命财产危在旦夕，部队晚一分钟进城就多一分损失。他记得林总就讲过，要敢于打没有命令的胜仗，要敢于打违抗命令的胜仗。人民的利益高于一切，哪怕将来挨批评受处分，甚至被拉出去枪毙，也不能眼睁睁地看着敌人为非作歹！

他和政委王奇商量了一下，用报话机向师长黄荣海报告后，便向团队下令攻击前进，在奔跑中进行战斗动员。全团疯跑狂奔，接近广州郊区时，听到市内一阵阵沉闷的爆炸声。

团政治处主任王泮文往路边的土堆上一站，大呼："同志们，听见了吗，这是敌人在破坏人民的广州，加油冲啊，追上去消灭他们！"

这一喊，全团更是势如飙风，11个小时挺进了75公里，于14日下午18时进抵广州市东北郊的沙河车站，将未及逃跑的守军一举全歼。

当时只有张实杰手头有一份上级发的广州市地图，简略得连有名的东山区都没标上去，仅有沿江路、中山路、先烈路这几条大道。

张实杰便命令3个营就沿着这几条大道，分头向市区开进。

此时天色已晚，路灯下到处可见国民党部队丢弃的汽车和各式火炮；电线杆上的大喇叭里，广播电台反复广播："市民们，国民党军队已在溃逃，解放军已经进城……"

第382团情绪高涨欲溢，一路突进，无人敢挡。冲到惠福路的3营，

第23章 三步走，两步在广东

没费一枪一弹就俘虏敌军一个营，占领了国民党临时总统府、行政院和白云机场。张实杰和王奇率团部占领了伪警察署，敌少将处长率部缴械投诚。

当天夜里，第128师主力随后也进入广州市区。

同一时间，沿广增公路前进的第44军第132师前卫团，亦从东郊攻入市区。

广州城内的守军不战而溃，大部分在解放军进城前即已逃走，或乘坐船只向珠江口外撤退，或徒步向西江方向逃窜，少数没有来得及逃跑的，也都纷纷向解放军缴械投降。

10月14日21时，广州宣告解放。

第382团的一个东北老兵惊奇地叫道："咋这么巧呢？去年咱们解放锦州也是10月14日。"

被第128师拔了广州入城第一功，李作鹏还是有办法让第127师露露脸。

10月15日上午，他组织了一个入城仪式，由第127师编成受阅方队，在沙河镇外的广场上集结。上午8时许，受阅方队在李作鹏和政委张池明率领下，按照步兵、骡马和炮兵的序列，分成4路纵队向广州市区开进，雄赳赳气昂昂地从市政府大门前通过，接受叶剑英、方方、邓华、赖传珠等领导的检阅。

街道两边挤满的广州市民，不时报以一阵阵热烈掌声。

解放了，胜利了，这座花之城芬芳与欢乐一起漫溢。

市民们纷纷走上街头，舞动着花束，摇晃着彩旗、标语牌，欢庆一个新时代的来临。南国的纤巧委婉似已不足表达此时的热烈心境，鼓手们袒胸露臂，彪悍地将鼓擂出万钧气势；长街短巷，通衢大道，铺上了寸把厚的鞭炮纸屑；几乎一夜之间，人们都学会了"解放区的天是明朗的天……"

在欢庆的市民们挥舞彩旗的时候，那些坚守敌后斗争的华南地下武装组织，也都纷纷公开亮出自己的旗号：南海纵队、南粤纵队、岭南纵队、白云纵队……一下子冒出数十支游击军。这些游击军多则几百人，少的只有几十人。但不论其规模大小，领头的都自称司令。一时间，张司令、王司令多如牛毛。

当这些司令们带着自己服装斑驳的队伍前来联系，主动登门要求接受解放军指挥时，第44军军长方强和政委吴富善犯难了，这么多的地下游击军和司令，鱼龙混杂，谁真谁假？

从部队所掌握的情况来看，华南地下武装坚持敌后斗争确实很活跃，这是不争的事实。应该承认解放军进城前，他们在极其恶劣的环境里，为阻止敌人的破坏，保护城市重要设施，起到了无可替代的作用。他们中的大部分人都为广州的解放，作出了自己的贡献，但也不能排除其中混杂着一些企图打入我军内部的武装敌特分子。

为了鉴别认定这些华南地下组织的真伪，吴富善想了个办法，通知那些司令在指定的时间里，带着营以上干部到天主教堂集中，逐个登记，然后将名单交给广州地下党组织，进行政审甄别。

天主教堂位于广州长堤路附近的一条小街上，远远就看见那高耸的钟楼。

登记的那天，教堂里熙熙攘攘院里院外都是人。也不知哪位司令不小心，随身携带的枪支走火了，砰的一声脆响。正在往院里进的人不知里面发生了什么事，却一副训练有素的样子，警觉过头地拔出枪就打。于是，院里院外的人就这样在天主教堂内开枪对射起来。

驻在教堂附近的四野部队听到枪声，以为教堂里发生了叛乱，立即出动将它围起，又是一阵猛打猛冲，用火力把所有的人都压在教堂里。

等大家弄清这完全是一场误会时，二十多位华南地下武装组织的干

第23章 三步走，两步在广东

部和一些混进来的敌特分子，已倒在教堂的血泊里。

广州这个被打乱还没建立起新秩序的城市，正处在一片混乱中，国民党潜伏下来的敌特分子不时挑起事端，蓄意制造混乱，闹得市民人心惶惶。

第128师政委宋维栻不得不将刚刚缴械投诚的那个姓吴的伪警察署少将处长请出来，让其带领部属，戴罪立功，着手维护治安，以保证社会秩序的稳定。

然而，解放了的大城市给解放军带来的还不只是这些……

广州的大街小巷，忽然就多了许多背着手，叼着烟卷，溜溜达达闲逛的解放军官兵。那派头，那神气，那恨不得横着走的架势，那差点把眼珠搁脑门上的劲儿，一看就是这座城市的占领者、拥有者。

当时很少有人意识到，这种姿态很危险。

一位红军出身的高级指挥员也没有意识到。他看中了那栋广州全市最漂亮的楼房，派人通知楼里的办公人员全都搬出去，立即就搬，他马上要住。

可这是广州的自动电话大楼，全市通讯联络的心脏，如何能搬？即使能搬，也不是三两天就能搬得完的。在上上下下再三解释和劝说下，那位高级干部才放弃了原来的打算，在闹市区另挑了一栋漂亮的小洋楼。

第382团是最先进城的部队之一，消灭的敌人多，接受投诚的军警人员多，缴获的战利品也多。团部临时驻地是广州市警署，那偌大的院子里，堆满了枪支、弹药、服装、布匹、皮箱、卡车、轿车……什么稀奇古怪的东西都有。张实杰调来一个连整整清点了两天，也没有理出个头绪来。

院子里还乱着呢，师、军乃至兵团就不断有人上门来要东西了。有要枪的、要炮的、要汽车的、要罐头的，还有一些首长专门索要鸟枪子弹。

凡是缴获来的物资，都有人要，弄得张实杰简直不知如何应付才好。

这些子弟兵大多是农民的儿子，在井冈山头上，在陕北沟岇里，在太行山村里，吃着小米饭、喝着南瓜汤、嚼着地瓜干跟国民党斗了几十年，一进城才知道世上还有这么多好吃、好喝、好玩的东西。

演变绝对是一个渐进的过程。

进城的头几天还中规中矩的，为了不打扰市民，每当夜晚，大家就拿出雨衣往街边一铺，倒头便睡。找不到地方做饭，大家就取出干粮，啃几口了事。没有地方烧水，大家就拧开自来水龙头，喝几口冷水解渴。可是没过多久，看到城里人吃香穿软，首长的日子也过得舒坦，心理就失衡了。

基层官兵中出现占房子，抢汽车，到店铺随便索要货物的；更有甚者，竟偷偷摸摸做起了金融"生意"。

当时，在广州市面上流通的货币很杂，有英镑、美元、港币、银元等等；而四野指战员手里只有在东北时发的满洲票和入关后发的粮票和人民币。由于广州市民对人民币感到很陌生，不知比价，指战员们可以用1元人民币兑换1个银元，而1个银元则可以兑换4元港币。脑子灵光一些的干部战士，刚进城时便用人民币兑换了不少银元。过了些日子，等市民们弄清人民币币值，各种货币之间的比价一下子发生了巨大的变化，需要100元人民币才能兑换到1个银元。于是，那些刚兑换了港币的干部战士连忙又把刚兑换到手的银元抛出去，反过来用银元兑换人民币，几天之内就发了一笔小财。

一些有经济脑瓜的觉得钱装在口袋不保险，不如换成实物，必要的时候可把实物倒卖出去。

广州刚解放时，一支派克笔只卖12元人民币，而瑞士罗马表只需用13至15元人民币就可以买到一块。外币升值以后，派克笔和罗马笔的价格，一天之内涨了10倍多，那些买了派克笔和罗马表的净赚。

两个时代的更迭变迁时期,特别适合贪污腐化毒菌的生长。

有些干部战士把缴获来的现金,也悄悄装进了自己的腰包。

张实杰是较早意识到胜利之师拒腐蚀问题的指挥员之一。

从第382团占领广州的那一刻起,他心里就隐隐有些不踏实。全团虽说有好几千人,可往这么大的一个城市里一撒,就像是一桶鱼苗倒进了个大水库,团找不到营,营找不到连,相互之间根本无法联系。

有那么几天,他的主要工作就是把团机关和直属队的人派出去寻找部队,好不容易才把各营的所在位置搞清楚。可是,部队松散在这样的环境里,谁能保证不出问题呢?"糖衣炮弹"的威力并不亚于国民党的飞机大炮。

当一些人已经被物欲诱惑得脚步跟跄,还有一些人在心里艳羡富贵,垂涎享乐的时候,年轻团长张实杰却表现出政治上的稳健与成熟。他在灯红酒绿中领会毛泽东给全党的告诫:夺取全国胜利,这只是万里长征走完了第一步,不要被胜利冲昏头脑。资产阶级的"糖衣炮弹"将成为对于无产阶级的主要危险。务必使同志们继续地保持谦虚谨慎,不骄不躁的作风,务必使同志们继续地保持艰苦奋斗的作风。

这位团长后来之所以能当到军区空军副司令员,与机遇没有关系,是由其军政素质决定的。

在清剿市内匪特和维护社会秩序的间隙里,他和政委王奇在全团进行了一次纪律整顿。那会儿部队就有"打铁先得自身硬"的政工术语了,因而,整顿是先从团领导自身开始。

张实杰回忆说:"进广州一个星期后,就是我们团部从警察总署搬到市儿童医院的那天,团党委会开了个关于纪律整顿的会议,会上我首先作检讨。主要是检讨自己纪律性不强。部队刚进城没几天,社会秩序正乱的时候，我没向师首长请假，擅自丢下部队，乘坐航道局的电船，偷偷跑到黄埔军校校址游玩了将近两个小时。"

接着，其他常委也都检查了自己进城以来的执行政策和纪律的问题。最后谈到经济问题时，有人提出常委们留下的100块银元应该如何处理的问题。

那100块银元有点像现在一些单位的小金库，是打锦州还是打天津时留下的，已经没人记得清了。当时留下这些银元，讲好了是常委们家里来人时花销的，但几名常委家里都没来过人，所以就一直没花，由王泮文主任从北方一直带到南方。

"交，全部上交。"张实杰表态说，"我们不要因为这百十块钱招惹是非，给人留下话把儿，把钱交上去，以后心里也就踏实了。"

常委们没再说什么，决定上交给师管理科。

这边儿刚开完整顿纪律的团常委会，一些人听到风声就心虚发慌了。纪律整顿在全团展开的第二天，第5连的兵发现他们的连长，在连部屋里用手枪自杀了。在第382团的10多个连长里，这个连长是很能打仗的一个，辽沈战役中立过大功。

事后查明，这个连长并无大罪，只是一时犯糊涂，从战利品中私藏了16块银元。听说团里要进行纪律整顿，他担心查出来没法见人，更没脸带兵，一时想不开就给了自己脑门一枪。

张实杰难过了好几天，总觉得这个部下不是刀刀枪枪地死在战场上，而是死于16块银元，太不值得了。他还有些许的内疚，如果没有这场纪律整顿，就不会损失一个勇敢的连长了。

然而，夺取胜利有流血牺牲，巩固胜利同样是要付出代价的。

当沮丧在国民党溃军里瘟疫般蔓延的同时，麻痹轻敌的情绪也正悄

第23章 三步走,两步在广东

悄侵蚀着解放军这支胜利之师。

仰望共和国花雨缤纷的天空,倾听战争进行曲的最后乐章,绷紧的神经松弛了,亢奋的身躯懈怠了,一些官兵行为不那么严谨,作风变得粗糙,南进的不少部队都发生了丢失文件、密码之类的泄密问题。

瘦巴巴的作战处长崔星师范学校毕业后,当了两年小学教师才参军的,在当时的部队里算是个大知识分子了。戎马倥偬之际,整个第15军只有两个人一直坚持写阵中日记,一个是军长秦基伟,另一个就是他崔星。然而,这几天他的笔很沉重——

  10月20日　佛山　晴

  近来暴露秘密,丢失文件的事甚多,而且极为严重。电台于南雄丢了全军的呼号;四十三师作战科于十月初阅件被通讯员偷跑,直到把人捉住后才发现;作战科于五六月间丢了四份电报。此次行军四十四师通讯参谋把二野所有联络口信丢光。军司令部徐守经、刘迎峰两个参谋,各丢了一把手枪……

  有形的如此,无形的暴露秘密的事更多。电报什么人都看;作战室什么人都来;参谋们随便备忘图,直接(截)了当地公开就在长途电话上讲部署;机要人员(参谋等)个人随便行动。

  回头看敌人,四十五师十一日晨五时攻占连江口火车站,当时军指挥所在英德车站,距连江口只有五十里,前方情况发来,已是九时。而同日的二十时,美国广播电台即播出"共军攻占连江口"的消息。

  10月21日　佛山　多云

  开了一天侦察会,确感到我们粗枝大叶,不肯作细致的工作,确乎严重。从始兴四十五师打糊涂仗,到向曲江进军,始终认为当面之敌是一个团,实际只有一个营;打英德又以为守敌不过五个班,结果一打打成了一个团,感觉这仗打得确实粗拉得惊人。

这种骄傲自满的情绪不克服,仗难打好。今天必须把打好仗的标准区别于过去,形势变化了,如果说过去歼击敌人,能歼则歼灭之,不能歼则暂时保留之。今天则让敌人逃跑了,就是我们的失败,把敌人打溃了,就是我们没有打好……

第15军在随后的广西战役中打得很漂亮,就是因为秦基伟及时意识到这些问题将成为部队西进的羁绊,下决心利用作战间隙,狠抓作风整顿,大力破除骄傲自满、轻敌厌战以及止步不前的享乐主义思想,使全军将士明确使命,奋勇再战。

在第382团向广州疾进的同时,第15军45师也已于14日晨攻占圩江口,推进到广州近郊。

但关于陈赓兵团的行动,毛泽东于12日就已作了部署:"如查明广州一带之敌向广西逃窜时,陈赓兵团即不停顿地跟踪入桂。"

此时,余汉谋集团未经大战,所属各部非溃即逃。其第63、第109军窜往粤桂边境,其第21兵团及第13兵团一部和第39军残部,均窜向粤西南的阳江、阳春一带,企图越海逃往海南岛。

陈赓急令第15军掉头向佛山挺进,第13、第14军则向粤西南三水、四会、高要一线转进。

15日,第14军攻占北江、西江汇合处的粤桂水陆交通要冲三水县,迫使逃至该地的敌第103师起义投诚。该军第41师向西进抵四会城,击溃逃至该地的敌第13兵团一部。

第23章 三步走，两步在广东

同一天，第15军第45师轻取佛山。

原广州军区战士话剧团导演杨红，当时是第45师文工队的演员，说起解放佛山特别兴奋："部队几乎没费多大的事就把佛山拿下来了，我们这些女孩子胆子也都大了起来，前边战斗还没结束，我们紧跟着就进到城里去了。那时候佛山就很开放，街上到处摆着从国外进来的洋玩意儿，什么留声机呀，拉洋片机呀，打火机、手表等等，应有尽有。我们特别喜欢的是那些塑料制品，每人买了件透明的塑料雨衣，穿在身上觉得很轻很舒服，又很好看，战士们都把我们叫做'玻璃人'，挺形象的。"

过去除了军文工团，师以下部队没女兵。

当时在第15军随营学校当教务长的温锡说："就要全国胜利了，解放军威望高啊，不知多少学生和青年要求报名参军。南下的时候，一宿营房东的儿子闺女都缠着要跟部队走，我们就走一路收一路。我们随营学校是为部队培养干部的，在长江北边学校只有三个大队，走到广州就成了四个大队了，男男女女两千多，超过团的人数了。起先我们招的男的多，有一次一位领导提醒我们说，我们部队这么多营团干部打光棍，多招些女兵嘛。打那以后，我们招的女兵就占到总数的三分之二了。在茂名招得最多，有户姓梁的，一家姐妹三个一起被我们带走了。女兵到部队，发给她们一身破军装就开心得不行，还用红布头剪个红五星贴帽子上。我招的那些女兵，大多都嫁给了部队干部，后来都成了首长夫人。"

第15军本来要在佛山休整几天的，可打下佛山的第三天，兵团来电令该军第43、第44师归第14军军长李成芳指挥，向阳江地区追击敌第21兵团，第45师留佛山一带搜剿残敌。

10月18日，陈赓调集了6个师的兵力，分路越过西江，对逃窜之敌进行追击和迂回包围。第14军第40、第42师为右路，由四会、高要渡西江经新兴迂回阳春，拦截西逃之敌；第15军第43、第44师为左路，由三水经南海、新会、鹤山向台山攻击前进，切断敌人逃往海南岛之路，并协同右路第14军对敌进行钳形包围，求得在阳江以东地区歼灭逃敌；中路第13军第38、第39师由三水渡西江直出高明、鹤山、恩平。3路大军连续作战，尾敌猛追，急行军7昼夜，光在行进中就歼敌数千人。

24日，第4兵团各部相继攻占阳江县城及阳江口之北津港，最后封死敌海上退路，而后三面夹攻，将敌第13、第21兵团的5个军4万余人，全部压缩在阳江以西以平岗圩、白沙圩为中心五六平方公里的狭小区域内。

25日黄昏，第4兵团各部向被围之敌发起全线攻击。

战斗伊始，敌即有3个军放下武器。战至26日中午，被围之敌便已完全丧失战斗力，4万余人全部被歼。

此战从组织实施到结束，只有8天时间，打得干脆利索，算得上陈赓的得意之笔。而且，这一战规模亦甚为可观，整个广东战役中，陈赓、邓华两兵团共歼敌6.2万人，而其中的4万余人被歼于两阳之战。后来战史将其统称为广东战役，但是以阳江之战枪声平息而宣告广东战役结束的。

第4兵团的许多老人总是习惯地称此为两阳战役，认为无论从所投入的兵力还是战果上看，它都够得上战役规模了。

总之，到这一战结束的26日，广东问题已彻底解决。此时，除雷州半岛和沿海岛屿尚有部分残敌外，广东大陆全部获得解放。

按毛泽东赋予第4兵团三步走战略，陈赓已走完了两步，第三步就是挥兵入桂，去包抄白崇禧集团的后路。

第14章

端白崇禧老窝子去

郊外已是炮声隆隆，李宗仁才爬上他的双引擎"追云号"，抛下乱哄哄的广州向西北飞去。越过南岭、大娄山，进入四川盆地，经过4个多小时航程，"追云号"才飞临灰蒙蒙的重庆上空。

当时重庆有3个机场，每个机场的位置都很险峻，用美国哈佛大学中国问题专家费正清教授的话说：3个机场对飞行员都是不同程度的挑战。

地面导航人员安排李宗仁的专机在九龙坡机场降落。

这个机场一面临江，一侧傍山。"追云号"在云雾里盘旋了好几圈，才看见跑道。开专机的都是国民党空军中技术顶尖的驾驶员，但还是因为看见跑道过晚，"追云号"稍稍偏离跑道中轴线，触地时还来了个"蛤蟆跳"。

李宗仁走下飞机，国民党政府秘书长吴忠信等将他接到歌乐山，暂住在国民党已故前主席林森的官邸。

若不是广州陷落，李宗仁是断不肯来重庆的。负责重庆城防和川东一带防务的部队，全是蒋介石的嫡系，到了这里，他这个代总统更是令不出户了。

在广州他就预感蒋介石正做复出的准备，半个月前CC系和政学系的报纸就一改"总裁"的称谓，称呼蒋介石为"总统"了。但他没想到蒋介石会这么迫不及待，他到重庆没几天，吴忠信、张群、朱家骅这一帮人便先后登门作说客。他们倒也没敢明言，只是闪烁其词地说当前局势紧张，希望他电请蒋先生来渝坐镇。

李宗仁一闻此言勃然大怒，把一肚子气全都撒在了吴忠信的身上，说："礼卿兄，当初蒋先生引退要我出来，我誓死不愿，你一再劝我勉为其难。后来蒋先生处处在幕后掣肘，把局面弄垮了，你们又要我来'劝进'。蒋先生如要复辟，就自行复辟好了，我没有这个脸来'劝进'。"

吴忠信、张群、朱家骅等人被李宗仁这一番痛斥，无不面红耳赤，再不敢在李宗仁的面前提"劝进"的事。但李宗仁清楚他老蒋有的是手段，既然已经把复出的风放了出来，就会想尽一切办法达到目的。为应付突然的事变，他不得不打电话到桂林，请白崇禧到重庆来商量对策。

退回广西后的白崇禧正忙着重建整补部队，调整兵力部署。

桂军3个精锐师被四野吃掉后，白崇禧虽然痛惜不已，但仍心存侥幸，认为广西多山，地形复杂，利于组织防御；再加上桂系惨淡经营多年，广西独立的格局已经形成，基础比较厚实，只要上下齐心，精诚团结，还是可能打出个新局面的。纵观历史，桂系哪一次失败不是退回广西老家，又东山再起的。

白崇禧从各军及广西保安部队抽调6个团，重建第7军第171、第172师。另又将当年组建的刘昆阳第124师，拨入第7军建制。

扔下部队逃回广西的李本一怕白崇禧枪毙他，不敢回桂林，躲到全州乡下。后经张淦等兵团司令们求情，白崇禧才饶了他，并让他继续执掌第 7 军，以戴罪立功。

同时，由广西省保安司令部拨了 3 个保安团，由第 48 军本军抽调干部，在龙州重新组建被歼的第 176 师。

只是重建的第 7 军和第 176 师形似神非，赝品而已。

桂系确有极强的再生能力，他们通过抓丁拉夫，抽调地方民团和保安团，迅速重建、整补了 5 个兵团 12 个军 30 个师，共达 15 万多人。在扩编正规部队的同时，白崇禧又在广西范围内成立了 5 个军政区，组织起了约 10 万余人的地方武装。

杂七杂八地算起来，白崇禧集团总兵力也凑有 20 余万人了，仍然是国民党最大的军事集团。但是，第 7 军被全歼，这个集团的精气神儿没了。

白崇禧煞费苦心地部署第 17 兵团司令官刘嘉树指挥的第 100、第 103 军位于湘、桂、黔边境之靖县、通道、榕江地区，以阻止共军由桂西北进攻，保障向云南、贵州之退路。

第 1 兵团司令官黄杰指挥的第 14、第 71、第 97 军和第 10 兵团司令官徐启明指挥的第 46、第 56 军，集结于桂林及其以北地区。其中第 46、第 14、第 97 军在东安、全州、黄沙河之湘桂铁路沿线布防，遇共军对广西进攻时，于正面节节抗击，破坏道路，迟滞共军前进速度。

第 3 兵团司令官张淦指挥的第 7、第 48、第 126 军集结于恭城、阳朔地区。

第 11 兵团司令官鲁道源指挥的第 58、第 125 军集结于龙虎关、荔浦地区以为机动，视情况在湘桂铁路和桂江南岸组织防御，或向柳州、南宁方向撤退。

白崇禧很清楚，这种部署只是权宜之计。因而，11 月 1 日晚他召集副长官李品仙和夏威、参谋长徐祖诒、第三兵团司令张淦、广西省政府主席黄旭初等人到桂林榕湖公馆开了个军事会议，专门商讨今后的战略去向问题。可是还没议出个所以然，李宗仁从重庆打电话来，邀白崇禧赴渝有急事相商，于是会就散了。

第二天上午，白崇禧即乘坐军用飞机匆匆飞往重庆。

两人一见面，李宗仁便将吴忠信等人"劝进"的始末，详细地给白崇禧说了一遍。白崇禧说："总结十个月来的经验，蒋介石既不肯放手，我们也不能自行其是，长此僵持下去，我们有什么办法来挽救危局呢？我建议德公去昆明小住，由我出来调处，看看是否能够达成妥协。"

李宗仁同意了，11月3日便以巡视为名飞往昆明。

可是，这对合作了30余年，荣辱与共，一起闯过多次政治风波的老伙伴，从4月国共和谈起关系就已出现裂痕。这次白崇禧又涮了李宗仁一次。李宗仁一走，白崇禧就拟了份蒋李妥协方案，通过吴忠信转交蒋介石。

这份方案的要点是程思远从吴忠信的好友、国民党交通部长端木杰处得知的。大意三点：一、蒋介石复职；二、李宗仁出国；三、白崇禧取代阎锡山出任行政院长兼国防部长。

蒋介石的答复也是三点：一、蒋介石同意复职；二、李宗仁不能出国；三、白崇禧可以任行政院长，但不能作为蒋李合作的条件。

白崇禧倒没有称帝为王的野心，就是热衷于统兵领将，当国防部长，做中国的最高军事长官，成为凯末尔式的人物。他从保定军校毕业时，就想效法班超立功异域，曾想和几个军校同学一起去新疆建立一支新军，以防御沙俄的入侵。他始终认为俄国，抑或后来的苏联，是中国最大的威胁。

他对兵权有着异乎寻常的热情，对行政院长毫无兴趣。

第二天白崇禧便悻悻地返回了桂林。

住在昆明五华山省府主席龙云官邸里的李宗仁得悉白崇禧的活动，对程思远感叹道："健生的一些做法过于天真直率了，竟还指望与蒋介石

第24章　端白崇禧老窝子去

合作,我则早已对蒋不抱任何幻想。因为我太了解他了。蒋介石对人毫无诚意,唯知玩弄权术,当他要利用你时,不惜与你称兄道弟,歃血为盟;一旦兽尽狗烹,就要置人于死地。记得民国十七年九月,蒋介石一面命健生代行总司令职权,用兵冀东,一面派刘兴北上夺军,授给刘兴密令:'如果抓到白健生就把他杀了。'其人阴险狠毒,至于此。所以台湾我是不去的,唯一的一条退路只能去美国,我们将从这里径飞广西,为此准备一切。"

11月5日,白崇禧在榕湖公馆召开军事会议,研究下一步军事行动。他提出两个议案,一是向南行动,至雷州半岛转进海南岛;二是逐次向西退守庆远、柳州、浔州、玉林之线,视情况再退守滇桂边境,进入云南。

夏威、黄杰等力主第一案,李品仙、张淦、徐启明、鲁道源等则主张第二案。彼此各执一端,吵了一天也没个结果,最后双方都请白崇禧定夺。

其实白崇禧的腹案是撤往海南岛,并曾特地飞了趟海南岛,与薛岳、余汉谋商议此事,但被他们拒绝了。只是这些属下们还不知情而已。他的第二预案才是向西,或入黔或进滇,或由龙州转往越南。但究竟入黔,入滇还是入越,他都还没想清楚。他心里乱哄哄的定不下决心,就散会了。

第48军军长张文鸿回忆说:"我在桂林休整期间,曾问过白崇禧今后的作战计划是怎样的。白崇禧说:'现在共军想吸引我们主力在桂北地区,他们在正面不采取积极进攻,而在我们左右两翼派遣相当大的兵力疾进,即一部由黔桂边境尾随我17兵团刘嘉树部西进,以一部由广东南路向桂南方向进迫。一俟形成包围态势,企图将我主力围困于桂柳一带而消灭之。而我们的作战计划目前尚未具体决定,须待与友军洽商和情况发展,再作最后决定。'我在桂林逗留约半个月,看到白崇禧的神志很不安定,处理一些事务非常慌乱,在解放军节节进逼的情况下,竟没有制定一个完整的作战计划,遇到情况发生,临时派遣部队应付,完全处于被动挨打的

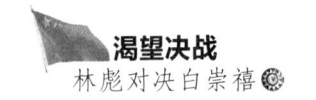

地位……"

散会后，白崇禧一晚上心神不定。早上一起来，他忽然又叫张文鸿率领第48军先开赴龙州，紧靠越南布防，以备大部队南撤。

白崇禧的脑子真是乱了。

12日晚上，偕程思远等飞抵桂林的李宗仁将白崇禧、黄旭初、李品仙、夏威等一干桂系首脑召集到他文明路130号私邸，商谈今后的进退问题。

白崇禧还是想实现他的第一预案，请李宗仁去一趟海南岛，以代总统身份晤见余汉谋、薛岳等人，以达成桂军不得已时撤退海南岛的协议。

李宗仁同意了，他知道广西弃守只是个时间问题，孤悬海隅的海南岛，或许是桂军最后的生存之地。

14日下午2时，李宗仁在黄旭初、李品仙、程思远等人的陪同下乘"天雄"号专机飞赴南宁。晚上8时，白崇禧从桂林打电话告知李宗仁，蒋介石已于下午3时从台北飞重庆，并请李宗仁赴渝共商大计。李宗仁只对白崇禧说了句"这事我知道了"后，便再没回音。

16日，李宗仁飞海口，与薛岳、余汉谋商议华中公署部队退守海南岛一事。商议无果，20日他便一声不响地飞赴香港，住进了香港养和医院。尽管蒋介石一再派说客来港，邀请李宗仁去台湾共图反攻大陆之"伟业"，可深知蒋介石诡计多端的李宗仁再也不会上当。半个月后，他包租了一架飞机直飞纽约。

至此，李宗仁流亡异国，黄绍竑参加中国人民政治协商会议后留在北京，桂系三大巨头仅剩白崇禧独撑广西残局。

就在白崇禧何去何从，徘徊不定时，四野已经按毛泽东确定的大迂回作战方针，完成了广西战役部署：以程子华第13兵团10万人西路迂回，沿湘桂黔边界攻击前进。第一步迅速占领思恩、河池，堵死广西之敌逃往贵州的道路；第二步向百色地区攻击前进，切断广西之敌西逃云南的道路，协同东路兵团在战略上包围广西之敌。

以陈赓第4兵团的3个军和第15兵团的第43军共18万人东路迂回，由阳春、阳江西进，进占信宜、博白地区，切断广西之敌经雷州半岛从海上逃跑的道路，实现毛泽东大迂回战略的关键一步。尔后，该兵团再视情况向钦州、南宁方向发展，与西路迂回兵团构成对白崇禧集团战略上的钳形包围，封闭敌人于广西境内。

肖劲光第12兵团3个军共15万人，则担负北路攻击任务。广西战役发起之后，该兵团先按兵不动，抑留住桂北的敌人，待西路和东路兵团进入广西境内，构成对敌钳形合击态势时，即沿湘桂铁路及以东地区迅速南下，向白崇禧集团发起最后总攻。

11月4日，林彪、邓子恢、肖克等第四野战军首长将广西战役详细作战部署报告中央军委和毛泽东主席。

11月6日，毛泽东回电批准了该部署。

就是从这时起，他的电报指示和命令直接署名"毛泽东"了，而不再以"中央"，或"军委"，或"中央军委"的名义了。

当天，由西路迂回的第38、第39军，冒着连绵秋雨，分别由湘南的洞口、武冈地区出发，奔袭湘黔边境靖县、通道之敌第17兵团，正式打响广西战役。而后，该兵团秘密取道黔桂边境苗族、侗族聚集地区的苗岭、越城岭，斜插向桂北黔桂线上的河池、思恩。

第38军前卫团过了黎平，进入横亘于贵州东南部的苗岭，就知道此次远征可不是好玩的。这片数百里苗、侗族人居住的山区人烟稀少，还停留在刀耕火种的阶段。部队所过之处，十室九空，粮食奇缺。加上这里的少数民族对军队素有敌意，因而，决不能像在内地那样，用暂借或记账的办法筹集粮草。前卫团团长下了道死命令,要求全团指战员务必尊重苗、侗人的习惯,不得随便闯入苗寨侗村,买一粒粮食也得付账,喝口热水也要给现钱。

巍巍苗岭绵延数百里,云缠雾绕。

云雾中,部队曲折攀援于傍壁临渊的山道上,根本闹不清那些山峰究竟有多高,只能以出汗量来计算那一座接着一座的山峰大小。通常翻越5至10里左右的山峰要出一身大汗,这只是小山;出两三身大汗的山,估摸有10至20里远,算是中等山;浑身的衣服全都透湿,不下30至40里的路,这才能叫大山。按照这种方法统计,这一路第38军经过的中等以上的山,就有25座之多。

苗岭山势陡峭,许多上坡路在60度以上,得四肢爬行。因而,战士们都认为以前上的山,其实只能算是"走山",过苗岭这样的山才真正叫爬山。

当地的苗胞们说,这一带大山里,只走过两次队伍,一次是十多年前到过少数红军,再一次就是抗战后期从内地溃退下来的国民党兵。像这样千军万马地过着扛大炮的队伍,他们还是头一回看见。

山路奇险,许多地方根本就没个路。这就苦了那些工兵们,用铁镐刨,用炸药炸,费了牛大的劲儿,才弄出条羊肠子似的路来。这样的路——如果它还能称为路的话,晴天尚且不敢甩开腿走,要是赶上落雨,更是走一步摔俩跟头。摔倒了爬起来就骂白崇禧,说是要把那姓白的小子逮住,非他妈活剥了他。

这片偏僻山区,老百姓一贫如洗,许多人家穷得连个窝都没有,就捡大树杈搭个棚子,一家老小都蜷在树上。部队没处借宿,只好露营。变天时也只能扯开块油布往头上顶,坐在背包上熬过那些滴滴答答的雨夜。

夜晚行军看不见路,第3连的人想了个招,在茶缸里装上菜籽油,

第24章　端白崇禧老窝子去

放上根捻子点着了照明。可一个小时就能耗掉三斤半油,这哪个连队能受得了。人还没油吃,盐水煮白菜呢。于是只好手拉手摸黑前行,一夜却也能走上个二十来里地。

山路人难走,马就更不好过。那些在大平原、大草甸子上矫健如飞的蒙古马,一踏上苗岭的山道,吓得四腿乱哆嗦。炮兵们只好将马拖的山炮拆散了自己扛上,还得腾出只手扯着缰绳拉马上坡,下山时再绕到后面拽住马尾巴。步兵一个白天的路程,炮兵得走一天一夜。常常是他们疲惫不堪地赶到宿营地时,步兵们睡了一觉已经又出发了。于是,他们只好打起精神接着走,说:从松花江到苗岭了,这么长的路就剩下最后一截了,再难也得跟上队伍。

一路上军首长也没马可骑,只能和普通士兵一样徒步爬山。

军长梁兴初是位多次负伤流血的老伤残,过都柳江时,司令部专门从军直连队调来两个排,挑的都是身强力壮的战士,准备背他过河,却被梁兴初长脸一黑把他们吓回去,他自己卷卷裤腿蹚下了水。

四野西路第13兵团奔袭通道、靖县时,北路第12兵团沿当年红六军团西征的路线,正向全州、新宁、东安地区秘密集结。东路第4兵团先头部队第13军由罗定向廉江攻击前进,兵团主力则向信宜以南地区隐蔽推进。

由粤南恩平西进的第15军官兵,感觉就像在爬大坡,越往西走山越高。已进11月了,部队还没换装,都穿着汗水沤糟了的单军衣。山区昼夜温差大,白天感觉还不太明显,到了晚上冷飕飕的秋风一起,人就扛不住了。

崔星说:"我们机关干部还好点,冷得睡不着了,点堆火烤烤,搂堆稻草钻钻。可部队就苦了,那么多人,到哪儿找稻草去!只好一宿宿硬挺着。"

第 15 军有的老人回忆：其实也没冷过多少夜，因为许多夜晚我们都在跑路，马不停蹄地往粤桂边境赶，去端白崇禧的老窝子。11 月 5 日我们赶到德庆集结，6 日广西战役就开始了。

此时，二野 3 个军为策应四野广西作战，疾进黔东。中路王秉璋的第 17 军连克晃县、玉屏二城；左翼尹先炳的第 16 军亦连下天柱、下三穗两县，奇袭天险"鹅翅膀"，抢占了黔东要隘镇雄关；右翼杜义德的第 10 军向黔东北地区挺进。

白崇禧一看解放军以大兵团推进贵州，切断自己西退道路，业已形成对广西的三面包围之势。正焦急时，蒋介石因海南岛守备兵力不足，同意华中公署部队撤往海南岛。但薛岳、余汉谋对白崇禧提出了附加条件，必须担负雷州半岛守备，以阻止解放军渡海进攻海南岛。

白崇禧决意拼死南进，从雷州半岛杀出条生路，把部队撤往海南岛。东路陈赓兵团虽已推进到粤桂边，其第 13 军主力位于茂名、廉江地区，第 14 军主力位于阳江地区，第 15 军主力位于德庆、罗定地区，兵力相对分散单薄。于是，他又重玩 1929 年蒋桂战争和 1936 年"两广事变"中对付蒋介石的老伎俩：攻势防御。他决定乘北面肖劲光兵团尚未成战役展开，西路程子华兵团距离尚远之机，立即调集主力，联合粤桂边界余汉谋之第 4 兵团，发动"南路攻势"，企图将进入南路地区的陈赓兵团压迫至海岸而歼灭之，进而控制雷州半岛，开辟海上通路。

他电令位于桂林东北的主力张淦之第 3 兵团向玉林、北流地区隐蔽集结；鲁道源之第 11 兵团向容县、岑溪地区秘密开进；华中军政长官公署总部由柳州向南宁转移；黄杰之第 1 兵团向黔桂边界的南丹地区增援，阻止共军西路兵团南进；徐启明之第 10 兵团负责破坏交通和实行"空室清野"：炸毁桥梁，焚烧渡口船只，收缴道路两旁 20 公里内所有村镇的粮食柴草，谷种也不留一粒，以迟滞共军北路兵团的正面进攻；布防于湘

第24章　端白崇禧老窝子去

黔桂边的刘嘉树之第17兵团即刻南移，迅速抢占百色，策应南线作战。

张文鸿率第48军军部和第138师已走到柳州，白崇禧取消其龙州布防任务，令火速转向平南，经容县、北流到玉林集中待命。

白崇禧还与余汉谋商定，其麇集于博白地区的沈发藻第4兵团所辖之第62、第63军，在"南路攻势"作战中亦暂归华中军政长官部指挥。

可就在这节骨眼上，11月13日，已经在重庆"视事"的蒋介石以贵州吃紧，直接电令黄杰兵团驰援，先以有力一部取捷径向宜山、南丹急进。

白崇禧不得不重新修订他的"南线攻势"计划。

黄杰兵团还没赶到滇桂边境，15日贵阳解放了。于是，黄杰援贵作罢，遂又归还给白崇禧。

21日，白崇禧"南路攻势"作战准备基本完成。

当晚，敌第3兵团司令官张淦在郁林（即今玉林）召集军事会议，宣布白崇禧下达的作战命令："一、第十一兵团，除以一部占领岑溪及其东北高地之线外，主力由容县向信宜攻击。二、第三兵团，除以一部沿郁林、廉江公路向太平圩攻击，并协力第四兵团攻占廉江外，主力向化县、茂名攻击。三、攻击发起时间，为十一月二十三日拂晓。"

接着，第3兵团参谋处通报当前各友军之位置和任务，概略如下：鲁道源第11兵团位于岑溪及其东南，对广东信宜方面严密警戒，防止解放军进攻我兵团的攻击部队左侧翼；徐启明第10兵团率第46和第56军，正在由浔江北岸渡江南进中，准备随我兵团之后策应作战；黄杰第1兵团率第14、第71、第97三个军目前在向龙州、隘店间地区行进中；刘嘉树第17兵团正在由百色沿越、桂边境之龙邦向水口关前进中，掩护我左侧免受解放军的包围；长官部正在向南宁方向转移途中。

21日当晚，博白的沈发藻第4兵团也接到白崇禧电令：第62、第63两军于24日拂晓同时发动攻势，"由博白南下，经凤山、塘蓬，击破石岭圩（廉江以西十五公里）之匪军后，续向廉江攻击前进"，第63军向东"支援廉江方面之作战"，第62军"即以有力之一部，进占遂溪，策应廉江方面之作战"。

依据白崇禧的作战命令，第11兵团司令官鲁道源连夜部署第125军一部据守岑溪东北高地，以第125军主力及第58军攻击信宜。第3兵团司令官张淦部署第126军一部进攻太平圩，军主力为预备队；第48军由陆川经乌石、清湖、合江向茂名城攻击；第7军由北流经宝圩向化县攻击。

在给各部的作战训令中，白崇禧强调："此次南路攻击乃我生死存亡的关键，胜则大量美援立即可获，败则涂地。"

白崇禧孤注一掷的"南路攻势"，即将成为他二十多年军事生涯中的最后一战。

午后，衡阳一阵急促的暴雨，把湘江水给搅得浑浊不堪。雨后初霁，太阳钻出云缝，照在湘江西岸五桂岭的那几栋瓦房上。

这里原是华中军政长官公署，10月初白崇禧退回广西后这几幢房屋便空置着。衡阳解放不久，四野总部即抽调部分人员，由参谋高继尧带队，乘坐20多辆汽车，从武汉开来打前站，将这几幢房屋号下来，开设前线指挥部。

几天后，林彪和肖克便带着警卫团和高炮团赶来了。

此刻，五桂岭上一片忙碌，3部作战指挥的电话，铃声轮番作响；报房的发报机嘀嘀嗒嗒昼夜没个消停。在通往五桂岭的山路上，军用汽车走马灯似的往来奔驰，隆隆的马达声，震得窗户上的玻璃咔啦啦作响，连作战室当中方桌上的林彪照片也被震得乱哆嗦。

四野的人对林彪有种方面军领袖式的崇拜，在东北时就传唱过一首"林彪同志是常胜将军，英勇杀敌，带来幸福给人民……"的歌。入关前

第24章　端白崇禧老窝子去

林彪就制止官兵们唱这样的歌，同时也严禁部队在会议室或作战室悬挂他的画像。

于是，有些军、师机关便将林彪照片缩小到书本那么大，镶嵌在镜框里，摆放在办公桌上。野司机关的人就这么干，在墙上悬挂毛泽东主席和朱德总司令的大画像，在桌面上摆放林彪的小照片，以曲折地表达对林彪的崇拜。

四野前指设到衡阳五桂岭后，最忙最累的就数参谋长肖克。连日来，他每隔十几分钟就得向前线发一个电报，不停地在作战室里来回踱着步子，尽可能地用最简洁、最准确的语句向参谋们口述电文，累得口干舌燥也顾不上停下喝口水。

参谋们也整天手不停嘴也不停，一个个都忙碌得昏天黑地，连出去撒泡尿都一路小跑。作为作战科的主力参谋，高继尧的工作量更大一些，起草文电，爬上爬下地标图作业，连烟瘾都没空犯。就这样也不赶趟，跟不上肖克的工作节奏。

五桂岭最清闲的是林彪，人们从早到晚很难看到他那白皙清瘦的面容。他成天足不出户，独居于窗帘低垂的房间里，半靠在一张旧躺椅上，面对满壁的地图久久地沉思，一想就是一天，屋里静得跟没住人似的。

林彪屋里所挂的，从五十万分之一到十万分之一的地图，以及经过测绘员精心绘制的红蓝色标图都有。每份图上都附有最为简练、精确的统计数字说明，如道路是否被破坏，晴雨时路面情况怎样，可以通过哪些兵种、哪类车辆；河流的宽度、深度及流速是多少；渡口的位置和桥梁的承重状况等等。

参谋们自己动手制作了许多面精致的红蓝两色小旗，上面标着敌我双方部队的番号、人数、指挥官姓名等。这些红蓝小旗插在地图上的各个位置上，大约每5个小时，参谋们便要根据前方敌我双方变化的情况将小

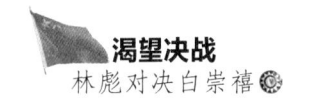

旗挪动一次。

战争总是先在军用地图上开始的。

11月22日上午,参谋长肖克轻轻推开林彪房门,将一份情报摆在林彪的面前,兴奋地说:"林总,又有新情况了。谍息报告白崇禧又调整了部署。"

林彪很注意军容风纪,即使一个人待在屋子里,也浑身收拾得利利索索。他从不像有些人笔记本、钢笔、香烟、火柴什么的满兜揣,但凡是口袋都鼓鼓囊囊的。他的军装总是穿得很贴身,很整洁。只是他几乎所有的军装都剪裁得过于贴身,紧巴巴地包裹着他那瘦弱的身躯,给人一种拘谨和僵硬感。

他边看情报边不时抬头看地图,琢磨了好半晌,才起身走到两广地形图前,屈起指关节敲敲濒临北部湾的廉江、化州以南地区,对肖克说:"白崇禧不是企图阻击与打击第4兵团西进,就是准备由平南、桂平之线向雷州半岛及海南岛撤退。我看他打也是为了撤。"

10时,四野前指作战任务尚未下达,先给第4兵团和第43军发出一份粉碎敌"南线攻势"的动员令,指出:"敌于明晨开始自容县、郁林之线向信宜、茂名、化县、廉江之线进攻,企图压迫我军于海滨并乘势拼死向南突围。桂系部队是有战斗力的,不可轻视。敌人此次行动是他的生死斗争,必然决心死拼。敌现所集中兵力的数目与我军目前所能参战部队的数目相差不远,我军多敌无几。此为带最后性的最重要的一次大战,各部须立即进行充分的政治动员,发挥最高度的积极性、勇敢性、坚决性,严戒轻敌松懈。只要此敌歼灭,则解放琼崖、台湾与云南皆属易事,否则敌退琼崖、台湾或云南,对尔后斗争增加困难。故我全体指战员须奋勇作战,各级指挥员尤须严密细心组织战斗,每个指战员要争取在此次机会立功。"

第24章　端白崇禧老窝子去

广西战役结束之后，四野和二野第4兵团的许多师以上高级指挥员都有这种感觉，认为从两湖到两广，我们都过高估计了白崇禧和他的桂军。尤其是第4兵团的一些军、师长们，不少人都曾在作战总结会议上反思说："我们兵团没跟刘邓首长挺进大别山，但都知道刘邓大军在大别山，被白崇禧的部队整得很苦，所以我们不敢轻视他。从广东往西走的这一路上，我们都在研究白崇禧的指挥特点、部队素质、将领经历。战术上重视敌人是对的，问题在于我们的作战观念转换得慢了，没有看到1949年的白崇禧已不是大别山时的白崇禧了，我们解放军也不是大别山里的刘邓大军了，仗打得有些过于谨慎。谨慎一过头，就是保守。"

动员令下达3个小时后，四野致电第4兵团司令员兼政委陈赓、副司令员郭天民：

> 我军决以十三军钳制张淦及余汉谋部，以三个军首先围歼鲁道源兵团，尔后再歼灭张淦兵团与余汉谋部。十三军除置留一个师在廉江抗击余汉谋部外，其余两个师必须遵令进至查洞圩、那雾圩、合江圩抗击白匪主力，迟滞敌向高州、化县前进的时间，和防堵该敌向鲁道源增援。我军准备歼灭鲁道源兵团于信宜及其以北地区，十四军应准备由南向北攻击，十五军由东向西攻击，四三军完全插到敌后，由北向南攻击。十四军应即进至信宜及其以西地区隐蔽，十五军应东移至大城圩、白石圩（信宜东北五十里）隐蔽。四三军之一二八师应进至分界圩、石龙寨（岁镜抒以西），一二七师应后移至怀乡杆（不含）以东廿里以外之塘底及路岔坪一带隐蔽，一二九师应移至石头塘街、龙眼紫一带隐蔽。

陈赓和郭天民在茂名接到电令有点看不懂了，怎么放着从西北郁林、容县奔着茂名来的敌张淦第3兵团不打，倒叫我们舍近求远，往北去岑溪打鲁道源的第11兵团？廉江是进入雷州半岛的要地，只用一个师来抗击敌一个兵团进攻，第13军主力却北上防堵，这算是哪家的兵法？

陈赓当即回电，对南路兵团的作战部署提出异议：

一、第十三军以一个师守廉江，受敌三面攻击，如张淦全力向南突击，廉江防线有被突破之危险；

二、敌如牺牲鲁道源兵团，求得主力自北海出海（该处能泊3000船），我恐难抓住并消灭敌之主力；

三、第十三、十四军自现位置转入新位置须三日行程，是否有贻误战机之危险？

为此，我们提议是否就现态势首先求得歼灭张淦兵团，然后再歼灭鲁道源兵团……

隔了一天野司才回电陈赓：第4兵团按原计划出动。

第4兵团副司令员郭天民看到复电，不满地说："搞什么名堂么，下边的意见他怎么一点也听不进？在我们二野刘邓首长那里从没遇到过这样的事情。"

陈赓笑笑："一个首长有一个首长的指挥习惯，我们慢慢适应。但有意见还是要提，一次不行就两次，这叫争取领导。"

陈赓再电林彪，除重申22日的意见外，还提出：如原计划实不能改变，可否用第43军及第41军合歼敌第125军及第58军，而以我第14、第13军两个军钳制敌第3兵团及粤敌，以确保廉江。

电文同时报中央军委。

24日16时，毛泽东即以个人名义电示，将这对黄埔军校师兄弟的分

第24章　端白崇禧老窝子去

歧给摆平了——

> 林彪同志并告陈赓：一、陈赓所率四个军，除一个军仍照陈赓前提部署由罗定、容县之线迂回敌之左侧背外，主力似不要进入广西境，即在廉江、化县、茂名、信宜之线布防，置重点于左翼即廉江、化县地区，待敌来攻而歼灭之。同时以一部对付余汉谋之配合进攻。二、桂林方面之我军迅速分数路南下，攻敌侧背，置重点于左翼，即宾州、贵县、郁林之线，但未知时间上来得及否。三、白匪主力既确定向雷州半岛逃窜，我程子华兵团即应分数路宽正面，第一步向百色、南宁之线，第二步向龙州、南宁之线攻进，以期歼逃敌于龙州、海防国境线上。

应该说，白崇禧从战斗决心到应变部署方面，并没有原则上的错误，且不乏创意。问题在于这些新拼凑起来的部队，太缺乏战斗力，多数部队均未能按要求推进到位。而他自己亦未能专心于军务，屡屡贻误戎机。

11月20日，肖劲光北路兵团已向桂北发起猛烈攻击，白崇禧还飞往重庆打听美援的事。

22日他从重庆飞回柳州机场降落时，解放军第41军已粉碎小榕江一带的防御，攻克广西省会桂林，继而驱兵直入沙埔镇。沙埔镇距柳州仅有30来公里，可柳州城内竟无一守军。白崇禧一紧张，赶紧又爬上飞机，转而飞向南宁。

第25章

粤桂边大围歼

11月26日,敌第3兵团与陈赓第4兵团先头部队接上火了。

27日,敌第7军在飞机的配合下,由宝圩向第14、第15军南塘、大仓岭、丹竹坑一线阵地发动猛攻。

这个第7军虽是从广西地方保安旅团抽调部队补充起来的,二次借尸还魂,但还是比白崇禧集团其他部队能打。攻击第15军第44师红3连阵地的那股敌人,躲着弹雨往上攻,敏捷得跟兔子似的,一不留神就从草棵里钻出来。有的敌人卡宾枪里的子弹打光了,来不及换弹匣,竟然抱住红3连的兵就摔起跤来。

广西地处边陲,境内贫穷多山。边民山民,性情强悍,好勇斗狠;而贫穷又让人无所留恋,吃苦耐战,尤其不怕打仗、死人。因而,广西历来出土匪,出战士,也出了李宗仁、白崇禧这样的一代名将。

第15军作战处长崔星感慨说:"那个第7军比黄维的部队还能打。我们15军打了那么多仗,包括后来打上甘岭那样震惊世界的大仗,也没死过团长、政委，就是在广西跟第7军打，损失了我们的一个优秀团政委，他叫田耕。"

但此第7军毕竟不是彼第7军，一口气攻了5个多小时，那股蛮劲儿就过去了，实在攻不动，便自动停了下来。

设在离宝圩六七里地水沥边村的第15军指挥所里，身形精悍的秦基伟咬着半截烟卷，一边瞄着八仙桌上的地图，一边在电话里对几个师长说："他们不攻你们也不要动，等44师从右侧迂回到位，囫囵个儿吃了它。"

等到下午3时，担任阻击的3个师一起发动反击。

第7军顽强抵抗了3个小时后，终于阵脚大乱，被迫向陆川方向溃逃。

白崇禧的"南线攻势"，便从第7军的败退开始崩溃。

第15军3个师穷追不舍，跟着第7军直向广西陆川追过去。第134团副团长刘占华带着先头部队第3营追到陆川东南十来公里的地方，天已经暗了，只见前面山梁子上，许多手电乱晃。他找老乡一打听，是黄昏时退下来的敌人。老乡说他们部队人很多，你们这点人恐怕对付不了。

刘占华就命第3营分两路先迂回上去，他去把第2营再带上来。往回走不多远，碰到团长段成秀和他的警卫员曹双明。

段成秀一听情况，便让曹双明去把第2营带过来。

警卫员中等个儿，挺机灵。可那会儿段成秀和刘占华都没想到，这小伙儿不久被挑选当上了飞行员，后来成了中国空军司令员。

不多会儿，第2营的队伍就呼啦啦地跑步上来，由刘占华带着摸上去。两个营将那伙儿打手电的全堵进条山沟，全俘虏了。一问，是敌第7军军部、军直警卫营和后勤辎重连的。只有敌军长李本一听见枪声就往山上跑，再次脱逃。但仅仅几天之后，便在解放军的追剿中被俘。

敌第7军军部、直属队第二次被全歼。

渴望决战
林彪对决白崇禧

第135团的一个排长叫王二，领着战士们追到陆川城外一公里的地方，碰到四野第43军的几个兵，说发现山沟里有不少敌人。王二建议说我们合起来打，你们先占领山头掩护，我带几个人进去让他们投降。

同去的4个兵跟王二一样，全是北方大个儿，一号军装还盖不住屁股。

摸进沟王二大吃一惊，朦胧的星光里他发现沟里黑压压一片人。他自己给自己壮了壮胆，扯着嗓子喊道："我是解放军，我命令你们投降！"

沟里有人回答："不投降！"

王二又喊："不投降就消灭你们。"

正在这时，山头上四野的兵架好了机枪，乒乒乓乓地往沟里打了一阵子。沟里人就慌了，说："让我们投降你们怎么还打啊？"

王二就朝山头上喊："不要打了，战斗结束了。"然后命令沟里，"所有的人都跟着我们这位同志，排起队往外走！"

沟里山炮、电台什么都有，光骡马就五六十匹。王二悄悄将骡马牵到另一条山沟里藏起来，一边对自己说：人家四野不缺骡马，我们二野有的是俘虏，把俘虏都给他们吧。

在武汉航空路的空军干休所里，王二笑道："那天的俘虏可真不少，五六百号人呢。"

那会儿一仗下来，俘虏就成千上万。当时的俘虏兵有两条出路，愿意留下的可以加入解放军；想回家的发给证明和路费。有些俘虏想留下，可又担心俘虏在解放军里没前途。

第45师师长崔建功赶去给他们训话："谁说俘虏就没有前途？我就是当年红军的俘虏，可我照样当上了师长。"

这位师长曾是东北军第109师的二等兵，1935年追剿红军到了陕北，在直罗镇战斗中被俘参加了红军。

29日16时，白崇禧见其第3兵团处境垂危，急调10余架飞机，掩护该兵团敌第7、第48军残部向博白撤退。

林彪一眼就看出白崇禧兵退博白，意在向昨日乘隙攻占廉江的粤军沈发藻第13兵团靠拢，以合力打开雷州半岛的海上通道。他急电周希汉第13军回师向南，迎战沈发藻；令李成芳第14、秦基伟第15军和李作鹏第43军火速追击，围敌于博白。

顿时，桂东南一隅战尘弥天，铁流滚滚——

李成芳率部插到博白以南，先堵住敌人退路。

秦基伟令所部抢占陆川城，分3路，取捷径，连夜从西面扑向博白城。

李作鹏第43军的第128、第129师则分别从容县、罗定取百里奔袭之势，并肩由北往南压向博白。

30日黄昏，第128师前卫第382团已进抵博白县城40多里地的苏立圩。

团长张实杰获知敌第3兵团部及其司令官张淦现就住在博白城内，便决定夜袭博白县城，端掉敌兵团部的老窝子，活捉张淦。

他找到友邻第127师师长王东保，请求给予协同。王师长即通知所部第379团跑步前进，火速赶至苏立圩，以加强第382团。

这时，第128师政委宋维栻从后边赶上来，听说他的第382团要去攻打敌兵团部，不禁有些担心，忙对张实杰说："我告诉你张实杰，这可不是闹着玩的，张淦的那帮广西猴子很难对付，野蛮得很，真跟你拼命哪。以前他们在安徽和我们打仗，那都是抬着棺材端着刺刀跟你死拼，我们吃过不少的亏。现在你一个团去打张淦一个兵团部，恐怕对付不了吧。"

张实杰对宋维栻笑笑，说："政委，请你放心吧，城里的情况我们都搞清楚了，敌人在博白没有多少兵，我完全有把握把它拿下来。"

宋维栻知道张实杰很能打仗，攻城拔寨很有两下子，从胶东打到东北，从华北打到南方，从未失过手。于是就没再打岔，他向张实杰交代说："跟桂军作战，一定要组织好，千万马虎不得。"

张实杰点点头，转身向各营连布置任务去了。

是夜，第 382 团以第 3 营第 7 连为前卫，由第 3 营营长李庶华率领第 7 连先行，张实杰率团指挥部随后跟进。其第 2 营的任务是由城北迂回到城东，占领公路西侧小高地构筑对内对外阵地，一面向东警戒，一面视城内动向，当听到城内枪响时，即向城内进攻。第 1 营由团王参谋长率领直奔城南鸦小圩，堵截敌第 7 军的增援。

全团急行军 2 小时，插进博白县城时正是半夜，天色很暗，行进中碰鼻子碰脸还分不清五官。李庶华带第 7 连进城时，敌第 3 兵团士兵竟把解放军当成自己人，不慌不忙地问："你们是哪部分的？"

"自己人。"第 7 连副连长卢福山机灵地回答，"58 军的。"

"丢你老姆，你们 58 军退到我们这边来干什么？"

"奉白长官的命令，帮你们阻击东线的共军。"卢福山继续蒙骗敌人说，"弟兄们，张司令官住在哪里？我们有紧急情况向他报告，谁给带路，我赏他五块现大洋。"

真有财迷心窍的，马上就有几个兵站出来愿当向导。卢福山指定那个声称他对张司令官住处最熟悉的小个儿说："那好，就劳驾这位兄弟了，把我们带到张司令官那里，赏钱一分不会少给。"

于是，小个子兵带着卢福山等十几个人顺大街一直向南，再转向东南，来到图书馆门前。站岗的哨兵大声喝问："站住，干什么的？"

"兄弟是 11 兵团部通信兵。"卢福山镇定自若地回答说，"麻烦你给通报一声，我们有急事要面呈张司令官。"

由于卢福山带的人太多，引起了敌人的警觉。一个敌军官拿手电筒照了一下卢福山身后的战士，不禁失声惊呼："不好了，共军……共军进城了……"

敌作战处长从屋子里跑出来，对那个军官大声呵斥说："真是活见鬼，哪来的什么共军？"

可话刚落地，第7连的兵便飞步冲上前下了他的枪，随后便蜂拥而上，没费一枪一弹，便将敌兵团部官兵缴了械。

在后院睡觉的张淦被吵醒了，很有些恼火地对他身边的参谋嘟哝说："我们前边还有四个军守着，东北方向的共军还在一百八十里外，博白怎么突然冒出共军来了呢？"

可这时第7连第1排已经扑到了后院，张淦这便慌神了，一头就钻到床底下。卫兵倒反应挺快，咣当一声把门关上了。

第1排的同志撞不开门，张实杰走了过来，命令用火箭筒破门。"呼呼"两道火光闪过，大门便被炸出个大洞。卢福山冒着浓烟冲进屋内，朝房顶上"叭叭"打了几枪，喊道："张淦快出来，不然我们就把这所房子炸平了！"

到了这一步，张淦知道躲是躲不过去了，哆哆嗦嗦从床底爬出来，举起双手，颤巍巍地说："兄弟投降，请解放军饶恕……"

卢福山把张淦押到临时设在图书馆附近的团指挥所。张淦见到张实杰团长竟忘了自己没戴军帽子，敬了个军礼说："兄弟有罪，万望解放军长官多多饶恕，予兄弟以宽大。"

张实杰吩咐警卫员何万利给张淦搬过一把椅子，请张淦坐下。见他钻床底时磕破的脸上还流着血，又叫来军医崔廷贵为他包扎了伤口，这才严肃地说："我军的政策你也听说过的，对于放下武器自动缴械的敌人，不论官大官小一律都会宽待，并保证人身安全的。"

"知道知道。贵军神兵，我以为你们三天之内不会赶到，没想到现在就从天而降。"

这时，师政委宋维栻与第 7 连的几位干部将张淦的女儿带过来交给他，这使得他大为感动，说："我立即命令我兵团所属各军迅速放下武器，向贵军投降。"

当下他便拟就电文交给张实杰团长。

生擒张淦，桂军主力第 3 兵团各部群龙无首，顿时乱成一团。

12 月 1 日凌晨 0 时 30 分，敌第 48 军军部刚跑到离博白 25 公里处的新圩，即被第 15 军第 134 团追上围住，打了半小时，军部 600 余人全部被歼，敌军长张文鸿带着几个随从，趁乱逃跑。

第 15 军第 133、第 135 团拼命向博白城追，想拿下解放博白第一功，结果还是晚了一步，被四野部队抢先攻占博白。

此时，敌第 3 兵团全部溃散于陆川、博白山区。四野前指一声令下，第 14、第 15、第 43 军全部投入围歼战。

陆川、博白乃玉林五属之地，正是新桂系起家发迹的地方，也将成为它的葬身之地。生于斯亦死于斯，也算不违天意。

四野南路兵团在粤桂边打得热火朝天时，北路肖劲光兵团亦于 11 月 18 日向敌展开全面进攻。西路第 38、第 39 两个军也遥相呼应地攻城略地，每日必克，一口气向南推进了近 300 公里。

第 39 军第 117 师于 27 日至 29 日在柳州西南土博、南塘圩地区歼灭敌第 1 兵团第 14 军第 62 师一部；12 月 1 日攻占迁江，歼灭敌第 97 军第 82 师及第 14 军第 63 师各一部，俘 1000 余人。第 116 师于 27 日占领忻城，12 月 1 日攻占上林县城，2 日奔袭宾阳，截歼第 11 兵团警卫营及第 97 军第 82 师残部，俘兵团少将参谋长李致中。

布防在湘黔边担负侧翼掩护的刘嘉树第 17 兵团，一看第 38 军四五万人马排山倒海地压过来，撒开脚丫子就往西南跑。途中白崇禧由海

第25章 粤桂边大围歼

南岛发来电报,命令第17兵团在南丹、河池间占领阵地,掩护柳州主力向迁江撤退。刘嘉树置之不理,所属第100、第103军分两路继续向东兰逃窜。白崇禧再次发来电报,命令刘嘉树率部在东兰至河池间红河西岸阻击解放军。可是在第38军的一路追击下,离红河还有五六十里地,连受重创的第103军就已失去战斗力。

刘嘉树率第17兵团部和第100军一部向南狂奔,横穿广西,从湘黔边一直逃到中越边境的平而关。途中几次被截,一路挨打,进入越南境内后,刘嘉树身边仅剩7000人左右。

几天之后,另一路由南丹吾隘南逃的第100军一部,也赶到龙州地企图由平而关进入越南。但法国总督要解除该部武装,方可准其过境。

军长杜鼎还算有点血性,坚决拒绝,说共产党也是中国人,与其将武器交给外国人,还不如给自家人。他传令全军,不走了,就地驻扎,杀猪宰羊,搭台唱戏,等候解放军来俘虏。

连以上军官几乎个个喝得酩酊大醉,唯独杜鼎不喝。但在黄永胜第45军的第134师包围该军之前两小时,唯一清醒的杜鼎将部队交给副军长兼师长黄飞,自己带着几个亲信溜了。

1956年,黄飞作为投诚将领,被释放于武汉战犯管理所。

刘嘉树在越南喘息了个把月,1950年2月5日又奉白崇禧之命,率残部沿中越边境窜至平而关地区,准备进入十万大山打游击。解放军第45军第134师4个营3000余人当即将其包围,战至7日上午,歼灭第17兵团部和第100军6700余人,其中俘中将兵团司令官刘嘉树以下6000余人。

这是刘嘉树第二次被中共军队俘虏。

1931年国民党军第三次"围剿"中央苏区时,时任韩德勤第52师的团长刘嘉树在9月的方石岭战斗中被俘。他当过国民党军委会宪兵教练所第二大队大队长，与四野参谋长肖克有过一段师生之谊。肖克在教练所自学的黄埔军校《战术学》《筑城学》《兵器学》等教材，都是从刘嘉树那里借的。所以，刘嘉树被关在兴国时，肖克还去看过他。

后来刘嘉树是被黄埔一期的要好同学、时任国民党第10师第28旅旅长的李默庵，偷偷用26担中央苏区紧缺的药品，把他给赎回来的。

此后刘嘉树越发死硬反共。1949年1月18日程潜召集长沙绥署和省府大员们研究毛泽东关于国内和谈八条，主战与主和派吵得不亦乐乎。刘嘉树认为中共和谈要价太高，坚决要跟共产党打到底。大腹便便的刘嘉树甚至扬言："抵抗不住，我就上山去打游击。"

程潜辛辣地嘲笑他说："打什么游击？你这么大的尸坯子，四个人还抬不起你，吸烟要吸三五牌，还讲打游击。真是寻死。"

大伙儿哄堂大笑。

这次被俘，再没人来赎他了。刘嘉树在战犯管理所好不容易盼到特赦，出来没多久即病故。

白崇禧见败局已定，遂于12月3日由南宁飞往海南岛，从此再未踏上中国大陆。

12月5日中午，白崇禧乘坐"太仓号"军舰，带着海南岛可搜罗到的十几艘舰船，驶抵钦州湾龙门港外的海面，组织总撤退：令黄杰第1兵团集结于南宁及以东地区，抗击共军西路兵团南进，掩护华中军政长官公署及直属部队向钦州方向撤退；令徐启明第10兵团的第46、第56军一律轻装，日夜兼程抢占钦州，占领东、北方向有利地形，抗击共军攻击，拱卫入海口；令第3、第11兵团残部迅速经钦州向海上撤退，不得有误。

可林彪比他动作更快，已抢先部署断敌退路，2日便电令周希汉第13军由廉江经合浦，向西迂回，迅速强占钦州；令李成芳第14军和李作鹏第43军由博白全速向钦州追击；令韩先楚第40军由北流取捷径向灵山挺进，直逼钦州；令黄永胜第45军由贵县直插钦州以北，切断沿南宁至钦州公路南撤之敌的退路，并配合东路兵团聚歼敌人于钦州地区；令第39军继续向南宁攻击前进；令第38军以一个师插向百色，主力朝果德方向追击；第15、第41军于玉林、博白、陆川、容县、北流一带清剿溃散之敌。

在东起容县，西至百色的400多公里的桂南战线上，四野9个军40多万人马纵横驰骋，所向披靡。

2日当午，陆川城郊兵败后的第48军军长张文鸿用无线电报话机向长官部请示：下一步如何行动。长官部副参谋长林一枝转达白崇禧指示："该军如不能突过博白进入十万大山，应即就地化整为零，分途向大容山区集结，暂时一面打游击，一面等待后令行动。最好能设法向南突进至雷州半岛，并随时以无线电与长官部保持联络。"

当晚，张文鸿残部即以营为单位分散逃跑。张文鸿率20余人的军部和特务营行动，经博白逃向大容山西北麓，5日到达桂平县境内。

张文鸿回忆说："当时我的胃溃疡病复发，痛楚万状，不能再随队伍行动，即决定将队伍交由副军长黄建猷负责指挥。我则带一个卫士前往桂平县属之罗秀圩友人卢奕农家中暂时休养。12月6日晨到达罗秀圩，住下仅半日，下午解放军二野部队之第175团亦进入罗秀圩。"

他搞错了，进入罗秀圩的解放军是第15军第45师第133团警卫排。

张文鸿与长官部的通话被第45师的大功率报话机监听到了，师长崔建功即令第133团团长任应派兵跟踪追击，说："抓住他，我要活的。"

第133团警卫排追到罗秀圩时，并不知道张文鸿躲在这里。只因当时大雨，警卫排便进了圩，站在一户人家屋檐下躲雨。恰巧这户就是张文鸿的友人卢家。战士们发现女房东神色慌张,便耐心做她工作。终于,女房东悄悄说了声:"我家楼上住的是国民党大官。"

警卫排立即冲上楼去,将躺在床上哼哼叽叽的张文鸿生擒。

同是6日上午,华中军政长官公署及其直属部队的3个炮兵团、2个工兵团、1个警卫团和1个补充团,刚刚逃到钦州城内,就被周希汉第13军和强渡钦江的李成芳第14军团团围住。当夜总攻开始,5个小时后钦州城破,敌1万2000余人无一漏网,全部就歼。

几乎在钦州炮火平息的同时,7日凌晨,钦州北面50公里处又响起了激烈的枪声。解放军第14军第40师、第43军第127师、第45军第133师,同时向邕钦公路旁的小董圩发出攻击,全歼敌第11兵团残部,敌第46军残部,敌国防部第1、第2、第3突击纵队和交警纵队,以及敌联合总后勤部、将校军官训练队,再次创造了一个歼敌1万2000余人的战绩。

小董圩是个小集镇,从北头走到南头最多半里多路,只有一些破旧低矮的瓦房茅屋坐落在大路两边。战斗结束以后,各部队接受新任务陆续离去,这里便成了解放军堆放战利品和关押俘虏的地方。一辆辆印着白色"USA"字样的美国军用大卡车、吉普车和水陆两用汽车摆满了公路,其中有一辆小轿车正是白崇禧乘坐的专车,此刻也成了解放军的战利品。

每辆汽车上都载满了崭新的美制重型火炮、机枪、步枪、电台、工兵器材、子弹、药品等数不清的军需物资。

村口路边,到处扔着皮箱、行李、料子衣服、军用毛毯等物品。有的箱子摔破了,高跟鞋、女式小皮包、蔻丹、口红、小镜子、胭脂等撒了一地,到处可见守着皮箱、抱着包袱痛哭的军官眷属。

这一战光被俘的敌少将以上军官就有9名,校官有600多人,眷属更达上千之众。将校官及其家眷们都被关押在一户大地主的宅院里,俘虏

第25章 粤桂边大围歼

们不得逾越院子一步，只有家眷们可以自由进出。那些蓬头散发、满脸污垢的太太小姐，有的把鞋跑丢了，只好赤着脚走来走去；而那些只穿着睡袍逃出来的，就只得暂时找条毯子裹在身上，到老百姓家里去买些肉、鸡、鱼和米面等食品，回来自己烧着吃。

女人对战争是陌生的，枪一响她们便被恐怖笼罩住，只剩下些许的直觉，以为这一路是白崇禧长官的首脑机关，保险系数大，便都跟着长官部跑。没想到跑了几百里，还是陪着丈夫当俘虏。

一位官太太对第40师看管俘虏的营长哭诉："我们上了白长官的当了，叫我们跑这么远来当俘虏，早知这样真不如在湖南就让你们给俘虏了好，离家也近些。这里老百姓说话听不懂，又都恨我们，就是现在放了我们，半路恐怕也会被老百姓杀了，以后可怎么办哟……"

在龙门港外海面上漂荡了好几天的白崇禧，见由钦州撤退已无可能，转而令第10兵团向防城、东兴、上思方向逃跑；令第1兵团直退龙州。

仗打到这份儿上，白崇禧怎么指挥都不是了。第10兵团两个军按他的指令渡过浔江，一仗没打，就被解放军包围缴械在横县和邕钦公路上。兵团司令官徐启明被俘后，乘看守人员不注意又逃脱了。

向龙州方向逃窜的黄杰第1兵团，被刘震第39军沿途追打，逃至绥渌以西，其后卫第71军便全部被歼，中军第97军成了兵团后卫，继续仓皇南窜。

12月8日上午，黄杰接到了白崇禧从"太仓号"军舰上发来的电令："一、为保有反攻基地，各部队应各自选择适当地区，暂避决战；轻装分散，化整为零，机动出击，待机反攻。二、第一兵团应立即转移至左、右江地区；第十兵团进入十万大山南北地区，分别建立基地，实施匪后游击。"

《国民革命军战役史第五部——戡乱》记载：黄杰认为其可战之兵

仅剩五个团,解放军正追赶而来,部署游击战已来不及,命令殊难执行。这时,国民党东南行政长官陈诚命令黄杰:"并力西进,进入越南,保有根据地,相机行事,无论留越、转台,皆能自如。"黄杰遂率部向中越边境地区撤逃,以"假道入越,转运台湾"。

此时,一连阴雨个把月的衡阳五桂岭上,四野前线指挥部异常忙碌。门上挂着白漂布帘的阴暗潮湿的作战室里,科长、参谋们几乎通宵达旦地综合整理前线雪片般飞来的告捷电报——

第13军电:"我部主力已越过十万大山,尾追残敌迫近国境线。"

第14军电:"俘虏群中查出敌7军军长李本一。"

第15军电:"六万大山地区残敌已大部肃清。"

第45军电:"职部追歼敌湘桂黔护路司令部、南宁专署、独四团、桂林绥署教导队、桂西新兵团以及由敌第172、第174、第304师残部和第3兵团残部组成的混合部队,共2600余众,生俘敌第3兵团副司令官兼桂中军区司令官王景宋、湘桂黔护路军司令官莫德洪等将级军官15名。"

粤桂边纵队电:"职部本日占领广东大陆最南端的徐闻县"……

参谋们每收到一份电报,就要将巨幅挂图上的小红旗挪动个位置,就要在图上标绘一次队标,就要重新统计一次战果,就要起草一份电文,送首长审阅后通报到前线师一级……

由于过度疲劳,作战科长阎仲川严重失眠,高继尧参谋患上了鼻膜炎,时常鼻血不止。

11日这天,他直忙到12日1点才在值班室的行军床上躺下,可是不到4点钟,机要员又把他叫醒,交给他一份刚收到的第39军的电报。他吃力地睁开红肿的眼睛,接过一看:"职部今(11日)18时进占要塞镇南关……"

高继尧睡意顿消,噌地跳下床来,激动得两手一起摸衣裤兜。他浑

第25章 粤桂边大围歼

身上下摸了一遍，才从裤兜里找出一截烟屁股，点上就开始起草电文。他敏锐地感到这份电报可能意味着中南大陆的最后一仗——广西战役，在12月11日胜利结束。

直到今天，许多军的战史和老同志回忆录，仍然将解放镇南关作为广西战役结束的标志。

可实际上，战争的车轮还在隆隆滚动。

当第39军第115师将红旗插上中越边境的那座重镇时，第43军第129师正狂飙疾风地追击最后一股残敌。

13日，淫雨初霁。山风猎猎，铅灰色云朵野马般奔涌在桂西南的这脉边境山地上。

北窜而来的敌黄杰第1兵团第97军主力，惶惶地爬上公母山。透过淡雾薄霭向南望去，数里之外就是越南的谅山地区，从副军长郭文灿到士兵无不额手相庆：终于逃出解放军的包围圈了。他们丝毫没想到解放军第129师的万余官兵，于蓬楼、龙楼地区歼敌第46军188师残部近2000人之后，再贾余勇，冒着连日阴雨翻越海拔千米的十万大山，连续5昼夜奔袭而来，已经截断了他们的去路。

第二天中午，第129师完成包围部署发起攻击时，正好公母山上空出现4架法国飞机，敌第97军参谋长伍国光还以为是法国人搞误会了，大发脾气，骂道："一帮蠢猪、饭桶，谁去和法国人办交涉的？一点事都不会办，倒叫法国人打起我们来了。"

然而再一听那漫山遍野进攻的呐喊，伍国光这才转过筋来，连忙组织抵抗。然而4个小时之后，抵抗就被彻底粉碎了。敌第97军包括郭文灿、伍国光等几十名将校军官在内的4000余人被俘。

黄杰第1兵团仅第14军残部及第97军先头部队，由宁明、凭祥逃出国境。连同由隘店出境的张湘泽第 126 军残部和谭何易第 46 军残部，共约 3 万国民党军队逃入越南。这股溃兵入越后即被法国总督解除武装，全部送到暹罗湾的富国岛。国民党外交斡旋到 1952 年，这股溃兵才得以运返台湾。

第 43 军第 129 师官兵谁也没有想到，这一仗幸运地成了广西战役的压轴之战。

这一天是 12 月 14 日，至此广西战役结束，桂境全部解放。

是役，四野及二野第 4 兵团歼敌 1 个军政长官公署、3 个兵团部、12 个军部、31 个师又 15 个团，共 17.29 万人，完成了毛泽东"消灭桂系"的战略任务。

白崇禧在海浪拍击的"太仓号"军舰上整整等了 3 天 3 夜，却没有接到华中公署长官部的一兵一卒，广西所有通往海上的道路都被四野堵死。

孙子曰：无所往者，死地也。

12 月 8 日上午给黄杰第 1 兵团的电报发出后，白崇禧与所属各部的联络就中断了。

当晚，他黯然离开钦州湾，带着一队空船只身返回海口。他站在舰桥上，久久地眺望着那渐渐远去的海岸线和大陆的万家灯火，一阵悲凉忽然如潮水般地漫过心头。

此时的白崇禧，已经不再是当年那位神采奕奕、自命不凡的"小诸葛"了，桂系军队的覆灭，使他骤然苍老了一截，目光散乱，神情迷茫。

9 日上午，他召集几个桂系将领开会，讨论自己今后的出路。夏威提出先到香港，李品仙力主去台湾。白崇禧举棋不定，决定派李品仙去台湾见蒋介石，看他的反应如何。李品仙走后没两天，蒋介石的说客刘文岛、杨幼炯来海口，带来蒋介石的口信，希望白崇禧去台湾做国防部长，同时

第25章 粤桂边大围歼

还要发还华中长官公署未领取的余饷400万银元。白崇禧仍犹豫时，去台湾探风的李品仙发来电报，说蒋介石、陈诚都希望白崇禧到台湾，共荷戡乱救国之责。

或许衡宝、广西两战的失败给他的刺激太深，以至于心智有些迷乱，白崇禧又犯下一生中最愚蠢的错误——12月30日，他没经住蒋介石的一再催促，倦鸟乱投林，从海口飞到了台湾。

白崇禧桀骜不驯，不把蒋介石放眼里，蒋介石也拿他没办法，斗了几十年，打了半辈子冤家，两人谁也没扳倒谁，结果一起当了共产党的败将。自蒋桂战争以来，蒋介石像恨共产党一样恨桂系，三番五次要敉平广西，输得精光的白崇禧这时候去台湾投奔蒋介石，只能有一个解释，那就是他让共产党给打糊涂了，已丧失起码的判断力。

白崇禧一到台湾就被蒋介石打入冷宫，挂了个战略顾问委员会副主任的虚衔，住进了台北松江路和长春路交叉处的那幢木板房里，周围一片稻田。他白日看牛车，夜晚听蛙鼓，日子很冷清，整天都寂寞。

从此他再也没离开过那幢木板房，再也没离开过那个孤岛。他就这样近乎被囚地活着，直到1966年11月16日那天早晨，家人发现他曲身死在卧室的地板上为止。

据说他最后死得很惨，也很蹊跷，衣衫破碎，身上呈铜绿色，遍体都是死前痛苦的抓挠伤痕。

白崇禧一生反蒋也反共，两面皆敌，左右应付，活得太累。可他最终败给了共产党，也没能跳出蒋介石的掌心。

事实证明，国民党里没人斗得过共产党，也没人斗得过蒋介石。斗得过蒋介石的，都在共产党内。

12月中旬，桂系老巢广西解放时，李宗仁住进了美国哥伦比亚大学附设的长老会医院，由该院世界权威主治医师为他做十二指肠割治手术。病愈后，他在纽约城郊买下一幢木匠的小宅子，和妻子郭德洁过起了寓公生活。

李宗仁不懂英语，除偶有友好来访，与当地居民极少往还。闲居无事，日子孤寂无聊，想打个麻将都找不到搭子，有时只好夫妇俩对搓。好不容易找到个搭子，人家又嫌他那广东麻将花色少，输赢小，出牌又慢，不愿跟他玩。

1965年6月，李宗仁夫妇突然秘密离开纽约，经苏黎世辗转飞回祖国。7月20日，李宗仁夫妇乘坐的专机在北京降落，受到周恩来、彭真、贺龙、陈毅、郭沫若等党和国家领导人，以及各界民主人士的热烈欢迎。当晚，周恩来总理在人民大会堂宴会厅隆重宴请李宗仁夫妇。6天之后，毛泽东主席又在中南海新落成的游泳池休息室接见了李宗仁夫妇。

李宗仁归国，一时间成为轰动国际的重大事件。

1969年1月30日，李宗仁在北京病故，享年78岁。随着这位桂系标志性人物的谢世，这个国民党的著名政治派别永远退出了历史舞台。

广西战役结束后，中国革命的列车穿过三桂大地，仍将继续前行，迎着滇南战役、海南岛战役、西昌战役的炮火硝烟，一直驶进解放战争的终点。

那个终点已经很近，很近了。

2014年12月20日于南京　小营